HEYNE <

ZUM BUCH

Alle halten sie für verrückt, als die talentierte wie eigensinnige Springreiterin A. J. den Hengst Sabbath ersteigert, der als unzähmbar gilt. Vor allem ihre Familie ist mit ihrem Entschluss nicht einverstanden und kehrt A. J. den Rücken. In ihrer Not bittet sie den unnahbaren Devlin McCloud, einen ehemals hochprämierten Dressurreiter um Hilfe – sie will den Hengst zu einem Champion machen, komme was wolle. McCloud, der sich nach einem tragischen Unfall vor einigen Jahren zurückgezogen hat, ist fasziniert von der Leidenschaft der jungen A. J. und willigt ein, sie in ihrem Vorhaben zu unterstützen. Und bald scheint sich das Arrangement zwischen beiden nicht mehr nur rein um den Job zu drehen …

ZUR AUTORIN

Ihren ersten Roman schrieb Jessica Bird noch vor dem College. Und zehn Jahre später, als sie bereits als Rechtsanwältin in Boston arbeitete, hatte sie noch weitere Versuche in der Schublade. Ihr Mann und ihre Mutter drängten sie, ernst aus dem Hobby zu machen und sich einen Verlag zu suchen. Zum Glück, denn gleich ihr erster Roman wurde ein Erfolg. Inzwischen hat sie schon zweimal den begehrten RITA-Award gewonnen und zählt in den USA unter dem Pseudonym J.R. Ward zu einer der erfolgreichsten Bestseller-Autorinnen für die Mischung aus Mystery und Romance. Gemeinsam mit ihrem Mann und ihrem Hund lebt sie im Süden der USA.

J. R. Ward
schreibt als Jessica Bird

HERZENSBRECHER INKLUSIVE

ROMAN

Aus dem Amerikanischen
von Sabine Schilasky

WILHELM HEYNE VERLAG
MÜNCHEN

Die Originalausgabe LEAPING HEARTS
erschien bei Signet, Penguin Group, New York

MIX
Papier aus verantwortungsvollen Quellen
FSC® C014496
FSC
www.fsc.org

Verlagsgruppe Random House FSC® N001967
Das für dieses Buch verwendete
FSC®-zertifizierte Papier *Holmen Book Cream*
liefert Holmen Paper, Hallstavik, Schweden.

2. Auflage
Vollständige deutsche Erstausgabe 08/2014

Printed in Germany 2014
Umschlaggestaltung: bürosüd, München
Umschlagabbildung: © Fabrice Lerouge/Getty Images
Satz: Leingärtner, Nabburg
Druck und Bindung: GGP Media GmbH, Pößneck
ISBN: 978-3-453-53460-5

www.heyne.de

Für meinen Mann, meine Mutter und
meinen Vater, aber auch für Ben.

1

A. J. Sutherland war auf den ersten Blick hingerissen von dem Hengst. Und sie war nicht die Einzige. Wie Wundergläubige vor einem Hypnotiseur, war das gesamte Publikum von seinem Zauber gebannt und bekam verträumte Zombie-Augen. Der Meister rief sie nach vorn, und die Menge bewegte sich gletschergleich auf das Auktionatorpult zu, dichter an den abgesperrten Bereich, in dem das Pferd stand.

A. J. tat ihr Bestes, sich nach vorn zu drängeln, nur war sie damit nicht allein. Es kam zu einem Stau, und Ellbogen wurden wie Hockeyschläger eingesetzt, während sich die Leute weiter vorkämpften. Aber A. J. war nicht zurückhaltend, schon gar nicht, wenn sie etwas unbedingt wollte. Entsprechend brachte sie ihre spitze Abwehr zum Einsatz, bis sie es ganz nach vorne geschafft hatte. Dort schlang sie die Arme um ihren Oberkörper und atmete kräftig aus, kaum dass sie einen unverstellten Blick auf den Hengst hatte.

Sie hatte schon viele Vollblüter in Virginia gesehen, doch noch nie einen wie ihn.

Den Kopf hoch erhoben, starrte der Hengst mit grimmigem Desinteresse auf die Menge. Er war der König. Er regierte die Welt. Alle anderen nahmen bloß Platz weg.

Im Schein der Lichter glänzte sein schwarzes Fell bläulich, und sein Schweif bewegte sich ungeduldig hin und her. Dunkle Hufe wirbelten stampfend Sand auf, während er am Halfter und der Führleine zerrte, die ihn mit den Stallburschen verband. Neben seiner mächtigen Gestalt wirkten die Männer um ihn herum wie Zwerge, und obwohl sie zu fünft waren, hatten sie ihre liebe Not, ihn zu halten. Sie waren sichtlich angespannt und sehr vorsichtig.

Immerhin kannten hier alle den Ruf, der dem Hengst vorauseilte. Und es war kein guter.

A. J. bewunderte das Tier. Jede seiner Bewegungen sprach von Kraft und Wendigkeit, war gleichermaßen athletisch wie ästhetisch. Und hinter seinem Unmut nahm A. J. deutlich eine wache Intelligenz und einen eisernen Willen wahr.

Ganz vorn in dem Gedränge fällte A. J. eine Entscheidung. Er war das Prächtigste, was sie jemals gesehen hatte, und sie würde ihn besitzen.

»Wir eröffnen das Gebot mit zehntausend Dollar«, sagte der Auktionator.

A. J.s Hand flog nach oben.

Es war ein lachhaft geringer Preis, bedachte man den Stammbaum des Hengstes, ein grotesk hoher hingegen, berücksichtigte man seine Neigung, Schwierigkeiten zu machen.

»Ich habe zehntausend Dollar. Höre ich elftausend?«

Irgendwo in der Menge reckte sich eine Hand. Wildes Raunen ging durch die Arena. Viele waren nur hergekommen, um das Pferd aus der Nähe zu sehen, hatten aber nicht ernsthaft vor, es zu ersteigern. Alle hingegen wollten wissen, wer den Hengst am Ende bekam.

»Ich habe elf. Höre ich zwölf?«

A. J. nickte.

Der andere Bieter konterte mit dreizehn, und sofort erhöhte A. J. ihr Gebot auf vierzehn. Es trat eine kurze Pause ein, dann war der Preis bei 15 000 Dollar.

»Kriege ich sechzehn?« Der Auktionator sah sie an, und sie nickte abermals.

In dem Moment packte ihr Stiefbruder ihren Arm.

»Was machst du denn?« Peter Conrad traten fast die Augen aus dem Kopf.

»Wonach sieht es deiner Meinung nach aus?«

»Nach einer weiteren unüberlegten Aktion. Du stürzt dich mal wieder kopfüber in einen Schlamassel, für den ich bezahlen darf.« Während der Preis weiter stieg, heizte Peter den Streit an. »Hast du nicht gehört, in welchem Ruf das Tier steht?«

»Entschuldige«, sagte A. J. und ging um ihn herum. Sie vollführten beide enge Boxerschritte, um die Plätze zu tauschen.

»Wir haben zweiundzwanzigtausend Dollar«, rief der Auktionator.

A. J. stellte wieder Blickkontakt zu dem Mann mit dem Hammer her und nickte. Die Menge murmelte lauter, brauste regelrecht mit den Geboten auf.

»Hör auf«, zischte Peter.

A. J. beachtete ihn nicht. Ihre Aufmerksamkeit galt dem anderen Bieter. Wie ein sich verlangsamender Zug, verlor ihre Konkurrenz an Dampf, war jedoch noch nicht aus dem Spiel. Es trat eine längere Pause ein, dann stieg das Gebot erneut. Ohne mit der Wimper zu zucken, erhöhte A. J. nochmals um tausend.

»Wag es ja nicht, dieses Vieh zu kaufen!«, befahl Peter. Er wandte sich zu dem Auktionator, schüttelte den Kopf und strich mit der Handkante über seinen Hals, um A. J.s Autorität zu untergraben.

Als das Gebot zurückgenommen wurde, fixierte A. J. ihren Stiefbruder mit strengen blauen Augen und rief laut: »Ich zahle dreißigtausend für den Hengst.«

Das Publikum hielt vor Staunen geschlossen die Luft an. Der Auktionator schien sein Glück nicht fassen zu können – und ihre waghalsigen Gebote ebenso wenig.

Peter stammelte und stotterte vor Entsetzen, weil sie ein derart wahnwitziges Gebot abgab.

»Äh, ich habe dreißigtausend«, sagte der Auktionator und sah zu dem anderen Bieter. »Das sind dreißigtausend zum Ersten.«

»Du bist wahnsinnig!«, sagte ihr Stiefbruder. Er versuchte hektisch, den Auktionator aufzuhalten, doch der Mann erwiderte Peters wildes Gestikulieren nur mit einer stummen Verneinung. Das Gebot galt, wie allen Anwesenden klar war.

»Zum Zweiten.«

Empört ballte Peter die Fäuste und wechselte seine Taktik, indem er eine besonders überhebliche Haltung einnahm und eine finstere Miene aufsetzte.

»Ich übernehme keine Verantwortung für die Probleme, die du dir aufhalst«, erklärte er. »Deine Unbedachtheit hat mir schon zu oft Ärger eingebracht. Wenn du das durchziehst, bist du auf dich gestellt.«

Er zupfte energisch an den Manschetten seines Cashmere-Jacketts. Das helle Braun der Jacke wurde stilvoll von einer hellen Seidenhose und einem cremeweißen Rollkragenpulli ergänzt. Leider bekam diese Farbkombination seinem blassen Teint weniger gut. Vielmehr wirkte er insgesamt fahl und langweilig. Der einzige Farbklecks war das rote Einstecktuch in der Brusttasche, nur war der Effekt derselbe wie der einer roten Paprikaschote, die in eine Schale mit Haferflocken gefallen war.

A. J. blickte an ihrer Kleidung hinab: ausgewaschene, aber saubere Jeans, ein Polohemd, ihre Stalljacke und Lederstiefel. Sie hatte eine Sutherland-Stables-Baseballcap auf, die den oberen Teil ihrer kastanienbraunen Locken bändigte. Der untere Teil wurde von einem Band in A. J.s Nacken gehalten. Diese Frisur war praktisch, bequem und unauffällig.

»Und zum Dritten.«

»Das wirst du bereuen«, sagte Peter.

Es war ein Versprechen, das A. J. schon häufiger von ihm gehört hatte. Es hieß, falls ihr impulsives Handeln nicht von sich aus üble Folgen nach sich zog, würde er dafür sorgen, dass es schlecht ausging.

»Ich hätte es nur bereut, ihn nicht zu kriegen«, murmelte sie.

»Verkauft!«, rief der Auktionator. »Los Nummer 421, ein vierjähriger reinrassiger Hengst, Sabbath, an Sutherland Stables.«

Peters Wut erreichte einen neuen Höhepunkt, als der Hammer auf Holz schlug. »Wann zur Hölle ist das vorbei? Wann wirst du endlich erwachsen und hörst auf, dauernd solch einen Schwachsinn zu verzapfen?«

A. J. sah, wie sich sein Gesicht vor Wut verzog und er explodierte.

Das war mehr als ein kleiner Ausraster, welcher mit

nichts weiter als einem Aufstampfen und verärgerten Rückzug einherging; es war auch keine der üblichen Gardinenpredigten. Nein, die Schweißperlen auf seiner Stirn und an den Schläfen wiesen eindeutig auf einen richtigen Wutanfall hin. Mit einer Distanziertheit, die es ihr ermöglichte, das Ganze eher amüsant als bedrohlich zu finden, bemerkte A. J., dass Peters Stirn dank dem nach hinten wandernden Haaransatz mit jedem Jahr mehr Denkerstirn – weil größer – wurde.

»Peter, atme bitte tief durch«, sagte sie seelenruhig. »Alles wird gut.«

»Gut! Du hast eben dreißigtausend Dollar für ein Pferd bezahlt, das keiner reiten kann!«

»Er ist fantastisch. Das solltest selbst du erkennen können. Und sein Stammbaum ist tadellos.«

»Seine entfernte adlige Verwandtschaft hat ihn nicht zu einem Gentleman gemacht.«

»Er kann eindeutig alles überspringen, was du ihm hinstellst.«

»Und das gewöhnlich ohne Reiter! Ein solches Temperament eignet sich für Rodeos, nicht fürs Springreiten. Oder, besser noch, steck ihn mit einem roten Cape in eine Arena, und er schlägt jeden Torero in die Flucht.«

Die Leute hatten sich schon um sie gesammelt, fasziniert von A. J.s haarsträubendem Gebot und dem darauffolgenden Streit. A. J. kümmerte das weniger als die Tatsache, dass Peter immer überheblicher wurde, je mehr Publikum sie bekamen. Er liebte es, im Mittelpunkt zu stehen, und ihn unter den Augen all der Fremden regelrecht aufblühen zu sehen erinnerte sie an die eine Zahnpastawerbung, in der er als Kind aufgetreten war. Hinterher war er monatelang durch die Gegend stolziert, als hätte er einen Oscar gewonnen, und der Dreißig-Sekunden-Auftritt hatte in ihm die Überzeugung geweckt, er wäre zum Filmstar bestimmt. *Minzig frisch, Mommy!*, hatte er in eine Kamera gequäkt, und die Nachwirkungen hielten noch zwanzig Jahre lang an.

»Du übertreibst«, sagte sie zu ihm und versuchte, noch einmal den Hengst anzusehen, bevor die Stallburschen ihn wegführten.

»Und du bist völlig durchgeknallt! Ich leite ein Gestüt mit Gewinnern. Unter unserem Dach stehen Nachfahren der besten Pferde des Landes, und ich erlaube nicht, dass du eine Bestie wie die zu ihnen stellst.«

»Er ist keine Bestie ...«

»Dieses Tier hat seinen Reiter abgeworfen, ist aus dem Parcours gerannt und hat das halbe Publikum beim Springturnier von Oak Bluff niedergetrampelt.«

»Das war früher mal.«

»Es war letzte Woche!«

»Er wird ein Champion. Wart's ab.«

»Der Hengst ist gefährlich und unberechenbar. Wie kommst du auf die Idee, dass er sich auf einmal in einen Gewinner verwandelt?«

»Weil ich ihn reiten werde.«

Peter schnaubte. »Ich bezweifle, dass du dich lange genug auf ihm hältst, um beide Füße in die Steigbügel zu kriegen.«

Eine Mischung aus Wagemut und Wut machte A. J.s Stimme lauter, als sie es wollte. »Du wirst schon sehen. Ich bringe ihn in zwei Monaten in die Qualifizierung.«

Die Leute um sie herum hielten wieder hörbar den Atem an.

In dem Moment ertönte ein Warnschrei von vorne. Als A. J. sich umdrehte, sah sie mehrere Stallburschen in unterschiedliche Richtungen davonpreschen und in Deckung springen. Und plötzlich löste sich auch die Menge auf, weil sich alle in Sicherheit bringen wollten. Der Hengst hatte sich losgerissen und setzte über die Absperrung in den abgetrennten Bereich, wo das Auktionspublikum stand. Das Pferd galoppierte in die Menschenmenge und kickte sie auseinander wie Murmeln auf einem glatten Boden.

Nicht schon wieder, dachte A. J., warf einen Seitenblick zu Peter, und sie beide rannten los. Peters Gesicht schwankte zwischen einem selbstzufriedenen Ich-hab's-dir-ja-gesagt-Ausdruck und blanker Angst, als das Pferd mit donnernden Hufen auf sie zukam.

Die meisten Leute waren so klug, die Flucht zu ergreifen, während einige Mutige nach vorn liefen und die Arme in einem Halbkreis vor dem Tier ausstreckten. Sie wollten versuchen, das Pferd zu einem offenen Gatter zu lenken, durch das es in einen freien Paddock gelangte, aber der Hengst schien zu ahnen, was sie vorhatten. Er lief geradewegs auf sie zu, statt auf ihre List hereinzufallen, und sie stürzten sich zur Seite, damit sie nicht niedergetrampelt wurden.

Nach diesem erfolgreichen Schachzug raste der Hengst weiter, bereit für mehr Trubel, während seine Führleine hinter ihm her wehte wie ein Banner. Chaos brach aus, als Leute riefen und fluchten, und A. J. dämmerte, dass das Pferd von dem Chaos, das es verursachte, begeistert war. Der Hengst hatte sich befreit, die Menge in Angst und Schrecken versetzt – und amüsierte sich königlich bei der Jagd auf seine Bändiger.

Wäre er ein Mensch, würde er lachen, ging es A. J. durch den Kopf.

Peters wütende Stimme schrie in ihr Ohr. »Ich fasse nicht, dass du diesen Dämon mit nach Hause bringst!«

Lächelnd sah sie den unscharfen schwarzen Streifen an, in dem der Hengst an ihnen vorbeigaloppierte. Er war schlank und anmutig, mit eiserner Kraft in seinen Muskeln. »Guck ihn doch an!«

»Direkt aus der Hölle, würde ich sagen, müsste ich seine Herkunft erraten.«

Nach weiteren zehn Minuten, in denen sich diverse Leute vergeblich bemühten, das Pferd einzufangen, zog A. J. ihre Baseballcap tiefer in die Stirn und ging in die Arena. Sofort sah der Hengst sie an. Er richtete seinen düsteren Blick auf sie, wetzte auf sie zu und kam wenige Meter vor ihr abrupt zum Stehen, weil er merkte, dass sie sich weigerte, ihm auszuweichen. Staub und Schmutz stoben auf, als er seine Hufe drohend auf den Boden schlug und dabei den Kopf auf und ab warf.

Statt Angst zu zeigen, steckte A. J. ihre Hände in die Jeanstaschen. Stille senkte sich über die Menge.

A. J. erkannte, dass der Hengst überlegte, was er tun könnte. Für ihn war jemand, der nicht vor ihm zurückwich, eine neue Erfahrung, und die verwirrte ihn anscheinend.

»Schon gut, du hast deinen Spaß gehabt«, sagte A. J. leise. »Jetzt wird es Zeit, dass du dich benimmst.«

Als würde er sie verstehen, schüttelte er sein majestätisches Haupt und wieherte seinen Widerspruch laut heraus. Er atmete schwer, wobei sich seine Nüstern blähten, aber A. J. wusste, dass es einzig der dramatischen Wirkung galt und weniger von Erschöpfung zeugte. Selbst nachdem er wie ein Irrer durch die Arena gestürmt war, konnte A. J. keinen Schweiß auf seinem schimmernd schwarzen Fell entdecken.

In diesem Blickwechsel wahrte A. J. eine Haltung kühler Missachtung, als hätte sie einen launischen Zweijährigen vor sich. Innerlich war sie zum Zerreißen angespannt. Sie verfolgte jede seiner Regungen, beobachtete das kaum merkliche Zucken der Muskeln an seiner breiten Brust und das Pochen in den Adern dicht unter dem glatten Fell. Genau genommen suchte sie nach einer Vorwarnung, dass er sich auf sie stürzen wollte, nach dem kleinsten Hinweis auf seinen nächsten Schritt.

Ja, sie mochte waghalsig sein, aber sie war nicht blöd. Ihre jahrelange Erfahrung mit Pferden hatte sie gelehrt, extrem vorsichtig zu sein, wenn sie sich auf ein Blickduell mit einem Tier wie Sabbath einließ. Eine halbe Tonne Hengst mit dem Naturell eines professionellen Ringers war gefährlich. Und aufregend.

»Übrigens hast du deine Berufung verfehlt«, sagte sie und machte einen Schritt auf ihn zu. »Du würdest eine prima Dampfwalze abgeben.«

Sabbath schnaubte und bäumte sich auf, um das Ganze dramatischer zu gestalten.

»Folgender Vorschlag«, sagte sie und blieb wenige Schritte vor ihm stehen. »Du beruhigst dich und kommst mit mir, und ich helfe dir, deine ganze aufgestaute Energie konstruktiver einzusetzen.«

Sie musste selbst über ihre Worte schmunzeln, denn die waren wohl ungefähr so sinnvoll, als wollte man einem Rugby-Spieler sagen, er solle seine Stollen gegen ein Paar Steppschuhe eintauschen.

Während das Pferd über ihren Vorschlag nachzudenken schien, malte A. J. sich aus, wie sie den Hengst sattelte und zum ersten Mal aufstieg.

»Es wird ein weiter Weg bis zum Boden, falls du mich abwirfst«, sagte sie ruhig. »Zum Glück bin ich hart im Nehmen.«

Sabbath stieß noch ein wildes Wiehern aus, und A. J.s Lächeln wurde breiter.

»Nehme ich das als Ja? Bist du bereit für ein bisschen Stepptanz?«

Misstrauisch reckte das Pferd seinen Kopf nach vorn, bis seine schwarzen Nüstern vor ihrem Gesicht waren. Der Hengst atmete einmal tief ein, sog ihren Geruch auf und blies ihn ihr kräftig zurück, sodass ihre Baseballcap wegflog.

A. J. schüttelte den Kopf. »Wenn du mich beeindrucken willst, musst du schon mehr machen, als mit Leuten Bowling spielen oder mir die Mütze runterpusten.«

Sabbath bäumte sich erneut auf. Seine Mähne wehte, und mit den Hufen trat er die Luft zwischen ihnen beiden. Dann wirkte er auf einmal gelangweilt, stellte sich wieder hin und senkte seinen Kopf.

Nach einem Moment streckte A. J. vorsichtig die Hand aus und nahm die Führleine in ihre schmale Hand. Als der Hengst es lediglich mit einem Ohrenzucken quittierte, trat A. J. neben ihn. Gemeinsam begannen sie, aus der Arena zu gehen.

Einer der Stallburschen näherte sich zögerlich. Wortlos zeigte er A. J., wo der Hengst untergebracht war, und huschte davon. Den Rest durfte A. J. alleine machen. Sie führte das Pferd in den Stall und zu seiner Box.

»Du weißt es noch nicht«, flüsterte sie, als sie ihn hineinbrachte, »aber wir zwei werden ein super Team abgeben.«

Ohne ihn eine Sekunde aus den Augen zu lassen, nahm sie Sabbath das Halfter ab, schloss die Boxentür und lehnte sich oben auf die Kante.

Der Hengst beugte den Kopf und knabberte an ein bisschen Heu in der Ecke. A. J. seufzte. »Wir müssen dir nur erst mal ein paar Manieren beibringen.«

Vom Rand der Menge aus beobachtete Devlin McCloud die Szene mit zynischem Blick. Er hatte genau gewusst, wann das Pferd ausbrechen würde. Die kräftige Hinterhand hatten sich fest angespannt, ehe das Tier einen Satz nach vorne machte. Und es hatte den idealen Zeitpunkt gewählt, als der Stallbursche, der die Führleine hielt, für einen kurzen Augenblick unaufmerksam war, in die andere Richtung sah und jemandem hinter sich zulächelte. Blitzschnell schoss das Pferd los, und der abgelenkte junge Mann wurde durch den Schmutz gezogen und beinahe zertrampelt. Bis der Bursche endlich die Führleine losließ, hatte er schon wie ein paniertes Kotelett ausgesehen.

Überall um ihn herum liefen die Leute los, um sich in Sicherheit zu bringen. Mit seinem kaputten Bein konnte Devlin sich nicht so schnell bewegen wie die anderen. Auf seinen Stock gestützt, humpelte er an den Rand der

Arena. Wie er dieses linkische Humpeln hasste! Derweil behielt er den Hengst fest im Blick.

Er starrte ihn nicht bloß an, weil er vermeiden wollte, umgerannt zu werden. Nein, er war fasziniert. Der Hengst zeigte eine Eleganz und Kraft, wie Devlin sie seit Langem nicht mehr gesehen hatte. Er erinnerte ihn an …

Sofort verdrängte er den Gedanken an Mercy. Fast ein Jahr war seit dem Unfall vergangen, seit er sie hatte einschläfern lassen müssen, und nach wie vor war der Schmerz unerträglich. Wieder einmal fragte Devlin sich, wie lange er noch brauchen würde, seinen Kummer zu verwinden. Und er fürchtete, dass der Schmerz in seiner Brust ebenso wenig weggehen würde wie der in seinem Bein.

Als er endlich die Absperrung erreichte, duckte er sich unter ihr hindurch und schaute zu, wie das Chaos ausbrach. Die Menge irrte wild durcheinander, wie Lemminge auf der Suche nach Wasser, und amüsiert sah Devlin, wie mehrere Männer versuchten, das Pferd zu einem Gatter zu dirigieren.

Der Hengst ist viel zu klug, als dass er darauf hereinfällt, dachte er und wunderte sich kein bisschen, als das Tier auf die Männer zugaloppierte.

Devlin schüttelte den Kopf.

Wenn es jemandem gelang, dieses Pferd zu bändigen und all die Energie zu lenken, hätte er einen echten Champion, überlegte Devlin. Genauso gut könnte man die Kernspaltung beherrschen wollen; dennoch schien das Potenzial, das in diesem Biest steckte, das Risiko wert, sich die Finger zu verbrennen.

Der Hengst schoss mit hoch erhobenem Kopf und gerecktem wehendem Schweif an ihm vorbei.

Devlin dachte an die neuen Besitzer. Er hoffte, die Leute von Sutherland Stables wussten, worauf sie sich einließen, bezweifelte allerdings, dass sie der Aufgabe gewachsen waren. Das Gestüt verfügte über reichlich Geld, hübsches Sattel- und Zaumzeug und einen Swimmingpool, doch Devlin hatte bislang mehr von ihren Spielsachen gehört als von ihren Trainingserfolgen. Er hatte das Gefühl, der Hengst würde sie mächtig auf die Probe stellen.

Die Leidenschaft für seinen alten Beruf hallte noch laut genug in ihm nach, dass er sich sehnlich wünschte, er könnte diese Bestie zähmen. Er war unsagbar neidisch auf die Sutherlands und blickte angewidert zu seinem Bein. Sein Leben lang hatte er in der Arena gestanden, nicht daneben. Nun schien die Distanz unüberbrückbar, und auch nach einem Jahr setzte ihm die riesige Leere zu, die sich zwischen dem erstreckte, was er gewesen war, und dem, was er heute war.

Sein Blick schweifte zurück zum Chaos und verharrte bei einer jungen Frau, die in die Arena trat und sich dem Pferd näherte. Sie war groß und dünn, aber mit einem starken Körper, der Devlin sogleich den Hengst vergessen ließ. Da er ihr Gesicht nicht sehen konnte, ging er ein Stück zur Seite. Er fragte sich, wer sie war. Eine Stallhilfe? Gehörte sie zum Auktionator? Er hatte sie noch nie gesehen, denn daran würde er sich garantiert erinnern. Etwas an der Art, wie sie sich bewegte, war unvergesslich.

Devlin schaute zu, wie sie selbstbewusst auf den Hengst zuging. Ihre Hüften schwangen geschmeidig, als ihre langen Beine sie durch die Arena trugen. Devlin war, als hätte er einen Tritt in die Magengrube bekommen, und ein seltsamer Schmerz regte sich in ihm. Er konnte nicht aufhören, die Frau anzusehen, und umklammerte seinen Gehstock fester, als sie vor dem Hengst stehen blieb. Im Gegensatz zu dem Stallburschen war sie voll und ganz auf das Tier konzentriert und schob seelenruhig die Hände in ihre Hosentaschen.

Nicht schlecht, Mädchen, dachte Devlin anerkennend. Nett und langsam. Keine ausladenden Bewegungen.

Er beobachtete, wie sich Pferd und Frau gegenseitig abschätzten. Der Kontrast zwischen den beiden war verblüffend: das Tier dunkel und wild, die Frau schmal und gefasst. Als sie jedoch mit der großen, schwarzen Bestie zu sprechen begann, war sofort zu erkennen, dass etwas Besonderes zwischen ihnen geschah. Und dann pustete der Hengst ihr die Mütze vom Kopf. Er legte es eindeutig auf irgendeine Reaktion an, und als er keine bekam, senkte er den Kopf. Es war kein Aufgeben, sondern eher ein jederzeit widerrufbares Entgegenkommen. In dem Moment, in dem sie die Führleine nahm, stieß Devlin – zusammen mit dem Rest der Zuschauer – einen erleichterten Seufzer aus.

Er war wirklich beeindruckt. Wie bei allen waghalsigen Unternehmungen hatte es auch in diesem Fall Mut und Dummheit verlangt, so nahe an den Hengst heranzugehen. Ohne Frage hatte sie es klug angestellt und ein Gespür bewiesen, wie man es nur entwickelte, wenn man sein ganzes Leben mit unberechenbaren Tieren umging. Trotzdem war es gefährlich gewesen, und Devlin war froh, dass ihr nichts passiert war.

Und dann ereignete sich das echte Wunder.

Der Hengst ließ sich von ihr führen. Er täuschte Langeweile vor, um sein Gesicht zu wahren, doch das riesige Pferd ließ sich von ihr aus der Arena bringen. Es war ein kleiner Vertrauensbeweis.

Während sich die Menge auflöste, hinkte Devlin in die Mitte der Arena. Dort bückte er sich und hob die Baseballcap der Frau auf. Vorne auf der Mütze prangte das edle Logo der Sutherland Stables: zwei ineinander verschlungene elfenbeinfarbene S.

Dann begab Devlin sich auf die Suche nach der Frau.

»Ich lasse nicht zu, dass du den aufs Gestüt bringst«, sagte Peter zu A. J., als sie vor der Box des Hengstes standen.

Ihr Stiefbruder brüllte sie weiter an, doch A. J. war auf Sabbath konzentriert, der seinen Kopf über die Boxenwand in den Stallgang streckte. Der Hengst schien Peter ebenso viel Beachtung zu schenken wie sie. Sprich: so gut wie keine.

»Mein Gott noch mal«, unterbrach sie die Tirade schließlich. »Sabbath kommt mit nach Hause, und alles wird gut, sobald du dich einkriegst und mir aus dem Weg gehst.«

»Dieses Pferd kommt nicht in unseren Stall.«

»Und was schlägst du vor? Soll er im Haus wohnen? Deiner Mutter werden die Hufabdrücke auf ihren heiß geliebten Perserteppichen nicht gefallen. Und außerdem denke ich nicht, dass sie eine Pferdeklappe in die Küchentür sägen will.«

Peter und sie wohnten seit dem College-Abschluss beide wieder bei A. J.s Vater. Das war aufgrund der Spannungen zwischen ihnen keine ideale Situation, aber für A. J. war es günstig, so nahe an den Ställen zu wohnen, und Peter genoss den Luxus. A. J. wusste, dass ihr Vater sie gerne bei sich hatte, was man von seiner zweiten Frau nicht behaupten konnte. Regina Conrad, Peters Mutter und seit achtzehn Jahren mit Garrett Sutherland verheiratet, wollte zwar ihren Sohn stets in ihrer Nähe wissen, war indes nicht so sehr erpicht darauf, A. J. in ihrem eleganten Heim zu haben.

Peter schob sein Kinn nach vorn. »Ich streite nicht mir dir. Ich hatte dich gewarnt, ihn nicht zu kaufen. Doch wie immer bist du unempfänglich für Vernunft.«

Mit zunehmender Wut schwand A. J.s Geduld. Sie strengte sich an, nicht die Beherrschung zu verlieren, und unwillkürlich wanderte ihre Hand zu ihrem Hals, wo ein Diamant-Solitär an einer dünnen Kette hing. Er war das Einzige, was sie von ihrer Mutter hatte, und während sie den glitzernden Stein zwischen Daumen und Zeigefinger rieb, ermahnte sie sich, ruhig zu bleiben.

»Peter, vertrau mir. Ich kann ihn hinbekommen. Ich arbeite allein mit ihm.«

»Nicht, wenn ich mich weigere, für ihn zu bezahlen.«

Sie drehte sich zu Peter. »Das ist nicht dein Ernst.«

»Ein Anruf im Büro, und du hast keine Zahlungsbefugnis mehr.«

»Das kannst du nicht machen.«

»Wart's ab.«

»Tja, dann stelle ich eben einen Scheck aus, der meinem Privatkonto belastet wird.«

Peter musste überlegen. »Dein Vater erlaubt dir nie, diesen Hengst zu reiten.«

»Er mischt sich grundsätzlich nicht in mein Training ein.«

»Ich wette, das ändert sich, wenn ich ihm erzähle, dass dein kleiner Freund berüchtigt dafür ist, seine Reiter abzuwerfen. Ganz zu schweigen von seinem Talent, Leute herumzuscheuchen.«

»Du übertreibst maßlos.« A. J. ließ den Stein an ihrem Hals los. »Er wird eines von fünfzig Pferden im Stall sein. Du wirst nicht mal merken, dass er da ist.«

»Das Zahlenverhältnis sorgt mich weniger. Dieses Tier ist bösartig und gefährlich. Ich will keinen Massenexodus riskieren. Ich muss mein Unternehmen schützen.«

»Darf ich dich daran erinnern, dass Sutherland Stables zur Hälfte mir gehört?«

»Du bist fürs Reiten zuständig. Das Geschäftliche regle ich. Und du hast soeben dreißigtausend Dollar zum Fenster rausgeworfen, für die ich verantwortlich bin.«

»Allein an Deckprämien wird der Hengst dir ein Vielfaches einbringen.«

»Wofür? Für das zweifelhafte Vergnügen seiner Gesellschaft? Das bezweifle ich.«

»Wenn er erst ein Champion ist, bringt er Gewinne ein, jede Wette.«

»Du hast keinen Schimmer, ob dieses Pferd in irgendwas anderem als einem Bowling-Turnier mithalten kann. Seine Stärke scheint das Leute-Umkegeln zu sein, nicht das Springreiten.«

»Er hat schon an Turnieren teilgenommen!«

»Und er war ein Horror im Parcours. Das ist wohl kaum eine Empfehlung.«

»Er hat es im Blut.«

»Sie hat recht.«

A. J. drehte sich zu dem um, der ihr zustimmte, und fand sich einer Legende gegenüber.

Ihr Atem stockte, während ihre Körpertemperatur bedenklich anstieg. Devlin McCloud stand mit ihrer Baseballcap in der Hand so nahe bei ihr, dass sie die grünen Punkte in seinen braunen Augen sehen konnte. Ihr Herz pochte wie verrückt, angetrieben von dem deutlichen Knistern zwischen ihnen, als sie sich ansahen.

Obwohl sie sein Gesicht kannte, da die Presse oft und ausführlich über ihn berichtet hatte, begegnete sie dem Mann zum ersten Mal von Angesicht zu Angesicht. Schon auf der Titelseite einer Illustrierten war er umwerfend gut aussehend, doch in natura war er schlicht faszinierend. A. J. überkam ein Kribbeln, das ihren gesamten Körper erfasste.

Mein Gott, ist der schön, dachte sie.

Der Mann war gut über eins neunzig groß, breitschultrig, mit kräftigen Armen und einer lässigen, selbstbewussten Ausstrahlung. Er betrachtete die Welt mit tief liegenden, intelligenten Augen, die in diesem Moment Scheinwerfern gleich auf A. J. gerichtet waren. Sein Haar war dunkel und fiel dank eines Wirbels exakt an der richtigen Stelle nach hinten, und seine Haut war sonnengebräunt. Im Gegensatz zu Peter war er gekleidet wie sie, in Jeans und einem Arbeitshemd. Allerdings hätte er auch ein Geschirrtuch tragen können – er hätte immer noch gewirkt, als gehörte ihm hier alles.

Es war tatsächlich *der* Devlin McCloud.

In der Pferdewelt gab es so gut wie niemanden, der ihn nicht kannte. Er war ein Einzelgänger, eine nationale Pferdesport-Größe, der frühere Captain des olympischen

Reiterteams, ein vielfacher Goldmedaillen-Gewinner und einer der besten Springreiter, die das Land je hatte. Und spätestens seit seiner Tragödie war er eine Berühmtheit. A. J. blickte flüchtig zu seinen Beinen und bemerkte, wie ein Ausdruck von Gereiztheit über seine Züge glitt, weil es ihm nicht entging.

»Ich glaube, das ist Ihre«, sagte er und reichte ihr die Kappe.

Seine Stimme war tief, sinnlich und so rau, dass A. J. eine Gänsehaut bekam. Obwohl er schon oft im Fernsehen und Radio interviewt worden war, hörte sie ihn erstmals live sprechen. Zwar wusste A. J. viel über ihn, und sein privates Gestüt war nicht weit vom Sutherland-Anwesen, dennoch hatte sie nie zuvor mit ihm gesprochen. Was nicht ungewöhnlich war. Der Mann ließ so gut wie keinen an sich heran.

Ihr wurde bewusst, dass sie ihn ziemlich unhöflich begaffte, deshalb nahm A. J. die Baseballcap und wandte sich zu Peter. »Siehst du? Wenn jemand einen Champion erkennt, dann ist er es.«

»Ich habe nicht gesagt, dass er ein Champion wird.«

Erstaunt drehte sie sich wieder zu McCloud. »Aber Sie haben mir zugestimmt.«

»Ich denke, dass er das Springen im Blut hat. Ein Champion zu sein ist etwas völlig anderes.«

Seine Stimme klang herrlich, und A. J. stellte fest, dass sie die Bewegungen seiner Lippen beim Sprechen regelrecht fesselten. Es waren makellos geformte Lippen, die untere ein wenig voller als die obere, welche sich wiederum über geraden weißen Zähnen bog. A. J. fiel es schwer, seinen Worten zu folgen.

»Äh, aber wenn er das angeborene Talent hat, kann er gewinnen.«

»Was nützt das weltbeste Fundament, wenn man das Dach nicht aufsetzen kann, weil die Wände instabil sind?«

»Ganz meine Meinung«, sagte Peter.

»Nun, ihr irrt beide. Ich werde ihn zu einem Champion machen.«

»Du hättest bessere Erfolgsaussichten, wenn du ihn zu Hundefutter machst«, murmelte Peter.

Devlin stand vor der Frau, die ihn auf Anhieb gefangen genommen hatte, und verlagerte sein Gewicht, wobei er auch den Stock anders positionierte. Er sah, wie sie seiner Bewegung folgte, und hasste es, dass seine physische Schwäche derart offensichtlich war.

Aus der Nähe wurde ihm klar, dass er sie doch kannte. Sie war die Tochter von Garrett Sutherland, dem unglaublich wohlhabenden Ingenieur, und relativ neu im Profi-Pferdesport. Mit Mitte zwanzig verdiente sie sich eben erst ihre Sporen in der Oberliga, zeigte jedoch einiges an Talent. Der Kerl bei ihr musste Peter Conrad sein, der Verwalter des Gestüts.

Devlin ignorierte Peter, sah einzig die Frau an und entschied, dass sie verdammt schön war. Ihre Züge waren streng, ihr Kinn energisch, und ihre unglaublich blauen Augen begegneten seinem Blick ohne jede Scheu. All das mochte er. Außerdem hatte sie den Teint von jemandem, der viel Zeit im Freien verbrachte, und eine athletische Körperhaltung. Die Tatsache, dass ihre enge Jeans ihre weiblichen Kurven perfekt in Szene setzte, schadete ebenfalls nicht. Er konnte nicht umhin, sich zu fragen, wie sie wohl aussah, wenn sie ihr rotbraunes Haar offen über die Schultern fallen ließ.

»Ich glaube an ihn«, sagte sie, »und ich werde ihn in der Qualifizierung reiten.«

»Da machst du dich vor allen lächerlich«, konterte ihr Stiefbruder.

»Oder er und ich gewinnen vielleicht.«

In zwei Monaten sollten die besten Springer des Landes um die Plätze im Team kämpfen, das gegen die Spitzenreiter in Europa antreten würde. Am Ende der Ausscheidung würde der mit den meisten Punkten als Team-Captain nach Übersee reisen, und weil alle schon auf die Olympiade ein Jahr später schielten, würde der Favorit gleichzeitig als heißer Kandidat für die amerikanische Goldmedaillenjagd gehandelt werden. Die Qualifizierung war ein prestigeträchtiges Ereignis, das im edlen Borealis Hunt and Polo Club abgehalten wurde. Und da der Wettbewerb offen war, konnte jeder teilnehmen, auch wenn er keinen Ranglistenplatz hatte.

Devlin kannte die Qualifizierung gut und hatte sie oft gewonnen. Vor allem aber war es exakt dieses Ereignis gewesen, das ihn seine Karriere gekostet hatte.

»Kommt nicht infrage.« Peter wippte auf seinen italienischen Halbschuhen wie ein nervöses Metronom. »Das darfst du nicht. Du würdest uns alle blamieren.«

»Danke für deine Unterstützung«, erwiderte sie spitz und sah wieder Devlin an.

Nun erkannte er eine Unsicherheit in ihrem Blick, die sie eindeutig verbergen wollte.

Sie sorgt sich zu Recht, dachte er. Bei dem Hengst war eine Menge Arbeit nötig, und selbst wenn man die investierte, konnte man nicht sagen, ob sich die Investition lohnte. Zwei Monate waren für jeden Reiter mit neuem Pferd knapp bemessen, sogar wenn es sich um ein besonders folgsames Tier und einen sehr erfahrenen Reiter handelte.

»Ich warne dich«, sagte Peter, bevor er sich zum Gehen wandte. »Bring dieses Pferd ja nicht in meinen Stall!«

»Unseren Stall«, korrigierte sie.

Aber Peter ging bereits weg, wobei er weiträumig einem Heuhaufen auswich, der vor einer anderen Box lag, und im nächsten Moment quiekte, weil sich neugierige Nüstern nach ihm reckten.

»Verfluchte Viecher«, schimpfte er vor sich hin.

A. J. wandte sich zurück zu Devlin, und während ihr Blick über seine breiten Schultern wanderte, vergaß sie vorübergehend ihre Wut. Ihr fiel auf, dass sein Haar den Hemdkragen oben gerade streifte; seidige Locken stießen auf Flanell, und A. J. malte sich aus, wie sie sich wohl anfühlten. Ihre Finger drückten die Baseballcap zusammen, und ihr Herz klopfte wild vor lauter irrer Vorfreude.

Sie spürte, dass sie rot wurde, räusperte sich und fragte: »Halten Sie es für machbar?«

Ihr Optimismus machte Devlin wehmütig. An dieses Gefühl erinnerte er sich noch vage. Er war nicht einmal zehn Jahre älter als sie, kam sich aber beim Blick in ihre kristallklaren blauen Augen uralt vor.

Was für eine Farbe war das? Himmelblau?

Er fühlte eine Regung tief im Inneren seines Körpers und musste seinen Blick abwenden. Statt in ihr Gesicht blickte er nun zu ihrer Hand, die ihre Baseballcap zerknüllte. Das Logo rief ein Stirnrunzeln bei ihm hervor.

Devlin hatte von jeher eine Abneigung gegen die rastlosen Reichen, die es bisweilen in die Welt des Reitsports zog. Nicht jeder vermögende Mensch war automatisch ein schlechter Reiter, doch diejenigen, die den Sport lediglich wählten, weil sie ihn für prestigeträchtig hielten, konnte Devlin nicht ausstehen. Solche Leute waren schuld, dass Pferde misshandelt oder verletzt wurden.

Und so wenig protzig die Frau vor ihm in ihrer Jeans und der Stalljacke wirkte, wusste Devlin doch mehr über den Reichtum ihrer Familie als über ihre Reitkünste. Beim Anblick des Logos in ihren Händen war er überaus versucht, ihr die kalte Schulter zu zeigen und zu gehen. Abgesehen vom Geld ihres Vaters war das Letzte, was Devlin wollte, sich mit den Hoffnungen und Träumen eines anderen Reiters zu befassen. Immerhin kämpfte er seit einem Jahr damit, dass er seine eigenen Hoffnungen und Träume für immer begraben musste.

Am Ende jedoch sah er wieder in ihre Augen und schaffte es nicht, ihr eine Antwort zu verweigern. Dieses Blau löste etwas Unerklärliches in ihm aus. Er fühlte sich irgendwie geläutert, weniger zynisch, weniger lebensüberdrüssig. Und es weckte den Wunsch in ihm, ihr näher zu sein.

»Ich kenne weder Sie noch das Pferd gut genug, das zu beurteilen«, antwortete er vorsichtig. »Harte Arbeit und Training werden wohl Sie beide über die Hindernisse bringen, vorausgesetzt, er wirft Sie nicht zum Spaß ab. Aber gewinnen? Das erfordert Teamarbeit, und die kann man keinem beibringen, weder Pferden noch Menschen.«

Für einen Sekundenbruchteil nahm ihr Gesicht einen

ängstlichen Ausdruck an, doch dann wurde es wieder optimistisch.

»Ich brauche einen Trainer«, sagte sie.

Devlin erlitt einen physischen Schock, sowie ihm aufging, worauf sie hinauswollte. »Bei Ihren Mitteln finden Sie sicher einen.«

»Ich will Sie.«

»Nein, wollen Sie nicht.«

»Aber Sie sind der Beste, und ich brauche …«

»Sie brauchen jemanden, der Wunder vollbringt. Und meine Wunder gingen mir bei der Qualifizierung im letzten Jahr aus.«

Sie berührte seinen Arm. Devlin war sprachlos, was diese zarte Berührung mit ihm anstellte. Ihm war, als würde er verbrannt, bloß dass es ihm gefiel. Ruckartig zog er seinen Arm weg, sosehr diese Empfindung auch seine Neugier erregte.

»Bitte, ich zahle …«

»Sie können nicht alles mit Geld bekommen«, fiel er ihr ins Wort.

Ehe er abermals den Verstand verlor, drehte er sich um und ging weg, wobei ihm sein Humpeln noch viel schlimmer schien als sonst.

A. J. blieb vor Sabbaths Box stehen und versuchte nicht, McCloud aufzuhalten. Sie fühlte sich hundeelend, weil sie ihn eindeutig beleidigt hatte, was sie ganz und gar nicht gewollt hatte. Sie hielt es ehrlich für eine gute Idee. Wer könnte ihr besser helfen als er, das Pferd zu verwandeln?

Sie lehnte sich an die Boxentür und dachte an McClouds Geschichte. Vor ungefähr zehn Jahren war er aus dem Nichts in der Springreiterszene aufgetaucht und über Nacht zu einem Riesenerfolg geworden. Obwohl er erst in den frühen Zwanzigern gewesen war, war er schnell berühmt dafür geworden, ein nüchterner, unerschütterlicher Turnierreiter mit einem unvergleichlichen Gespür für Pferde zu sein. Nachdem er eine ganze Reihe von Turnieren mit Pferden gewonnen hatte, die unter anderen Reitern gut, unter ihm hingegen spektakulär gewesen waren, hatte er in einer blassgrauen Schimmelstute das ideale Tier für sich gefunden. Er und Mercy beherrschten den Sport so lange, dass die meisten sich nicht mal mehr erinnerten, wann die zwei nicht ganz oben gewesen waren.

Ob im Parcours oder beim Cross-Country, die beiden waren unschlagbar, und die Leute liebten sie. Ihnen flogen die Herzen nicht nur zu, weil sie gewannen, sondern weil sie ein Traumpaar waren. Mann und Pferd bewegten sich als eine Einheit, die durch den Sattel verbunden war, nicht getrennt. Mit seiner besonderen Stute und seinem großen Talent deutete alles darauf hin, dass Devlin McCloud noch ewig als König des Reitsports herrschen würde.

Tragischerweise kam es völlig anders.

Beim Turnierspringen wurden immer wieder Menschen und auch Pferde verletzt. Das war die Kehrseite des Sports, und für manche gehörten gerade diese Risiken zum besonderen Nervenkitzel. Meistens trugen die Gestürzten Prellungen und Abschürfungen davon, doch nicht alle. Leider hatten Devlin und Mercy beim frühmorgendlichen Aufwärmen vor der Qualifikation nicht so viel Glück. Devlin wurde auf einer Trage vom Parcours gebracht, und Mercy musste noch am Ort ihres Sturzes eingeschläfert werden.

Die Nachricht vom Unfall hatte sich binnen einer Stunde in der gesamten Reiterszene herumgesprochen. Schlagartig waren alle in Trauer und wollten Devlin ihr Mitleid ausdrücken. Doch egal wie viele ihm Hilfe anboten – er wies sie schroff ab. In Anbetracht seines Rufs als Einzelgänger hatte es niemanden gewundert, dass er sich hinterher vollends zurückzog. Er isolierte sich mit seinem Schmerz und sperrte die Welt aus. Gerüchte gingen um, dass er die Gegend verlassen hätte, nach Virginia gezogen wäre und nie mehr wiedergesehen würde. Doch A. J. hatte gewusst, dass sie nicht stimmten. Hin und wieder, wenn sie in die gewundene Ausfahrt von Sutherland Stables bog oder aus ihr herausfuhr, hatte sie ihn finster und grüblerisch hinterm Steuer seines Pick-ups hocken gesehen.

Sie seufzte resigniert, denn es war unendlich traurig, wie viel er verloren hatte. Der Mann war ein Rätsel, ein umwerfend gut aussehender, wahnsinnig attraktiver Mann, der A. J. nach einer fünfminütigen Unterhaltung das Gefühl gab, sie hätte einen halben Liter Selbstgebrannten getrunken. Und diese Stimme ... Sie ertappte sich bei dem Gedanken, wie sich seine Lippen wohl auf ihren anfühlen würden.

»Ist vielleicht besser so«, sagte sie laut und wurde rot. Ihre Hände fühlten sich eiskalt an, als A. J. sie an ihre Wangen drückte.

Würde sie denn einen Trainer wollen, der solch eine Wirkung auf sie hatte wie Devlin McCloud? Sie konnte seine Nähe ja kaum über mehrere Minuten ertragen, ohne um ihre Fassung zu fürchten. Und so wie sich der Hengst benahm, dürfte es schwer genug werden, die Qualifizierung heil zu überstehen; da sollte sie das Training nicht zusätzlich verkomplizieren, indem sie einen Coach engagierte, über den sie am liebsten herfallen würde.

»Also sind es nur Sie und das Pferd, *non?*«, riss sie eine Stimme mit starkem französischem Akzent aus ihrer Träumerei.

A. J. wandte sich um und musste sich eine Grimasse verkneifen, als Philippe Marceau auf sie zukam. Es war weithin bekannt, dass er ein besserer Reiter als Mensch war. Entsprechend war eine Begegnung mit ihm in etwa so erfreulich wie eine Migräneattacke. Am liebsten wäre A. J. in die entgegengesetzte Richtung gelaufen.

So wie er den Stallgang hinunterstolzierte, erinnerte er sie an Peter. Marceau war gleichfalls völlig überzogen gekleidet. Er trug einen hellen Seidenanzug zu einem Hemd und Schlips in scheußlichem Pink. Bei A. J. und dem Hengst angekommen, richtete er die schrille Krawatte theatralisch, wobei er die kleinen Finger wie Pistolenabzüge anwinkelte. A. J. fand, er sah wie ein Schnulzensänger aus einer schäbigen Bar aus, der sich auf dem Weg zur Arbeit verlaufen hatte, und sie würde ihn mit Freuden irgendwo anders hin auf diesem Planeten dirigieren.

»Ein guter Kauf«, sagte er mit einem Nicken zur Box. »Wenn man auf der Suche nach einem unheilstiftenden Halbwildpferd ist.«

»Schicker Anzug. Hoffen Sie heute Abend noch auf Paparazzi?«

»Immerzu schlagfertig, nicht? Ein Jammer, dass eine so schöne Frau ihr Aussehen mit Stallkleidern und ihre reizenden Lippen mit schlechter Laune vergiftet.«

Sabbath, der wieder zu fressen begonnen hatte, nachdem Devlin fort war, hob seinen Kopf und prüfte den neuen Duft. Er musterte Philippe kurz und legte die Ohren an.

»Also, verraten Sie mir«, sagte Philippe, während er so nahe kam, dass sein Eau de Cologne A. J. fast erstickte. »Wann gehen Sie mit mir aus? Ein gutes französisches Essen, etwas Wein, etwas Konversation. Vielleicht mehr ...«

Nichts lag A. J. ferner. Und was das »mehr« anging, war sie die Letzte, die auf seine kontinentale Verführermasche hereinfiel. Zudem war dem Mann Diskretion fremd, weil er viel zu gern mit seinen Eroberungen prahlte, und selbst wenn sie ein Faible für falsche kleine Männer mit großem Ego hätte, würde sie kein weiterer Name auf einer erstaunlich langen Liste sein.

»Danke für die Einladung, Philippe, aber ich gehe nicht aus.«

»Das hörte ich. Die Eiskönigin bleibt im Schloss ihres Vaters.«

»Keine Gesellschaft ist besser als schlechte.«

»*C'est vrai*, wenn die alles ist, was sich Ihnen anbietet.«

A. J. wies ihn nicht darauf hin, dass er sich ihr eben selbst angeboten hatte.

Stattdessen sagte sie: »Ich werde vorerst ganz mit Sabbaths Vorbereitung für die Qualifizierung beschäftigt sein.«

»Sie wollen dieses Ding bei der Qualifizierung reiten? Haben Sie schon vergessen, dass die in zwei Monaten ist, *chérie?* Sie brauchen entweder ein anderes Pferd oder eine Ewigkeit, bevor Sie auf dem Niveau mithalten können.«

»Nun, dann verstehen Sie gewiss, warum ich nicht mit Ihnen ausgehe.«

»Quel dommage«, sagte er und musterte sie unverhohlen von oben bis unten. »Sie sind närrisch, solch ein Turnier auf dem Rücken dieses wertlosen Pferdes reiten zu wollen. Andererseits erwartet ohnehin niemand, dass Sie gewinnen. Wenn Sie scheitern, wird sich keiner wundern, also haben Sie nichts zu verlieren. Das ist beinahe ein Glück für Sie.«

A. J. hätte ihm gern ein paar Takte darüber erzählt, wie ernst sie das Turnierreiten nahm, nur war er nun schon bei seinem Lieblingsthema. Sein dramatischer Seufzer klang wie der eines Sängers, der seine Stimmbänder aufwärmte.

»Sie können sich nicht vorstellen, welche Last es ist, ein Champion zu sein. Der Druck, Großes zu leisten, zu glänzen. Ich stelle mich ihm jedes Mal, wenn ich in den Parcours komme, sogar beim Training.«

Dieses Gespräch führte der Mann mit jedem, der das Pech hatte, in seine Umlaufbahn zu geraten. Angeblich waren Leute schon freiwillig rückwärts auf Harken getreten, um sich von ihm zu befreien. Und A. J., die bereits mehrfach als sein Publikum hatte herhalten müssen, wollte wetten, dass ein Harkenstiel am Hinterkopf nicht annähernd so schmerzhaft war, wie diesem Mann zuzuhören.

Während er weiterschwadronierte, beobachtete sie Sabbaths Kopf, der sich langsam über die Boxentür schob. Philippe ging ganz in seiner Prahlerei auf und bekam nicht mit, dass sich die Nüstern des Hengstes bedenklich näherten. A. J. ahnte, dass das Pferd nichts Gutes im Schilde führte, aber das konnte sie ja nicht mit Sicherheit wissen. Es blieb reichlich Zeit, einzuschreiten, sagte sie sich und sah zu, wie Sabbath dem eingebildeten Franzosen beständig näher kam. Und gewiss hatte der Hengst für einen Tag schon hinreichend Spaß gehabt.

Wie sich herausstellte, irrte sie sich in beidem. Blitzschnell beugte sich der Hengst vor, biss in Philippes Ärmel und zerrte kräftig daran. Der Mann torkelte ungelenk, bevor er wie ein Sack Hafer umkippte und gegen die Boxentür fiel.

Philippes Gesicht nahm einen unschönen Rotton an, und mit zitternden Händen bürstete er sich seinen Anzug ab. A. J. vermutete, dass der französische Wortschwall, der sich nun über seine Lippen ergoss, hauptsächlich aus Flüchen bestand. Zwar konnte sie kein Französisch, doch es klang nicht wie ein Loblied auf die Vorzüge, dann und wann auf seinem Hintern zu landen.

Sowie sich der Mann hinreichend gefangen hatte, wechselte er wieder ins Englische. »Dieses Pferd wird nie ein Champion. Er hat das Benehmen eines gemeinen Esels, und ich würde von ihm genauso wenig erwarten, dass er die Hindernisse nimmt, wie ich damit rechne, dass er aufrecht geht. Er ist dumm, und das sind Sie auch, weil Sie mehr als einen Dime für ihn bezahlt haben.«

Er hatte das Wort *»düüümmm«* ausgesprochen.

Sie war froh, als er mit einem beleidigenden Schnauben davonschritt, während er immer noch hektisch seinen Anzug abklopfte.

A. J. bedachte Sabbath mit einem strengen Blick.

»Das war nicht nett. Ich muss allerdings zugeben, dass wir ihn alle schon mal von seinem Podest schubsen wollten.«

2

Bis A. J. Sabbaths wenige Sachen aus seinem früheren Stall geholt hatte, wurde es schon dunkel. Ihre Unterhaltung mit dem Vorbesitzer des Hengstes fiel extrem kurz aus. Anscheinend hatte der Mann Angst, sie könnte es sich anders überlegen. Er drückte ihr die Abstammungspapiere in die Hand, als wären sie ein Dynamitbündel mit brennender Lunte.

Nun blieb A. J. nur noch, die Rechnung beim Büro des Auktionshauses zu begleichen. Als sie durch die Menge ging, holten sie die Worte ihres Stiefbruders wieder ein. Dass er von Sutherland Stables als *seinem* Gestüt sprach, gab ihr zu denken. Sie hatte sich stets so sehr mit dem Training und den Turnieren befasst, dass sie über die geschäftliche Seite nie viel nachgedacht hatte.

Abgesehen von den Pferden, auf denen sie trainierte, lebten noch an die fünfzig weitere, die Reiter oder Trainer dort eingestellt hatten, in den Stallungen. Dank der beträchtlichen Gebühren, die durch sie hereinkamen, waren alle nur denkbaren Trainingsmittel verfügbar, einschließlich eines Pools speziell für Pferde. Außerdem hatten sie eine Vielzahl von Arenen, Reitwegen und Spring-Parcours sowie mehrere Paddocks und Longierplätze. Es war ein großes Unternehmen, das eine Menge Geld einbrachte.

So hatte es keineswegs angefangen. Als A. J.s Mutter und ihr Vater jung verheiratet herzogen, hatte Garrett eine Scheune und einen Reitplatz für die heiß geliebten Pferde seiner Frau gebaut. A. J.s schönste Erinnerungen an ihre Mutter waren die an ihre gemeinsame Arbeit mit den Pferden, und nachdem ihre Mutter starb, wurde das Reiten für A. J. noch wichtiger. Ihre Fertigkeiten und ihr Interesse wuchsen mit dem Gestüt, und sie wusste, dass ihr Vater es genoss zuzusehen, wie beides mehr und mehr gedieh. A. J. selbst hatte sich sehr gefreut, als das neue Gebäude errichtet wurde und neue Gesichter kamen, die zu ihrer erweiterten Familie wurden. Für sie war Sutherland mehr als ein Geschäft; es war sowohl das Vermächtnis ihrer Mutter als auch eine Gemeinschaft, in der A. J. sich angenommen fühlte. In den Stallungen und Trainingsanlagen war sie heimischer als im Herrenhaus, in dem sie wohnte.

Ihr Stiefbruder nahm es völlig anders wahr. Peter hatte sich nach dem College dem Geschäftlichen gewidmet, weil seine Mutter verlangte, dass er sich nützlich machte, während er versuchte, Schauspieler zu werden. Da er davon ausging, dass er zu vielen Vorsprechterminen reisen und bald schon ein gefragter Hollywood-Star sein würde, hatte er zugestimmt, sich um die Bücher zu kümmern. Rasch zeigte er eine echte Begabung für Finanzen. Leider beeindruckten ihn selbst seine diesbezüglichen Geschicke wenig, und für ihn war jede Minute auf dem Gestüt Zeit, die ihn an sein schauspielerisches Scheitern erinnerte. Nach vielen Jahren des Vorsprechens schien es, als sollte die eine Zahnpastawerbung der Höhepunkt seiner Filmkarriere gewesen sein.

Obwohl sie sich über Geld und auch so ziemlich alles andere permanent stritten, musste A. J. zugeben, dass Peter sehr gut darin war, das Gestüt zu verwalten. Er hatte ein Faible für Zahlen – wohingegen seine sozialen Fähigkeiten in Frage gestellt werden durften –, und Sutherland wäre ohne ihn gewiss nicht so erfolgreich, wie es war. Umso bedauerlicher war, dass er es hasste, in die Nähe der Ställe zu gehen, und es jeden deutlich spüren ließ. Er mochte den Geruch nicht und konnte es nicht leiden, dass Stroh und Heu sich hartnäckig an seine Kleidung hefteten. Er verabscheute den Matsch im Frühling, die Insekten im Sommer und die Kälte im Herbst und Winter. Vor allem aber verabscheute er sein Büro, und das unabhängig von der Jahreszeit. Ursprünglich war der Raum ein Kornspeicher gewesen, und bei Regen roch es hier nach wie vor süßlich nach altem Futtergetreide, egal wie oft der Teppich shampooniert wurde, den Peter dort auslegen ließ.

Das Einzige, was ihm gefiel, war das Geldverdienen, und er mochte es, wenn sich Guthaben auf dem Konto anhäufte. Jedes Mal, wenn A. J. etwas für das Gestüt kaufen wollte, musste sie ihn anbetteln und vor ihm auf die Knie fallen. Sie hasste Betteln. Für sie war Geld zum Benutzen da. Es ermöglichte Leuten, ihre Träume zu erfüllen, und A. J.s Träume waren kostspielig. Wo das Geld dafür herkam, hatte sie nie interessiert. Sie war viel zu sehr damit beschäftigt, Hufe auszukratzen, Heu- und Strohballen umherzukarren und Wurmkuren zu verabreichen. Es erschien ihr sinnlos, auch nur einen Moment an den Gedanken zu verschwenden, wie viel sie für etwas ausgab, das sie brauchte, oder zu warten, bis es zu einem besseren Preis angeboten wurde.

Ihre so gegensätzlichen Auffassungen zum Betrieb des Gestüts sorgten für jede Menge Streit, und ihre Zwiste beschränkten sich nicht auf die Stallungen. Da sie beide noch zu Hause wohnten, übertrug sich jede Zankerei aus den Ställen geradewegs ins Herrenhaus, wo sie mit dem Abendessen wieder auf den Tisch kam. Regina schlug sich auf Peters Seite, und A. J.s Vater, der bei jedem noch so nichtigen Konflikt Verdauungsstörungen bekam, bat alle, einen kühlen Kopf zu bewahren und leiser zu sprechen.

Garrett schluckte reichlich Magentabletten.

Eigentlich wurde es für sie und ihren Stiefbruder höchste Zeit, von zu Hause auszuziehen, denn sie waren beide Mitte zwanzig. Aber A. J. blieb neben dem Training kaum Muße, sich nach einer eigenen Wohnung umzusehen, und Peter genoss die Annehmlichkeiten des Herrenhauses viel zu sehr. Zudem glaubte A. J., dass ein chirurgischer Eingriff nötig wäre, um ihn dem Einflussbereich seiner Mutter zu entziehen. Regina Sutherland, vormals Conrad, war eine dominante Frau mit einem unersättlichen Drang nach Bestätigung. Folglich musste sie unbedingt beweisen, dass alles an ihr und ihrem Sohn glänzend war. A. J. fand die fortwährende Eigenwerbung schwer auszuhalten, und wie Peter so viel heiße Luft ertrug, war ihr schleierhaft.

Sein Trostpreis dürfte wohl eine gigantische Mutterfixierung sein.

A. J. kamen die zwei wie ein Paar sehr teurer zusammenpassender Gepäckstücke vor, aber Garrett war anscheinend zufrieden. Und sein Glück war der Grund, weshalb A. J. sich bemühte, mit ihrem Stiefbruder und Regina auszukommen. Das war nicht leicht.

Beim Auktionsbüro angekommen, öffnete A. J. eine Tür, die auf jene typische freundliche Art von Farmtüren quiekte, und ging hinein. Margaret Mead, eine sechzigjährige irische Witwe, blickte hinter dem Tresen auf und lächelte. Die beiden kannten sich seit Jahren.

»Ah, A. J., na, müsstest du heute nicht fröhlicher aussehen?«

»Hast du nicht gehört, was ich gemacht habe?«

»O doch, habe ich.«

»Und du willst dich nicht den anderen anschließen und mir sagen, ich wäre nicht ganz dicht?« A. J. stellte ihren Rucksack auf den Tresen und stützte sich mit den Armen auf.

»Haben sie das gesagt?«

A. J. verzog nur den Mund.

»Hör nicht auf die«, sagte Margaret und zog eine Akte heraus. »Du hast bei dem Pferd auf dein Gefühl vertraut. Man bringt sich bloß in Schwierigkeiten, wenn man mehr auf die anderen hört als auf sich selbst. Der Hengst ist jetzt deiner, und ihr zwei fangt ganz neu an.«

Margaret reichte ihr einige Papiere über den Tresen und zog einen Stift aus einem Kaffeebecher voller Schreibutensilien. A. J. ging die Dokumente durch, nahm den Kugelschreiber und wollte schon unterzeichnen, als sie die Rechnungsadresse oben auf dem Blatt sah: *Sutherland Stables, c/o Peter Conrad.*

Kurz entschlossen zerriss sie das Blatt.

»Ich schreibe dir einen privaten Scheck aus«, sagte A. J. und holte ihre Brieftasche hervor.

Sie wusste selbst nicht recht, was sie tat, aber diese Entscheidung fällte sie mit derselben instinktiven Gewissheit, die sie bewogen hatte, für den Hengst zu bieten. Sie datierte den Scheck vor, damit sie Geld auf ihr Konto nachschießen konnte, ehe es belastet wurde, und ihr wurde ein bisschen mulmig, als sie die vielen Nullen schrieb. Der Betrag riss ein gewaltiges Loch in ihre Ersparnisse, aber ihr war diese Investition allemal lieber als das Risiko, dass Peter die Zahlung verweigerte, um bei ihrem Streit zu siegen.

Als sie den Scheck herausriss und Margaret gab, fragte sie sich, ob sie den Verstand verloren hatte. Im Laufe der Jahre hatte sie sich von den Zuwendungen ihres Vaters ein kleines Polster ansparen können. Es war ein Symbol für ihre Unabhängigkeit, und sie hatte es nie angetastet. Jetzt war es praktisch mit einem Schlag weg.

Womöglich lag Peter mit seinem Zahlenfimmel gar nicht so falsch, denn erstmals wurde A. J. bewusst, wie vergänglich Geld sein konnte. Es fiel ihr schwer, zu glauben, dass sie soeben ihre gesamten Ersparnisse für einen vierjährigen Rüpel mit Hufen versenkt hatte.

Margaret nahm den Scheck. »Guck nicht so bedröppelt! Das Loch in deinem Bauch ist bloß die übliche Käuferpanik. Atme ein paar Mal tief durch, dann wird's besser, ganz bestimmt.«

A. J. bemühte sich, ihren Schock hinunterzuschlucken. Es war immer Geld da gewesen und würde auch künftig welches da sein, sagte sie sich. Und falls Sabbath ein Champion wurde, konnte sie wahrscheinlich dem Gestüt Anteile an ihm verkaufen und einiges von ihrem Geld zurückbekommen, ohne ihr Pferd aufgeben zu müssen.

Als sie wieder zu Sabbaths Box kam, fühlte sie sich ein

wenig besser. Und dass sich der Hengst anscheinend freute, sie zu sehen, half ebenfalls. Sobald er ihren Geruch wahrnahm, wieherte er leise, streckte den Kopf vor und ließ sich von ihr die samtigen Nüstern streicheln.

»Tja, jetzt ist es offiziell. Wir beiden stecken hier zusammen drin«, sagte sie zu ihm. »Also, wie sieht es aus? Sollen wir von hier verschwinden?«

Sie brauchte eine halbe Stunde, ihn reisefertig für die hundert Meilen zurück zum Gestüt zu machen. Sie bandagierte seine Beine, legte eine Decke über seinen glänzenden Rücken und ging nach draußen, um den großen Sattelschlepper zu holen, der zur Sutherland-Flotte von Pferdetransportern zählte. Als sie den Hengst auf die Rampe führte, war sie sehr wachsam, falls er beschloss auszubrechen. Doch er zeigte keinerlei Interesse, Theater zu machen.

Ohne Bühne keine Vorstellung, dachte sie, als sie ihn in eine der engen Boxen brachte. Nachdem der Hengst sicher drinnen war, schloss A. J. die hinteren Türen und kletterte vorn ins Führerhaus. Dort startete sie den mächtigen Dieselmotor mit einem winzigen Schlüssel. Als sie losfuhr, überkam sie eine kribbelnde Vorfreude angesichts all der Möglichkeiten, die sich vor ihnen auftaten.

Während die Highway-Meilen dahinflossen und es Abend wurde, wanderten A. J.s Gedanken zurück zu Devlin McCloud. Sie erinnerte sich an den rauen Klang seiner Stimme, an sein atemberaubendes Gesicht aus der Nähe, an jedes Blitzen in seinen braunen Augen. Ihr Körper reagierte, als säße er neben ihr, und ihr war, als hätte man über ihr eine Wärmelampe eingeschaltet.

Was war so berauschend an ihm? Da war etwas an seinem Selbstvertrauen und seiner Intelligenz, in diesen Augen, in seiner kraftvollen Ausstrahlung, seinem Körper …

»Du kannst jetzt aufhören«, sagte sie laut. »Er ist ein ganz normaler Mann, alles andere entspringt nur deiner Fantasie.«

Aber A. J. träumte weiter. Im Flachland zwischen dem Auktionshaus und dem Gestüt malte sie sich aus, wie sie ihm zufällig wiederbegegnen könnte. Das war nicht so einfach, bedachte man, wie zurückgezogen er lebte, und die wahrscheinlichste Variante, die ihr einfallen wollte, war der Tagtraum, in dem sie mit einem Platten direkt vor seiner Einfahrt liegen blieb. Er würde in seinem Truck vorbeikommen; sie würden reden, während er die Radmuttern löste, und sich vielleicht zum Abendessen verabreden. Und ins Kino. Danach brachte er sie nach Hause und küsste sie in der Dunkelheit …

Natürlich war das alles komplett abwegig. Sie war keine Frau, die Männer um ein Date baten, und sie würde sich mit dieser ganzen Rette-mich-du-großer-starker-Mann-Nummer extrem schwertun. Noch dazu kam Devlin McCloud ihr nicht wie der Typ vorkam, der seine Zeit fürs Kino opferte.

Was würde er dann mit einer Frau anfangen, fragte sie sich. War er die Sorte, die lieber kochte und zu Hause aß? Sie glaubte jedenfalls nicht, dass er sich für Monster-Truck-Rallyes begeisterte. Ein formelles Essen in einem Fünf-Sterne-Restaurant? Ein Picknick in den Bergen? Ein Ausritt durch bewaldetes Gelände mit vielen intensiven Blickwechseln? Was auch immer, A. J. interessierte vor allem das, was hinterher passieren würde. Wie wäre er als Liebhaber? Sanft und langsam oder von rasender Lust angefeuert? Das hing wohl davon ab, mit welcher Frau er zusammen war und wie sehr er sie begehrte.

Sie runzelte die Stirn, weil ihr nicht behagte, welche Richtung ihre Gedanken einschlugen. Normalerweise dachte sie praktisch, nicht romantisch, und erotische Fantasien waren ihr völlig fremd. Für gewöhnlich träumte sie von Dingen wie der Entdeckung des perfekten Hufschmieds oder eines Tierarztes, der mit Freuden nachts um zwei in einen kalten Stall kam. Andererseits hatte sie auch noch nie jemanden wie ihn kennengelernt, und sie konnte sich nicht entscheiden, ob sie ihn dringend wiedersehen wollte oder dankbar sein sollte, dass es unwahrscheinlich war. Er hatte eine starke Wirkung auf sie gehabt, und so aufregend es auch gewesen war, in seinem Orbit zu sein, schien es ihr doch recht gefährlich zu sein.

Ihre Rückbesinnung auf die Realität und die Tatsache, dass sie auf dem Gestüt angekommen war, lenkte sie zurück zu dem Hengst. Als sie durch das majestätische weiße Tor fuhr, fragte sie sich, wie Sabbath sein neues Zuhause gefallen würde.

Wie sich herausstellte, sollten seine Hufe keine Chance bekommen, den Boden zu berühren.

Kaum hielt sie den Sattelschlepper vor dem großen Stallgebäude an, kamen Peter und ihr Vater aus dem Büro. Ihre Gesichter verrieten A. J. schon, was sie erwartete. Peter guckte sehr ernst, und ihr Vater hatte diese gequälte Miene, die er stets aufsetzte, wenn er ihr etwas abschlagen musste.

Ohne die beiden zu begrüßen, stieg A. J. aus dem Führerhaus und zog die Seitentür des Auflegers auf, um nach dem Hengst zu sehen. Die beiden folgten ihr hinein.

»Dieses Pferd muss verschwinden«, sagte Peter. »Dein Vater stimmt mir zu.«

»Arlington, Liebes«, flehte Garrett, »sei doch bitte vernünftig.«

A. J. atmete genervt aus. »Ich habe wirklich keine Zeit, mit euch beiden zu streiten. Zuerst muss ich dieses arme Pferd aus der Schuhschachtel holen, in der es seit anderthalb Stunden steckt.«

»Du bringst den Hengst nicht in unseren Stall«, sagte Peter.

»Wie es aussieht, kannst du nichts mehr dagegen tun, oder?«

»Doch, das habe ich sogar schon. Ich habe einen Käufer für ihn gefunden.«

»Was?« Sie fuhr herum. »Du hast kein Recht, eines unserer Pferde ohne meine Erlaubnis zu verkaufen!«

»Sag es ihr, Garrett.«

»Mir was sagen?« Ihre Finger zitterten vor Wut, als sie zu ihrer Halskette griff.

»Nun, Liebes, ich ...«

»Es gab eine kleine Änderung in den Geschäftspapieren«, erklärte Peter. »Dank deiner unbedachten Entscheidung bin ich jetzt alleiniger Geschäftsführer der Firma, der Sutherland Stables gehört.«

»Und was genau heißt das?«

»Das heißt, dass ich das Geschäft jetzt vernünftig führen kann, ohne mir dauernd Sorgen zu machen, dass du das Geld zum Fenster rauswirfst. Ich habe ein Vetorecht, kann den Betrieb verschlanken, eventuell sogar diversifizieren. Und ich kann diesen Dämon so weit von hier wegschicken, wie ich will.«

»Er ist kein Dämon!«

»Dann definieren du und ich das Wort unterschiedlich. So oder so ist der Kauf dieses Hengstes ein weiteres Beispiel für deine Unfähigkeit, Entscheidungen gründlich zu überlegen oder die finanziellen Gegebenheiten zu bedenken.«

»Finanzielle Gegebenheiten! Ich rede von einem Champion. Ich rede von Gewinnen. Was dieses Gestüt braucht, sind Sieger, keine Erbsenzähler.«

»Du hast viel mehr als den Marktwert für ihn bezahlt.«

»Er ist jeden Penny wert.«

»Er ist höchstens die Hälfte von dem wert, was du bezahlt hast.«

»Woher willst du das wissen?«

»Weil ich ihn zu dem Preis verkauft habe.«

A. J. sah Garrett entsetzt an. »Das kann nicht dein Ernst sein.«

»Peter hat recht«, antwortete er kreuzunglücklich. »Das Pferd ist gefährlich, und du hast wahrscheinlich zu viel für ihn bezahlt.«

»Deshalb gibst du ihm das Gestüt?«

»Er würde seine Macht nie missbrauchen.«

»Und wie nennst du es dann, dass er eigenmächtig ein Pferd verkauft, mit dem ich Turniere reiten will?« Sie bemerkte, dass ihr Vater in seiner Tasche nach Tabletten wühlte. Während er zwei Stück in den Mund steckte und hektisch zerkaute, sagte sie: »Das ist lächerlich. Und unnötig.«

»Arlington, ich mache mir Sorgen um deine Sicherheit.«

»Das verstehe ich, aber ohne Risiko gibt es keinen Erfolg.«

»Kalkuliertes Risiko«, sagte Peter.

»Ich habe es kalkuliert, und ich gehe das Risiko ein.«

»Aber du musst lernen, Autoritäten zu akzeptieren«, sagte Garrett. »Du kannst nicht herumlaufen, spontanen Launen folgen und hinterher versuchen, es zu erklären. Dieses Gestüt ist inzwischen ein großes Unternehmen. Andere Leute sind von ihm abhängig. Es ist kein Familienhobby mehr.«

A. J. machte sich gerade und prüfte Sabbaths Befestigungen. »Das weiß ich alles.«

»Spar dir die Mühe, ihn aus dem Hänger zu holen«, sagte Peter. »Der neue Besitzer will ihn noch heute Abend geliefert haben.«

A. J. wollte auf ihren Stiefbruder losgehen, als sie sich erinnerte, all die Nullen geschrieben zu haben. Was als eine weitere impulsive Handlung begonnen hatte, erwies sich jetzt als Geniestreich.

Lächelnd drehte sie sich wieder zu den beiden um. »Der neue Besitzer steht vor euch.«

»Sei nicht albern«, entgegnete Peter. »Lass ihn einfach hier im Anhänger …«

»Er gehört *mir,* nicht dem Gestüt. Du kannst dir deinen hübschen neuen Titel also sonst wohin stecken.«

»Du lügst.«

Sie zückte den Kaufbeleg. »Ich habe es schwarz auf weiß.«

Peter nahm die Dokumente und kniff beim Lesen die Lippen zusammen. »Tja, schön für dich. Aber hier kannst du ihn nicht unterstellen.«

»Was meinst du?« A. J. blickte hilfesuchend zu ihrem Vater.

»Peter«, versuchte Garrett einzulenken, »wir können doch nicht …«

»Ich habe hier das Sagen, und wir haben keine Box mehr frei.«

A. J. entriss ihm ihre Papiere. »Gut, dann raus hier. Ich fahre wieder.«

Beide Männer starrten sie an, als wäre sie wahnsinnig.

»Was denn? Ihr habt mir unmissverständlich klargemacht, dass mein Pferd und ich hier nicht erwünscht sind. Deshalb verschwinden wir wieder. Ich werde dem Gestüt die übliche Miete für den Trailer bezahlen und ihn morgen zurückbringen, wenn ich meine Sachen hole.«

»Jetzt warte doch mal …«, begann ihr Vater.

»Wo willst du hin?«, fragte Peter.

»Geht dich nichts an.«

Außerdem bin ich mir nicht sicher, dachte A. J.

»Liebes, wir sind eine Familie«, sagte Garrett. »Dieses Gestüt ist auch für dich da.«

»Dieses Gestüt, über dessen Zukunft ich keinerlei Entscheidungsgewalt mehr habe, nicht wahr?«

»Komm nach Hause, und lass uns in Ruhe reden«, bettelte ihr Vater.

»Nein, ich komme nicht nach Hause.«

»Findest du nicht, dass du übereilt handelst?«

»Übereilt? Das solltest du wohl mit deinem neuen Geschäftsführer besprechen. Er hat mich soeben vom Hof geworfen. Wenn du ein Problem damit hast, wie sich die Dinge entwickeln, mach einen Termin und rede mit ihm.«

Peter schüttelte den Kopf. »Das ist genau die Haltung, die es dir unmöglich macht, in der freien Wirtschaft zu bestehen. Du bist viel zu emotional.«

A. J. ging nicht auf die Spitze ein. Sie war mit dem Streit durch und plante ihren nächsten Schritt. Sie hatte ein Tier so groß wie ein Bus und keinen Platz, es unterzustellen. Es wurde spät, und sie hatte nicht mal mehr selbst eine Unterkunft. Sie musste überlegen, schnell, und dazu musste sie zuerst Peter und ihren Vater loswerden und einen Ort finden, an dem sie ungestört nachdenken konnte.

Ihr war klar, dass die beiden Männer nicht gehen würden, solange sie in dem Trailer blieb; deshalb ging sie zur Tür und sprang hinaus. Die Männer folgten ihr sofort. Bevor sie A. J. aufhalten konnten, hatte sie die Tür geschlossen und stieg in die Fahrerkabine. Sie hatte schon den ersten Gang eingelegt, als ihr Vater sich vor den Sattelschlepper stellte.

»Wo willst du hin?«, rief er panisch und breitete die Arme aus, als wollte er sie so aufhalten. Was für ein absurdes Bild! Ein Mann in einem Tweedanzug mit Club-Krawatte, der sich gegen einen Sattelzug stellte!

Peter schüttelte den Kopf und versuchte, ihren Vater aus dem Weg zu ziehen. »Garrett, lass sie. Sie soll sich lieber woanders beruhigen. Morgen kommt sie zurück.«

A. J. steckte den Kopf durchs offene Fenster. »Ich werde mich nicht beruhigen!«

Mit diesen Worten stellte sie den Fuß aufs Gaspedal, und der gewaltige Trailer setzte sich in Bewegung. Sie wusste nicht, was sie tun würde, sollte ihr Vater nicht zur Seite springen.

Peter riss Garrett aus dem Weg.

»Du kommst wieder!«, brüllte ihr Stiefbruder ihr nach.

Peter irrte sich, auch wenn A. J. nach einigem ziellosem Umherfahren allmählich verzweifelte. Schließlich hielt sie auf dem Parkplatz vor einem Diner an der Landstraße, der durchgehend geöffnet hatte. Die meisten Kunden waren hiesige Farmer, und A. J. war dort als Stammgast bekannt, wollte jedoch nicht hineingehen, egal wie verführerisch es war. Sie hätte Mühe, zu erklären, warum sie alleine mit einem Trailer durch die Nacht fuhr, ohne etwas über den Familienbruch zu verraten.

A. J. hockte in der Kabine, starrte auf das leuchtende Armaturenbrett und rieb nachdenklich ihren Solitär. Die letzten Jahre hatte sie stets im Hinterkopf gehabt, dass es Zeit wurde, auf eigenen Füßen zu stehen. Nur hatte sie sich nicht vorgestellt, ihre Unabhängigkeitserklärung ganz so unvorbereitet zu verkünden, und es war schwierig, sich in dieser Lage nicht einsam und ängstlich zu fühlen. Ganz gleich, wie anstrengend Peter und ihr Vater sein mochten, sie boten ihr Schutz und Sicherheit. Auf sich allein gestellt, erschien ihr überwältigend, welche Verantwortung sie mit ihrer Entscheidung übernommen hatte.

So hatte sie noch nie empfunden. Sie war immer schon impulsiv gewesen, und wenn sich die Dinge nicht so entwickelten, wie sie es geplant hatte, fiel ihr stets in letzter Minute eine Lösung ein. Jetzt war ihr der Ideenvorrat ausgegangen. Ihr fiel rein gar nichts ein, als sie auf dem Fahrersitz saß und sich fragte, wohin sie sollte. Das Einzige, was sie sicher wusste, war, dass es kein Zurück gab.

A. J. blickte wieder zur Uhr und versuchte, sich zu konzentrieren. Die anderen großen Gestüte in der Nähe hatten längst geschlossen, dennoch ging sie die am nächsten gelegenen noch einmal eines nach dem anderen durch. Leider brachte es sie kein Stück weiter als vorher.

Sie streckte ihren vor Anspannung steifen Nacken, wobei ihr Blick auf ihre Baseballcap fiel. Als sie die Kappe hochhob, kam ihr eine verrückte Idee. Vor ihrem geistigen Auge tauchten haselnussbraune Augen auf.

Wagte sie das?

Einen Moment später war sie wieder auf der Straße und fuhr in die Richtung, aus der sie gekommen war. Es war merkwürdig, an Sutherland Stables vorbeizufahren und nicht einzubiegen – irgendwie falsch. Eine verstörende Mischung aus Wut, Schuld und Heimweh regte sich in ihr. Sie fuhr weiter.

Einige Meilen weiter sah sie links das kleine Schild, nach dem sie suchte. Anders als der riesige Torbogen an der Einfahrt zum Sutherland-Anwesen, war dies ein schlichtes Brett an einem Pfahl, auf dem McCLOUD stand.

A. J. bog in den breiten, ebenen Feldweg ein, der ideal für Pferde-Trailer und Landwirtschaftsmaschinen war. Der Weg führte durch ein bewaldetes Stück, an das mehrere von Lattenzäunen eingerahmte Koppeln anschlossen. Mondlicht verlieh dem Ganzen einen außerirdischen Glanz, gleich einem Traumbild.

Weit vorne erschienen Gebäude. Es gab zwei Ställe, die deutlich kleiner waren als die auf Sutherland, doch A. J. schätzte, dass sie für jeweils sechs Pferde ausreichten. Zur Linken war ein Spring- und Trainingsplatz, und rechts befanden sich mehrere Paddocks mit Sandboden. Weiter hinten war ein Farmhaus auszumachen, in dessen einem Fenster schwaches Licht schien.

A. J. hielt den Sattelschlepper vor einem der Ställe, holte tief Luft und stieg aus dem Führerhaus. Ohne noch einmal zu überlegen, ging sie nach hinten und sah nach Sabbath. Zu ihrer Erleichterung wirkte er zufrieden. Er hatte den Kopf gesenkt und ein Hinterbein leicht aufgestellt, sodass es auf der Hufspitze ruhte. Es sah aus, als würde er schlafen. A. J. prüfte sein Wasser, die Befestigungen seines Halfters und der Führleine, die vorn an seiner Box fixiert war. Ihr gefiel es nicht, ihn unbeaufsichtigt zu lassen, aber sie würde ja nicht lange weg sein. Sie brauchte lediglich eine Antwort von Devlin McCloud, und die würde er ihr gewiss unverzüglich geben.

Sie wollte schon zur Seitentür hinaussteigen, als sie zufällig zum großen Spiegel sah. Den benutzten die Reiter, wenn sie sich vor Turnieren in dem Trailer umzogen. A. J.s rotbraunes Haar war ein krauses Durcheinander. An ihrer Jeans hafteten Schmutz und Heu, als hätte sie noch nie eine Waschmaschine von innen gesehen, und ihr Flanellhemd hing ihr zerknautscht über die Hose. Die Stalljacke half auch nicht direkt, denn sie schlabberte wie ein großer brauner Sack um ihren Oberkörper.

A. J. sah aus wie ein Fall für die Wohlfahrt. Was wohl leider nicht allzu weit von der Wahrheit entfernt war.

Aber sie wollte nicht, dass Devlin McCloud sie so sah. In all den Fantasien, die sie um ihn gesponnen hatte, bot sie ein halbwegs passables Bild, wenn sie sich zufällig begegneten. In ihren Tagträumen hatte er zumindest die Chance, die Frau in ihr zu sehen, nicht die Stallhilfe; und aus völlig irrsinnigen Gründen wollte sie, dass er sie schön fand. Er sollte sie als mysteriös und begehrenswert wahrnehmen, sie berühren, küssen und in sie eintauchen wollen.

A. J. nahm eine verführerische Pose vor dem Spiegel ein, machte einen Schmollmund und stützte eine Hand in ihre Hüfte.

Träum weiter!

Sie versuchte, nicht niedergeschlagen zu sein, griff nach oben und bändigte die wirren Locken. Mit beiden Händen bürstete sie so viel Schmutz von ihrer Kleidung, wie sie konnte, und stopfte ihr Flanellhemd in die Hose. Nachdem sie sich einen Dreckfleck von der Wange gerubbelt hatte, warf sie einen letzten Blick auf ihr Spiegelbild und beschloss, dass sie von Glück reden konnte, wenn der Mann nicht gleich die Cops rief, um sie festnehmen zu lassen.

Dann stieg sie aus dem Trailer, wappnete sich und sog den himmlischen Geruch von Gras und Erde ein. Es war ein frischer Herbstabend, nicht zu kalt und herrlich klar. Als sie auf das weiße Farmhaus zuging, sah sie nach oben in den Himmel, wo sich die Milchstraße über ihr erstreckte und Unmengen Sterne in einem dunklen Samtmeer funkelten.

Sowie die Absätze ihrer Lederstiefel auf den Gehwegplatten vorm Haus aufsetzten, wurde A. J. langsamer und bemühte sich, so leise wie möglich auf das Haus zuzugehen. Es war ein zweigeschossiger, gemütlich aussehender Altbau mit vielen Sprossenfenstern nach vorn heraus. Das Dach war schwarz, und mehrere Schornsteine ragten aus dem First und den Schrägen. Nach hinten ging ein Seitenflügel ab, hinter dem der Garten lag.

Es musste der Originalbau sein, dachte A. J., der nicht entging, dass alles sehr gepflegt und gut erhalten war. Haus und Ställe waren in einem tadellosen Zustand, schimmerten frisch gestrichen und schienen von ihrem Besitzer bestens instand gehalten zu werden.

An der Haustür konnte A. J. weder eine Klingel noch einen Türklopfer entdecken. Sie entschied, es nicht als Zeichen zu nehmen, und klopfte mit der Hand auf das glänzende Holz. Zunächst herrschte vollkommene Stille, dann hörte sie unregelmäßige Schritte von drinnen.

Als die Schritte näher kamen, wurde ihr das ganze Ausmaß dessen, was sie getan hatte, in schrecklicher Klarheit bewusst. Sie hatte ihre Ersparnisse in ein undiszipliniertes Pferd gesteckt, das Gestüt und ihre Familie verlassen und war im Begriff, sich der Gnade eines Mannes auszuliefern, von dem weithin bekannt war, dass er schon wenig Gnade für sich selbst aufbrachte und noch viel weniger für andere.

Als Devlin McCloud die Tür öffnete, traf seine Gegenwart A. J. wie ein physischer Hieb. Ungeachtet ihrer Tagträume war sie nicht darauf vorbereitet, ihn wiederzusehen, und ihm in die Augen zu blicken war, als würde sie in einen Strudel stürzen und ertrinken wollen. Allein diese braunen Augen waren schon Schock genug, doch dann bemerkte sie, dass er nur eine Pyjamahose und sonst nichts trug.

Es war unmöglich, nicht hinzusehen.

Mondschein fiel auf seine Brust und die Arme, wodurch die Muskeln unter der glatten Haut erst recht betont wurden. Sein Körper war wie gemeißelt und stark, der Inbegriff eines Mannes in den besten Jahren – von den imposanten Schultern über den Waschbrettbauch bis hin zu den Hüftknochen über dem Bund seiner Pyjamahose. A. J.s Mund wurde sehr trocken, als sie sich unweigerlich fragte, wie der untere Teil von ihm aussehen mochte.

Sie spürte, wie er sie musterte, und als sie wieder aufsah, war da ein Flackern tief in seinen Augen, eine Reaktion, die er sofort wieder verbarg. Zweifellos entging ihm nicht, wie rot sie wurde, und sie widerstand dem Impuls, die Hände an ihre glühenden Wangen zu legen. Wahrscheinlich ärgerte ihn bloß, dass sie ihn begafft hatte, und sie überlegte panisch, was sie Intelligentes von sich geben könnte – da kam er ihr zuvor.

»Ich dachte mir schon, dass es keine Pfadfinderin ist, die Kekse verkaufen will, aber dass Sie es sind, überrascht mich doch.«

Warte erst mal, bis du siehst, was ich mitgebracht habe, dachte sie.

Ehe sie die Nerven verlor, platzte sie heraus: »Ich brauche Ihre Hilfe.«

Sofort spannten sich seine Züge an. »Ich habe Ihnen schon heute Nachmittag meine Antwort gegeben. Und sosehr ich Ihre Hartnäckigkeit bewundere, möchte ich die Unterhaltung kein zweites Mal führen. Vor allem nicht mitten in der Nacht an der offenen Tür und nur im Pyjama.«

Flüchtig kam ihr in den Sinn, dass er sie eigentlich nicht daran erinnern hätte müssen, wie spärlich er bekleidet war. »Aber ich …«

»Ich trainiere Sie nicht. Und jetzt fahren Sie zurück zu Sutherland Stables und Ihrem angenehmen Leben. Ich brauche meinen Schlaf.«

Er drehte sich weg um wieder ins Haus zu gehen.

»Kann ich nicht.«

Ihre leisen Worte ließen ihn innehalten, und er sah sie wieder an. »Wie meinen Sie das, Sie können nicht?«

»Ich habe nichts mehr mit Sutherland Stables zu tun.«

Er zog seine Brauen zusammen. »Haben Sie Ihr Geburtsrecht abgelehnt oder so?«

»Genau genommen, ja.«

»Wieso machen Sie das?«

»Sagen wir, das Management und ich haben uns zerstritten.«

»Wegen Sabbath?«

»Ja, und nun sieht es so aus, als wären er und ich Waisen.«

Er atmete verärgert aus. »Und wie passe ich Ihrer Meinung nach in dieses Bild? Ich bin nicht direkt der Mutter-Teresa-Typ. Und ich leite kein Heim für aufmüpfige Kinder und deren Haustiere.«

»Aber ich brauche einen Platz, um ihn unterzubringen und zu trainieren.«

»Ich bin kein Trainer, und ich nehme keine Mieter auf.«

»Ich kann Sie bezahlen.«

Wovon, wusste A. J. nicht, aber die Einzelheiten waren momentan unerheblich.

»Das bezweifle ich nicht«, sagte er trocken.

»Hören Sie, lassen Sie ihn wenigstens eine Nacht hier bleiben.«

»Ist das Tier noch in dem Trailer?«

»Ja, aber …«

»Sind Sie bescheuert?«

»Ich hatte ja nicht vor, dass es so kommt.«

»Ganz offensichtlich nicht«, sagte er und drehte sich weg. »Ich wette, Sie haben gar nicht richtig überlegt.«

»Das stimmt nicht!«

Zumindest nicht ganz, dachte A. J., auch wenn sie den heutigen Abend kaum als Glanzstück rationalen Denkens ausgeben konnte.

»Wohin wollen Sie?«, rief sie.

»Mich interessiert das kleine Drama zwischen Ihnen und Ihrer Familie nicht«, antwortete er, ohne sich zu ihr umzudrehen. »Aber ich gucke ganz sicher nicht tatenlos zu, wie ein Tier den Preis für Ihre albernen Spiele bezahlt.«

Er verschwand im Haus und ließ die sprachlose A. J. auf seiner Veranda stehen. Benommen stellte sie fest, dass er von hinten genauso gut aussah wie von vorn.

Sie wollte ihm widersprechen. Egal wie ihr Handeln nach außen scheinen mochte, sie würde niemals die Sicherheit oder das Wohl eines Pferdes gefährden. Nur hatte sie das Gefühl, dass sie sich den Luxus nicht leisten konnte, sich zu erklären. Anscheinend hatte Sabbath einen Stall für die Nacht, und den würde sie nicht aufs Spiel setzen, bloß weil jemand sie völlig falsch einschätzte.

Statt auf Devlin McCloud zu warten, unterdrückte sie ein Gähnen und ging zurück zum Stall. Wo sie schlafen würde, stand noch in den Sternen. Sicherlich nicht im Farmhaus. Als sie auf den Sattelschlepper zuging, beäugte sie die Fahrerkabine und beschloss, dass drinnen wohl genug Platz war, sich auszustrecken. Es war nicht toll, aber zumindest konnte sie sich hinlegen.

Mit der geübten Routine von jemandem, der dies hier schon unzählige Male gemacht hatte, klappte A. J. die Rampe aus, löste Sabbaths Führleine aus der Fixierung und führte ihn rückwärts aus dem Trailer. Er schien rundum zufrieden damit, dass sie ihn herumführte, damit er sich die Beine vertreten konnte, solange sie auf McCloud warteten.

Als er schließlich kam, ging ein Zucken durch A. J.s Körper. Es war wie ein Blitzschlag, und sie konnte sich des Gefühls nicht erwehren, dass ihr Leib in einer ganz eigenen Geheimsprache mit seinem kommunizierte. Während sie diese Regung weit von sich wies und sich auf die Leine in ihrer Hand konzentrierte, fragte sie sich, ob er es ebenfalls fühlte.

Stumm ging er an ihr vorbei und schloss die Doppeltüren zum Stall auf. Dank gut geölter Angeln öffneten sich die Türen lautlos, und er griff drinnen nach dem Schalter, um das Licht anzustellen. A. J. spähte hinein und entdeckte sechs geräumige Boxen, drei auf jeder Seite, mit einer breiten Stallgasse dazwischen. Zur Linken sah sie eine Sattelkammer, und rechts war ein kleines Büro. Das Stallinnere war tipptopp aufgeräumt und bot alles, was sich Pferd und Reiter wünschten. Erst als sie Sabbath hineinführte, wurde ihr klar, dass hier etwas nicht stimmte.

Die Stille im Stall war ohrenbetäubend. Keine Spur von dem steten Hintergrundgeräusch, an das sie in der Umgebung von Pferden gewöhnt war: kein Hufestampfen, kein leises Begrüßungswiehern oder neugieriges Schnauben, kein Messingklimpern von geschüttelten Halftern. Dies hier war eine Geisterstadt.

Es brach A. J. beinahe das Herz.

»Sie können ihn hier reinstellen«, sagte Devlin und schob die Tür zur ersten Box auf.

A. J. brachte den Hengst hinein und nahm ihm das Halfter ab. Sie bemerkte, dass die Box frisch eingestreut war, aber weder Wasser noch Futter bereitstanden.

»Ich habe ein bisschen Heu im Trailer«, sagte sie und trat hinaus auf den Stallgang. »Und wenn Sie mir zeigen, wo der Wasseranschluss ist …«

»Ich habe ein automatisches Tränksystem«, antwortete er und schloss die untere Türhälfte. »Aber Sie werden Futter holen müssen.«

A. J. lief nach draußen.

Bei ihrer Rückkehr sah sie Devlin und Sabbath einander mustern wie zwei Boxer in einem Ring. Der Hengst hatte seinen Kopf über die Boxentür gestreckt und starrte den Mann an, der regungslos vor ihm stand, nur Zentimeter entfernt. A. J. blieb stehen und wartete ab, was passierte.

Sabbath schnaubte gegen Devlins Jacke und stampfte mit einem Huf. Aus Sorge, dass er beißen könnte, lief A. J. los, wurde jedoch sogleich von Devlins Stimme gebremst.

»Bleiben Sie zurück«, sagte er. »Das hier ist etwas zwischen ihm und mir.«

In ihrer Ratlosigkeit tat A. J., was er ihr befahl.

Der Hengst atmete tief ein und schnaubte Devlin die Luft entgegen. Der blieb stehen, seinen Stock leicht angewinkelt, und bewegte sich keinen Zentimeter. Seine Augen waren genauso ruhig wie der Rest von ihm. Er zuckte nicht einmal mit der Wimper, als Sabbath gegen die Boxenseite trat, den Kopf nach hinten warf und laut wieherte.

A. J. ließ das Heu fallen und rannte hinüber, um sofort wieder verwundert stehen zu bleiben. Nachdem der Krach vorbei war, entspannten sich die Ohren des Hengstes, und er zog sich weiter nach hinten in die Box zurück.

»Runde eins ist unentschieden«, sagte Devlin, und ein Lächeln umspielte seine schmalen Lippen. »Und das ist ein Teufelspferd.«

A. J. ertappte sich dabei, wie sie sein Grinsen erwiderte, während sie Heu in die Box warf. Sobald Sabbath es bequem hatte, schloss sie die obere Boxentür und ging mit Devlin hinaus in die Nachtluft.

»Danke«, sagte sie, als sie vor dem Sattelschlepper stehen blieb.

Er zuckte mit den Schultern. »Die Nacht steht er erst mal gut.«

»Dafür bin ich Ihnen sehr dankbar.«

»Wann kommen Sie ihn morgen abholen?«

»Na ja, würde es Ihnen etwas ausmachen, wenn der Transporter über Nacht hier parkt?«

»Nein, natürlich nicht. Aber wie kommen Sie nach Hause?«

»Ich fahre nicht nach Hause.«

A. J. zog die Fahrertür auf und kletterte nach oben. Sie war so müde, dass es wehtat.

»Was haben Sie vor?«

»Ich bin erledigt, und wie Sie und so ziemlich jeder, dem ich heute begegnet bin, schon sagte, denke ich nicht besonders klar. Falls es Sie nicht stört, übernachte ich hier.«

»Das ist nicht Ihr Ernst!«

Sie schlug die Tür zu, rollte sich auf die Seite und winkelte einen Arm unter ihrem Kopf an. Auf einmal war sie den Tränen nahe.

Es wurde energisch ans Fenster geklopft.

A. J. legte den anderen Arm über ihr Ohr, um das Geräusch auszusperren. Sie wollte ganz sicher nicht ausgerechnet vor ihm weinen.

Das Hämmern des Stocks am Fenster blieb.

Sie setzte sich auf und öffnete das Fenster einen Spalt. »Was?«

»Sie können nicht hier draußen schlafen.«

»Solange Sie weiter solchen Krach machen, bestimmt nicht.«

»Sie schlafen nicht hier draußen.«

»Wieso nicht? Haben Sie eine größere Veranstaltung auf diesem Wegstück geplant?«

»Es ist kalt, und ich pflege keine Leute in meinem Vorgarten erfrieren zu lassen.«

»Und was schlagen Sie vor?«

»Kommen Sie ins Haus.«

Seine Stimme war freundlich, als wüsste er, dass sie am Ende ihrer Kräfte war. Dummerweise wollte sie angesichts seiner Sorge erst recht heulen.

»Ich komme hier prima klar.« Ihre Worte klangen erstickt, und sie schloss das Fenster rasch. Dann legte sie sich wieder hin und deckte abermals ihr Ohr mit dem Arm ab.

Das Klopfen setzte erneut ein.

»Ich beachte Sie nicht!«, rief A. J.

»Und ich höre nicht auf, ehe Sie nicht rauskommen.«

»Da fällt Ihnen eher der Arm ab.«

»Wetten Sie lieber nicht drauf«, hörte sie ihn sagen.

Wie sich herausstellte, hatte Devlin recht.

Einige Minuten später stieg A. J. aus der Kabine. Müde und frustriert verschränkte sie die Arme vor der Brust und sagte nichts, weil sie ihrer Stimme nicht traute, reckte jedoch trotzig das Kinn. Devlin ging voraus zum Farmhaus.

3

Die kühle Nachtluft und der Wunsch, keine Schwäche vor ihm zu zeigen, sorgten dafür, dass sie sich ein wenig gefasster fühlte, als sie seine Haustür erreichten. A. J. folgte ihm hinein und fand sich in einer Diele wieder, von der aus eine Treppe nach oben führte. Hinter der Treppe war eine Küche. Links ging ein schlichtes Wohnzimmer ab, das spärlich möbliert war, durch die Kirschholzvertäfelung jedoch eine angenehme Wärme ausstrahlte. Im alten gemauerten Kamin verglühten noch die Reste eines Feuers. Gegenüber dem Wohnzimmer, auf der anderen Seite der Diele, war ein Esszimmer, in dessen Mitte ein edler antiker Tisch stand, eingerahmt von passenden gedrechselten Stühlen.

In allen Zimmern lagen orientalische Läufer auf den breiten Eichendielen, und die hohen, cremeweißen Decken machten die Räume luftig. Wo A. J. auch hinsah, waren breite, bodentiefe Fenster, und sie stellte sich vor, wie lichtdurchflutet das Haus tagsüber sein musste. Die wenigen Antiquitäten und die herrliche Aussicht, die sich hier nach allen Seiten bieten dürfte, machten das Haus wunderschön. Allerdings hatte es etwas Steriles. Sie bemerkte, dass nirgends Familienfotos zu sehen waren, keine Schnappschüsse von Freunden, keine Urlaubsandenken. Und wo waren seine vielen Pokale und Turnierschleifen?

»Sie müssen auf der Couch schlafen«, sagte Devlin und wies auf das marineblaue Sofa im Landhausstil. »Ich nutze das zweite Schlafzimmer als Büro und das dritte als – Abstellkammer.«

Als sie sein Zögern bemerkte, blickte A. J. zu ihm auf, doch sein Gesicht verriet nichts, er stellte seinen Stock in einen Schirmständer und hängte seine Jacke auf. Sie zog ebenfalls ihre Jacke aus und hängte sie neben seine an einen Wandhaken. Die beiden Jacken hingen so dicht nebeneinander, dass ihre Ärmel übereinanderlagen. Es war ein hübscher Anblick, fand A. J., und nachdem ihr nicht mehr zum Heulen war, empfand sie sogar eine prickelnde Freude, in seinem Haus zu sein.

Devlin verschwand im Flur und kehrte mit einem frisch gewaschenen Herrenhemd zurück, das noch warm vom Wäschetrockner war. »Ich bringe gleich Kissen und Decken.«

Sie hielt sein Hemd in beiden Händen und beobachtete, wie er sich die Treppe hinaufmühte. Er bewegte sich mit der Schwerfälligkeit eines mindestens doppelt so alten Mannes. Jedes Mal, wenn er sein verletztes Bein auf eine Stufe setzte, verzog A. J. das Gesicht vor Schmerz. Obwohl er selbst sich nichts anmerken ließ, sah sie ihm an, wie sehr er sich quälte. Sie erkannte es daran, dass er rot wurde und das Treppengeländer fest umklammerte.

Kurz entschlossen legte sie das Hemd weg und lief ihm nach. Oben an der Treppe sah sie, dass mehrere Türen zu beiden Seiten abgingen und lugte rasch durch eine offene in das Zimmer dahinter. Da nur schwaches Licht auf dem Flur brannte, konnte man nichts sehen, außer dass der Raum seltsam geschnitten war.

»Was tun Sie hier?«, fragte er scharf wie ein Peitschenknall. Er langte an ihr vorbei und schloss die Tür.

»Ich wollte Ihnen den Weg zurück nach unten abnehmen und …«

»Ich bin kein Krüppel, und ich will nicht, dass Sie hier herumschnüffeln. Wieso gehen Sie nicht nach unten und setzen sich einfach hin, damit ich Sie bedienen kann?«

A. J. hielt ihren Mund und eilte wieder ins Erdgeschoss. Sie fragte sich, warum er so aufgebracht war. Lange musste sie nicht nachdenken, um darauf zu kommen, dass er sehr empfindlich war, was sein Humpeln betraf, und sie wahrscheinlich seinen Stolz verletzt hatte. Und bedachte man, dass sie auf seiner Couch und ihr Pferd in seinem Stall übernachtete, schuldete sie ihm wohl ein bisschen Rücksicht.

Minuten später kam er die Treppe wieder herunter. Diesmal guckte A. J. in die andere Richtung und wünschte, es hinge irgendwas an der Wand, das sie beschäftigen könnte. Selbst ein Samtbild von Elvis wäre ihr lieber gewesen, als so zu tun, als wäre sie von der Kirschholzvertäfelung gefesselt.

Stumm hielt er ihr das Bettzeug hin und ging in die Küche. Sobald A. J. allein war, atmete sie auf und machte sich hastig die Couch zurecht. Mit einem Blick über die Schulter vergewisserte sie sich, dass er nicht da war, und zog in Windeseile ihre Sachen aus und sein Hemd an.

Als es ihren nackten Leib bedeckte, war sie für einen Augenblick fasziniert, dass sie Devlin McClouds Hemd trug. Er selbst musste es oft anziehen, denn die Baumwolle war sehr weich. Und der Gedanke, dass auf ihrer Haut war, was schon so oft auf seiner gewesen war, hatte durchaus seinen Reiz. Sie blickte wieder zur Küche, bevor sie den Arm hob und an dem Hemdsärmel schnupperte. Der Duft seines Weichspülers war himmlisch. Dies war der Moment, in dem sie entschied, dass sie völlig durchgedreht sein musste. Wenn jemand anfing, Lenor als ein Parfum wahrzunehmen, konnte das nur bedeuten, dass bald die Gummizelle winkte.

Devlin seinerseits fühlte sich reichlich neben der Spur, als er in dem Augenblick um die Ecke bog, in dem die Frau, die ihm den ganzen Nachmittag und den ganzen Abend durch den Kopf gespukt war, sich vorbeugte und unter die Bettdecke schlüpfte. Unabsichtlich sah er direkt auf ihre langen Beine, und seine Hand legte sich fester um das Scotch-Glas. Er konnte nicht umhin, zu beobachten, wie sie es sich auf seinem Sofa bequem machte und die Decke bis zum Kinn hinaufzog.

»Was habe ich jetzt wieder getan?«, fragte sie.

»Nichts, warum?«

»Weil Sie diesen Panther-sieht-Gazelle-Blick haben, und da dachte ich, ich frage lieber.«

Statt zu antworten, stellte Devlin das Deckenlicht aus und nahm einen kräftigen Schluck aus seinem Glas. Er war alles andere als ein Gewohnheitstrinker, doch er hatte das dumpfe Gefühl, dass an Schlaf heute Nacht nicht mehr zu denken war. Und das war schon so gewesen, bevor er unversehens freie Sicht auf ihre Waden und Schenkel hatte genießen dürfen. Jetzt wurde ihm sehr heiß, was definitiv nicht am Scotch lag.

»Das Bad ist am Ende des Flurs. Und die Dusche ist oben, falls Sie morgen früh duschen wollen.«

»Danke nochmals«, murmelte A. J. merklich erschöpft.

Er blieb längere Zeit im Dunkeln stehen und betrachtete die Frau, bis er völlig verstört zur Treppe ging. Und selbst dort blieb er mit einem Fuß auf der untersten Stufe stehen und sah sie an. Die Reste des Kaminfeuers spiegelten sich als weicher Schimmer auf ihrem Gesicht. Ihr rotbraunes Haar war auf dem Kissen ausgebreitet, und im dämmrigen Licht hatten ihre Züge etwas Engelhaftes, gar nicht von dieser Welt. Im Geiste sah er sich zu ihr gehen, eine Hand unter das seidige Gewicht ihres Haars tauchen und ihre Lippen zu seinem Mund heben. Sie würde wie Honig schmecken, wie warme, goldene Süße.

Mist, dachte er. Warum hatte sie nicht einfach aufkreuzen und ihn um etwas so Harmloses wie ein Date bitten können?

Obwohl, wenn er es recht bedachte, dürfte ein Abend mit ihr kaum harmlos oder unkompliziert sein. Die Frau hatte eine Art, einen Raum erstrahlen zu lassen, wie Devlin es noch nie erlebt hatte.

Ich könnte hier in echten Schwierigkeiten stecken, dachte er.

Ihn erstaunte, wie sehr er sich zu ihr hingezogen fühlte, und er sagte sich, dass er lediglich schon zu lange mit keiner Frau mehr zusammen gewesen war. Vor dem Unfall hatte er nie viel Zeit für ein Privatleben gehabt. Und danach wollte er keines mehr. Es war lange her, seit er etwas anderes empfunden hatte als Schmerz, und er hatte vergessen, dass sein Herz überhaupt noch dazu in der Lage war. Nun sah er zum ersten Mal seit seinem Unfall etwas, das er schön fand.

Jemanden, besser gesagt.

A. J. regte sich und stieß einen leisen Seufzer aus.

Es war wie eine Einladung, die ihm ins Ohr geflüstert wurde, und Devlin stellte fest, dass er hart wurde.

Er stürzte den Rest Scotch hinunter und ging nach oben.

Am nächsten Morgen stand A. J. mit dem ersten Tageslicht auf, zog sich ihre Jeans und die Stiefel an und räumte die Couch so leise auf, wie sie konnte. Als sie sich zur Vordertür hinausschlich, um runter zum Stall zu laufen, schaute sie nach oben zu den Fenstern im ersten Stock. Sie fragte sich, ob Devlin noch schlief – und wie er im Schlaf aussehen mochte.

Wahrscheinlich hatte er wieder diese Pyjamahose an, ging es ihr durch den Kopf. Oder hatte er sie gestern Abend lediglich rasch übergezogen, um nicht nackt die Tür zu öffnen?

Plötzlich schien die kühle Morgenluft gar nicht mehr so kühl.

Sie tat ihr Bestes, diese fehlgeleiteten Gedanken aus ihrem Kopf zu verscheuchen, und rannte hinunter zum Stall. Das erste Morgenlicht tauchte die Wiesen in einen pfirsichgelben Traum, aber A. J. hielt sich nicht damit auf, die Pracht dieses Morgens zu bewundern. Sie hatte es eilig, ihren Hengst zu sehen, und war froh, ihn schon stampfen und wiehern zu hören, bevor sie das Stalltor öffnete.

Ja, so musste sich ein Stall anhören, dachte sie, als sie die Tür zu Sabbaths Box aufzog. Er reckte sich gleich nach ihr, stupste sie mit seinen Nüstern an der Schulter und schnupperte an ihrer Jacke.

»Dir auch einen guten Morgen«, sagte sie und kraulte ihn hinter den Ohren. Es war schön, dass er sich offensichtlich freute, sie zu sehen. »Allmählich glaube ich, dass du ein richtig Süßer sein kannst.«

Sabbath ließ seine Ohren vor und zurück wippen, ehe er seine Nüstern unter ihre Achsel schob und sie kurzerhand ein Stück hochhob.

Lachend betrat sie seine Box, sah nach seinem Wasser und ging anschließend zum Sattelschlepper, um ihm Hafer und Heu zu holen. Als sie zurückkam, hatte er den Kopf in die Stallgasse gestreckt und musterte seine neue Umgebung. A. J. duckte sich unter seinem Hals hindurch, hängte einen Futtereimer an den Messinghaken neben dem Wassertrog und wartete, während Sabbath das Futter beschnupperte und zu fressen begann. Da er sicher in Ruhe frühstücken wollte, verließ sie den Stall.

Sobald sie die Tür geschlossen hatte, reckte Sabbath wieder den Kopf über die Boxentür und fing leise zu wiehern an. Besorgt kehrte A. J. zu ihm zurück, doch er zog sich gleich zurück und machte sich aufs Neue über sein Futter her. Lächelnd lehnte A. J. sich an seine Boxentür und redete mit ihm, während er fraß. Gleichzeitig überlegte sie, was aus ihnen beiden werden sollte. Bald war Sabbath am Eimerboden angekommen, und ihre Zukunft kein bisschen klarer. Aber wenigstens hatte A. J. die ruhige Zeit mit ihm genossen. Als sie die obere Tür schloss, stand für sie fest, dass er ziemlich reizend sein konnte, wenn er wollte.

A. J. ging wieder nach draußen, wo sie einen Moment stehen blieb und das Farmhaus betrachtete. Im weichen Morgenlicht wirkte es wie aus dem Bilderbuch, hübsch und heimelig, und der Herbst machte es noch schöner. Das sattrote und leuchtend gelbe Laub an den Bäumen drum herum brachte die strahlend weiße Fassade besonders gut zur Geltung.

Ein idyllisches Bild, dachte sie, wie gemacht für eine Postkarte. So sah das Traumzuhause aus, das sich jeder wünschte. Zu schade, dass dieses Norman-Rockwell-Modell des ländlichen Amerikas in ihr das Gefühl auslöste, sie hätte eine Schachtel Reißzwecken gegessen.

A. J. rieb sich ihren Bauch und fragte sich, ob das stressbedingte Sodbrennen ihres Vaters erblich war.

Es lag wohl daran, dass sie einerseits aufgeregt war, Devlin McCloud wiederzusehen, ihr aber andererseits davor graute, wieder weg zu müssen. Ein Eins-zwei-Schlag sozusagen. A. J. glaubte nicht, dass sie ihm noch einmal über den Weg laufen würde, und das machte sie merkwürdig traurig. Noch dazu war sie wieder an demselben Punkt wie gestern Abend: Sie hatte keine Ahnung, wohin mit dem Hengst.

Warum konnten sie nicht einfach hier bleiben?

Alles auf dieser Farm war ideal. Sie war bestens ausgestattet, und es gab keine Ablenkung durch andere Pferde oder Reiter. Außerdem wäre die Zusammenarbeit mit jemandem wie Devlin für jeden Reiter eine Chance, die sich höchstens einmal im Leben bot. Ungünstig war allerdings, welche Wirkung der Mann auf sie hatte, doch selbst das war spannend. Die Arbeit mit ihm dürfte in vielerlei Hinsicht aufregend sein, und solange A. J. es schaffte, bei der Sache zu bleiben, könnte es durchaus nett werden, zu sehen, ob sich zwischen ihnen etwas entwickelte.

Eigentlich konnte sie gar nicht sagen, was sie reizvoller fand: das Training oder den Mann.

Aber wie überredete sie ihn, sie bleiben zu lassen?

Guten Morgen, die Bettwäsche war angenehm, und haben Sie übrigens Lust, die nächsten zwei Monate mit mir und meinem großen, schwarzen Hengst zu verbringen?

Das würde es wohl eher nicht bringen.

Alles war still, als A. J. ins Haus zurückkehrte. Sollte sie einfach verschwinden? Das wäre sicher das Richtige, nur kam es für sie nicht in Frage. Sie wollte Devlin noch einmal sehen, also tapste sie in die Küche und guckte sich nach einer Kaffeemaschine um. Sie entdeckte sie neben einem Dampfgarer voller frisch gemahlener Kaffeebohnen. Während sich die Küche mit Kaffeeduft füllte, setzte A. J. sich an den zerkratzten alten Eichentisch und blickte durch die Fensterzeile hinaus zu den Bergen hinterm Haus. Hoch oben, über dem gewellten Hügelkamm, trieben Vögel träge im Aufwind. A. J. beneidete sie um ihre Gelassenheit. Sie schienen rundum glücklich damit, sich vom Wind mal hierhin, mal dorthin wehen zu lassen.

Als der Kaffee durchgelaufen war, suchte A. J. sich einen Becher, schenkte sich ein und wartete weiter. Kurze Zeit später hörte sie Geräusche von oben. Als Devlin wenig später erschien, bewegte er sich noch langsamer als gestern.

»Guten Morgen«, sagte A. J. und blickte zu ihm. Er hatte geduscht und sich rasiert, und ein sauberer Seifengeruch ging von ihm aus. Es war ein würziger Duft mit einer Zedernnote.

Verlockend, dachte sie.

»Wie ich sehe, fühlen Sie sich ganz wie zu Hause.«

»Ich habe bloß versucht, mich nützlich zu machen.«

»Danke, dass Sie schon Kaffee gekocht haben.«

Verstohlen beobachtete A. J. ihn, wie er die Küche in Richtung Kaffeemaschine durchquerte. Sein Haar glänzte feucht, und das Flanellhemd brachte seine Schultern gut zur Geltung. Die Ärmel waren bis zu den Ellbogen aufgekrempelt. Er trug eine verwaschene Jeans, die an den Oberschenkeln und auf der Rückseite ausgeblichen war – als sie Letzteres feststellte, wurde A. J. rot. Devlin strahlte eine lässige Zufriedenheit aus, die jedermann signalisierte, dass dieser Mann sich und seine Umgebung souverän kontrollierte.

A. J. könnte sich daran gewöhnen, ihn morgens zu sehen.

Was sie zu der Frage brachte, wie viele Frauen schon jene Treppe heruntergekommen waren, nachdem sie die Nacht in seinem Bett verbracht hatten, und wie viele mit ihm an dem klobigen Eichentisch gesessen hatten, an dem sie jetzt saß. Wen hatte er mit diesem Körper geliebt? Mit seinem Herzen? Gab es aktuell eine Frau in seinem Leben?

A. J. schüttelte den Kopf und sagte sich, dass es sie nichts anging. Was nicht half. So wie sie auf ihn reagierte, waren seine Beziehungen ein wichtiges Thema für sie, so unangemessen es auch sein mochte.

Devlin stöhnte, als er sich hinsetzte. Natürlich entging ihm ihr besorgter Blick nicht, und er murmelte: »Das ist nichts. Mein Bein braucht morgens nur ein bisschen, um in Gang zu kommen.«

»Macht es Ihnen starke Beschwerden?«

»Es macht sich bemerkbar, könnte man sagen.«

»Werden Sie je wieder reiten können?«, platzte es aus ihr heraus.

Er erstarrte, den Becher halb zum Mund erhoben. Seine Züge nahmen einen schmerzlichen Ausdruck an, und er wurde blass.

»Tut mir leid«, sagte A. J. hastig. »Ich wollte nicht …«

»Nein, nein, ist schon gut.«

Er schwieg derart lange, dass sie glaubte, er hätte sie völlig vergessen. Dann antwortete er doch noch.

»Es ist weniger die Tatsache, dass ich nicht mehr reiten kann … Ich darf nicht noch einmal stürzen.« Er blickte in seinen Becher und nahm einen Schluck. »Mein Bein wird von Metallschrauben und Platten zusammengehalten. Ein Sturz, und es ist vorbei. Im Moment arbeite ich daran, wieder beweglicher zu werden. Ich sollte wohl froh sein, dass es nicht schlimmer ist. Es gibt Leute, die nach solch einem Unfall nie wieder gehen können.«

»Was für ein furchtbares Unglück«, flüsterte A. J. »Es muss schrecklich gewesen sein, der Verlust von …«

»Mercy? Das war schlimmer als das Ende meiner Karriere. Die Entscheidung fürs Einschläfern war die schwierigste, die ich jemals treffen musste.« Er starrte ins Leere, ganz in seiner Erinnerung gefangen. »Ich kann nicht beschreiben, wie es war, nachdem wir auf dem Boden aufschlugen. Sie strampelte. Ihr Vorderbein war zertrümmert. Total zertrümmert. Unheilbar. Das Knie war völlig verdreht, sodass ihr Huf in die falsche Richtung wies.«

A. J. legte eine Hand auf seinen Unterarm, weil sie ihn irgendwie trösten wollte. Seine Haut fühlte sich warm an, und sie spürte die feinen Haare die dort vereinzelt wuchsen.

Sofort sah er nach unten, und A. J. wurde klar, dass ihn ihre Berührung erschreckte. Dann richteten sich seine braunen Augen auf ihr Gesicht. Sein Blick war zutiefst misstrauisch. A. J. vermutete, dass ihn seit dem Unfall die Medien und unzählige Leute aus dem Reitsport gelöchert hatten, weil sie von seinen seelischen Qualen hören wollten. Da sie ganz sicher nicht vorhatte, ihn zu bedrängen, zog sie ihre Hand wieder weg.

»Ich weiß nicht, wieso ich mit Ihnen rede«, sagte er leise. »Aber ich glaube, es liegt an Ihren Augen.«

Schlagartig fiel ihr das Atmen schwer. »Meinen Augen?«

Er nickte. »Normalerweise traue ich keinem. Doch es ist schwierig, dem klaren blauen Himmel zu misstrauen.«

A. J. schluckte. Ungefähr so musste es sich anfühlen, am Rande einer hohen Klippe zu stehen. Und runterspringen kam ihr wie eine richtig gute Idee vor.

Devlin fuhr fort: »Ich blieb bei Mercy, als der Tierarzt ihr die Spritze gab. Ihr Kopf lag auf meinem Schoß, während das Licht in ihren Augen erlosch. Ich redete mir ein, dass jetzt ihre Schmerzen aufhörten, dass sie nach und nach verschwanden, während ihr Herzschlag immer langsamer wurde. Ich sagte mir, ihr entsetzlicher Todeskampf wäre bald vorbei. Geholfen hat es nicht.« Seine Augen wanderten zu den Fenstern. »Vor allem aber war ich gnadenlos egoistisch, denn ich wollte ja, dass sie blieb, obwohl sie schrecklich litt.«

»Sie war Ihre Partnerin. Natürlich wollten Sie sie nicht verlieren.«

Wieder sah er sie an, und dann bewegte er sich. Zuerst dachte sie, dass er aufstehen wollte, doch stattdessen fühlte sie seine Fingerspitzen auf ihrem Handrücken. Sie erstarrte. Langsam malte er die feinen blauen Adern, die durch ihre Haut hindurchschimmerten nach. Es war eine ganz zarte Berührung, kaum mehr als ein Lufthauch, und dennoch haute sie A. J. um. Ebenso gut hätte er in ihre Brust greifen und ihr Herz herausreißen können.

Sie blieben am Tisch sitzen, verbunden durch sein sanftes Erforschen ihrer Hand – bis die alte Wanduhr in der Diele acht schlug. Der Glockenton brach den Zauber, und sie beide kehrten zurück von einem Ort, an dem ihre Herzen für einen Moment eins gewesen waren.

»Tja, ich sollte wohl lieber gehen«, sagte A. J. Sie gab sich keinerlei Mühe, ihre Enttäuschung zu vertuschen.

»Wo wollen Sie hin?« Er lehnte sich zurück, sodass seine Hand nun weit entfernt von ihrer war.

»Weiß ich nicht.« A. J. stand auf. Sie brachte ihren Becher zur Spüle, wusch ihn ab und stellte ihn auf die Arbeitsplatte. »Nochmals danke für den Stall und die Couch.«

»Gern geschehen.«

Auf dem Weg aus der Küche blieb sie stehen. Sie hoffte, dass er etwas sagen oder mit nach draußen kommen würde, um sie zu verabschieden. Doch er blieb am Tisch und trank seinen Kaffee, während die Sonne in den Raum fiel. A. J. winkte mit einer Hand, war sich jedoch nicht sicher, ob er es sah. Dann ging sie.

Als sie hinunter zum Stall wanderte, fragte sie sich, ob sie jemals wieder Gelegenheit hätte, ihn zu sehen. Jedenfalls rechnete sie nicht damit, dass es bald wäre, und schon gar nicht, dass es so wäre wie das eben in seiner Küche. Beides bedauerte sie sehr. Zwanzig Minuten mit ihm, und sie glaubte, eine Ahnung davon zu haben, wie sich wahre Liebe anfühlte.

Sabbath begrüßte sie mit einem Wiehern, als sie in den Stall trat.

»Es wird Zeit, dich wieder in den Trailer zu bringen«, sagte sie bedrückt zu ihm. »Es ist zwecklos, dass du dich an diesen geräumigen Stall gewöhnst, denn wie es aussieht, werde ich dich fürs Erste in der Sardinenbüchse von Hänger halten müssen.«

Sie nahm sein Halfter und zog es ihm gerade über die Ohren, als sie Devlin hereinkommen hörte.

»Sie sind uns gleich wieder los«, sagte A. J., ohne zu ihm zu sehen, und führte den Hengst aus dem Stall.

»Ich bringe Sie und das Pferd in die Qualifizierung, aber mehr auch nicht.«

A. J. blieb verdutzt stehen. »Wie bitte?«

»Sie können ihn hier zum üblichen Preis unterstellen, und ich berechne Ihnen ein faires Trainerhonorar.«

Sie wagte nicht zu glauben was er sagte.

»Ernsthaft?«

Er nickte.

»Das ist fantastisch!« Ihr Herz wummerte vor Glück, und sie wollte ihn umarmen. »Aber woher der Sinneswandel?«

»Ich denke, ich bin bereit …« Er verstummte. »Wir fangen heute an. Wo ist Ihr Sattel- und Zaumzeug?«

In A. J.s Kopf drehte sich alles. »Auf dem Sutherland-Gestüt. Und ich muss den Trailer zurückbringen.«

»In Ordnung. Bringen Sie ihn zurück, und seien Sie in einer Stunde startklar wieder hier. Wir treffen uns auf dem Reitplatz.«

Devlin ging, und A. J. sah Sabbath an. Der Hengst erwiderte ihren fragenden Blick, als hätte er begriffen, dass sich ihr Schicksal soeben gewandelt hatte.

»Wie es aussieht, hast du doch ein Zuhause«, sagte sie grinsend. »Zumindest für die nächsten zwei Monate.«

Sie brachte den Hengst wieder in den Stall und sah zur Uhr an der Seitenwand. Wenn sie sich beeilte, konnte sie rüber zu Sutherland Stables fahren, ihre Sachen holen und müsste sich nicht mal mit Peter herumplagen. Um diese Zeit spielte er Squash in seinem Club, von wo er erst später am Vormittag zurückkam.

Und tatsächlich war seine Limousine nirgends zu entdecken, als A. J. auf dem Hof ankam. Mit einem gekonnten Schwenk lenkte sie den Sattelschlepper in seine Parklücke und eilte zu ihrer privaten Sattelkammer. Während sie ihre Sachen zusammenpackte, kamen andere Reiter, deren neugierige Blicke ihr verrieten, dass sie keinen Schimmer hatten, warum sie ging. Ihre Fragen beantwortete sie lediglich mit einem Achselzucken oder einem unsicheren Lächeln, denn ihre komplizierten Gefühle ließen sich schlecht zu einfachen Antworten zusammenfassen.

Nachdem sie ihr Sattel- und Zaumzeug an der Tür aufgestapelt hatte, holte sie ihren Wagen. Das kirschrote Mercedes-Cabrio hatte ihr Vater ihr zum Geburtstag geschenkt, und wenn sie ehrlich war, mochte sie den Wagen nicht besonders. Das windschnittige europäische Design und die sportliche Maschine mochten ja schön und gut sein, wenn man zum Mittagessen fahren wollte, aber wenn man so oft große, sperrige Sachen zu transportieren hatte wie sie, war das Ding völlig unbrauchbar. Was sie eigentlich brauchte, war ein Truck mit einer großen Ladefläche. Doch weil sie wusste, dass es ihrem Vater das Herz brechen würde, sollte sie sein Geschenk zurückgeben, behielt sie den Wagen.

Sie betrachtete abwechselnd ihre Sachen und die winzige Rückbank, wobei sie neidische Blicke auf den Pick-up warf, der gegenüber parkte. Ihr wurde schnell klar, dass sie das Verdeck aufklappen musste, wenn sie überhaupt eine Chance haben wollte, alles reinzubekommen. Als sie fertig war, ragten Pferdedecken, Bandagen, Sättel und Zaumzeug von der Rückbank auf und hingen seitlich aus dem Auto.

Es hatte etwas von einem bizarren Weihnachtsmannschlitten, dachte sie, als sie hinters Steuer stieg. Nur dass in diesem Fall Rudolph mit Fernlicht ausgestattet war.

A. J. fuhr durch das weiße Marmortor und wollte direkt zu Devlin zurück, hielt allerdings an, sowie ihr bewusst wurde, dass es noch eine weitere Komplikation gab.

Sie war obdachlos.

Wo sollte sie schlafen? Ihr Zimmer im Herrenhaus war heute genauso wenig eine Option wie gestern. Sie konnte nicht einfach zurück ins Haus ihres Vaters. Noch nicht. Sich von einer Familie ablenken zu lassen, die geradewegs dem *Denver-Clan* entsprungen zu sein schien, brachte sie sicherlich nicht heil durch die Qualifizierung.

An ein Hotel mochte sie erst recht nicht denken, denn wenn sie im Kopf nachrechnete, blieb ihr nicht mehr viel, nachdem sie den horrenden Betrag von ihrem Sparkonto überwiesen hatte, um den Scheck für Sabbath zu decken. Und sie wollte auf keinen Fall ihren Vater anbetteln.

Ihre Finger spielten nachdenklich mit dem Diamanten. Sie lachte angespannt, als ihr die Ironie aufging: Sie saß in einem sündhaft teuren Mercedes und wusste nicht, wie sie ihre Ausgaben bezahlen sollte. Für einen flüchtigen Moment überlegte sie, das Cabrio zu verkaufen, doch diese Idee verwarf sie sofort wieder. Sie brauchte ein Auto, und wahrscheinlich lief es sowieso auf das Gestüt, so geschäftstüchtig wie Peter war.

Es sprach einiges für Devlin McClouds Couch. Sie war billig, nahe am Stall und nahe bei ihm. Und die Vorstellung, mit ihm in dem wunderschönen alten Farmhaus zu wohnen, war allemal reizvoll. Kühle Abende, Feuer im Kamin, ein bisschen Wein …

Hey, stopp mal, ermahnte sie sich, du träumst schon wieder. Bloß weil der Mann angeboten hatte, sie zu trainieren, hatte er nicht gleich gemeint, dass sie auch außerhalb des Reitplatzes ein Team wären. Und worauf ihre Libido hoffte, spielte keine Rolle.

A. J. blickte angewidert auf ihre Jeans herab.

Eines war klar, beschloss sie. Ob in McClouds unfreiwilligem Bed & Breakfast oder in einem Fernfahrermotel – sie konnte unmöglich zwei Monate in diesen Klamotten verbringen. Binnen weniger Tage würden die Sachen vor Dreck stehen.

Sie musste zum Herrenhaus.

Mit einer genervten Grimasse wendete sie den Wagen und fuhr zum Haus ihres Vaters.

Das prächtige Haus mit der eleganten und irgendwie kalten Fassade war das einzige Zuhause, das A. J. je gekannt hatte. Sie schätzte es, hätte allerdings nicht behauptet, dass sie gerne dort lebte. Was sie an dem Haus mochte, waren die wenigen Erinnerungen, die sie an Weihnachten in der großen Bibliothek mit ihrer Mutter hatte und an Partys zum vierten Juli unten am Teich oder an die Ostereiersuche im Terrassengarten. Doch das alles war längst Vergangenheit, und die letzten Jahre waren weniger angenehm gewesen.

Als sie ihren Motor abstellte, betete sie, dass ihr Glück anhielt und Regina noch mit dem Ankleiden beschäftigt war. Wenn alles glattging, konnte sie reinlaufen, sich ihre Sachen schnappen und wieder raus sein, ehe irgendwer etwas merkte.

Ihre Gebete wurden nicht erhört.

A. J. hatte gerade die unterste Stufe der Marmortreppe zum protzigen Eingang erreicht, als ihre Stiefmutter die aufwendig gearbeitete Tür öffnete. Das war an sich schon ungewöhnlich, und A. J. ahnte sofort, dass ihr eine Predigt blühte.

Regina stand in einem ihrer maßgeschneiderten Hosenanzüge in der offenen Tür. An ihrem Revers blinkte ein Diamantanstecker wie ein Sternbild. Der blasse Pfirsichton ihres Outfits betonte die dramatische Wirkung ihres perfekt frisierten schwarzen Haars und ihrer dunklen Augen. Außerdem betonte es ihre Zornesröte.

»Diesmal hast du wirklich den Vogel abgeschossen!«, sagte sie. »Dein Vater liegt mit Magenschmerzen im Bett, Peter musste sich den Tag freinehmen, um sich massieren zu lassen, und meine Dinnerparty heute Abend wird von der angespannten Stimmung hier noch vollends ruiniert! Ich hoffe, du bist zufrieden.«

Dies war genau der Grund, weshalb sie hier nicht bleiben konnte, dachte A. J.

Sie versuchte, ins Haus zu gehen, doch Regina versperrte ihr den Weg.

»Wie du so selbstsüchtig sein kannst, ist mir ein Rätsel. Dein Vater hat dir alles gegeben, was du wolltest, und du dankst es ihm, indem du ihm wieder und wieder das Herz brichst.«

»Okay, es tut mir ehrlich leid, dass es ihm so schlecht geht«, sagte A. J., täuschte nach links und huschte rechts an Regina vorbei ins Haus. Sie flitzte durch die große Diele zur ausladenden Treppe und nahm zwei Stufen auf einmal nach oben, während ihre Stiefmutter unten weiter auf sie einschrie.

»Wann bist du heute Abend zu Hause? Die Gäste kommen um sieben, und um acht gibt es Abendessen. Ich will nicht, dass du, während die Suppe serviert wird, in deinen Stallsachen auftauchst, wie am letzten Wochenende.«

Sie kochte noch immer vor Wut, als A. J. zehn Minuten später mit ihrem Gepäck zurückkam.

»Was willst du damit?«, fragte Regina.

»Ich werde eine Weile weg sein.«

»Was heißt weg?«

»Nicht hier.« A. J. ging an ihrer Stiefmutter vorbei, die auf einmal sehr gerne beiseitetrat und ihr Platz machte.

»Und was soll ich deinem Vater sagen?«

»Nichts. Er weiß es schon. Und ich rufe ihn nachher an. Sag Papa einfach, ich rufe ihn an.«

»Und wie ich ihm das erzähle«, sagte Regina leise. Sie schien zu überlegen, und offenbar gefiel ihr die Vorstellung einer Zukunft, in der ihre Stieftochter weniger präsent war.

Mit einem Nicken verschwand A. J. aus dem riesigen Haus. Sie stopfte ihre Sachen zwischen all das Zaum- und Sattelzeug und fuhr, tief in Gedanken versunken, die lange Einfahrt hinunter.

Dies ist mein Leben. Ich habe es mir ausgesucht. Ich bin frei.

Sie fühlte sich stärker denn je, bestärkt in ihrer Entscheidung, den Hengst zu kaufen und sich dem Einflussbereich ihrer Familie zu entziehen. Kaum war sie vor Devlins Stall vorgefahren, sprang sie aus dem Wagen, bereit, die Welt im Sturm zu nehmen. Mit einer Armladung voller Leder und Messing eilte sie nach drinnen, geradewegs auf die Sattelkammer zu.

Und lief direkt in Devlin hinein.

Er kam aus der Kammer, als A. J. um die Ecke bog, und sie beide rasselten so schwungvoll ineinander, dass sie gleich wieder zurückprallten. Zaumzeug flog um sie herum. Stammelnd vor Schreck griff A. J. nach dem Erstbesten, das sie zu packen kriegte, bevor sie mitsamt Sattel und sonstigem der Länge nach hinschlug. Und das war Devlin. Kaum streckte sie ihre hilfesuchende Hand aus, fühlte sie schon, wie sich seine stahlharten Arme um sie schlangen und sie an seinen Körper gezogen wurde.

A. J. stieß einen stummen Schrei aus und blickte ihm in die Augen. Sie waren halb geschlossen und glühten buchstäblich. Seine Brust war eine feste Mauer an ihrer, und einer seiner Schenkel war zwischen ihren Beinen, sodass ihre Hüften dicht aneinandergedrückt waren. Seine sinnliche Anziehung ließ sich nicht leugnen, denn A. J. wollte nichts anderes, als ihn küssen. Ihr war egal, wie viele gute Gründe dagegen sprachen. Ihr war auch egal, dass sie im hellen Tageslicht standen. Ihr war egal, dass er ihr Trainer sein sollte. Überhaupt alles war ihr egal, außer der Tatsache, wie er ihr Herz pochen und ihren Kopf schwirren ließ und sie an ihm zerschmolz.

Devlins Mund war nur Zentimeter über ihrem. Sie wollte, dass er näher kam, und glitt mit den Händen über seine Schultern in seinen Nacken. Dort tauchten ihre Finger in sein Haar, und sie fühlte die seidige Textur über dem harten Schädel.

»Alles okay?«, fragte er leise, und es ging A. J. durch und durch.

Sie brachte nur ein Nicken zustande, und selbst das war gelogen. Sie fühlte eine ganze Menge, aber *okay* war nicht dabei.

Während er sie weiter abstützte, wanderte seine Hand ihren Rücken hinauf zu ihrem Nacken. A. J. bekam eine Gänsehaut. Als Devlin innehielt, dachte sie schon, er wollte zurückweichen, und klammerte sich fester an ihn. Und dann, so langsam wie in einem Traum, überwanden seine Lippen die Distanz zu ihren und pressten sich auf ihren Mund.

Es war wie ein Blitzschlag.

Da sie ihn nicht bremste, begann er, seine Lippen auf ihren zu bewegen, sie zu streicheln, zu ermuntern, bis A. J. den Mund öffnen musste, weil sie keine Luft mehr bekam. Nun drang seine Zunge tief in ihren Mund ein. A. J. zog Devlin näher zu sich und presste ihre Hüften gegen ihn.

Eine von Devlins Händen spreizte sich unten auf ihrem Rücken, und er rieb sich an ihr. Die Hitze in A. J. erreichte einen neuen Höhepunkt, und ihr Körper wimmerte nach ihm. Der Kuss war von einer Intensität, die an Verzweiflung grenzte, und gerade als A. J. dachte, sie hielte es nicht mehr aus, bewegte sich Devlins Mund seitlich zu ihrem Hals, knabberte an der empfindlichen Haut dort und biss sanft in ihr Ohrläppchen. A. J. schrie auf. Sie handelte rein aus Reflex, krallte sich in sein Flanellhemd und überlegte ernsthaft, sich ihm gleich hier, auf dem Boden vor der Sattelkammer hinzugeben …

Sabbaths beleidigtes Wiehern unterbrach sie. Auf das Geräusch hin hob Devlin den Kopf und warf dem Hengst, der seinen Hals über die Boxentür reckte, einen bösen Blick zu. Als das Pferd erneut seinem Unmut Luft machte, richteten sich A. J. und Devlin atemlos auf.

»Anscheinend mag er nicht um deine Aufmerksamkeit konkurrieren.« Devlins Stimme war tief und von einer sehr maskulinen Spannung. Er hatte immer noch einen Arm um ihre Taille gelegt und offenbar keine Eile, den Kontakt zu beenden. Was A. J. ausgesprochen recht war.

Sie lachte zittrig. »Ich komme mir vor, als wäre ich von meinen Eltern erwischt worden.«

Nun trat Devlin beiseite. Er schob seine Hände in die Taschen und räusperte sich. »Ich sollte mich jetzt wohl entschuldigen oder so. Aber es tut mir nicht leid, dass ich dich geküsst habe.«

A. J. tat es ebenfalls kein bisschen leid, was sie ihm eben sagen wollte, als er fortfuhr: »Ich werde mein Bestes tun, es nicht noch einmal zu tun. Dein Trainer darf nicht gleichzeitig dein Lieb… – irgendwas anderes als dein Trainer sein.«

Zwar wusste A. J., dass er recht hatte, doch es war

schwierig, es nicht persönlich zu nehmen. Und vor lauter Frust zu vergehen war ja auch nicht trainingsförderlich.

»Klar. Äh, ich sollte dann mal meine Sachen …«

»Ich helfe dir.«

Beide schwiegen verlegen, als sie das bei ihrem Zusammenprall entstandene Chaos auf dem Boden aufhoben. Zaumzeug klimperte in normalerweise ruhigen Händen; linkische Halbsätze wurden angefangen, aber nicht beendet.

Der Kuss hatte das Gravitätszentrum zwischen ihnen verändert und aus dem Gleichgewicht gebracht. Aus einer hypothetischen Anziehung war nun etwas sehr Reales geworden. Sie hatten die Wonne gekostet, und nun versuchten sie, jeder für sich, mit dem klarzukommen, was das bedeutete.

Als sie aus der Sattelkammer kamen, sagte Devlin: »Weißt du was, ich lade den Wagen aus. Geh du die Kameraanlage vorbereiten.«

Sie sahen zurück zu dem Hengst, der sie nach wie vor sehr entrüstet beäugte. A. J. musste lachen.

Ihr Lachen gefiel Devlin, und er sah sie an, wie sie auf das Pferd zuging. Zu beobachten, wie ihre Hüften schwangen, machte ihn wieder hart, und er zerrte an seiner Jeans. Wieso fühlte er sich auf einmal wie ein Teenager? Unwillkürlich musste er grinsen. Während er versuchte, nicht daran zu denken, dass sie nach Lavendel gerochen hatte, sammelte er Zaumzeug und anderes zusammen. Als er alles in die Sattelkammer trug und auf die Haken und die Sattelpfosten verteilte, beschloss er, über anderes nachzudenken, nicht darüber, wie gut sie sich an ihm anfühlte.

An irgendwas anderes, verdammt!

Um sich abzulenken, ging Devlin an den Reihen staubigen Sattel- und Zaumzeugs vorbei zu dem einzigen Fenster am Ende des Raumes. Er konnte den Reitplatz dahinter sehen, die mittelhohen Hindernisse, die er mühsam aufgebaut hatte, solange sie weg gewesen war. Die langen Holzbohlen zu bewegen und die Kappen zu justieren, an denen die Sprunghöhe eingestellt wurde, war nicht weiter schwer gewesen. Das Problem war sein Bein. Sein Humpeln bedeutete, dass er doppelt so lange brauchte wie früher, um das Training vorzubereiten.

Und das brachte ihn ins Grübeln. Er würde Hilfe brauchen.

Wollte er sie und das Pferd für die Qualifizierung fit machen, musste er beide an einer Vielzahl von Hindernissen und Kombinationen trainieren, und das hieß eine Menge Räumen und Umbauen. So ungern er Zugeständnisse an seine Verletzung machte, musste er einsehen, dass er den Job nicht zügig genug bewältigen konnte. Alles ginge sehr viel schneller, wenn er jemanden dahätte, der die Hindernisse wieder aufbaute, wenn das Pferd einzelne Stangen herunterstieß, der die Kombinationen änderte und das Futter herankarrte. Wie es aussah, musste er Chester anrufen.

Hätte nie gedacht, dass ich mal so weit komme, dachte Devlin kopfschüttelnd.

Chester und er kannten sich schon seit Devlins erster Stelle als Stallbursche. Der alte Mann hatte ein großartiges Gespür für Pferde und war ein echtes Arbeitstier. Sie beide waren ein fantastisches Team gewesen. Ihn nach dem Unfall gehen zu lassen war ein weiterer schwerer

Verlust gewesen, auch wenn Chester gleich gesagt hatte, dass er wiederkommen würde. Devlin hatte ihm nicht geglaubt.

Jetzt war alles anders, ging es Devlin durch den Kopf. Im selben Moment hörte er A. J. draußen.

Er verließ die Sattelkammer und sah, dass A. J. gerade Sabbath aus seiner Box holte und den Hengst zum Anbinder führte. Sie trug eine verwaschene Jeans, die wie eine zweite Haut an ihren Schenkeln und Hüften saß. Ihm fiel der Anblick ihrer Beine am gestrigen Abend ein, als sie nur sein Hemd getragen hatte, und Devlin musste sich zusammenreißen, um nicht zu stöhnen.

Die nächsten zwei Monate dürften verflucht lang werden. Er war es nicht gewohnt, mit einer Reiterin zu arbeiten, die er unbedingt wollte. Und es war zwingend notwendig, dass ihre Beziehung rein professioneller Art blieb. Alles andere würde sie beide in eine schwierige, wenn nicht gar unmögliche Lage bringen. Bei dem Hengst war ein strenger, enger Zeitplan nötig, mit langen Trainingseinheiten. Und Devlin musste objektiv bleiben, was A. J.s Leistung anging, also brauchten sie beide einen klaren Kopf, den sie nicht hätten, wenn sie sich nebenher auf anderes einließen. Denn ging man von der Explosion eben vor der Sattelkammer aus, wäre entschieden zu viel Leidenschaft im Spiel.

Bleib beim Beruflichen, ermahnte er sich, als er hinausging, um eine weitere Armladung aus ihrem Wagen zu holen.

Viel Spaß, höhnte eine innere Stimme.

Nachdem Devlin ihr Auto fertig ausgeladen hatte, nahm er ein zerkratztes Klemmbrett vom Haken neben der

Kammertür. Das Klemmbrett war ein ebenso fester Bestandteil seines früheren Trainings gewesen wie sein Sattel und seine Stiefel. Hierauf notierte er Ideen und Pläne. Einen Moment hielt er es in beiden Händen und staunte, dass es sich immer noch seltsam vertraut anfühlte. Er hätte nie gedacht, dass er es noch einmal benutzen würde. Als er den Bleistiftstummel aus der Klemme schob und die raue Oberfläche anfasste, wo sich seine Zähne ins weiche Holz gegraben hatten, kam er sich irgendwie losgelöst von seiner Vergangenheit vor. Wie viel Zeit hatte er mit dem Klemmbrett auf dem Schoß verbracht, tief in Gedanken versunken und sein Vorgehen im nächsten Parcours planend, den nächsten Sieg vorbereitend?

Mehr Stunden, als Sterne in der Nacht funkelten.

Devlin lehnte sich gegen das Stalltor und fing an. Er tauchte ganz in seine Gedanken ab, sah im Geiste Sprünge vor sich und zeichnete die Bewegungen fliegender Hufe vor. Vor Konzentration runzelte er die Stirn und war zurück in der Welt, an die er sich so gut erinnerte. Und die er so schmerzlich vermisst hatte.

A. J. war halb unter Sabbaths Bauch geduckt, um ihm einen Huf auszukratzen, und sah hinüber zu Devlin. Ihr Körper wummerte noch wie ein übersteuerter Motor, und sie hatte den Eindruck, dass der Kuss sie auf immer geprägt hatte. Er war anders als alles gewesen, was sie zuvor erlebt hatte, so eindringlich wie furchterregend.

Auch wenn seine Worte hinterher sie gekränkt hatten, musste sie zugeben, dass eine gewisse Distanz zwischen ihnen nur richtig war. Falls sie sich aufeinander einließen, könnte es niemals locker sein. Jener Kuss war elektrisierend gewesen, nicht zu vergessen, dass sie sich ihm schon seit ihrem Gespräch am Morgen emotional verbunden fühlte.

Aber sie war hier, um zu reiten und zu gewinnen, ermahnte sie sich. Nicht um sich in eine Affäre zu verstricken, bei der sie ernsthaft verletzt werden konnte.

A. J. wandte sich dem anderen Vorderbein des Hengstes zu. Er protestierte, als sie ihn bat, es hochzuheben, und sie musste sich gegen ihn lehnen, damit er es anhob. Beim Hufeauskratzen stellte sie fest, dass Sabbath sehr empfindliche Füße hatte. Er zuckte, als sie einen Erdklumpen aus seinem Huf kratzte, doch sie ignorierte ihn, weil sie an Devlins Kuss dachte.

Was für ein Kuss!

Sie konnte seine Lippen noch auf ihren spüren, und sie fragte sich, ob es ihn genauso erstaunte wie sie, was zwischen ihnen geschehen war. Für sie war es einzigartig gewesen, überwältigend. Ging es ihm auch so? Oder war er schlicht von Natur aus ein leidenschaftlicher Mann?

Hör schon auf, A. J., warnte sie sich. Du riechst nach Pferd, trägst dieselbe Jeans wie gestern und als einziges Make-up deine Feuchtigkeitscreme. Das ist nicht direkt die Verführungsnummer, auf die alle Männer fliegen. Oder hältst du die ganzen Poster von Miezen in Bikinis für Bademodenreklame?

Wieder blickte sie zu ihm hinüber.

Devlin lehnte am offenen Tor, sodass Sonnenlicht auf seine kantigen Züge, seine Arme und seine Hände fiel, während er arbeitete. Sie fragte sich, wie sie sich anfühlten, wenn sie über ihre Haut strichen.

»Wo starrst du hin?«, fragte er, ohne aufzusehen.

»Nirgends.« Sie wurde rot und sah weg.

Sabbath ruckte mit dem Bein, und A. J. ließ es los. Als sie sich aufrichtete, bemerkte sie, dass ihr Wagen inzwischen bis auf ihr Gepäck leer war. Beim Anblick der Reisetaschen wurde ihr wieder bewusst, dass sie noch keine Unterkunft für sich hatte. Und leider war Devlins Couch nun weit mehr als nur eine billige Lösung ihres Übernachtungsproblems.

4

Als Sabbath fertig gesattelt und gezäumt war, trat A. J. einen Schritt zurück und betrachtete ihn zufrieden. Sie hatte ihn gefüttert, gestriegelt und seinen Stall ausgemistet. Vorsichtig hatte sie ihm das Zaumzeug und die Trense über den Kopf gezogen. Ihr Sattel lag auf seinem Rücken, und bald würde er sie tragen. Er war ihr Pferd. Ganz allein ihres.

Und um die Sache noch zu krönen, war er den Morgen über unglaublich folgsam gewesen.

Darauf fiel A. J. natürlich nicht rein.

Deshalb hatte sie ihm ein Martingal angelegt. Der Lederriemen, der von seinem Kopf bis hinunter zu seiner Brust verlief, war im Zaumzeug und Sattelgurt verankert und würde verhindern, dass Sabbath stieg oder seinen Kopf nach hinten warf. Es war eine gängige Zusatzausrüstung, und Sabbath dürfte sie bereits kennen.

Mit diesen Vorkehrungen hatte A. J. noch den Hauch einer Chance, sollte er beschließen, sich nicht mehr von seiner Schokoladenseite zu zeigen, und lospreschen wollen. Mit dem Hilfszügel glaubte sie sich in etwa so sicher wie mit einem Sicherheitsgurt im Auto.

Gäbe es für Pferde so etwas wie einen Airbag, hätte sie den garantiert auch hergenommen.

Bevor A. J. den Hengst hinaus auf den Platz führte, zog

sie ein Paar alte Lederchaps über. Als sie die vor Jahren kaufte, war das Wildleder hellbeige gewesen. Nach endlosen Stunden im Sattel hatten sie einen dunklen Braunton angenommen, und das Leder war weich wie Butter. Sie schnallte sich den Gürtel um ihre schmale Taille und begann, die Reißverschlüsse seitlich an den Beinen herunterzuziehen, sodass ihre Jeans vollständig verhüllt war.

Devlin blickte von seinem Klemmbrett auf und wurde sofort aus seinen Gedanken gerissen. Das Erste, was ihm auffiel, war, dass ihre Reitausrüstung eindeutig alt aussah. So reich, wie ihr Vater war, wunderte ihn, dass sie dem Hengst keinen quietschneuen Sattel aufgeworfen oder ihm so ein modernes Nylonzaumzeug angelegt hatte. Stattdessen wies der Sattel auf Sabbath deutliche Gebrauchsspuren auf. Ursprünglich war er einmal sehr teuer gewesen, keine Frage, denn Devlin erkannte die Arbeit eines berühmten Sattlers. Aber dieser Sattel war häufig benutzt worden, und Devlin schätzte es, wie gut er gepflegt worden war. Das Leder war in einem hervorragenden Zustand, biegsam und stark zugleich, und nichts an ihm sprach für eine verwöhnte reiche Tochter. Dies war die Ausstattung einer echten Reiterin, die begriff, dass gutes Sattel- und Zaumzeug mit der richtigen Pflege immer besser wurde.

Dann wanderte sein Blick zu den Chaps. Er beobachtete, wie A. J. sie anlegte, und beneidete das Leder, das sich um ihre Schenkel wickelte. Ihm wurde so heiß, dass er die Zähne zusammenbeißen musste, und er ertappte sich dabei, wie er sich ausmalte, seine Hände würden den Reißverschluss an ihren Beinen führen.

In dem Fall allerdings würde sich der Messinganhänger

nach oben bewegen, nicht nach unten, und als Nächstes würde ihre Jeans auf dem Fußboden landen.

Devlin musste sich zusammenreißen.

»Seid ihr so weit?«, fragte er.

»Er ist auf jeden Fall bereit – wofür auch immer …«

Der Hengst tänzelte ungeduldig, wusste er doch sehr gut, was es hieß, gesattelt und gezäumt zu werden.

Beim Anblick des fürs Training hergerichteten Pferdes und des aufgeregten Funkelns in A. J.s Augen wurde Devlin klar, dass es fast ein Jahr her war, seit er zuletzt ein Pferd hier gehabt hatte. Ein Stich fuhr ihm durch die Brust, weil ihn sein Verlust mit Wucht einholte.

Als A. J. ihn lächelnd ansah, sagte er: »Gott, was würde ich drum geben, an deiner Stelle zu sein!«

Sabbath schüttelte seinen Kopf und zerrte am Anbindestrick.

»Bist du sicher?«, platzte es aus ihr heraus. »Ich setze meinen Ruf gleich aufs Spiel, indem ich mich auf diese gemeingefährliche Rakete hocke.«

Er bemerkte, dass sie rot wurde, als sie kapierte, was sie gesagt hatte.

»Was rede ich denn?«, murmelte sie und sah ihn mitfühlend an. »Klar willst du ihn reiten. Gott, es tut mir ehrlich leid.«

»Muss es nicht«, sagte er und richtete sich auf. »Mir genügt es beinahe schon, deine Nervosität und Vorfreude zu sehen. In deinen Augen tanzen die Funken, weil dir all die Möglichkeiten von Erfolg und Scheitern durch den Kopf gehen.«

»Stimmt auch, das tun sie. Ich weiß nicht, was passieren wird, also gönne ich mir den Luxus, von Erfolg zu träumen.« Sabbath stampfte mit einem Huf, und A. J. musterte ihn fragend. »Was ist? Ah, das Martingal ist hier verdreht.«

Devlin schaute zu, wie sie sich um den Hengst kümmerte, und hoffte, dass sie den Moment zu schätzen wusste. Er konnte es früher nicht, denn er war viel zu sehr darauf erpicht gewesen, seine Ziele zu erreichen, und den Weg dorthin hatte er nie so gewürdigt wie das Siegen. Dabei machten die viele Arbeit und die Anstrengungen einen Großteil dessen aus, was er an seinem Leben genossen hatte, wie ihm jetzt aufging. A. J.s leidenschaftliche Begeisterung erinnerte ihn daran.

Welche Ironie des Schicksals, dass er erst merkte, wie viel ihm die Plackerei bedeutete, als sie ihm für immer versagt war.

A. J. hatte den Hilfszügel gerichtet, nahm sich ihren Helm und befreite Sabbath vom Anbindestrick. Als sie den Hengst hinaus in den kühlen Herbstwind führte, begann das Pferd zu tänzeln. Seine Hufe vollführten einen weichen Stepptanz auf den Kiesweg hin zum Reitplatz. Er warf seinen Kopf hin und her und blähte die Nüstern, während er die Gerüche des frühen Oktobers einsog und sich für die Arbeit wappnete, die vor ihm lag.

»Er steht ganz schön unter Strom, was?«, sagte Devlin, schob sich das Klemmbrett unter den Arm und nahm seinen Gehstock auf.

»Und er hat es eilig auf den Platz zu kommen.«

Alle drei gingen zum Übungsparcours.

A. J. hielt Sabbath an und setzte ihren Helm auf, während Devlin das Gatter hinter ihnen schloss. Der Reitplatz hatte ungefähr die Maße eines halben Fußballfelds, ein Oval, das von einem Zaun begrenzt wurde. In ihm war lockerer Sand aufgeschüttet worden, der den Elementen ausgesetzt war. Es war eine geräumige Fläche, obwohl die Hindernisse in der Mitte einigen Raum einnahmen. A. J. hatte hier reichlich Platz, den Hengst außen herum laufen zu lassen und die Strecken zwischen den Hürden zu nutzen, um die Gangart oder die Richtung zu wechseln.

In der Mitte waren an die fünfzehn Springhürden in regelmäßigen Abständen aufgebaut, manche Einzelhindernisse, andere Kombinationen. Sie bestanden größtenteils aus hell gestrichenen Holzbalken und waren ausnahmslos in dem einwandfreien Zustand, der Devlins gesamtes Equipment auszeichnete. Die Hindernisse waren von unterschiedlicher Form und Höhe, was den idealen Übungsplatz für A. J. bot, um den Hengst auf die Turniere vorzubereiten.

Dies war ein Springreiterparadies.

Und der Hengst wurde merklich aufgeregt, als er sich auf seinem neuen Spielplatz umsah. Er wusste, was er tun sollte, und seine Augen hatten den Ausdruck eines Kriegers, der sich mit einem würdigen Gegner konfrontiert sah. Sein ungeduldiges Scharren und Wiehern verriet A. J., dass er startbereit war.

Noch nicht, Flash Gordon, dachte sie.

Zuerst mussten sie einige Bodenübungen absolvieren. Die waren nicht so aufregend wie das Springen über Ricks, jedoch ein wesentlicher Bestandteil des Trainings. Sie würden gemeinsam unterschiedliche Gangarten durchgehen, sodass sie sich besser kennenlernten und sich aufwärmten, bevor der anstrengende Teil kam.

Devlin fragte: »Soll ich dir beim Aufsteigen helfen?«

»Ja, bitte«, sagte sie. Sie zog Sabbaths Zügel über seinen Kopf und nahm sie in die linke Hand. Die rechte legte sie hinten auf den Sattel und hob ihr linkes Bein, damit Devlin ihr hochhelfen konnte.

Er kam zu ihr und stellte sich dicht hinter sie. Als er sich nach unten beugte und ihren Unterschenkel berührte, roch er wieder die schwache Lavendelnote in ihrem lockigen Haar, das sie im Nacken zusammengebunden hatte. Automatisch fragte er sich, ob ihre Haut genauso roch.

Das Training, ermahnte er sich, als er ihren Knöchel berührte. Du bist zum Arbeiten hier.

A. J. erschrak, als sich seine Hand auf ihr Bein legte, und im nächsten Augenblick flog sie auch schon auf den Rücken des Hengstes. Sie fühlte den Sattel unter sich und wie Sabbath sein Gewicht verlagerte, doch A. J. konzentrierte sich mehr auf Devlins Hand an ihrer Wade, die länger als nötig dort blieb.

»Alles klar da oben?«

»Jo«, krächzte sie.

A. J.s Bauch benahm sich komisch, als sie sah, wie Devlin in die Mitte des Reitplatzes ging. Sie fragte sich, welche Farbe seine Augen beim Sex hätten, und biss sich auf die Unterlippe, um nicht vor lauter Frust zu stöhnen.

Die einzige Farbe, um die sie sich sorgen sollte, war Braun: die Farbe der Erde, auf der sie gleich unsanft landen würde, falls sie nicht aufpasste. Sie saß auf einem ihr unbekannten Pferd, das für seine Widerspenstigkeit verschrien war, und wenn sie nicht höllisch aufmerksam war, würde sie abgeworfen werden. In diesem Moment warf Sabbath seinen Kopf nach oben und stampfte mit den Hufen, als wollte er ihr energisch zustimmen.

Wie gut, dass sie sich langsam aufwärmen wollten, dachte A. J., die sich abmühte, ihn zu zügeln. Ein wenig leichte Bodenarbeit war so ziemlich das Einzige, dem sie sich derzeit gewachsen fühlte.

Der Hengst hatte andere Pläne.

Als sie sich gerade herunterlehnte, um ein letztes Mal das Martingal zu prüfen, wobei sie immer noch an Devlin dachte, bewies der Hengst seinen sicheren Instinkt für Timing. Er wusste, dass ihre Gewichtsverlagerung hieß, sie wäre abgelenkt, und das nutzte er zu seinem Vorteil. Er bäumte sich auf und preschte dann auf die Ringmitte zu, um in halsbrecherischer Geschwindigkeit zum Sprung anzusetzen.

A. J. musste schnell reagieren. Sie fand intuitiv ihre Balance im Sattel, was sie davor bewahrte, bei Sabbaths kraftvollem Galopp abgeworfen zu werden. Mit mörderischem Tempo legte der Hengst Meter um Meter zurück, und A. J. musste blitzartig einschätzen, wohin er wollte. Sie sah zu dem Hindernis, auf das sie zusteuerten, und war sicher, dass er es überspringen konnte, nur eben nicht frisch aus dem Stall. Ohne vorheriges Aufwärmen war die Verletzungsgefahr zu groß. Vor allem aber musste sie ihm beibringen, dass er nicht einfach losdonnern und abheben durfte, wie er wollte.

Sie warf sich tief in den Sattel, stemmte ihr ganzes Gewicht in die Steigbügel und zog gleichzeitig mit einer Kraft an den Zügeln, als wollte sie einen Eichenstumpf ausreißen. Die donnernden Hufe des Hengstes wurden ein bisschen langsamer, und A. J. ergriff die Chance, um sich ein wenig zur einen Seite zu neigen. Damit brachte sie ihn von seinem Kurs ab, sodass er dem Hindernis knapp auswich und am anderen Ende des Platzes recht grob zum Stehen kam.

Alles ging so schnell, dass Devlin diesen Patzer glatt verpasst hätte, wäre das laute Trommeln der Hufe nicht gewesen. Bei dem Lärm sah er natürlich hin, sodass ihm nicht entging, wie das riesige schwarze Pferd vorwärts hetzte. Er beobachtete A. J.s Reaktion, die ihm weit mehr über ihre Fähigkeiten als Reiterin verriet, als er in einer Woche disziplinierten Trainings erfahren konnte. Statt sich von dem Alleingang des Hengstes völlig aus dem Konzept bringen zu lassen, konzentrierte sie sich und bändigte das Pferd, ohne einen von ihnen beiden zu verletzen. Sie reagierte so routiniert und gemäßigt wie ein echter Profi, was Devlin ungemein erleichterte. Wenn ein Pferd durchging, konnte kein Training der Welt einem Reiter helfen, dem es am nötigen Instinkt mangelte. Im Sattel auf einem unkontrollierten Pferd verhielt sich ein Reiter entweder aus dem Gefühl heraus richtig oder bezahlte sein mangelndes Gespür mit einem Sturz.

Diese Frau hatte ein gutes Gespür.

Und sie würde es brauchen, dachte er, als er auf die beiden zuging.

»Schönes defensives Reiten«, sagte er.

A. J. hörte die Anerkennung, und ihr wurde wohlig warm. »Tja, eines wissen wir schon mal. Er ist stark und schnell.«

»Und hat ein super Timing.«

Sabbath zappelte ungeduldig unter ihr, doch sie hielt seinen Kopf mit den Zügeln an seinem Platz.

»Ich hätte es kommen sehen müssen.«

»Du hast das prima gemacht, und es war klar, dass er irgendwas versuchen würde.«

Devlin lächelte sie an, und sofort wuchs ihr Optimismus. Das Pferd war eindeutig so athletisch, wie sie gehofft hatte, und ihr Trainer ließ als Verbündeter auf einiges hoffen. Was war schon dabei, wenn Ersterer eben versucht hatte, sie wie einen Fußball wegzukicken, und sie sich hoffnungslos zu Letzterem hingezogen fühlte? Ihre unüberlegte Entscheidung mochte sie einen Haufen Geld und ein Zerwürfnis mit ihrer Familie gekostet haben, aber sie glaubte, dass es vielleicht doch am Ende gut ausging …

Sabbath wieherte und schlug mit dem Kopf, wobei seine Vorderhufe in die Luft traten.

Oder auch nicht, dachte A. J. und brachte ihn wieder unter Kontrolle.

»Nachdem er uns nun gezeigt hat, dass er ein Rebell ist«, sagte Devlin, der dem Hengst direkt in die Augen sah, »gucken wir mal, was passiert, wenn er sich benehmen soll.«

A. J. nickte und lenkte Sabbath in einem strikten Trab um den Platz. Er wehrte sich bei jedem Schritt, und sie fing bereits an, sich wie bei einem Tauziehen zu fühlen. Der Hengst stellte ihre Kraft und Entschlossenheit auf die Probe, und sie hoffte sehr, dass er damit durch war, bevor ihre Arme so lang gezogen waren, dass sie über den Boden schleiften.

Devlin beobachtete, wie sie den anfänglichen Übermut des Pferdes langsam zähmte. Ihre Hände waren fest, aber sanft, und sie saß mit einer Sicherheit im Sattel, die kein Reiter lernen konnte. Die war naturgegeben oder nicht. Die beiden sahen gut zusammen aus, obwohl es ihr erstes Mal war und das Pferd auf der Trense kaute, als wäre sie aus Toffee. Die Größe und offensichtliche Kraft des Hengstes bedeutete, dass er A. J. mit Leichtigkeit trug, und ihr ruhiges Selbstvertrauen war genau das richtige Gegenstück zu seiner unruhigen Überheblichkeit.

Die zwei schienen einfach zusammenzupassen.

Devlin dachte an Mercy, und um seine Gefühle zu meiden, begann er, Gang- und Richtungsbefehle zu rufen. A. J. und der Hengst verbrachten die nächste Stunde damit, ein schrittweise schwerer werdendes Training zu absolvieren. Als Devlin mit ihrer Leistung zufrieden war, beorderte er sie in die Mitte des Reitplatzes.

A. J.s Lächeln war so strahlend wie die Nachmittagssonne. »Ist er nicht fantastisch!«

»Er hat seine guten Momente, aber wir haben eine Menge Arbeit vor uns. Dieses Pferd hat seine eigenen Vorstellungen, wie die Dinge laufen sollen, und es muss lernen, disziplinierter zu sein.«

»Na, vergessen wir nicht, dass er seit über einer Stunde nicht mehr versucht hat, mich abzuwerfen.«

»Er ist ein zäher Brocken, was?«

Sie nickte.

»Wie fühlt er sich an?«

»Weich wie Wasser«, antwortete A. J., nahm ihren Helm ab und strich sich das Haar aus dem Gesicht. »Es ist wie Schwimmen, solange er nicht mit mir zankt.«

Als er sie ansah, wurde Devlin klar, dass ihm gefiel, wie sie sich bewegte. Da war etwas Fließendes in ihrer Kraft, weiblich und sehr reizvoll. Sie mochte schmal sein, aber sie war auch stark und zäh und dennoch sehr feminin.

Er lächelte. »Wenn er in Schwung kommt, ist er ein echter Hingucker.«

Und nicht bloß der Hengst, dachte Devlin.

A. J. grinste zu ihm herunter, während sie ihren Helm wieder aufsetzte. »Vielleicht langweilt er sich bloß schnell.«

Devlin hielt sein Klemmbrett hoch und beschrieb eine Sprungfolge. Sie begann mit einigen einfachen, niedrigen Hindernissen und steigerte sich im Schwierigkeitsgrad. Als Letztes war eine Gruppe von Hindernis-Kombinationen vorgesehen. Jedes einzelne Hindernis bestand aus drei aufrechten Ricks, von denen jedes etwas höher als das vorige war – hier kam es auf Höhe und Weite des Sprungs an. Eine Kombination hieß, dass zwischen zwei oder mehr gleichen Hindernissen nur jeweils ein Galoppsprung lag.

»Ich hätte den Wassergraben probiert, aber mir fehlte die Zeit, das Bassin zu füllen«, erklärte Devlin. »Wenn Chester da ist, kann er das fertig machen.«

»Chester?«

»Ein alter Freund«, antwortete Devlin und wechselte das Thema.

A. J. tat ihre Neugier mit einem Achselzucken ab und stellte ein paar Fragen zu Entfernungen und Anzahl von Galoppsprüngen. Devlin antwortete und sagte ihr, was er sehen wollte. Jeder Sprung testete eine bestimmte Fertigkeit von ihr oder dem Pferd, und A. J. war beeindruckt, wie systematisch Devlin vorging.

Ihre Planung mochte hirnverbrannt sein, aber ein Gutes war doch dabei herausgekommen, dachte sie, als sie das Pferd umdrehen ließ. Ihr Trainer wusste verdammt gut, was er tat.

A. J. trieb Sabbath in einem langsamen Galopp auf das erste Hindernis zu. Beide standen unter Anspannung und kämpften um die Vorherrschaft. Sabbath konnte seinen Kopf durchsetzen und galoppierte über das einfache Hindernis, wobei er viel zu hoch und zu weit sprang. Wie ein Sack Kartoffeln schlugen sie auf der anderen Seite auf, und der Hengst preschte weiter durch den Parcours, nahm eine Hürde gröber als die andere. Bis sie das letzte Hindernis hinter sich hatten, fühlte A. J. sich, als käme sie frisch aus einer Farbmischtrommel.

Zerknirscht lenkte sie den Hengst hinüber zu Devlin und wappnete sich für seine harsche Kritik. Bevor sie vernichtet wurde, gestand sie: »So viel zu ›weich wie Wasser‹. Ich glaube, meine Backenzähne sind locker. Das war ein schlechter Scherz.«

Sie stutzte, als sie seinen Gesichtsausdruck sah. »Wieso zur Hölle grinst du?«

»Er ist ein launischer Riese. Und er ist noch ziemlich ungeschliffen, aber er hat einen tollen Gang, und er ist wahnsinnig schnell. Er könnte einer der Großen werden.«

»Bist du irre?«, fragte sie. Vom Kampf mit dem Hengst waren ihre Arme vollkommen ausgeleiert und fühlten sich an wie Pudding. »Ebenso gut hätte ich in der Ecke stehen und Flaggensignale geben können, so wie er mir gehorcht hat.«

»Wir können ihm beibringen, auf dich zu hören.« Devlins braune Augen leuchteten begeistert. »Was wir nicht können, ist ihn motivieren. Dieses Pferd giert danach,

Luft unter seinen Hufen zu haben, und es springt über die Hindernisse wie über seichte Pfützen.«

»Ich würde eher sagen, er hat zu viel Luft zwischen den Ohren«, murmelte sie. »Er setzt seinen Dickschädel die ganze Zeit durch. Ich bin nichts als Gepäck auf seinem Rücken.«

»Dafür ist das Training da.« Devlin nickte zu den Hindernissen. »Jetzt versuch es noch mal.«

Es dämmerte schon, als A. J. ihren Sattel in die Kammer packte und vor Sabbaths Box stehen blieb, um ihm zuzusehen, wie er ein wenig Heu fraß. Ihre Arme waren taub, ihre Hände pochten, und sie merkte, dass sie Kopfschmerzen bekam. Ihr war, als hätte sie den ganzen Nachmittag auf einem Schnellzug gesessen, und obwohl sie festen Boden unter den Füßen hatte, fühlte sie sich, als wäre sie immer noch in Bewegung.

So viel zu einem gelungenen Auftakt, dachte sie, streckte ihren Rücken und spürte nichts als Schmerzen und Steifheit.

Der Rest der Übungen war nicht viel besser verlaufen als die erste Runde, und der Nachmittag war ein Strudel von wirren Sprüngen und harten Landungen gewesen. Während A. J. innerlich das Training bejammerte, entschied sie, dass nichts die Fantasie so nachhaltig kurieren konnte wie die Realität. Anscheinend musste sie sich ein neues Ziel stecken: eine gute Trainingsrunde. Den Turniersieg konnte sie sich abschminken.

A. J. merkte, dass Devlin kam.

»Du hast heute gute Arbeit geleistet«, sagte er von der Stalltür aus.

Sie gab sich keinerlei Mühe, ihre Enttäuschung zu verbergen, als sie sich zu ihm umdrehte. Jenseits seiner breiten Schultern senkte sich die Sonne über den weichen, grünen Hügeln. Ihr flüssiges Gold ergoss sich honiggleich über das Gras und in den Stall hinein. A. J. roch den süßen Duft von frischem Heu und hörte das beruhigende Malmen von Sabbaths Zähnen. Vor allem war da eine Zärtlichkeit in Devlins Blick, die A. J.s Stimmung wirksamer hob, als es noch so viele Worte gekonnt hätten.

Als sie sich zu ihm umwandte, erkannte Devlin sofort, dass sie völlig entkräftet war. Ihr haftete eine Zerbrechlichkeit an, die nahelegte, dass sie kurz vorm Umkippen war. Was er ihr nicht verdenken konnte. Er kannte lediglich eine Handvoll Reiter, die es geschafft hätten, einen ganzen Nachmittag lang gegen dieses trotzige schwarze Biest anzuarbeiten.

Ja, Devlin war schwer beeindruckt. Sie hatte Sabbath unzählige Male um die Hindernisse herumgeführt, ihn jeweils vor ihnen vom Sprung abgehalten und durch die Ecken geführt, wobei sie kämpfte, ihn in die richtige Gangart zu bringen. Schon das Zugucken war anstrengend gewesen, doch sie hielt durch. Jedes Mal, wenn Devlin ihr noch eine Runde befahl, hatte sie die brav absolviert, wieder und wieder, ohne ein einziges Wort der Klage. Zu behaupten, dass ihn ihre Hartnäckigkeit überraschte, wäre eine glatte Untertreibung. Verwöhnte reiche Töchter benahmen sich nicht so. Selbst die meisten Profireiter hätten sich geweigert, seinen Forderungen und dem schlechten Benehmen des Hengstes derart ausdauernd die Stirn zu bieten.

Und schließlich versetzte sie ihn in echte Ehrfurcht. Ohne ihn um Hilfe zu bitten – obwohl sie aussah, als würde sie jeden Moment vor Erschöpfung zusammenbrechen –, hatte sie den Hengst so hingebungsvoll versorgt, als läge bloß ein träger Nachmittag im Stall hinter ihr. Auf dem Platz war sie entschlossen gewesen, doch wie sie sich außerhalb des Rings verhielt, sprach für einen besonderen Charakter.

»Ich denke, wir machen Schluss für heute«, sagte er und hängte sein Klemmbrett an den Haken.

»Ja, ich will nur noch nach dem Sattelzeug sehen.«

»Das übernehme ich«, entgegnete er. »Du solltest nach Hause fahren.«

»Aber das dauert nicht …«

»Fahr nach Hause und ruh dich aus.« Er bemerkte, dass sie ein Gähnen hinter ihrer Hand verbarg. »Wann kannst du morgen hier sein?«

A. J. verzog das Gesicht.

»Was?«, fragte er. »Erzähl mir nicht, dass du hier bei ihm schlafen willst. Hast du nicht allmählich genug für einen Tag?«

»Eigentlich …«

»Du kannst sicher sein, dass es ihm hier gut geht. Oder möchtest du ein Babyfon installieren?«

»Ich möchte auf deine Couch.« Die Worte kamen schnell herausgesprudelt. »Wäre es okay, wenn ich wieder in deinem Wohnzimmer schlafe?«

Devlin sah sie verwundert an. »Bist du so müde?«

»Nein.«

Er runzelte die Stirn. »Im Herrenhaus deines Vaters könnte problemlos ein kleines College untergebracht werden. Hat er auf einmal beschlossen, Kurse zu veranstalten, oder geht es noch um euren Familienstreit?«

»Platz ist jedenfalls nicht das Problem.«

»Und es geht nicht nur um eine Nacht, stimmt's?«

»Ja.«

Devlins Blick wurde versonnen, und A. J. sah, wie es in ihm arbeitete.

»Ich kann dafür bezahlen«, bot sie an.

Er verdrehte die Augen. »Nicht schon wieder! Wie ich bereits sagte, ist Geld kein Anreiz für mich.«

»Ich möchte deine Gastfreundschaft nicht überstrapazieren. Mir ist klar, dass es eine ziemliche Zumutung ist.«

»Du bist es nicht, um die ich mich sorge«, murmelte er vor sich hin. Er war nicht sicher, dass er ein Bad mit jemandem teilen konnte, für den er so empfand wie für sie.

Diese Frau zieht bei mir ein, schoss es ihm durch den Kopf, und er konnte von Glück reden, wenn er sich vor lauter sexuellem Frust die Zähne nicht bis auf die Stümpfe herunterrieb. In einer Woche dürfte er seine Mahlzeiten durch einen Strohhalm lutschen und dazu unzusammenhängendes Zeug brabbeln.

Prompt sah er ein Bild von ihr vor sich, wie sie aus seiner Badewanne stieg, ihre Haut gerötet vom heißen Wasser und umwabert von Wasserdampf. Es glich einer Beschwörung von Ekstase. Devlin versuchte, diese Fantasie weit von sich zu weisen, was ihm nicht gelang. Energisch schob er die Hände in die Taschen, damit er sie ja bei sich behielt.

Falls sie hierblieb, würde es das Training einfacher machen, sagte ihm eine Stimme in seinem Kopf. Weniger Zeit fürs Pendeln bedeutete mehr Zeit mit dem Pferd.

Und zwischen den Erwartungen, die er an sich als Profi hatte, und seinen niederen Instinkten – zwei im erbitterten Krieg befindlichen Seiten von ihm, die ihn in den Wahnsinn trieben – tauchte ein neues Argument auf

Schließlich sagte er: »Wenn du bereit bist, ein Federbett zugunsten einer alten Couch aufzugeben, ist es für mich okay.«

A. J. atmete erleichtert auf. »Danke. Dir ist hoffentlich klar, dass du das nicht machen musst.«

»Eigentlich sehe ich es eher als einen Dienst an der Öffentlichkeit. Du machst nicht den Eindruck, als solltest du schwere Maschinen bedienen, und dazu gehören auch rote Cabrio-Flitzer.«

Sie gingen ihr Gepäck aus dem Wagen holen. Ihnen war beiden bewusst, in welcher Lage sie sich befanden. Sie verband eine starke Anziehung, der sie auf keinen Fall nachgeben wollten. Und sie würden zwei Monate lang zusammenleben, bevor einer von ihnen den furchteinflößendsten Wettkampf der Reiterwelt bestehen wollte.

Ich fasse nicht, dass ich das tue, dachte A. J., die jeden Moment hysterisch loszukichern drohte. Sie würde mit Devlin McCloud zusammenwohnen!

»Wie gut, dass du alles dabei hast«, bemerkte er, als er eine ihrer Taschen aus dem Auto wuchtete.

»Tja, wenn du mich nicht aufgenommen hättest, wäre es das exotische Ein-Sterne-Motel Nero's Place geworden.« Sie nahm die andere Tasche und schloss das Verdeck.

Als sie zum Haus kamen, hielt Devlin ihr die Tür auf, und A. J. streifte ihn versehentlich beim Hineingehen. Der flüchtige Körperkontakt erschreckte sie.

»Ich kümmere mich um das Abendessen«, sagte er und stellte ihre Tasche neben der Couch ab. »Du weißt ja, wo die Dusche ist.«

A. J. fand, dass er es reichlich eilig hatte, den Raum zu verlassen. Nachdem er gegangen war, stellte sie das Gepäck ab, hängte ihre Jacke auf und fragte sich, ob sie ihm in die Küche folgen und helfen sollte. Dann fiel ihr Blick auf ihre schmutzigen Hände, und sie fühlte, dass ihr Kopf nach den vielen Stunden unterm Helm juckte. Also entschied sie sich gegen die Höflichkeit und ging nach oben.

Das Badezimmer war nicht groß, hatte aber alle modernen Annehmlichkeiten zu bieten, einschließlich einer Whirlpool-Wanne, die A. J. mit unverhohlener Lust betrachtete. Sie drehte das Wasser auf und sah zu, wie sich die Wanne füllte und die Düsen ihr Wunderwerk begannen. Dann wühlte sie in ihrer Tasche nach dem Badezusatz, von dem sie etwas ins blubbernde Wasser streute, sodass ein zarter Lavendelduft aufstieg.

Wann hatte sie zuletzt ein richtiges Bad genommen? Eine vage Erinnerung aus dem letzten Winter stellte sich ein. Da war sie krank gewesen, wie sie sich erinnerte, und ihre Nase hatte wie die von einem Clown ausgesehen. Das Vollbad war also eine rein medizinische Maßnahme gewesen.

Jetzt würde es ein Vergnügen werden.

Trotz ihrer Erschöpfung zog A. J. sich voller Vorfreude aus und stieg in das brodelnde parfümierte Wasser. Die Wanne war groß genug, dass sie sich darin lang ausstrecken konnte, während die Düsen pulsierendes warmes Wasser auf ihre schmerzenden Muskeln lenkten. Als sie viel später wieder aus der Wanne kam, schimmerte ihre

Haut rosig, und A. J. fühlte sich wie neugeboren. Nach dem Abtrocknen zog sie eine bequeme helle Hose und einen cremeweißen Strickpullover an. Zum Trocknen ließ sie ihr Haar offen über die Schultern fallen. Nun kam sie sich wieder mehr wie sie selbst vor und ging zurück nach unten.

Es wurde noch besser, sobald sie das Erdgeschoss erreichte. Ein köstlicher Duft wehte ihr aus der Küche entgegen, und ihr Magen grummelte, als sie in den Raum trat. Devlin stand am Herd und rührte in einem Topf. Auf dem Tisch standen zwei Suppenschalen, flankiert von großen Löffeln und ordentlich gefalteten Stoffservietten. Ansonsten fanden sich auf der zerkratzten Tischplatte nur Salz- und Pfefferstreuer aus Holz sowie ein Korb mit Brot.

»Setz dich. Ich serviere«, sagte Devlin.

»Das riecht wunderbar.«

Gut aussehend, talentiert *und* kochen kann er auch noch, dachte A. J., als sie sich hinsetzte und das karierte Tuch auf ihrem Schoß ausbreitete.

Devlin nahm ihre Schale und stellte sie ihr mit herzhaftem Rindfleisch-Gemüse-Eintopf gefüllt wieder hin. A. J. lächelte. Dieses Mahl war völlig anders als die ausgefallenen Gourmet-Gerichte, die im Haus ihres Vaters auf edlem Porzellan gereicht wurden. Auf Reginas Tafel kamen ausschließlich minimalistische Fleisch- oder Fischstückchen an aufwendig drapiertem, aber fadem Gemüse. Für jemanden, dessen einzige körperliche Ertüchtigung darin bestand, sich selbst zu bewundern, mochte es die ideale Ernährung sein, hatte A. J. immer gedacht. Für jemanden, der richtigen Sport trieb, reichte es allerdings bei Weitem nicht, weshalb A. J. sich beizeiten angewöhnt hatte, abends noch ein Sandwich mit aufs Zimmer zu schmuggeln.

Dies hier nenne ich mal ein richtiges Essen, ging es ihr angesichts ihrer gefüllten Schale durch den Kopf.

»Du kannst aufhören, das Essen anzustarren«, sagte Devlin und setzte sich mit seiner Portion an den Tisch. »Ich weiß ja, dass es kein Hummer à l'Americaine ist, aber es ist nicht giftig, Ehrenwort.«

»Nein, ich denke nur gerade, wie dankbar ich bin. Mir hängen diese Gerichte zum Hals raus, die unglaublich protzig, aber leider in Miniportionen daherkommen. Du glaubst nicht, wie froh ich wäre, wenn ich nie wieder eine Crêpe mit Endivien-Dekoration sehen muss.«

»Tja, vor denen bist du hier sicher.« Er lachte. »Ich bin mehr der Fleisch-und-Kartoffeln-Typ.«

Devlin beobachtete, wie sie den Eintopf probierte, und wieder einmal stellte er fest, dass sie voller Widersprüche steckte. Eine vermögende Amateurin, die ihr Sattel- und Zaumzeug selbst putzte und lieber bei ihm auf der Couch schlief als in einem prächtigen Herrenhaus. Eine verbissene Reiterin, die viel zu zart wirkte, um einen ganzen Nachmittag mit einem kräftigen Hengst zu kämpfen. Eine Verführerin, die sein Blut zum Kochen brachte und doch keine Ahnung zu haben schien, wie schön sie war. Eine Frau, die mit Gourmet-Küche groß geworden war und nun seinen Eintopf löffelte, als hätte sie nie etwas Köstlicheres gegessen.

Vielleicht bin ich gar nicht fasziniert von ihr, sondern bloß verwirrt, dachte er.

Sie aß noch einen Löffel, seufzte wohlig und sah ihn grinsend an. »Und ich habe immer geglaubt, frisch gewaschene Bettwäsche direkt aus dem Trockner ist der Gipfel des Genusses.«

»Sicher hast du schon besser gegessen«, sagte er und bemühte sich, nicht in ihren unsagbar blauen Augen zu ertrinken.

»Auf jeden Fall schon sehr viel kleinere Portionen. Was ich normalerweise vorgesetzt bekomme, passt auf einen Stecknadelkopf und ist eher ambitioniert als genießbar.«

Er zog eine Braue hoch.

»Reginas Koch versteht sich als Künstler. Er ist toll, was die Farbzusammenstellung und das Anrichten betrifft. Bei den Kalorien ist er aber extrem sparsam.«

»Ist Regina die böse Stiefmutter?«

»Mehr die allgegenwärtige«, antwortete A. J. zwischen zwei Happen. »Für eine kleine Frau nimmt sie verblüffend viel Raum ein.«

»Die Persönlichkeit macht oft wett, was nicht mal hohe Absätze leisten.«

»Stimmt genau. Aber mein Vater liebt sie wirklich, und anscheinend ist er glücklich, also wer wäre ich, über sie zu urteilen? Ich nehme mir einfach ein oder zwei Sandwiches mit, wenn ich nach oben gehe. So wie er.«

»Wo ist deine Mutter?«

Da war ein kaum merkliches Zögern, ehe sie antwortete. »Sie lebt schon lange nicht mehr. Als sie starb, war ich noch ein Kind.«

Ihre Worte wirkten wohlüberlegt, verrieten nichts außer den Fakten. A. J. sagte sie schon, solange sie zurückdenken konnte, ähnlich selbstverständlich, wie sie Leuten ihre Adresse oder Telefonnummer gab. Und mehr nicht. Welchen Verlust sie tatsächlich empfand, sagte sie niemandem.

»Das tut mir leid.«

A. J. zuckte nur mit der Schulter, wie immer. »Ich war noch sehr jung, und ich kannte sie eigentlich gar nicht.«

»Trotzdem ist es ein enormer Verlust.«

»Darüber versuche ich nicht nachzudenken.«

»Fehlt sie dir nicht?«

»Doch, klar, aber ich denke nicht pausenlos an sie.«

»Denkst du nicht manchmal daran, wie es wäre, wenn sie noch lebte?«

»Ach, ich kenne es ja nicht anders. Für mich sind die Sachen, die andere Leute normal mit ihren Müttern machen, rein hypothetisch. Es ist schwierig, etwas zu vermissen, das man nie gehabt hat.«

»Du bist echt eine starke Frau.«

Sie sah ihn an, und es tat ihr gut, wie viel Hochachtung er ihr entgegenbrachte. Vor allem aber schien sein ruhiger Blick bis in ihre Seele zu reichen.

»Ob das Stärke ist, weiß ich nicht. Ich vertiefe mich schlicht ungern in einen Abschnitt meines Lebens, zu dem ich nie zurück kann und an den ich mich wahrscheinlich so oder so nicht sehr deutlich erinnere. Ein wiederentdeckter Patchwork-Quilt von Kindheitsfantasien mag hin und wieder ganz kuschelig sein, doch er ist kein Ersatz für das wirkliche Leben.«

»Wie kannst du so leicht loslassen?« Seine Stimme bekam einen etwas scharfen Unterton.

»Bleibt mir denn eine Wahl?«, fragte sie leise. »Ich schätze, ich habe mich mit dem Verlust abgefunden. Die Vorstellung, dass jeder ewig lebt und sich nie irgendwas verändert, ist nichts als eine Illusion.«

Seine Augen fixierten sie. »An dem Abfinden arbeite

ich noch. Ich stelle fest, dass es genauso schwer ist, diese Illusion zu begraben wie die Toten.«

Nun wandte Devlin den Blick ab. Er sehnte sich nach den Tagen zurück, als er geglaubt hatte, nichts könnte ihn je zu Fall bringen und er würde für immer gewinnen. Wie viel einfacher war alles gewesen, solange seine einzige Sorge das nächste Turnier gewesen war!

»Es wird besser«, sagte sie. »Glaub mir. Ich hatte ja schon viel mehr Zeit als du, mich an meinen Verlust zu gewöhnen. Meine Mutter ist schon sehr viel länger fort als Mercy.«

Sie bemerkte, wie sich seine Miene verschloss, und wunderte sich nicht, dass er das Thema wechselte. Für den Rest des Essens redeten sie über Sabbaths Training, doch nachdem sie den Tisch abgeräumt hatten, bekam Devlin wieder einen sehr ernsten Ausdruck. Er stand in der Küchentür, seine Finger auf dem Lichtschalter, und A. J. ging an ihm vorbei. Er legte eine Hand auf ihren Arm, woraufhin sie stehen blieb.

»Ich bin froh, dass du hier bist«, sagte er leise. »Es gefällt mir, dich um mich zu haben.«

Überrascht und erfreut sah sie ihn prüfend an. »Sicher kann es hier ein bisschen einsam werden, so ganz allein. Mir hilft es meistens, Leute um mich zu haben, wenn es mir schlecht geht.«

»Ich meinte nicht bloß Leute. Es fühlt sich gut an, *dich* hier zu haben.«

Mit einer fließenden Bewegung beugte er sich vor und presste seine Lippen auf ihre. Vor Schreck stieß sie einen stummen Schrei aus, den er einatmete und in sich aufsog. Sein Mund bewegte sich auf ihrem, und ihre Hände wanderten unwillkürlich zu seiner Brust, wo sie am Kragen seines Hemds verharrten. A. J. war sofort bereit, ihn noch näher an sich zu spüren. Die Zeit verlangsamte sich und stoppte vollends.

Dann wich Devlin mit einem frustrierten Stöhnen zurück. Ihm wurde erst jetzt bewusst, was er getan hatte. Er musterte A. J.s Gesicht, wollte sich erklären, doch er wusste, er musste schnell weg, ehe er sie wieder küsste.

Als er um die Ecke ging und die Treppe hinaufzusteigen begann, fiel sein Blick auf die Couch. Sechs Kissen, zwei Armlehnen und gut zehn Meter blauer Stoff, und dennoch war es jetzt so viel mehr als ein Sitzplatz, weil sie dort schlafen würde.

Was hatte er in sein Haus gelassen, fragte er sich, weil sein Herz viel zu schnell klopfte. Mit dieser Frau war etwas Gefährliches bei ihm eingezogen, das ihr so dicht anhaftete, dass er es zuerst gar nicht mitbekommen hatte. Jetzt fühlte er die Bedrohung überall um sich herum. Angefangen bei ihrer Jacke, die neben seiner hing, bis hin zu ihren Stallstiefeln an der Tür, schien ihr Schatten auf allem zu liegen. Was ihm einst so vertraut gewesen war, war auf einmal fremd.

Was hatte er getan? Wie ein Zombie ging er die Treppe hinauf und ins Bad. Leider nahm er dort gleich den Lavendelduft wahr und fluchte leise vor sich hin. Wie die Überreste eines Festes verhöhnte ihn der Geruch und befeuerte das Sehnen in ihm. Er malte sich A. J. in duftendem Wasser aus, wo nichts sie vor seinem Blick abschirmte. Bei der Vorstellung reagierte sein Körper mit einer Hitzewallung, die durch seine Adern rauschte. Es war so unerträglich, dass er das Bild umgehend aus seinem Kopf verbannen musste.

Er fuhr sich mit einer Hand durchs Haar, trat ans Waschbecken und sah sein Spiegelbild an. Er wirkte atemlos, und so fühlte er sich auch. Seine Brust war eng, und ihm war schwindlig. Das Einzige, was er spürte, waren die Leidenschaft in seinem Körper und der Schmerz in seinem Herzen.

Statt ihnen nachzugeben, warf er sich kaltes Wasser ins Gesicht und biss die Zähne zusammen.

Krieg dich ein!

Nachdem er sich übertrieben kraftvoll die Zähne geputzt hatte, ging er in sein Schlafzimmer, zog sich aus und ging ins Bett. Während er im schwachen Licht an die Decke starrte, sah er nichts als ihren Körper, wie er ihn sich ausmalte, vor ihm ausgestreckt, sodass er die Oberflächen und die Konturen erforschen konnte.

Er wurde rastlos, boxte in ein Kissen und blickte zu seinem Nachttisch.

Das Buch über Baseball-Legenden würde ihm heute Abend sicherlich nicht beim Einschlafen helfen. Ein Hammer wäre angebrachter. Ein Jammer, dass der draußen in der Scheune war.

5

A. J. vertrieb sich die Zeit, bis Devlins Schlafzimmertür oben geschlossen wurde, mit dem Herrichten der Couch, und zog sich ein sauberes T-Shirt an. Ihre Arme waren derart verspannt, dass schon diese simplen Handgriffe qualvoll waren, trotzdem waren ihre Gedanken mit völlig anderem beschäftigt. Sie bewegte sich schlafwandlerisch durchs Zimmer, und erst als sie sich ihr Schienbein heftig an der Couchtischkante stieß, kam sie halbwegs zu sich und setzte sich hin.

Es war absolut notwendig und nur vernünftig, ihre Beziehung auf rein beruflichem Niveau zu lassen. Ihr war es schon schwer genug gefallen, sich auf das Training zu konzentrieren, nachdem sie in seinen Armen gewesen war und seine Zunge an ihrer gefühlt hatte. Nach dem Kuss jetzt war es noch schlimmer, weil er sie daran erinnerte, dass mehr als Leidenschaft zwischen ihnen war, mehr als Hitze, Herzklopfen und elektrisierende Lust …

A. J. schüttelte den Kopf.

Es war schlimmer, weil es bei diesem Kuss auch um ihre Gefühle gegangen war. Er hatte ihr gesagt, dass er sie gern in seinem Haus hätte, und sie hatte den Eindruck, dass er sich ihr nach und nach öffnen würde.

Sie durfte nicht vergessen, dass sie bei ihm war, um für

die Qualifizierung zu trainieren, ermahnte sie sich streng. Nicht, um sich zu *verlieben*.

A. J. erschauerte bei der Vorstellung, was dieses Wort mit sich brachte.

Ihr Herz hämmerte vor Angst, und sie fürchtete, dass sie zu viel in ihre Unterhaltung beim Essen hineindeutete. Selbst wenn er das Gegenteil behauptete, konnte es durchaus sein, dass er nur deshalb so offen mit ihr gesprochen hatte, weil er gerade in der Stimmung war.

Die Frage war: War es ihm überhaupt bewusst?

Und die Erinnerung an den letzten Kuss machte A. J. noch unglücklicher. Devlin McCloud war ein Mann mit ausgeprägten Bedürfnissen. Eindeutig. Wieder dachte sie, dass dieses Lodern zwischen ihnen für ihn eventuell nicht ungewöhnlich war, auch wenn es ihr wie eine Erleuchtung schien.

A. J.s Erfahrung nach war sie nicht direkt die Sorte Frau, für die Männer eine Tür eintraten, um zu ihr zu kommen. Na ja, vielleicht wenn ein Haus in Flammen stand und sie gute Samariter mit Axt und Atemmaske waren. Aber ganz gewiss nicht aus lauter romantischer Leidenschaft.

Und es war ja nicht so, als hätte sie nie mit Männern zu tun gehabt. Auf Sutherland war sie grundsätzlich bei den Besprechungen über Turniere oder die Teams dabei gewesen, bei Tierarztbesuchen, und so fort. Allerdings war sie nie jemand gewesen, den man bat, mit den anderen in die örtliche Kneipe zu kommen, Billard zu spielen und lauwarmes Bier zu trinken.

Und was war mit Dates? Nun, wenn ihr letztes Wannenbad schon lange zurücklag, musste man das letzte

Mal, dass sie mit einem Mann ausgegangen war, in der Steinzeit verorten. Die Wärme eines anderen Körpers zu spüren, feurige Küsse auszutauschen, beiderseitiges Verlangen zu spüren, bei dem die Welt völlig unwichtig wurde – all das war ihr schon sehr, sehr lange nicht mehr passiert.

Na ja, wohl eher noch nie.

Es war, als fehlte ihr irgendetwas, und die Männer würden es instinktiv merken. Leider war es ihr selbst nicht klar gewesen, bis sie Devlin begegnet war. Die Pferde und die Turniere hatten ihr genügt. Ihre Tage waren immer ausgefüllt gewesen, und ihre Nächte … Die Nächte waren zum Ausruhen da gewesen, nicht für Romantik, und das war okay gewesen.

Was also war an Devlin McCloud, das ihr Leben auf einmal so leer wirken ließ? Mit zwei Küssen hatte er es geschafft, dass sie in einem Leben als Hure echtes Potenzial sah.

Ängstlich sprangen A. J.s Gedanken weg von diesem Thema, um sich ausgerechnet ihren Gefühlen während ihrer Unterhaltung heute Abend zuzuwenden. Sie entsann sich nicht, wann sie zuletzt von ihrer Mutter gesprochen hatte. Normalerweise vermied sie es, und ihr war nicht wohl dabei, dass sie Devlin ihr Innerstes geöffnet hatte. Als sie mit ihm an dem Tisch saß und sie beide über ihren Schmerz redeten, war es ihr nur natürlich vorgekommen, doch jetzt, da sie alleine war, fühlte sie sich innerlich zerrissen. Zwischen dem Kuss und den neuen Erfahrungen hatte sie zugelassen, sich in einem Moment körperlich und emotional verwundbar zu machen, in dem sie ihre Kraft am dringendsten brauchte. Sie würde es nicht durch die Qualifizierung schaffen, wenn sie sich nicht unter Kontrolle hatte.

Sie blickte hinauf an die Decke und fragte sich, wie sie es heil bis zu dem Turnier schaffen wollte. Stumm wartete sie auf eine Antwort, die nicht kam.

Als sie hörte, wie Devlin seine Tür oben schloss, stieg A. J. leise die Treppe hinauf und eilte ins Bad, wo sie die übliche Abendroutine in der Hälfte der Zeit erledigte, die sie sonst brauchte. Auf dem Rückweg kam sie wieder an seiner Tür vorbei und wurde langsamer, weil ihr aufging, dass die Geschichte zwischen ihnen längst nicht vorbei war, egal wie oft sie sich schworen, alles rein professionell zu halten. Diese Vorahnung jagte ihr einen kribbelnden Schauer über den Rücken, und sie musste sich ermahnen, dass es bloß ihre Erschöpfung und Nervosität war. Sie war ja keine Hellseherin.

Wäre sie die, hätte sie es sicher schon früher mitbekommen, dachte sie, als sie die Treppe hinunterhuschte. In dem Fall hätte sie in den letzten Jahren definitiv mehr Lotto gespielt.

Stunden später wachte A. J. verwirrt auf. Sie drehte sich um und sah zu den Fenstern. Wolken hatten sich über den Nachthimmel geschoben und verdeckten den Mond und die Sterne. A. J. schaute sich im Zimmer um, weil sie nicht sicher war, was sie geweckt hatte. Sie blinzelte in der Dunkelheit, hielt den Atem an und versuchte, irgendeine Störung auszumachen.

War es ein Traum gewesen oder etwas Reales?

Lauschend wartete sie auf ein Geräusch oder sonstigen Hinweis, während sie sich einzureden versuchte, dass es wohl lediglich ihr Unterbewusstsein gewesen war. In der nächtlichen Stille hörte sie den Wind um das Haus streichen und die Läden leise in ihren altmodischen Angeln quietschen, doch das war es nicht, was sie geweckt hatte.

Sie war schon so weit, wieder einzuschlafen, als sie ein ersticktes Stöhnen vernahm. So klang jemand, der Schmerzen hatte. Sofort warf A. J. ihre Bettdecken beiseite und sprang von der Couch. Als sie das Geräusch nochmals hörte, erkannte sie, dass es von oben kam. Sie rannte die Treppe hinauf.

Bilder von Wiederbelebungstechniken flogen ihr durch den Kopf, während A. J. die Tür zu Devlins Zimmer aufriss. Auf dem antiken Bett stöhnte er qualvoll und warf sich hin und her. Die Decken hatten sich um seinen offenbar nackten Leib gewickelt, sodass er sich kaum bewegen konnte, was seinen Albtraum sicher noch verstärkte. A. J. rannte zu ihm.

Im Schlaf murmelte er unverständlich vor sich hin. A. J. berührte ihn und rief seinen Namen. Sobald ihre Hände auf seinem Arm waren, riss er die Augen auf, als hätte sie ihn geschlagen. Desorientiert bemühte er sich, zu sich zu kommen und sich aufzusetzen, doch die Decken klebten an seiner schweißnassen Haut. A. J. lehnte sich vor, um ihm zu helfen, wobei sie ihr Bestes tat, nicht auf seine Nacktheit zu achten.

Blitzschnell packte er ihre Arme und starrte sie an, ohne sie zu sehen.

»Ich wusste, dass mit ihrem Bein was nicht stimmt«, sagte er eindringlich.

Seine Stimme war von einem qualvollen Bedauern

geprägt, das ganz frisch klang, obwohl der Unfall schon beinahe ein Jahr her war.

»Es war meine Schuld. Ich hätte sie nie springen lassen dürfen.«

Behutsam streckte A. J. ihre Hand aus und strich ihm übers Haar, auch wenn sie keine Ahnung hatte, ob ihn das beruhigen würde. Er war in seinen Erinnerungen gefangen, eingesperrt im Gefängnis seiner Gedanken.

Seine braunen Augen, die sonst so scharf beobachteten, schienen stumpf, als er den Kopf vor und zurück bewegte. »Hätte ich sie doch nur nicht so hart rangenommen …«

»Schhh«, sagte A. J. sanft. »Atme tief ein und aus.«

Plötzlich wurde sein Blick klar, und er konzentrierte sich auf sie. Es kam so überraschend, dass A. J. das Gefühl hatte, sie wäre dabei ertappt worden, wie sie ihn in seinem Schmerz belauschte. Unweigerlich begann sie, zurückzuweichen, zumal sie sich seines nackten Körpers unter den Laken entschieden zu bewusst war.

Devlin ließ sie nicht los.

Vielmehr zog er sie sehr schnell an sich und nahm ihren Mund entschlossen ein. A. J. war so überwältigt von seinem Körper an ihrem, dass sie einfach reagierte und ihren Mund öffnete. Doch sobald seine Zunge in sie eintauchte, meldete sich die warnende Stimme der Vernunft in ihrem Kopf. Er war immer noch durcheinander und nackt. A. J. war klar, sollte hier etwas geschehen, im Dunkeln und in seinem Bett, wäre es, als würde man ein Streichholz in einen Gastank werfen. So verlockend es war, musste sie das Richtige tun. Wieder versuchte sie, auf Abstand zu gehen.

Weit kam sie nicht. Als sich seine Arme fester um sie schlangen, probierte sie es ein letztes Mal, ehe sie ihren halbherzigen Widerstand aufgab und sich ganz ihrer beider Leidenschaft überließ.

A. J. zügelte sich nicht länger und erwiderte seinen Kuss von ganzem Herzen. Sie ließ ihr Verlangen zu und klammerte sich an Devlins Schultern. Unter dem Spiel ihrer Zungen wurde A. J.s Herzschlag schneller, und eine fiebrige Hitze machte sie schwindlig. Sie fühlte, wie sich ihre Beine von selbst bewegten und sich spreizten, sodass sie rittlings auf ihm saß. Nun trennten nur dünne Decken und A. J.s Boxershorts ihre heiße Scham von seiner pochenden, harten Erektion. Während A. J.s Körper übernahm, wurde alles Denken in einen finsteren Winkel verdrängt.

Und ihre Vernunft fehlte ihr kein bisschen.

Seine Hände tauchten unter ihr T-Shirt, und sie spürte seine Berührung auf ihrer Haut. Er verharrte mit festem Griff auf ihrem unteren Brustkorb, ehe er sich weiter hinauf bis unter ihren Busen wagte. Als sie seine Fingerspitzen auf den empfindlichen Unterseiten ihrer Brüste fühlte, stöhnte sie in seinen Kuss hinein. Ungeduldig strebten seine Hände höher, umfingen ihre Brüste, und seine Daumen streichelten ihre harten Brustwarzen, bis A. J. glaubte, vor lauter Verlangen nach mehr wahnsinnig zu werden.

Dann schien die Welt für einen Augenblick zu kippen, als Devlin sie herumrollte. Im nächsten Moment fühlte sie seine Lippen durch den dünnen T-Shirt-Stoff. Sie blickte hinunter und sah seine Zunge, die über ihren Busen zu der harten Knospe strich. Der Stoff wurde feucht, was die Reibung noch vervielfachte. A. J. bog sich ihm entgegen und warf seufzend den Kopf in den Nacken. Diese Gelegenheit nutzte Devlin, um ihr das T-Shirt bis zum Hals hinaufzuschieben. Kaum wehte sein Atem über ihre nackte Haut, schrie sie auf und winkelte die Knie an. Seine Hüften drückten gegen ihre, suchten ihre Hitze. Gleichzeitig fing sein Mund ihre Brustwarze ein, und A. J. fühlte ein feuchtes Ziehen, das sie komplett überwältigte.

»Devlin!« rief sie.

Beim Klang seines Namens stoppte er abrupt.

Er erstarrte auf ihr, hob den Kopf, und A. J. hörte ihrer beider schweres Atmen durchs Zimmer hallen. Sie wartete, betete, dass er weitermachte.

Doch mit derselben Unvermitteltheit, mit der seine Umarmung begonnen hatte, löste er sie wieder. A. J. wurde kalt, und sie war schrecklich verlegen. Sein Rückzieher war, als hätte man die Paradiespforten vor ihrer Nase zugeschlagen und sie dabei gleich mit umgeworfen. Schrecklich beschämt stieg A. J. aus dem Bett, und es wurde noch schlimmer, denn Devlin begann, sich zu entschuldigen. Das Bedauern in seinem Tonfall war genauso schlimm wie ihre Beschämung.

»Es tut mir leid«, sagte er und zog die Decken über sich. »Ich wollte nicht …«

»Schon gut. Vergessen wir lieber, dass das passiert ist.«

Er fluchte leise. »Aber …«

»Nein, bitte, sag nichts.«

Ihr Gesicht glühte vor Scham, und ohne ein weiteres Wort lief sie aus dem Zimmer.

In der Stille der Nacht konnte sie seine gedämpften Flüche noch hören, bis sie die Treppe hinunter war.

Die Morgendämmerung schnitt einen dünnen Schleier in den nächtlichen Nebel, als Devlin aufstand. Nicht dass er geschlafen hätte. Und nicht dass es um diese unchristliche Zeit schon irgendetwas gab, das erledigt werden müsste. Er hoffte lediglich, dass ihm ein Wechseln in die Vertikale einen klareren Kopf bescherte. Im Liegen hatte der sich nämlich nicht einstellen wollen.

Rasch zog er sich an, ging leise nach unten und blieb an der Wohnzimmertür stehen. A. J. schlief, einen Unterarm über die Augen gelegt, um das Licht auszusperren. Ihr Behelfsbett war ein Wirrwarr von Laken und Decken, woraus Devlin folgerte, dass sie sich ebenfalls viel hin und her gewälzt hatte.

Wenigstens schlief sie jetzt. Er hingegen hatte die Nacht ans Kopfende gelehnt und ins Leere starrend verbracht. Und über sie beide nachdenkend.

Nach wie vor war ihm schleierhaft, was ihn dazu getrieben hatte, sie an sich zu reißen. Nein, ganz schleierhaft natürlich nicht, denn er brauchte sich bloß zu erinnern, wie sie sich an ihm angefühlt hatte, und der Grund war ihm wieder gegenwärtig. Was er nicht begriff – und sich auch nicht verzeihen konnte –, war, warum er seiner Lust nachgegeben hatte, nachdem sie sich darauf geeinigt hatten, dass ihre Beziehung rein professioneller Art bleiben sollte. Und seine Entgleisung darauf zu schieben, dass er gerade aus seinem vertrauten Albtraum erwacht war, wäre gelogen. Er hatte nicht an die Vergangenheit gedacht, als er sie an sich zog. Vielmehr war er vollkommen in der Gegenwart gewesen.

Und sieh sich einer an, was seine Impulsivität ihm jetzt wieder eingebracht hatte! Noch eine Tat, die er bereute und von der er wünschte, er könnte sie ungeschehen machen. Es war keineswegs so, dass er auch nur eine Sekunde bereute, sie unter sich gefühlt zu haben. Verdammt, hieran würde er wohl zurückdenken, bis sie ihn in sein kaltes Grab legten!

Was ihm zusetzte, war ihr Gesichtsausdruck, als sie ging. Jenes Ausmaß an Scham und Verlegenheit war schlicht zu viel für ihn gewesen. Dabei hätte er sich schämen sollen, nicht sie. Er war derjenige, der ihre Beziehung auf eine Ebene katapultierte, auf der sie nichts zu suchen hatte. Er hatte sie zuerst geküsst. Er war es, der die Grenze überschritten hatte, und das mehrmals.

A. J. regte sich, und Devlin ging schnell in die Küche, geradewegs zum Telefon. Er musste dringend etwas Vernünftiges tun, etwas, das zumindest ein bisschen Sinn ergab. Obwohl es erst kurz nach fünf war, wählte er die vertraute Nummer.

»Jo«, meldete sich die Stimme am anderen Ende.

»Chester, ich bin's.«

»Jo.«

»Willst du zurückkommen?«

»Jo.«

»In einer halben Stunde?«

»Jo.«

Devlin legte auf.

Na, das war doch mal eine gute Arbeitsbeziehung. Klare, präzise Kommunikation. Keine Komplikationen.

Er runzelte die Stirn.

Andererseits war es vielleicht so einfach, weil Devlin bei Chester nicht den geringsten Wunsch verspürte, ihn aus seiner Badewanne steigen zu sehen.

Devlin bewegte sich steif durch die Küche, weil sein Bein wie immer noch nicht recht wollte, kochte Kaffee, holte drei Becher heraus und schnitt dicke Scheiben Vollkornbrot zum Toasten, als Chester durch die Vordertür hereinkam. Anklopfen war unnötig. Auf derlei Förmlichkeiten verzichteten sie seit Jahren.

Devlin sah, wie sein Freund stockte und hinüber zu der schlafenden Gestalt auf der Couch blickte.

Chester Raymond war an die siebzig, so knorrig und sehnig wie eine uralte Buche und zäh wie ein Winter im hohen Norden. Vor allem konnte ihn nichts mehr überraschen.

»Morgen«, sagte er beim Betreten der Küche. Er nahm seine alte Baseballcap ab, sodass schlohweißes Haar über dem von Wetter und Arbeit gegerbten Gesicht zum Vorschein kam. Wenn er lächelte, was oft geschah, sah es aus, als wäre seine Haut zu groß für seinen Kopf.

»Morgen«, antwortete Devlin, füllte einen Becher und stellte ihn an den Platz, an dem der alte Mann immer saß. »Danke, dass du gekommen bist.«

»Gerne. Was ist das auf deiner Couch?«

»Ich mache euch bekannt, wenn sie wach ist.«

»Sie?«

Devlin nickte.

»Hat diese Sie was mit dem zu tun, was da unten in deinem Stall ist? Ich habe Wiehern gehört, als ich vorfuhr, also habe ich mal reingesehen.«

»Mhm. Willst du Frühstück?«

»Sicher doch.« Chester drängelte nicht. Die Geschichte würde sowieso rauskommen, und er war ein geduldiger Mensch.

Sofort fielen die beiden in ihre alten Verhaltensmuster zurück. Chester setzte sich auf seinen Platz am Tisch und rührte drei gehäufte Löffel Zucker in seinen Kaffee, während Devlin eine Schale herausholte, die er mit zwei Tassen Frühstücksflocken, einem Esslöffel Erdnussbutter und genug Milch füllte, um alles zu bedecken. Chester aß seit fünfzig Jahren dasselbe Frühstück. Er behauptete, dass es ihm sein jugendliches Feuer erhielt.

Devlin stellte ihm die Schale hin und setzte sich mit seinem Kaffeebecher zu ihm. »Wieso kriege ich das Gefühl, ich würde mich als Einziger wundern, dass wir wieder zusammen frühstücken?«

Chester zuckte mit den Schultern und versenkte seinen Löffel in der Schale. »Weil du der Einzige bist.«

Der Hauch eines Lächelns umspielte Devlins Mund. »Dich hat noch nie irgendwas aus den Socken gehauen.«

»Doch, aber ich nehm's eben gelassener als du. Seit ich dich kenne, bist du angespannt. Immer ein Kämpfer, selbst wenn alles so läuft, wie du willst.«

»Ist eine Weile her, seit die Dinge so liefen, wie ich wollte.«

»Stimmt nicht. Du weißt bloß gerade nicht, wo du als Nächstes hinwillst.«

Es folgte ein längeres Schweigen, und die Ereignisse des vergangenen Jahres drängten sich beiden ins Bewusstsein.

»Tja, ist eine Weile her«, sagte Chester schließlich zwischen zwei Löffeln. »Wie geht's dir?«

»Ich komme zurecht.«

»Ich habe den Trainingsparcours gesehen.«

»Der ist nicht für mich.«

»Dachte ich mir.«

»Ich bin durch mit Turnieren, und selbst wenn ich noch reiten könnte, weiß ich nicht … Mercy zu verlieren war schlicht zu furchtbar.«

»Wem sagst du das. Mir fehlt sie auch. Aber was in unser Leben kommt, verschwindet auch wieder, früher oder später, so ist das nun mal. Du kannst dich nicht verkriechen, weil es wehtut. Was du eigentlich machen solltest, ist, dir zu überlegen, was ihren Platz einnehmen kann.«

Wie aufs Stichwort kam A. J. in die Küche. Und Devlin verschluckte sich heftig.

»Guten Morgen«, sagte sie mit einem flüchtigen Blick zu ihm, bevor sie Chester anguckte. Ihr Erröten verriet Devlin, dass sie an das dachte, was sich letzte Nacht in seinem Schlafzimmer abgespielt hatte. Er fand, dass ihr die geröteten Wangen etwas Strahlendes gaben. Sie trug Jeans und ein Arbeitshemd, hatte sich das Haar aber noch nicht nach hinten gebunden, sodass es herrlich weich und schimmernd über ihre Schultern fiel. Das Lächeln, mit dem sie den älteren Mann begrüßte, erhellte den Raum wie ein Lagerfeuer.

Chester blinzelte zweimal, als hätte er einen Engel gesehen.

»Ich bin A. J.«, sagte sie und reichte ihm die Hand.

»Und ich bin wirklich froh, beim Frühstück mal was Schöneres anzugucken als McCloud«, antwortete der Mann und schüttelte ihr linkisch die Hand. »Chester Raymond.«

Sie lachte. Chester sah weg und wieder hin.

Devlins Miene verfinsterte sich, und er ging A. J. einen Kaffee einschenken, wobei er murmelte: »Pass bloß auf.

Er mag ein eingefleischter Junggeselle sein, aber er ist auch ein echter Ladykiller.«

»Ist das dein Hengst im Stall?«, fragte Chester.

»Ja, mein Hengst und mein Untergang.«

»Gute Statur, kluge Augen, eine Menge Ärger. Was dich rettet, ist sein Herz. Bei dem richtigen Menschen wird er sich gut machen.«

A. J. nahm den Becher, den Devlin ihr reichte. »Kennst du ihn?«

»Muss ich nicht. Ich habe kurz in den Stall gesehen, als ich angekommen bin.« Chester aß seinen letzten Löffel Frühstücksflocken. »Ein Blick auf das Tier, und ich sehe, was da drinsteckt. Das ist, wie die Schlagzeilen in der Zeitung lesen.«

»Verblüffend.« A. J. setzte sich hin.

»Tja, er ist ein Schnellleser«, mischte sich Devlin ein.

»Na, wenn einer so viele Pferde gesehen hat wie ich, kriegt er ein Gefühl für sie.«

A. J. lehnte sich auf den Tisch. »Ich bin richtig froh, dass du das sagst. Genau dasselbe dachte ich, als ich Sabbath das erste Mal gesehen habe. Aber nach unserem ersten Mal auf dem Platz gestern zweifle ich an mir. Das Springen war für keinen von uns eine schöne Erfahrung.«

»Du darfst nie an deinem Gefühl zweifeln. Man irrt sich nie so schnell, wie wenn man aufhört, seinem Gefühl zu folgen.«

»Wie recht du hast«, sagte sie.

Devlin fühlte sich zusehends ausgeschlossen.

»Wird das jetzt ein Kuschelseminar, oder sollen wir mal arbeiten?«, fragte er und verschränkte die Arme vor der Brust.

Die beiden sahen ihn an, als wäre er von allen guten Geistern verlassen, und er kam sich lächerlich vor. Man stelle sich vor, dass er auf einen Siebzigjährigen eifersüchtig war! Noch dazu auf einen, der wie ein Basset auf zwei Beinen aussah.

Offenbar war Schlafentzug wirklich schlecht für die Psyche.

A. J. stand auf.

»Wir treffen uns unten beim Stall«, sagte sie, schnappte sich eine Scheibe Toast und stürzte ihren restlichen Kaffee hinunter. Sie grinste dem alten Mann zu und ging, ohne Devlin eines Blickes zu würdigen.

Devlin sah ihr nach, als sie in die Diele ging, den Toast zwischen den Zähnen hielt, während sie in ihre Jacke schlüpfte und aus dem Haus eilte.

»Und wann willst du sie heiraten?«

Chesters ruhige Frage hatte einen ähnlichen Effekt, als wäre Devlin ein Eimer kaltes Wasser über den Kopf geschüttet worden.

Er war nur froh, dass er noch nicht an seinem Kaffee genippt hatte. »Wie bitte?«

»Also ich finde ja Hochzeiten im Frühling nett.«

»Arbeitest du jetzt auch als *wedding planner?*«

»Ja, klar, wehr dich dagegen, so wie du dich schon immer gegen alles wehrst, was du nicht unter Kontrolle hast. Auch wenn ich meinen würde, dass das reine Kraftverschwendung ist. Jeder merkt doch, was da zwischen euch los ist.«

»Ah, verstehe, du machst auf Kummerkastentante!«

Der alte Mann schüttelte den Kopf und trug seine Schale zur Spüle.

»Sag, was du willst, aber du bist geliefert.«

»Ich sage dir das ja ungern, doch du irrst dich gewaltig. Sie schläft auf der Couch, nicht in meinem Bett, und das auch bloß bis zur Qualifizierung. Danach ist sie weg.«

»Wie du meinst.«

»Ich *meine* gar nichts. So ist es.«

»Tja, wie du meinst.«

Die beiden zankten noch bis zur Tür, ganz wie in alten Zeiten.

»Da läuft nichts.«

»Jo.«

»Das ist mein Ernst.«

»Genauso ernst wie das, was nicht zwischen euch läuft.«

Devlin fluchte und blieb vor den Jacken in der Diele stehen. »Seit wann bist du denn zum Romantiker geworden?«

»Wenigstens reife ich mit dem Alter.«

»Sich Sachen einzubilden hat nichts mit Reifen zu tun. Das ist ein Zeichen, dass man weich in der Birne wird.«

»Lieber weich in der Birne, als vor lauter Sturheit blind zu werden.«

»Wie sieht's aus, alter Mann?«, fragte Devlin grinsend. »Hilfst du mir, den Reitplatz fertig zu machen, oder was?«

»Ich bin so weit. Du bist der, der mit den Füßen scharrt.«

Devlin zog sich seine Stalljacke an. »Mann, kannst du jetzt mal aufhören?«

»Ich bin nicht der mit dem Problem.«

»Und ich habe auch keins!«

»Klar doch.«

Devlin hatte gerade die Haustür aufgestoßen, als Chester ihm eine Hand auf die Schulter legte. Auf einmal wirkte sein alter Freund sehr ernst.

»Ich weiß, dass es nicht leicht ist, Junge. Ich freue mich, dass du wieder da bist.«

»Ich bin nicht wieder da«, erwiderte er bitter. »Ich bin es nicht, der auf den Hengst steigt.«

»Man muss nicht auf dem Pferd sitzen, um wieder im Spiel zu sein.«

Darauf fiel Devlin nichts ein.

Bevor sie nach draußen gingen, blickte er zu seinem Gehstock am Türrahmen. Der Knauf war durch die häufige Benutzung dunkler geworden, und an dem Stock selbst waren überall Kerben und abgesplitterte Stellen, wo er gegen Sachen gestoßen war. Dieser Stock begleitete ihn schon, seit er aus dem Krankenhaus entlassen worden war.

Heute ließ er ihn zurück, als er mit Chester zum Stall ging.

Als die beiden Männer den Stall betraten, fanden sie Sabbath am Anbinder vor, wo A. J. ihn putzte.

»Ab jetzt übernehme ich das Striegeln«, verkündete Chester und trat vor.

Sie lächelte. »Danke, aber ich möchte auch ein bisschen was selbst machen. So haben dieser Klotzkopf und ich eine Chance, uns besser kennenzulernen. Hilfe nehme ich allerdings gerne an. Wir haben hier ja reichlich Pferd für zwei Leute.«

»Und wie.« Chester nahm einen Striegel auf und näherte sich dem Hengst, der prompt die Ohren nach hinten legte.

»Ach, hab' dich nicht so, du Riesenbaby«, sagte Chester streng.

Erschrocken stellte Sabbath die Ohren wieder nach vorn und wirkte ein wenig beleidigt, weil er so lässig abgebügelt worden war. Er senkte unsicher seinen Kopf, als sich der altgediente Stallbursche an die Arbeit machte.

Devlin gab seinem plötzlichen Gefühl von Wehmut nicht nach, holte sein Klemmbrett und sah sich seine Notizen vom Vortag an. Statt eine neue Runde zu entwerfen, entschied er sich, den Hengst erst einmal die gestrige wieder laufen und springen zu lassen. Vielleicht half diesem Pferd Kontinuität dabei, sich zu konzentrieren.

Nachdem Sabbath gesattelt war, ging Chester raus und prüfte die Sprünge.

»Soll ich den Wassergraben draußen mal auffüllen?«, fragte er Devlin.

»Heute nicht, Ches, danke. Ich würde sagen, wir bleiben bei dem, was wir gestern gemacht haben.«

Der gestrige Tag schwappte schon wie eine Flutwelle von Emotionen über ihn hinweg. Wer brauchte da noch einen nassen Graben?

Devlin guckte zu, wie der Stallbursche auf den Platz ging, und kaute auf seinem Bleistift, wo er auf vertraute Kerben traf. Wie würde der Hengst überhaupt mit Grabensprüngen klarkommen? Es war allgemein bekannt, dass sich sehr temperamentvolle Pferde mit den Wassergräben besonders schwertaten. Die schimmernde Oberfläche wirkte bedrohlich, und einige Springpferde hatten

Probleme mit dieser visuellen Überreizung. Devlin hatte schon Pferde wie Sabbath gesehen, die ihre Reiter abwarfen, nur um eine Pfütze zu umgehen. Entscheidend war, beizeiten in Erfahrung zu bringen, ob das eigene Pferd ein »Scheuer« war oder nicht. Dennoch entschied Devlin, dass sie das zwar zeitig herausfinden sollten, für heute aber genügend anderes zu tun hatten. Der Wassergraben konnte warten.

Nachdem A. J. ein letztes Mal alles überprüft hatte, führte sie den Hengst auf den Platz. Es war ein sonniger Tag mit einem klaren Herbsthimmel, der wie eine hellblaue Decke über ihnen hing. Als sie sich mit Sabbath Chester näherte, der am Gatter wartete, war A. J. geistesgegenwärtig genug, den alten Mann zu bitten, ihr auf das Pferd zu helfen. Devlin kam nicht in Frage. Die Erinnerung an seinen Körper über ihrem war noch zu lebendig, da wollte sie ihn nicht so nahe haben. Ihr wurde schon bei dem Gedanken an die letzte Nacht schwindlig, und mehr Ablenkung konnte sie sich nicht leisten.

Sobald sie im Sattel saß, lächelte sie Chester zu und befestigte den Kinnriemen ihres Helms. Als sie Sabbath am Rand traben ließ, fühlte sie ihn unter sich tänzeln. Er bewegte sich leichtfüßig, und seine Ohren wippten vor und zurück. Devlin ging in der Mitte in Position und begann, Kommandos zu rufen. Erstaunlicherweise verlief die Bodenarbeit gut, und A. J. hatte einige Mühe, nicht zu optimistisch zu werden. Doch sosehr sie ihre Begeisterung auch zügelte, war es aufregend, die Rhythmen des Hengstes kennenzulernen und zu spüren, wie er sich anfühlte, wenn er die Gangart oder die Richtung wechselte.

Es zeigte sich, dass er sehr wohl imstande war, folgsam zu reagieren, und ein verdammt gutes Reitpferd war – solange er nicht ausflippte.

Nach den ersten Übungen rief Devlin sie zu sich und überprüfte die Aufstellung der Hindernisse noch einmal.

»Seid ihr bereit hierfür?«, fragte er, als ihm auffiel, wie sie ihre Arme streckte. Anscheinend machten sie ihr Beschwerden.

»Klar sind wir das.«

»Tun dir die Arme weh?«

»Nein, alles prima.«

Er näherte sich dem Hengst und legte eine Hand auf A. J.s Bein. Dabei bildete er sich ein, selbst durch die ledernen Chaps hindurch die Wärme ihrer Haut zu fühlen, und als sie ihr Bein ruckartig wegzog, runzelte er die Stirn.

»A. J., sprich mit mir. Du musst niemandem etwas beweisen. Denkst du, du bist stark genug hierfür?«

»Unbedingt. Ich höre nicht auf, nur weil es irgendwo zwickt.«

»Hartnäckigkeit ist ein guter Zug. Aber zu wissen, wann man eine Pause braucht, ist es auch.«

Er sah, wie sie zu den Hindernissen blickte, ihre Arme erneut streckte und sich im Sattel zurücklehnte. Sabbath stampfte mit einem Huf und schüttelte ungeduldig den Kopf.

»Wir haben keine Zeit …«, begann sie.

»Zeit ist immer, glaub mir. Man sollte sich lieber über die eigenen Schwächen oder die des Pferdes im Klaren sein, statt so zu tun, als gäbe es keine.«

»Mir geht es gut. Wieso glaubst du mir nicht?«

A. J. wendete den Hengst, und Devlin blickte ihr nach. Er war beeindruckt, wie fest sie das Pferd im Griff hatte. Und sich selbst. Körperlicher Erschöpfung würde sie genauso wenig nachgeben, wie sie sich vor einer Herausforderung drücken würde. Sie war ihm unheimlich ähnlich, musste Devlin sich eingestehen.

Das bedeutete, dass er sie sehr aufmerksam im Auge behalten musste. Wenn jemand von solch einem Wettbewerbseifer angetrieben wurde, konnte das Urteilsvermögen schon mal getrübt sein. Diese Lektion hatte Devlin auf furchtbare Weise lernen müssen. Und er hoffte sehr, ihr die schmerzliche Einsicht ersparen zu können, was man verlor, wenn man sich ausschließlich auf ein Ziel konzentrierte.

Vom Rand aus sah A. J. sich den Übungsparcours an, die Zähne zusammengebissen und bereit für den Kampf, der vor ihr lag. Sie war so mitgenommen von gestern, dass schon das Zähneputzen morgens eine echte Qual gewesen war. Das Aufwärmen hatte sie recht gut überstanden, aber ihr graute ein bisschen vor dem, was jetzt kam. Konnte sie lange genug durchhalten?

Ihre vielen Verspannungen und Schmerzen waren nicht das Einzige, was ihr zu schaffen machte. Devlins Sorge um sie war gleichermaßen rührend wie ärgerlich. Begriff er denn nicht, unter welchem Druck sie standen? Sie brauchten jeden Tag, der ihnen für das Training blieb. Eine Auszeit zu nehmen, bloß weil ein paar Muskeln wehtaten, brachte sie nicht ans Ziel.

Entschlossen umfasste sie die Zügel und trieb den Hengst leicht an. Er sprintete los und galoppierte schneller auf das erste Hindernis zu, als A. J. lieb war. Der Sprung gelang erstaunlich gut. Unerwartet zeigte er etwas von der weichen Geschmeidigkeit, die er bei der Bodenarbeit bewies. Dann jedoch fiel ihm offenbar wieder ein, dass er ein Rüpel sein wollte, denn er sträubte sich bei jeder Wendung gegen sie, warf den Kopf nach oben und tänzelte zur Seite. Sie musste ihr ganzes Gewicht in die entgegengesetzte Richtung stemmen, um ihn halbwegs unter Kontrolle zu halten.

Es gelang ihr, ihn über das nächste Hindernis zu lenken. Das war eine niedrige Mauer, die Sabbath allerdings nahm, als würde er eine Scheune überspringen. Wieder wehrte er sich dagegen, hinter der Hürde umzudrehen. Und als er eine Oxer-Kombination vor sich hatte, lehnte er sich auf die Trense und pflügte wie ein Rammbock hindurch.

»Halt!«, rief Devlin. Normalerweise hätte er nie die Konzentration eines Reiters mitten im Parcours gestört, aber er wollte nicht, dass sie weitermachten. Das Pferd war außer Kontrolle, und sie würden sein schlechtes Benehmen nur verstärken, wenn sie die Runde fortsetzten.

A. J. bändigte den Hengst mit einem kräftigen Zug, während Devlin auf sie zuging. Sie keuchte, als wäre sie kilometerweit gerannt.

»Willst du eine Pause machen?«, fragte er.

»Nein.«

Devlin zögerte. »Na gut, aber sag mir Bescheid, wenn du eine brauchst.«

Sie nickte, obwohl sie die Idee offensichtlich sofort verwarf.

»Ich denke, wir lassen ihn erst mal nur einzelne Hürden nehmen. Der Parcours ist im Moment zu viel, da wird er bloß weiter gegen dich arbeiten, weil er dich austesten will. Außerdem kennt er es nicht anders.«

Devlin zeigte nach links.

»Fangen wir mit der ersten da an. Lass ihn einmal rübergehen und dann stehen bleiben. Öden wir dieses Tier derart an, dass er zu dumpf wird, um sich zu sträuben.«

Den Rest der Trainingseinheit taten sie nichts anderes, als über das eine Hindernis zu springen und stehen zu bleiben, bis A. J. dachte, dass sie wahnsinnig würde. Aber es wirkte. Am Ende des Vormittags nahm der Hengst die Hürde und blieb dahinter stehen, ohne sich einen erbitterten Kampf mit A. J. zu liefern.

»Ich würde sagen, das reicht für heute«, rief Devlin.

A. J. versuchte gar nicht erst, ihre Erleichterung zu überspielen. Zwar hatte sie nichts gegen harte Arbeit, aber die beiden Extreme – konstante Wachsamkeit und irrwitzige Anstrengung – schafften sie. Zudem schien der Hengst ebenfalls erschöpft zu sein.

»Nach dem Kampf übernimmt die Hypnose«, sagte Devlin zufrieden, als sie auf ihn zukamen. Beide hatten glasige Augen.

»Bilde ich mir das ein, oder wurde er ein bisschen besser?«, fragte A. J.

»Nein, zum Schluss sah es tatsächlich aus, als würde er die Kurve kriegen.«

»Gott sei Dank.«

Obwohl Devlin sie sehr gerne gefragt hätte, wie es ihr ging, ließ er es. Noch dazu verriet es ihm schon ein Blick auf sie. Ihre Züge waren verkniffen, und ihre äußeren Augenwinkel etwas nach unten gezogen. Das war nie ein gutes Zeichen.

»Kühlen wir ihn ab und besprechen die weitere Strategie beim Mittagessen«, sagte Devlin.

»Gute Idee.«

Während sie den Hengst in einem langsamen Schritt am Platzrand entlang bewegte, ging Devlin hinüber zu Chester. »Was meinst du?«

»Der Hengst ist ein Naturtalent, aber ein ziemlich harter Brocken.« Der alte Mann kratzte sich am Kinn. »Das Mädchen ist eine Wucht. Reitet wie eine Dame und ist doch zäh wie altes Leder. Die kriegt ihn in den Griff, keine Frage, allerdings dürften sie bis dahin beide mächtig Federn lassen.«

»Ja, das denke ich auch.«

Sabbath und A. J. gingen langsam an ihnen vorbei. Sie sahen wie ein paar abgekämpfte Boxer aus.

»Ihr wollt es also in die Qualifizierung schaffen?«

Devlin nickte.

»Das sind noch zwei Monate.«

»Wem sagst du das?«

»Willst du die beiden vorher bei einem Turnier testen?«

»Müssen wir. In zwei Wochen gibt es eine Gelegenheit. Da sind einige gute Mitbewerber dabei, aber es wird nicht allzu viel Presse vor Ort sein, weil die Prämien niedrig sind. Die Chancen, dass sie sich ihre Sporen im relativ kleinen Rahmen verdienen, sind gut. Ich hoffe nur, dass die Zeit bis dahin reicht, ihm noch einige Macken abzugewöhnen. Ich will nicht, dass sie gleich von einer schlechten Erfahrung entmutigt wird.«

»Die machen das schon«, sagte Chester.

Devlin grinste. »Ich freue mich immer wieder, wenn du mit mir einer Meinung bist.«

»Zwei Wochen!« A. J.s Truthahnsandwich plumpste auf den Teller und fiel auseinander. »Bist du wahnsinnig?«

»Wir müssen euch zwei so bald wie möglich in ein Turnier kriegen.« Devlin sah sie vollkommen ruhig an.

»Das stimmt, aber vielleicht ist dir aufgefallen, dass dieses Pferd und ich kaum über ein Einzelhindernis kommen, ohne dass es in offenen Krieg ausartet. Wie sollen wir in zwei Wochen einen ganzen Parcours bestehen? Noch dazu in einem Turnier?«

»Ich behaupte ja nicht, dass ihr zwei einen Preis macht, oder erwarte gar, dass ihr gewinnt.«

»Na, da bin ich ja froh! Schließlich möchte ich dich nicht enttäuschen, indem ich mich von ihm abwerfen lasse, bevor er das Publikum aufmischt.«

»Das passiert sicher nicht«, verkündete Chester, der in die Küche kam. Er steuerte direkt auf das Mittagessen zu, das auf dem Tresen stand. »Der Hengst mag dich viel zu gerne. Und du bist sowieso eine zu gute Reiterin, um ihn damit durchkommen zu lassen.«

A. J. warf ihm ein dankbares Lächeln zu, und Devlin war, als hätte ihm jemand eine Nadel ins Fleisch gestochen. Etwas an der netten Art, wie sie Chester anguckte, störte ihn gewaltig.

»Wir bringen euch in den nächsten zwei Wochen so gut in Form, wie wir können«, sagte er.

A. J. stöhnte, und Devlin verlor sich in ihrem Anblick. Sie saß mit dem Rücken zur Sonne, sodass ein Lichtkranz um sie lag, der ihr Haar im tiefen Rot glühender Kohlen leuchten ließ. Dadurch bekam ihre makellose Haut einen schimmernden Perlmutt-Ton, und als sie zu Devlin sah, verschlug es ihm den Atem.

»Können wir das Training irgendwie beschleunigen? Ich nehme mal an, du hast hier nicht irgendwo eine Zeitmaschine versteckt?«

Es entstand eine längere Pause, als sie auf Devlins Antwort wartete, und Chester grinste. Während er sich ein Sandwich machte, blickte er immer wieder zu ihnen und kicherte vor sich hin. Er kannte Devlin McCloud seit vielen Jahren, folglich gab es so gut wie nichts, was er nicht über den Mann wusste. Die Zusammenarbeit im Turniersport, wo stets großer Druck herrschte, brachte das Gute wie das Schlechte im Menschen zum Vorschein, und Chester hatte seinen Freund schon in den unterschiedlichsten Stimmungen erlebt. Nichts jedoch kam der Wirkung auch nur nahe, die diese Frau auf ihn hatte. Der Kerl sah aus, als hätte ihm jemand von hinten eins mit einem Holzbalken übergezogen.

Seit dem Unfall hatte Chester mitangesehen, wie Devlin sich mehr und mehr zurückzog. Und nun war ein Engel mit dunkelrotem Haar vom Himmel gekommen und hatte das Funkeln in Devlins Augen zurückgebracht. Natürlich war Devlin viel zu sturköpfig und würde nie zugeben, dass sie seine Rettung war. Vielmehr würde er sich mit Händen und Füßen gegen seine Erlösung wehren. Aber so war er nun mal. Wer wunderte sich schon, wenn aus einer Kastanie ein Hartholzbaum wuchs?

Chester warf eine Gewürzgurke auf seinen Teller und goss sich Eistee ein, ehe er sich neben A. J. setzte. Sie wartete immer noch auf eine Antwort, und es war wohl besser, wenn er ihr die gab, denn der Mann gegenüber am Tisch war total weggetreten. Auch wenn es nicht das erste Mal war, dass Chester seinen Freund auf die eine oder andere Weise rettete, war es ihm doch völlig neu, dass Devlin McCloud von einer Frau derart aus der Fassung gebracht wurde.

»Das Training kann man nicht beschleunigen«, sagte Chester. »Aber das müssen wir auch nicht.«

A. J. sah ihn ein bisschen ungläubig an.

»Du schaffst das. Du musst nur mit ihm arbeiten. Dieser Hengst wird schon noch«, versicherte er ihr, bevor er in sein Sandwich biss und stumm kaute.

»Aber alles, was wir heute gemacht haben ...«

»Du musst einfach fest daran glauben.«

»Kann ich nicht.«

»Dann gehst du die Sache falsch an. Deine Kraft liegt in deinem Herzen, nicht in deinem Kopf.«

»Im Moment sehe ich uns nur grandios scheitern.« A. J. schob ihren Teller weg.

»Solche Gedanken sind immer so stark, wie du sie sein lässt.«

Devlin erwachte aus seiner Trance und sah, dass A. J. Chester anguckte, als wäre der Mann ein Quell der Weisheit.

»War's das, Swami«, fragte er trocken, »oder willst du noch auf den Tisch springen und uns ein paar Yoga-Stellungen zeigen?«

»Ich sage ja bloß, was ich denke. Und ich glaube an sie.«

Devlin schnaubte verächtlich, während A. J. seinen Freund anstrahlte. Er fühlte sich ausgeschlossen und stand auf. »So ungern ich auch euren Austausch glühender Bewunderung störe, werde ich jetzt noch ein bisschen arbeiten.«

Chester verdrehte schmunzelnd die Augen. »Tja, dieser Tisch ist wohl nicht groß genug für uns beide, was?«

Seine Frage wurde mit einem Knurren quittiert.

Devlin war bewusst, dass er sich wie ein Kleinkind benahm, aber er konnte nicht anders. Er brachte seinen Teller zur Spüle und verließ das Haus. Leider stellte er draußen fest, dass er keine Ahnung hatte, was er eigentlich machen sollte. In seinem Arbeitszimmer gab es immer irgendetwas zu erledigen, doch auf keinen Fall würde er wieder an den beiden vorbeimarschieren.

In der Hoffnung, irgendeine Beschäftigung zu finden, ging er runter zum Stall, wo er Sabbath schlummernd vorfand. Ein schwarzer Huf lehnte auf der Spitze, und die Ohren hingen träge nach vorn. Sie stellten sich allerdings sofort auf, als Devlin sich über die Boxentür lehnte.

Der Hengst war ausnahmsweise nicht kämpferisch gestimmt, sondern kam ruhig auf Devlin zugetrottet. Sein Blick glitt über den missmutigen Mann an der Boxentür, und er schien ihm sein Mitleid ausdrücken zu wollen.

»Ich sehe die Frau an, und meine Neuronen feuern alle auf einmal«, sagte Devlin. »Mein Hirn schaltet direkt ab, und das ist nicht mal das Schlimmste.«

Er hatte nicht vor, die Wirkung, die sie auf seinen Körper hatte, im Detail zu beschreiben, auch wenn der Hengst ihn besonders verständnisvoll anguckte. Die Erinnerung an A. J. in seinen Armen war stark genug, ohne dass er sie zusätzlich mit Worten anheizte.

»Was zum Teufel soll ich tun?«

Falls der Hengst die Antwort wusste, rückte er nicht

damit heraus. Mit einem frustrierten Stöhnen stemmte Devlin sich von der Box ab.

»Und um dem Ganzen die Krone aufzusetzen, bringt sie mich auch noch dazu, ein Pferd um Rat zu bitten!«

6

Die zwei Wochen vor ihrem ersten Turnier mit Sabbath vergingen wie im Flug. Sie bestanden aus nichts als frühem Aufstehen, harter Arbeit und unermüdlichem Training. Als A. J. am Abend vorher ihre Zähne putzte, war sie zwiegespalten. Sie hatten einige Fortschritte mit dem Hengst gemacht, doch schienen sie bei Weitem nicht auszureichen. Obwohl Sabbath und sie von der zermürbenden Wiederholung einzelner Hindernisse zu Parcours-Runden vorgedrungen waren, ging es bei ihrem Training nach wie vor darum, wer von beiden seinen Willen durchsetzen konnte.

Seufzend holte sie ihre Haarbürste hervor.

Wenigstens herrschte keine durchgängige Feindseligkeit zwischen ihnen. Erstaunlicherweise konnte der widerspenstige Hengst ein echter Charmeur sein, wenn er nicht gerade über Hindernisse springen sollte. Jedes Mal, wenn A. J. in den Stall kam, streckte er ihr seinen Kopf entgegen und wieherte zur Begrüßung. Er war allzeit bereit, sich von ihr die Ohren kraulen zu lassen, und belohnte es mit einem sanften Stupsen ihres Arms oder einem Schnauben über ihre Schulter.

Nach und nach hatte der Hengst sich mit Chester und Devlin abgefunden, doch er war A. J.s Pferd. Besser gesagt, hatte er beschlossen, dass sie sein Mensch war. Was bedeutete, dass sie angesichts seiner zahlreichen Macken so gut wie alles selbst machen musste, sonst ging es gründlich schief. Besonders mit seinen Füßen stellte er sich an, weshalb ausschließlich A. J. seine Hufe auskratzen durfte. Chester hatte es ein einziges Mal versucht, und Sabbath hatte so heftig rebelliert, dass er einen der Anbindehaken aus seiner Wandverankerung gerissen hatte. Beim Beschlagen weigerte sich der Schmied, näher als zwei Meter an den Hengst heranzugehen, sofern A. J. nicht vorn neben Sabbaths Kopf stand. Niemand verübelte es dem Mann, denn als er einmal allein mit dem Pferd gewesen war, hatte Sabbath versucht, seine Latzhose zu fressen, angefangen mit den Gesäßtaschen.

Mit dem Füttern verhielt er sich ebenfalls schräg. Sabbath hasste es, beim Fressen allein zu sein. War A. J. nicht in der Nähe, blieben Hafer oder Heu unberührt. Erst wenn sie sich an die Boxentür lehnte, ihn ansah und ruhig mit ihm redete, neigte Sabbath seine Nüstern in den Eimer und fing an zu kauen.

Angesichts seiner Phobien, bizarren Gewohnheiten und seinem Benehmen auf dem Platz war verständlich, warum Sabbath von einem Besitzer zum nächsten gewandert war. Wäre nicht seine offensichtliche und überwältigende Zuneigung zu A. J. gewesen, hätten sie wohl ebenfalls schon nach der ersten Woche die Geduld verloren.

Endlich hatte sie ihr Haar entwirrt und legte die Bürste zurück in ihren Kulturbeutel. Dann zog sie ein Paar dicke Socken über, um ihre Zehen warm zu halten, und nahm ihre kleine Tasche. Sie war auf dem Weg nach unten und ging im Geiste die Liste aller Dinge durch, die morgen vor der Abfahrt zu tun waren, als sie ein Fluchen hörte. Neugierig folgte sie dem Schimpfwörterschwall in Devlins Arbeitszimmer. Er hockte wütend in der Zimmerecke.

Als er A. J. kommen hörte, sah er auf. Ihre Blicke begegneten sich im matten Lichtschein, und diese besondere Anziehung, die verlässlich zwischen ihnen aufloderte, wärmte A. J. innerlich.

»Entschuldige meine blumige Ausdrucksweise.« Seine Stimme war tief und leise.

»Sehr anschaulich und lehrreich.« Sie versuchte, gelassen zu lächeln.

Sie lehnte sich in den Türrahmen. Es war besser, auf Abstand zu bleiben. Seit dem Kuss in seinem Schlafzimmer waren sie nicht mehr allein gewesen, was anscheinend beiden recht war. Devlin hatte sich angewöhnt, diskret zu verschwinden, wann immer sie sein Bad benutzte, und A. J. stellte sich jeden Morgen schlafend, wenn er nach unten kam, um das Frühstück vorzubereiten. Den Rest der Zeit war Chester bei ihnen.

Leider nützte die erzwungene Distanz nichts. Da die Realität schon keinerlei Ventil für A. J.s sexuelle Anspannung lieferte, sprang ihre Fantasie mit Freuden in die Bresche. Demzufolge verblasste die Erinnerung an ihren hitzigen Kuss nicht, sondern wurde von ihrer Vorstellungskraft zu mythischen Proportionen aufgebläht.

Das kommt dabei raus, dachte sie, wenn du nachts stundenlang an die Wand stierst. Jegliche Verhältnismäßigkeit ging flöten – dicht gefolgt von ihrer guten Laune.

»Kann ich irgendwie helfen?«, fragte sie.

»Mein Ablagesystem hat mich schnöde im Stich gelassen.«

A. J. blickte sich im Zimmer um. Überall lagen Papiere: In Stapeln auf dem Fußboden und den Aktenschränken sowie verstreut auf sämtlichen noch verbliebenen freien Flächen. Es war ein Papierdschungel.

»Tja, ich würde das auch eher nicht Ablagesystem nennen. Es sieht mehr wie Landschaftsarchitektur mit Papier aus.«

»Ich finde alles leichter, wenn ich es ausgelegt habe«, sagte er und bückte sich über einen anderen Stapel. »Normalerweise.«

»Was suchst du denn?«

»Die Rechnungen von einem Futterlieferanten. Bist du bereit für morgen?«

»Nein, bereit nicht. Aber ich habe mich damit abgefunden, dass ich hin muss. Es ist ein bisschen so, wie die Weisheitszähne gezogen kriegen. Egal wie es wird, morgen Abend ist es vorbei.«

Sie war nervös, nicht nur wegen dem, was ihr morgen bevorstand, sondern weil sie allein mit Devlin war. A. J. zupfte an einer ausgefransten Stelle ihres T-Shirt-Saums, mit dem Resultat, dass dort ein Loch entstand. Das T-Shirt war mindestens zehn Jahre alt, und sie trug es als Glücksbringer. Vorne auf dem Shirt stand der Name des hiesigen Highschool-Footballteams, und darüber war ein Löwenkopf abgebildet. Auf dem Rücken stand DON'T MESS WITH THE CATS.

Als eine weitere Ausgrabung ebenfalls erfolglos blieb, richtete Devlin sich auf und schüttelte sein steifes Bein.

»Ihr zwei habt es seit dem ersten Tag schon sehr weit gebracht. Ihr habt noch einiges vor euch, aber es ist ja nicht so, als hättet ihr schon mal einen Stillstand gehabt.«

»Was machen wir, wenn morgen ein Wassergraben auf dem Parcours ist?«

Sie waren so mit den Grundübungen beschäftigt gewesen, dass sie den Wassergraben noch nie befüllt hatten. Das war eine weitere Sorge. Keiner von ihnen wollte, dass sie den Hengst in einem Turnier über einen Wassergraben bringen musste.

»Falls Wasser da ist, musst du dein Bestes tun und hoffen, dass er mitmacht. Aber ich wette, du brauchst dir keine Gedanken zu machen. Es ist eine regionale Ausscheidung. Da werden einige gute Reiter sein, doch es ist keine Großveranstaltung. Die werden sicher nichts Übertriebenes aufbauen.«

»Ja, du hast ja recht. Trotzdem graut mir davor.« Ihre Hände bewegten sich noch unruhiger.

»Hör auf, an dem T-Shirt zu zupfen, sonst ist gleich nichts mehr übrig«, sagte er finster. Nicht dass es ihn direkt stören würde, wenn sich das verfluchte Ding vollständig auflöste, ergänzte Devlin in Gedanken.

Ihre Hände erstarrten. »Ich bin ein wenig überdreht.«

Devlin sah auf das Loch, das sie in den Stoff gezupft hatte, und sein Verlangen nach A. J. wurde schier überwältigend. Zwei Wochen lang auf Abstand zu ihr zu bleiben war die Hölle gewesen, und seine Selbstbeherrschung hing mittlerweile an einem seidenen Faden, ganz gleich, wie viel Willenskraft er aufbot. Und das Letzte, was er brauchte, war, mit ihr zu reden und sich vorzustellen, wie ihre unbedeckten Brüste ausgesehen hatten.

Der bloße Gedanke reichte aus, dass er hart wurde. Jede Nacht kam sie in seinen Träumen zu ihm, schwebte die Treppe hinauf, durch seine Tür, in sein Bett. Im Traum fühlte er ihre Haut an seiner, verlor sich in ihrem Mund, roch den Lavendelduft ihres Haars. Und dann wachte er auf und fragte sich, wieso zum Teufel sie nicht neben ihm schlief.

Seine Gesichtsmuskeln spannten sich an.

»Du guckst so grimmig«, sagte sie leise.

»Entschuldige. Ich bin wohl auch ziemlich angespannt.«

Lügner, schalt er sich im Stillen. Er machte sich keine Sorgen wegen der Veranstaltung. Nein, er dachte nicht einmal an morgen. Er dachte an A. J. und daran, dass sie allein in seinem Haus waren. Dass er zwei Schritte bräuchte, um ihr nahe genug zu sein, dass er sie küssen könnte. Auf die Lippen. Auf den Hals. Auf …

»Ich möchte, dass du weißt, dass ich uns nicht enttäuschen werde. Morgen werde ich mein Allerbestes geben.«

»Natürlich wirst du das«, sagte er, hatte aber leider Mühe, sich zu konzentrieren. »Das tust du jeden Tag auf dem Platz. Es ist fantastisch, dir zuzugucken. Du hast meine Erwartungen bei Weitem übertroffen.«

»Du glaubst nicht, wie viel mir das bedeutet.« Ihre blauen Augen waren zum Boden gerichtet, als wäre sein Lob ihr peinlich, sosehr es sie auch freute.

Devlin räusperte sich. Er hatte den Eindruck, dass er ihr mehr Unterstützung anbieten müsste. »Es hängt nicht deine gesamte Zukunft an morgen. Deine Reiterkarriere ebenso wenig wie deine Chancen, Sabbath zu einem Champion zu machen. Es ist ein Turnier in einer hoffentlich langen Reihe von Wettkämpfen mit dir auf seinem Rücken. Du stehst erst ganz am Anfang des Weges, und wenn du bei den ersten Schritten stolperst, heißt das nicht, dass du die Strecke nicht schaffst.«

A. J. lächelte ihn an, und es raubte ihm den Atem. Dort in dem Türrahmen, in ihren Flanellboxershorts und dem alten T-Shirt, war sie die verführerischste Frau, die er je gesehen hatte. Ihr Haar fiel in dicken Wellen um ihre Schultern, und ihre Haut schimmerte im matten Licht. Während sein Körper von oben bis unten pochte, wurde ihm klar, dass es völlig gleichgültig war, was sie trug; auf ihn wirkte sie immer anziehend. In seinen Augen könnte sie einen Jutesack in ein Negligé verwandeln.

Devlin räusperte sich wieder. »Hör zu, ich weiß, dass Chester eher dein Ansprechpartner ist, wenn du jemanden brauchst, der dir Mut macht. Doch solltest du heute Abend noch Bestärkung brauchen, könnte ich sicher auch ein wenig bieten.«

Sie lachte auf eine heisere Art, bei der es ihn in den Fingern juckte, sie zu berühren.

»Und wie sähe die aus?«, fragte sie. »Etwas in Richtung: ›Glaub an dich, und alles ist möglich?‹«

»Ich schätze, bei mir käme mehr Scotch ins Spiel.«

»Alkohol ist eher nichts für mich. Davon werde ich erst recht aufgedreht.«

»Okay, dann würde ich dir als dein Hilfsguru für heute Abend raten, bei der Nummer mit dem An-dich-Glauben zu bleiben.«

»Ein guter Rat.« Sie wandte sich zum Gehen. »Wir sehen uns morgen bei Tagesanbruch?«

Devlin nickte.

Und in meinen Träumen, fügte er stumm hinzu.

Als sie ging, fuhr er sich mit den Fingern durchs Haar und atmete einmal tief durch. Es war sicher besser, dass sie wieder nach unten ging. Er hatte mittlerweile erkannt, dass sein Verlangen nachts stärker wurde, also taten sie beide gut daran, in verschiedenen Stockwerken zu schlafen. Eigentlich müsste er dieser Logik zufolge bei Sabbath im Stall schlafen.

Devlin blickte sich in seinem Arbeitszimmer um und versuchte, sich zu erinnern, wonach er gesucht hatte. Alles, was ihm einfiel, waren Bilder von A. J., deshalb gab er es auf. Er schaltete das Licht aus. Wie ärgerlich, dass er an ihr vorbei müsste, um an den Scotch zu kommen.

Es war kurz nach sieben Uhr morgens, als der McCloud-Stables-Trailer vor dem Veranstaltungsgelände vorfuhr, wo das Turnier stattfinden sollte. Der Transporter war nicht so groß wie jene, die A. J. gewohnt war. Andererseits hatte sie auch schon doppelt so breite Anhänger gesehen, die kleiner waren als die Sutherland-Brummer. Komischerweise gefiel ihr Devlins Pferdetransporter besser als die Sattelschlepper, mit denen sie bisher unterwegs gewesen war. Er war leichter zu manövrieren und vor allem viel weniger protzig.

Devlin hatte auf der einstündigen Fahrt durch Virginia hinterm Steuer gesessen, während A. J. und Chester gemütlich neben ihm in der Führerkabine hockten. Alle drei waren seit dem Morgengrauen auf und hatten die Listen abgearbeitet, mit denen sie die Ausrüstung prüften, damit auch ja nichts vergessen oder irgendeine Eventualität nicht bedacht wurde.

Devlin fuhr über einen Sandweg, vorbei an Wagen, die auf dem Rasen parkten, zum Teilnehmerbereich, und A. J. blickte sich um. Gelangweilte Teenager in orangen Latzhosen und passenden Baseballcaps dirigierten den Verkehr, wobei ihnen ihr Aufzug sichtlich peinlich war. Hinter ihnen erstreckte sich das Veranstaltungsgelände als weiter, offener Bereich, der einzig durch weiße Zäune und einige bescheidene Gebäude begrenzt wurde. Das Feld war über Generationen für den Mais- und Weizenanbau genutzt worden, bis es der industriellen Landwirtschaft zum Opfer gefallen war. Heute gehörte es dem County und diente als Gelände für Rodeos, Springturniere und den einen oder anderen Wanderzirkus.

Diese Godzilla-Retrospektive im Autokino hier war auch nicht schlecht gewesen, dachte A. J. Es ging doch nichts über Mothra auf einer Riesenleinwand.

Während Devlin nach einer freien Parklücke suchte, ertappte A. J. sich dabei, wie sie sich wappnete, das Sutherland-Logo zu sehen, entweder auf einem Trailer oder auf dem T-Shirt-Rücken eines der Stallburschen. Irgendein Team von Sutherland war garantiert hier. Und die Vorstellung, dass sie für einen anderen Stall gegen Leute antrat, die sie bis vor Kurzem täglich gesehen hatte, machte ihr die Endgültigkeit ihrer Abnabelung bewusst. Solange sie nur bei Devlin gewesen war, hatte sie die Existenz von Sutherland erfolgreich verdrängen können. Ihre Tage waren so ausgefüllt und ihre Gedanken so sehr mit dem Training befasst gewesen, dass sie gar keine Zeit gehabt hatte, über viel anderes nachzudenken.

Jetzt, inmitten der brodelnden Atmosphäre eines Turniers, begriff sie erst richtig, was sie alles verlassen hatte, einschließlich ihres Vaters. Der einzige Kontakt zu ihm war eine Nachricht gewesen, die sie ihm auf seinen Geschäftsanschluss gesprochen hatte, um ihm zu sagen, wo sie im Notfall zu erreichen wäre. Es war gefühllos gewesen, und sie bedauerte diese Distanz ebenso sehr, wie sie sich durch sie befreit fühlte. Sie wollte die Verbindung zu ihm nicht dauerhaft kappen, aber sie brauchte Zeit, um die Kränkung zu verwinden, die er ihr zugefügt hatte, indem er Peter zum alleinigen Geschäftsführer gemacht hatte, ohne vorher mit ihr zu reden.

Devlin zeigte auf einen Flecken am hinteren Ende des Geländes, und als Chester und A. J. zustimmten, fuhr er sie zu jenem ruhigen Winkel. Hier war alles von Bäumen beschattet und abgelegen vom allgemeinen Trubel, also ideal für sie.

A. J. stieg aus der Kabine, streckte sich und schaute sich um. Jenseits ihres abgelegenen Bereichs gab es einen Übungsplatz mit Aufwärmhindernissen, eine Reihe von Snackbuden und ein paar Verkaufszelte, die überquollen von Reitausrüstung und -kleidung. Ein Stück weiter lag der Parcours. Die Arena war doppelt so groß wie die, in der sie Sabbath bei Devlin trainierte, und von überdachten Tribünen und jeder Menge Platz für Zuschauer auf dem freien Rasen umgeben.

Auf dem Gelände wimmelte es von Leuten, die mit dampfenden Kaffeebechern und unter den Arm geklemmten Programmen umherschlenderten oder, sofern sie zu den Organisatoren oder Teilnehmern gehörten, hastig von A nach B liefen. Da waren Stallburschen und Trainer, Juroren mit ihren Abzeichen und junge freiwillige Helfer, die zur nächsten Generation von Champions heranwachsen würden. Für einen Moment vergaß A. J. ihre Sorgen und überließ sich ganz dem Trubel dieser Menschenparade. Und ein herrliches Kribbeln überkam sie. Nein, nirgends auf der Welt wollte sie lieber sein als hier.

»Ich sehe mir mal die Starttafel an, ob ihr auch richtig eingetragen seid«, sagte Devlin zu ihr. Chester war schon nach hinten zu Sabbath gegangen.

»Die erste Runde geht erst um neun los, oder?«, fragte sie.

»Ja, es ist noch reichlich Zeit.«

Das war eine Lüge. Sie beide wussten, dass die zwei Stunden rasant schnell vergehen würden.

Als Erstes sollte das Springreiten stattfinden, gefolgt von Dressurreiten und Anfänger-Veranstaltungen am Nachmittag. A. J. glaubte nicht, dass sie den ganzen Tag bleiben würden – nicht mit Sabbath im Schlepptau. Den Vormittag durchzustehen würde schon anstrengend genug, und je eher sie ihn von den Massen hier wegschafften, desto besser.

A. J. bog gerade um den Trailer, als Chester den Hengst rückwärts herausführte. Das Pferd wurde unruhig, sowie seine Hufe den Boden berührten, reckte den Hals vor und zurück, und in seinen Augen lag ein wilder Ausdruck. Das war kein gutes Zeichen.

»Du bist auf einem Turnier«, ermahnte Chester ihn streng. »Hier und jetzt sorgst du dich mal nicht um die Damen, klar?«

A. J. lachte nervös und ging zu Sabbaths Kopf, um ihn zu beruhigen. »Ich bin noch gar nicht so weit, ihn zu Stuten zu lassen.«

»Ist er auch nicht.«

Sabbath tänzelte hin und her, wobei sein Fell in der Morgensonne obsidianschwarz glänzte. Chester hingegen stand vollkommen still und hielt die Führleine mit eisernem Griff.

A. J. spürte die Blicke der Leute, die vorbeigingen. Sie musterten erst das Pferd mit unverhohlener Neugier, dann sie. Zu gern hätte sie geglaubt, dass alle gebannt von Sabbaths Anblick waren und ihr Glück wünschten; doch sie machte sich nichts vor und bemühte sich stattdessen, das Gaffen gelassen zu nehmen. Sie mochte Angst vor dem haben, was auf dem Platz passieren könnte, aber die würde sie sich verdammt noch mal nicht anmerken lassen!

Nachdem sie sich vergewissert hatte, dass der Hengst einigermaßen unter Kontrolle war, entschied sie, sich den Parcours anzusehen. »Ich gehe mal die Runde ab. Kann ich dir irgendwas mitbringen?«

»Ich glaube nicht, dass die da verkaufen, was ich brauche«, antwortete Chester, während der Hengst abermals den Kopf nach oben warf. »Ein Anker für seinen Schädel wäre klasse. Der würde auch länger halten als mein Arm.«

»Tja, ich fürchte, nautisches Zubehör bieten sie nicht an, aber vielleicht treibe ich irgendein anderes Gewicht auf.«

Es wäre eine praktische Verwendung für Peter, sollte ich ihm über den Weg laufen, dachte sie amüsiert.

Sie ging zum Springplatz, um Devlin zu suchen, auf der Anzeigentafel nachzusehen, in welcher Reihenfolge die Reiter dran waren, und einen Blick auf den Parcours zu werfen. Trainer und Reiter drängten sich bereits vor der großen Tafel, sodass A. J. sich auf die Zehenspitzen stellen musste, um über ihre Köpfe hinwegzublicken. Sie reckte sich nach vorn, als sich ein Arm um ihre Taille legte.

»Du bist also mit dem Halbwilden hier.«

Der französische Akzent zerrte an ihren angegriffenen Nerven. Sie drehte sich zu Philippe Marceau um und machte gleichzeitig einen Schritt weg von ihm.

»Ah, das Morgenlicht steht dir ausgezeichnet!« An seinem breiten Lächeln dürfte sich mindestens ein Zahnarzt eine goldene Nase verdient haben.

A. J. begrüßte ihn mit einem knappen Nicken. Es war erstaunlich, wie unangenehm reibend dieser eigentlich so melodiöse Akzent aus seinem Mund klang. Lag es an den vielen Zahnkronen?

»Wie ich sehe, bist du nach mir dran«, sagte er und nahm eine prahlerische Pose ein. Seine Reitsachen waren klassisch und von erstklassiger Qualität, doch dazu trug er eine extrem anliegende Sportsonnenbrille. »Du bist wahrlich eine mutige Frau, diese Bestie in den Parcours zu bringen. Aber ich hörte, dass du Hilfe hast, *non?*«

»Ich habe einen Trainer«, bestätigte sie und schaute sich nach einem Fluchtweg um.

So nahe bei diesem widerlichen Kerl zu stehen war, wie in einem Aufzug festzustecken. Man wollte dem lieben Gott einen Handel anbieten, um freizukommen.

»Und nicht irgendeinen Trainer. Du nimmst es nicht bloß mit einem Hengst auf, den keiner sonst zu bändigen scheint; du lässt auch noch die Toten auferstehen, *n'est-ce pas?* Du hast das Wunder vollbracht, McClouds Blut in Wallung zu bringen, wie ich höre.«

Bei dieser Unterstellung stand A. J. der Mund offen vor Entsetzen. »Was redest du denn?«

»Ach, lass die Scherze. Alle Welt spricht von nichts anderem.« Er winkte mit einer schlaffen Hand ab. »Obwohl ich sagen muss, dass es unanständig ist, deine Familie zu verlassen und bei einem Mann zu leben, der nicht dein Ehemann ist. Da spielt es keine Rolle, wie sehr dir seine *Dienste* gefallen.«

Ihr Blick verengte sich auf seinen Hals. »Du mieser kleiner …«

In diesem Moment erschien Devlin neben ihr. »A. J.! Zeit, den Parcours abzugehen.«

»Ah!«, sagte Philippe überheblich. »Und hier ist ja dein guter Lehrer, der Mann, für den du so viel aufgegeben hast. Ich könnte mir niemals vorstellen, meine Familie zu verlassen und auf den Hof eines anderen zu ziehen. Aber ich bin ja auch Franzose, und wir sind für unsere Loyalität berühmt. Nicht zu vergessen, dass ich die besondere Art von *Unterricht* nicht brauche, die dieser McCloud anbietet.«

A. J. merkte, wie sie feuerrot wurde, und fühlte sich wie ein Boxer, der zum Schlag ausholte.

»Komm mit«, sagte Devlin.

»Ja, lauft nur, ihr zwei. Es gibt sicher vieles, was ihr zwei noch miteinander tun wollt.«

Das war's. A. J. platzte.

»Hör mal, du dreckiges kleines Klatschmaul …«

Sie wollte unbedingt noch mehr loswerden, aber Devlin legte eine Hand fest um ihren Arm und zog sie weg.

»Und wo wir bei Klatsch sind«, rief der Franzose ihnen nach, »du tust gut daran, die nächste Zeit die Ohren aufzuzerren, denn ich habe bald etwas bekannt zu machen.«

»Es heißt, die Ohren *aufsperren,* du …«

»Das reicht«, raunte Devlin und zerrte sie weiter.

Als sie außer Reichweite der Menge waren, fuhr A. J. zu ihm herum. Ihre Augen blitzten türkis.

»Wie kannst du ihn damit durchkommen lassen? Du hast mir nicht mal die Chance gegeben, uns zu verteidigen!«

Devlin sagte nichts, was sie erst recht wütend machte. Er stand einfach da und sah sie ruhig an. Besaß er denn gar keinen Stolz?

»Also ehrlich, dieser Marceau stellt vollkommen irre Anschuldigungen auf, und du reißt mich weg, ehe ich antworten kann.«

Als immer noch keine Reaktion kam, runzelte sie die Stirn.

»Hallo?«

»Bist du fertig?«, fragte er. »Oder willst du ihm mehr von dem geben, worauf er aus ist?«

A. J. guckte verwirrt.

»Erzähl mir, an was du gerade denkst«, forderte er sie auf.

»Wie gerne ich ihm einen Futtersack über den Schädel ziehen würde.«

»Was sonst?«

»Wie falsch er liegt, was uns betrifft. Wie lachhaft es ist, dass ausgerechnet er von Loyalität redet, nachdem er mit so vielen Frauen im Bett war, dass vor seinem Schlafzimmer ein Wartesaal eingerichtet werden sollte.«

»Okay. Und jetzt sag mir, warum wir hier sind.«

Sie sah ihn an, als wäre er nicht ganz dicht. »Um ein Turnier zu reiten.«

»Stimmt. Und du verschießt deine ganze Kraft und Konzentration auf Philippe Marceau – eine gute halbe Stunde bevor du auf den Platz musst.«

»Aber was er gesagt hat …«

»War genau das, von dem er wusste, dass es dich auf die Palme bringt.«

Sie schüttelte den Kopf. »Wieso sollte er das tun?«

»Weil er erkennt, dass du zu einer Bedrohung wirst.«

»Das bezweifle ich. Sabbath ist schlimmer als ein unbekanntes Pferd, und ich bin keine so erfahrene Turnierreiterin wie Marceau. Er hat keinen Grund, sich Sorgen zu machen.«

»Du rückst schneller zu ihm auf, als du denkst. Sabbath mag der Feinschliff fehlen, doch er kann jedes von Marceaus Pferden in der Zeit übertreffen, und du besitzt von Natur aus mehr Talent, als Marceau hoffen kann sich je anzutrainieren.«

»Ich glaube trotzdem nicht, dass er sich von mir bedroht fühlt. Dieser Auftritt eben galt nur seiner Eitelkeit und hatte nichts mit Strategie zu tun.«

»Wette lieber nicht drauf. Er hat einen großartigen Instinkt, wenn es um die menschliche Natur geht, und er nutzt ihn zu seinem Vorteil. Immer.«

A. J. öffnete den Mund, aber Devlin ließ sie nicht zu Wort kommen.

»Du warst schon auf einigen Turnieren, aber offenbar noch nicht auf genügend, um zu begreifen, welches Spiel Leute wie Marceau treiben. Wenn du weiter aufsteigst, musst du darauf gefasst sein. Der Konkurrenzdruck macht die Leute bitter, und in Marceaus Fall würde ich sagen, dass er schon ziemlich verdorben war, bevor er überhaupt anfing.«

A. J. überlegte und fing tatsächlich an zu begreifen, was Devlin meinte. Ihr wurde klar, dass sie Marceau in die Hände gespielt hatte, und sie kam sich idiotisch vor.

Devlin gefiel nicht, mitanzusehen, wie zerknirscht A. J. wurde. Unwillkürlich streckte er eine Hand aus und strich ihr eine verirrte Locke hinters Ohr. Es war das erste Mal, dass er sie seit jener Nacht berührte. Seine Hand verharrte an ihrer Wange.

»Es gewinnt nicht immer der technisch beste Reiter«, sagte er sanft. »Und Marceau hat es nur deshalb so weit nach oben gebracht, weil er gut darin ist, seine Konkurrenz aus dem Gleichgewicht zu bringen. Ich habe schon oft erlebt, wie er das macht.«

A. J. seufzte. »Wie konnte ich bloß so naiv sein?«

»Nein, nimm es als Kompliment. Der Mann vergeudet keine Zeit an Reiter, bei denen er sicher ist, dass er sie besiegen kann.«

A. J. schwieg eine Weile. Dann sah Devlin, wie sie sich zusammennahm und ihre faszinierenden Augen wieder einen entschlossenen Ausdruck bekamen.

»Tja, bei mir wird er ab jetzt auf Granit beißen«, sagte sie energisch. »Gehen wir den Parcours ab.«

»Hey«, sagte er.

Sie sah ihn an.

»Ich bin stolz auf dich.«

Sie wurde rot, und ein kleines Lächeln trat auf ihre Züge. Es war wie ein Sonnenaufgang über den Bergen bei Devlin zu Hause: wunderschön, glühend, magisch.

»Danke«, sagte sie und steuerte erneut auf die Menge vor der Anzeigetafel zu.

»Spar dir das Gewühl«, hielt Devlin sie zurück. »Ich habe den Parcours schon skizziert, und du bist als Vorletzte von fünfzehn Reitern dran.«

»Das ist prima.«

Gemeinsam beugten sie sich über sein Klemmbrett und analysierten die Parcoursanordnung. Es gab elf Hindernisse mit zwei Kombinationen. Zum Glück hatte Devlin recht behalten: Es war kein Wassergraben da. Nachdem A. J. sich mit der Anordnung vertraut gemacht hatte, gingen sie auf den Reitplatz und wanderten den Parcours ab, wobei sie die Schritte zwischen den Hindernissen zählten – jeweils in genau bemessenen Schritten, von denen sie vier als einen von Sabbaths Galoppsprüngen nahmen. Andere Reiter und Trainer taten es ihnen gleich, und im Ganzen ergab es ein Bild wie von verirrten Soldaten, die mit Storchenschritten in verschiedene Richtungen staksten.

Sowie sie den Parcours einmal abgelaufen waren, erklärte Devlin ihr, wie sie den Hengst führen sollte.

»Die ersten drei Sprünge sind in einer Linie. Bei der Wende, die danach kommt, lässt du ihn so früh wie möglich die Richtung wechseln, ehe ihr auf die erste Kombination zureitet. Die Sechs wird eure erste Bewährungsprobe. Das ist eine enge Kurve, und er wird das Kommando übernehmen wollen. Sieben und acht sind relativ einfach, aber dann kommt der Hammer. Er wird auf der Geraden lospreschen wollen, bevor die Biegung zur Neun und Zehn kommt. Du musst ihn so gut halten, wie du kannst, damit ihr nicht wie blöd in die Ecke rast und die letzte Oxer-

Kombination verpasst. Hast du die hinter dir, ist es so gut wie geschafft, denn jetzt bleibt nur noch die Mauer auf elf.«

A. J. nickte und stellte ihm einige Fragen dazu, wo sie die Sprünge in einem bestimmten Winkel angehen musste, damit der Hengst in die beste Position für die Kurven kam. Sie wusste, dass ihre späte Startposition ein Vorteil war. So konnte sie die ersten paar Reiter beobachten, sehen, wo sie Schwierigkeiten hatten. Gewöhnlich hatten Parcours ein oder zwei Hindernisse, die für alle Reiter besonders heikel waren, und wenn sie die erkannt hatte, bevor sie selbst dran war, konnte das sehr nützlich sein. Manchmal war es nämlich verblüffend, welche Stellen sich als problematisch entpuppten.

Das Ziel war eine »saubere Runde«, was bedeutete, dass es Pferd und Reiter über sämtliche Hindernisse schafften, ohne eine Hindernisstange hinunterzuschlagen. Fiel eine Stange durch den Sprung, waren das vier Fehlerpunkte für den Reiter. Ebenso gab es Fehlerpunkte, wenn das Pferd einen Sprung verweigerte oder die Start- oder Ziellinie nicht überquerte. Zudem gab es eine Zeitbegrenzung für den Parcours, und überschritt der Reiter die Zeit, wurde er disqualifiziert.

Hatten alle Teilnehmer die erste Runde absolviert und nur einer eine saubere Runde vorzuweisen oder die niedrigste Fehlerquote, gewann er, und die anderen wurden entsprechend platziert. Waren mehrere Runden sauber geritten worden oder mehrere Reiter mit der gleichen Fehlerquote aus der ersten Runde gekommen, gab es ein Stechen: eine Runde auf Zeit über ein halbes Dutzend Hindernisse. Der Reiter mit der schnellsten sauberen

Runde gewann oder, sofern keiner eine schaffte, derjenige mit der niedrigsten Fehlerquote.

A. J. und die anderen Teilnehmer kannten die Regeln auswendig. Sie wussten außerdem, dass diese Regeln das einzig Berechenbare an einem Turnier waren. Man konnte unmöglich wissen, was passierte, wenn jemand auf den Platz ging. In den zwei Minuten, die Pferd und Reiter für den Parcours brauchten, konnte alles geschehen. Es waren die Triumphe wie die Tragödien, die Teilnehmer und Zuschauer immer wieder anlockten.

Während A. J. den Parcours nochmals in Gedanken durchging, musste sie sich eingestehen, dass sie keinen Schimmer hatte, wie sich der Hengst verhalten würde. Besser gesagt, wusste sie, wie es im schlimmsten Fall ausgehen könnte. Sabbath auf einen fremden Reitplatz zu führen, umgeben von Leuten, die umherliefen und sich bewegten, während er sprang, war reichlich viel verlangt. So leicht, wie er sich ablenken ließ, konnte er von jetzt auf gleich die Konzentration verlieren.

Nachdem sie den Parcours ein zweites Mal abgewandert waren, gingen Devlin und sie zurück zum Teilnehmerbereich. Als sie wieder am Trailer ankamen, hatte Chester schon die Vorderbeine des Hengstes bandagiert, um Verletzungen vorzubeugen, sollte er gegen eine Stange stoßen, und Sabbath war bereits gesattelt.

»Wir haben eine gute Position«, sagte Devlin. »Wie benimmt er sich?«

»Ich glaube, er hat ein Auge auf die Stute da drüben geworfen, aber sicher bin ich nicht.«

Devlin lachte. »Vielleicht kriegst du doch noch deine Frühlingshochzeit.«

»Das will ich hoffen.«

A. J. sah die beiden fragend an, doch sie sagten nichts mehr zu dem Thema.

Sie stieg in den Trailer und holte ihre Tasche mit den Turniersachen hervor. In einer der leeren Boxen streifte sie ihre Stallstiefel ab und zog sich aus. In der kühlen Morgenluft fing sie sofort zu bibbern an. Hastig zog sie eine blütenweiße Bluse mit Stehkragen an und stopfte sie in ihre hellbraune Reithose. Mit ein wenig Wühlen fand sie ihre Glückssocken in der Tasche. Sie waren grellpink mit einer aufgestickten Formation geflügelter Schweine. Anschließend zog sie ihre auf Hochglanz polierten schwarzen Stiefel an, die bis zu den Knien reichten.

Aus ihrer Handtasche angelte A. J. eine goldene Anstecknadel, die sie vorn an ihrem Kragen fixierte, und flocht sich ihr Haar zu einem langen Zopf, den sie im Nacken zu einem festen Knoten band. Sie blickte sich nach einem Spiegel um, konnte jedoch keinen finden, deshalb prüfte sie ihr Aussehen mit einem kleinen Taschenspiegel.

Sie war frustriert, weil sie sich nicht richtig sehen konnte, und fragte sich, wie Devlin ihr Outfit finden würde. Was grundfalsch war, denn sie sollte sich auf das Turnier konzentrieren. A. J. nahm ihren Blazer vom Holzbügel und streifte ihn mit einer fließenden Bewegung über. Die maßgeschneiderte schwarze Jacke hatte ein rotes Seidenfutter und zwei Messingknöpfe vorn, in die das Sutherland-Logo eingraviert war. Sie versuchte, nicht weiter über das Zeichen nachzudenken, als sie den Blazer zuknöpfte. Mit einem letzten Zupfen an den zwei Seitenschlitzen war sie fertig gerüstet und verließ den

Trailer mit ihrer Reitkappe in einer Hand, bereit, auf den Platz zu gehen.

Devlins Augen verdunkelten sich, als er von Sabbaths Martingal aufblickte, das er gerade richtete. Bei all den Vorbereitungen und dem Chaos des Veranstaltungstages hatte er gar nicht daran gedacht, was er verpasste. Jetzt aber, da sie vor ihm in der Morgensonne stand, in ihren Turniersachen, holte es ihn wieder ein. Er wusste, wie sie sich in dieser Jacke fühlte, wie es in ihrem Bauch flatterte und sie sich im Geiste den Parcours einprägte, als wäre es eine Schatzkarte, und sich diese köstliche Qual des Wartens einstellte. Solche Dinge vergaß keiner, der es einmal erlebt hatte. Und sosehr er sich auch für sie freute, empfand er seinen Verlust in diesem Moment sehr schmerzlich.

»Bist du bereit?«, fragte er, als sie zu ihm kam.

A. J. legte eine Hand auf seinen Unterarm. »Hey, alles okay mit dir?«

Ihre Sorge überraschte ihn, denn er glaubte, seine Gefühle erfolgreich zu verbergen.

»Natürlich. Wieso fragst du?«

»Du siehst aus, als hättest du Schmerzen.«

Er rang mit sich, ob er ihre Sorge abwimmeln sollte oder nicht. Bevor sie auf den Platz ging, musste sie sich nicht noch mit seinen Problemen belasten; andererseits fiel es ihm schwer, ihr Dinge zu verheimlichen. Wenn ihn diese großen, blauen Augen ansahen, quasi in ihn hineinblickten und seinen Schmerz erkannten, konnte er nicht anders, als ehrlich zu antworten.

Er blickte zum Reitplatz. »Mir fehlt es. Mir fehlt – alles hier. Ich war nicht mehr bei einem Turnier, seit …«

»Du musst nicht bleiben«, sagte sie. »Falls es zu schlimm ist …«

»Ich würde nie verschwinden. Ich bin deinetwegen hier.«

Nun begegneten sich ihre Blicke und hielten einander fest. Auf einmal verpuffte die Menge um sie herum, verstummte der Lärm und existierte kein Turnier mehr. Für die Dauer eines Herzschlags waren sie die einzigen Menschen auf der Welt.

Und dann stampfte Sabbath mit dem Huf auf, und Chester rief eine Frage zum Zaumzeug hinüber. Jemand hinter ihnen fluchte, als ein Wassereimer umgestoßen wurde.

Während er dem dringenden Wunsch widerstand, sie in die Arme zu nehmen, nickte Devlin in Sabbaths Richtung. »Also, was meinst du? Wollen wir mal sehen, ob wir mit anderen zusammen genauso gut arbeiten und spielen können?«

Beide sahen zu dem Hengst, dessen Augen umherhuschten wie Pingpongbälle, und dann zum Übungsplatz. Andere Reiter wärmten sich dort schon auf, trabten am Rand entlang und übten einzelne Sprünge. Alle Teilnehmer mussten sich einen Platz mit drei oder vier Hindernissen teilen. Zur selben Zeit.

»Wie stehen die Chancen, dass wir ihm dafür einen Sack über den Kopf stülpen können?«, fragte sie, als sie zu dem Pferd gingen. Nachdem A. J. die Zügel in die Hand genommen hatte, half Devlin ihr in den Sattel.

»Weißt du was?«, sagte er. »Wenn er sich danebenbenimmt, gibt's Hausarrest für ihn. Ohne Telefon und Fernsehen. Wir sind da ganz rigide.«

Sie lachte.

»A. J.«, sagte er sanft.

Sie lächelte noch, als sie zu ihm heruntersah. »Ja?«

»Danke, dass du mich so gut kennst und mich verstehst.«

Seine Hand drückte ihre Wade.

»Ich – mag dich eben«, sagte sie leise.

»Das macht mich zu einem sehr glücklichen Mann.«

Sie machten sich auf den Weg zum Übungsplatz. A. J. schwappte das Herz über vor Freude.

Auch wenn es schwierig war, an etwas anderes als Devlin zu denken, forderte Sabbath A. J.s gesamte Aufmerksamkeit ein, sobald er den Platz betrat. Und die bekam er. Er bäumte sich auf und ließ die anderen Pferde mit einem königlichen Wiehern wissen, dass er da war. Während A. J. sich abmühte, ihn unter Kontrolle zu bringen, dachte sie wieder einmal daran, dass es gefährlich war, sich auf eine romantische Beziehung mit ihrem Trainer einzulassen.

»Wärmen wir ihn erst mal am Rand auf«, sagte Devlin zu ihr.

Gegen einigen Widerstand brachte A. J. den Hengst in einen Trab. Sein Kopf war angewinkelt wie ein Gewehrabzug. Sabbath konnte es nicht erwarten, etwas zu veranstalten, und alle anderen Reiter ahnten gleich, dass Ärger drohte, weshalb sie Sabbath sehr viel Freiraum gaben.

Während A. J. sich anstrengte, den Hengst ruhig zu halten, machte sich die erste Teilnehmerin bereit, auf den Turnierplatz zu reiten. A. J. blickte geradeaus, warf aber immer wieder Seitenblicke zum Parcours, um zu sehen, was dort geschah. Der Summer ertönte, und die Reiterin ließ ihr Pferd loslaufen. Es überwand die Strecken zwischen den Hindernissen schnell und segelte kraftvoll über die Hindernisse. Die Runde war gut, aber nicht sauber. An der zweiten Kombination, die Devlin gleich als problematisch eingestuft hatte, stieß das Pferd gegen die Stangen.

Obwohl A. J. sich gerne mehr angesehen hätte, musste sie sich auf Sabbath konzentrieren. Bis die ersten acht Teilnehmer ihre Runden geritten waren, hatte sie ihren Hengst über einige der Übungshindernisse gebracht. Toll war das Ergebnis nicht. Der Hengst drückte sich immer wieder vor ihren Kommandos, sträubte sich pausenlos gegen A. J. und wehrte sich mächtig gegen die Trense. Sie sahen aus wie Amateure, als wüsste A. J. nicht, was sie tat, und ihr Pferd ebenso wenig.

»Lass uns hier verschwinden«, sagte Devlin.

»Aber ich bin bald dran.«

»Ich weiß, aber vertrau mir. Deine Augen sind glasig, und du siehst aus, als hättest du schon verloren. Du musst dich wieder sammeln.«

A. J. ließ ihn die Zügel nehmen und den Hengst vom Übungsplatz zu einer schattigen Stelle führen. Eine Scheune schirmte sie vom übrigen Gelände ab, sodass sie einen Hauch von Privatsphäre hatten.

»Sieh mich an«, sagte Devlin.

Sie drehte sich langsam zu ihm, als erwachte sie aus einem Traum.

»In diesem Augenblick hast du schon verloren, und das nicht wegen Sabbath. Wenn du diese Angst nicht abschüttelst, wirst du es bitterer bereuen als die Tatsache, dass du auf eine Chance setzt und deshalb jetzt ein bisschen verunsichert bist.«

»Es ist so pein…«

»Hör auf! Wenn du in dieser Verfassung auf den Platz gehst, macht dich dein Pferd platt wie eine Briefmarke. Er wird die Hindernisse köpfen und jede Menge Mist veranstalten. Dann wirst du dir wünschen, du hättest diesen Moment zurück und könntest dich entscheiden, stark zu sein, anstatt dich zu bemitleiden.«

A. J. schüttelte den Kopf. Bilder von einer grandiosen Niederlage schwirrten durch ihre Gedanken.

»Was habe ich getan?«

»Es ist zu spät, mit einer Entscheidung zu hadern, die du vor Wochen gefällt hast. Trenn dich nach dem Turnier von ihm, wenn du unbedingt willst, aber wirf nicht zehn Minuten vor deinem Start das Handtuch. Das stinkt nach Feigheit, und das weißt du auch.«

Sie brauchte einen Moment, um seinen Rat zu verdauen. Er hatte recht. Kneifen war keine Lösung, denn dann hätte sie hinterher noch viel mehr zu bereuen. Im Geiste malte sie sich aus, wie sie auf den Hof zurückkehrte, ohne auf dem Platz gewesen zu sein, weil sie sich in letzter Sekunde gedrückt hatte.

Was auch geschah, beschloss A. J., es konnte nicht schlimmer sein als das Gefühl, wenn sie jetzt floh.

Sie nickte und begann, Sabbath zu wenden.

»Es wird schon«, sagte Devlin.

Als sie ihn ansah, wirkte er so überzeugt, dass sie sich allein von seiner Zuversicht angespornt fühlte. Sie fragte sich, wie sie ohne seine Unterstützung auf den Platz könnte. Mitten in ihrem eigenen Chaos war er ihr Fels in der Brandung. Keine Sekunde dachte sie daran, dass er nicht da wäre, um ihr Mut zu machen und sie anzuleiten – um sie aufzuheben, sollte sie fallen.

»Solange du hier bist, glaube ich es«, sagte sie.

Ihre Gedanken schweiften ab, als sie gemeinsam hinüber zum Parcours wanderten. Da war ein Gefühl in ihrer Brust, das sich jeder Beschreibung widersetzte. Es weckte die Frage in ihr, ob wahre Liebe vielleicht eine Mischung aus wärmender, ruhiger Sicherheit und intensiver Leidenschaft war. Was für ein höllischer Mix!

Sie warteten vorn am Hauptgatter des Reitplatzes und erfuhren den aktuellen Stand des Turniers. Bisher hatte es keine einzige saubere Runde gegeben, und es waren noch zwei Reiter vor ihr dran, von denen einer gleich anfangen sollte. Als sie Philippe Marceaus Namen hörte, versuchte A. J. gar nicht erst, ihren Ekel zu verbergen.

Der Franzose saß auf einer hohen, rötlich braunen Stute, die er recht häufig ritt. Sie war ein gutes Springpferd und in Topform. Kaum war das Startsignal erklungen, lief die Stute los und nahm die Hindernisse mit Kraft und Leichtigkeit. Marceau hatte die völlige Kontrolle, führte die Stute gekonnt und trieb sie voller Selbstvertrauen über die Hürden. Als er die letzte scharfe Wendung ritt und auf die Oxerkombination zusteuerte, hielt A. J., zusammen mit dem Rest des Publikums, die Luft an. Wenn die beiden dieses letzte Hindernis nahmen, hatten sie eine saubere Runde. Und A. J. war sicher, dass sie es schafften.

Die Stute übersprang die Kombination fehlerfrei und auch die niedrige Mauer dahinter, und als die beiden zur Ziellinie galoppierten, während schon Applaus aufbrandete, sah A. J. zu Devlin. »Für einen üblen Menschen kann er verflucht gut reiten.«

»Nein, das ist ein gutes Pferd. Du könntest einen Beutel Donuts auf ihren Rücken schnallen, und sie hätte es genauso gut hinbekommen.«

A. J. grinste.

Ein Reiter war noch vor ihr, und A. J. wartete ungeduldig auf ihren Einsatz. Sabbath fing ihre Anspannung ein, und sie bemühte sich, so ruhig zu bleiben, wie sie konnte, und gleichmäßig zu atmen. Das Letzte, was sie brauchten, war noch mehr Adrenalin in seinem Blut.

Als ihre Nummer aufgerufen wurde, schluckte A. J. ihre Angst hinunter und ließ ihren Hengst auf den Platz traben, wo sie ihn vor den Juroren tänzelnd zum Stehen brachte. Als sie sich umschaute, stellte sie fest, dass sämtliches Treiben auf dem Gelände erstarrt war. Jedes einzelne Augenpaar schien auf sie und den riesigen schwarzen Hengst gerichtet.

So fühlten sich also fünfzehn Minuten fragwürdiger Berühmtheit an, dachte sie, nahm ihren Helm ab und verneigte sich vor den Preisrichtern.

Was A. J. nicht wusste, war, dass die Leute zunächst aufgesehen hatten, um zu sehen, was das ganze Gerede und Geraune zu bedeuten hatten. Starren taten sie nun jedoch, weil sie und der Hengst zusammen ein atemberaubendes Bild boten. Sabbaths imposante Kraft und Höhe, sein pechschwarzes Fell und die blitzenden Augen waren an sich schon ein Hingucker. Gepaart mit A. J.s schlanker Gestalt und klassischer Schönheit ergab sich ein spektakulärer Anblick.

A. J. setzte ihre Kappe wieder auf und dirigierte den

Hengst zur Startlinie. Als sie den Summer hörte, trieb sie ihn in einem leichten Galopp auf das erste Hindernis zu. Er wehrte sich mächtig gegen sie, doch sie gab ihm keinen Millimeter nach, und so schafften sie es einigermaßen über den ersten Sprung. Vor dem zweiten wollte Sabbath zur Seite ausweichen, aber A. J. blieb eisern, und sie überwanden die nächsten Hindernisse fehlerfrei.

Sie spürte, wie Sabbath unter ihrem Sattel über den festen Sand galoppierte, wie sich seine breite Brust mit Luft vollpumpte und die enormen Muskeln seiner Flanken befeuerte. Während die Hufe auf den Boden donnerten und sie für Momente, die eine halbe Ewigkeit dauerten, abhoben, merkte sie, dass sie einen gemeinsamen Rhythmus fanden. Seine Kraft wurde zu ihrer, als sie der Schwerkraft trotzten, um gleich wieder hart auf der Erde zu landen. Es war aufregend, markerschütternd und erhebend.

Für einen kurzen Augenblick war A. J. dankbar.

Leider währte ihre Freude nicht lange. Auf der Geraden vor der letzten engen Biegung gab sie alles, um ihr Tempo zu drosseln, doch der Hengst wollte partout nicht langsamer werden. Egal wie weit sie sich nach hinten warf, er preschte vorwärts, als wollte er sich bereit machen, aus dem Platz zu springen. An der Biegung hatte A. J. praktisch keine Kontrolle mehr über das Pferd, es sträubte sich hartnäckig, umzudrehen, und schlug heftig mit dem Kopf.

So schafften sie es garantiert nicht über die Oxer, dachte A. J. verzweifelt, während sie sich weiter bemühte, ihn zu wenden. Der Winkel war jetzt schon völlig verkehrt.

Sie versuchte noch einmal, ihr Gewicht weiter nach hinten und zur Seite zu verlagern. Sabbaths Atem kam in einer dampfenden Explosion aus seinen Nüstern, und sie spürte, wie sein ganzer Leib unter der enormen Kraft seiner Beine erbebte. Wenn sie nicht langsamer wurden, kämen sie beide zu Schaden. Eine Biegung bei dieser Geschwindigkeit zu verpassen, würde zwangsläufig bedeuten, dass sie entweder über die Begrenzung des Platzes springen mussten oder in sie hineinkrachten.

Dasselbe musste dem Hengst dämmern, denn blitzschnell fing er sich ab und wechselte die Richtung wie eine Windböe. Es war leider zu viel und zu spät. Sie nahmen den ersten Oxer im hohen Bogen und überflogen ihn schräg, was hieß, dass sie eine größere Distanz zu überspringen hatten.

A. J. hörte, wie Sabbaths hinterer Huf eine Stange streifte, konnte jedoch nicht darüber nachdenken, ob sie heruntergefallen war oder nicht. Sie waren so weit vom Kurs ab, dass sie scharf nach rechts mussten, damit sie den zweiten Sprung nicht schärfer angehen mussten, als er war, oder ihn gar verpassten. Noch beängstigender war, dass A. J. nur ein Galoppsprung blieb, um ihre Richtung zu korrigieren. Ihr war klar, dass, sollte sie ihr Gewicht zu weit verlagern oder zu fest am Zügel ziehen, sie beim Sprungansatz aus dem Gleichgewicht wären, und das wäre nicht bloß unschön, sondern lebensgefährlich. Dann endeten sie womöglich beide im Hindernis, was bei ihrem Tempo und der Höhe ernste Verletzungen bedeuten könnte.

Binnen einer Millisekunde entschied sie, dass die einzige Chance, heil über den Oxer zu kommen, die war,

Sabbath einfach machen zu lassen. Wenn er den Sprung wagen wollte, würde er. Wenn nicht, schoss er eben seitlich an dem Oxer vorbei, was immer noch besser war, als dass A. J. mit dem Gesicht voran in den Dreck gerammt wurde, sie vom Oxer abprallte oder Sabbath sich verletzte.

Kaum ließ sie ihm mehr Zügel, reagierte Sabbath mit einem schnellen Schwenk nach rechts. Sie segelten über das Hindernis, hatten aber den richtigen Ansatz verpasst, der für einen sauberen Sprung nötig gewesen wäre. Als sie auf der anderen Seite landeten, hörte A. J. das unmissverständliche Aufschlagen einer Hindernisstange auf dem Boden.

Sie überquerten die Ziellinie, und A. J. war ziemlich erleichtert. Die Runde war nicht gut gelaufen, allerdings auch keine blanke Katastrophe gewesen. Bedachte man, dass Sabbath sonst häufig zu mehr Ärger neigte, war sie wohl eher glimpflich davongekommen.

Gewonnen hatten sie nicht. Nein, nicht mal annähernd.

Der Ansager gab ihre Zeit und die acht Strafpunkte bekannt. Da Philippe eine saubere Runde geschafft hatte, und die anderen Reiter höchstens vier Fehlerpunkte bekommen hatten, würden sie also gar nicht platziert.

Devlin war der Einzige, den sie in der Menge sah.

»Wie fühlst du dich?«, fragte er, als er auf sie zukam. Er nahm die Zügel, damit sie eine Pause einlegen konnte.

»Okay, schätze ich.«

Er fand, dass sie entmutigt aussah, und hatte Mitleid mit ihr. Das Zugucken allein war schon anstrengend gewesen. Er hatte jede ihrer Bewegungen verfolgt, sich mit aller Kraft gewünscht, dass sie die Sprünge sauber hinbekamen. Jedes Mal, wenn sie vom Boden abhoben, hatte er die Fäuste geballt, und jedes Mal wieder gelöst, wenn sie auf der anderen Seite landeten. Der dramatische Ritt über den Parcours hatte ihn so gefesselt wie alle anderen Zuschauer, nur dass seine Anspannung größer gewesen war, weil er sich ganz besonders um A. J. gesorgt hatte.

»Du hast gute Arbeit geleistet.«

A. J. nahm ihre Kappe ab. »Bedenkt man, wie leicht es auch im totalen Chaos hätte enden können, stimmt das wohl.«

Devlin wusste genau, wie sie sich fühlte. Der Siegeswunsch war ihr angeboren und gehörte zu ihr wie das Blau ihrer Augen. Obwohl ihnen allen klar gewesen war, dass der Hengst und sie noch einen weiten Weg bis zu einem Turnier vor sich hatten, spürte er ihre Enttäuschung so deutlich, als wäre es seine eigene.

A. J. stieg ab, und sie führten Sabbath vom Reitplatz fort, wo der letzte Teilnehmer seine Runde beendete und seine Ergebnisse ausgerufen wurden. Als sie zurück zum Übungsplatz gingen, um den Hengst trocken zu führen, wurde ihr Schweigen vom Lärm der Menge gefüllt, und kurz danach verkündete der Ansager, dass Philippe Marceau gewonnen hatte.

Nachdem Sabbath abgekühlt war und Chester sich daran machte, ihn gründlich zu striegeln, legte A. J. eine Pause ein und schlenderte an den Verkaufsständen entlang, wo Zaum- und Sattelzeug sowie sonstiges Reitzubehör verkauft wurde. Während sie zwischen Samtkappen und Lederstiefeln umherwanderte, den Geruch von frischem Leder einatmete, gewürzt mit einem Hauch von Grillduft, weil das Mittagessen bereitet wurde, ging sie die Runde über den Parcours in Gedanken wieder und wieder durch: was der Hengst gemacht und wie sie reagiert hatte; welchen Kampf sie bei der letzten Biegung ausgefochten hatten; die abrupte Entscheidung des Hengstes, den Oxer zu nehmen, nachdem sie ihm nachgegeben hatte.

A. J. wusste, dass Sabbath springen wollte. Das hatte sie wieder einmal gelernt, als sie die Zügel gelockert und ihn hatte entscheiden lassen. Seine abrupte Richtungskorrektur, die sie ihm auf dem kurzen Streckenabschnitt unmöglich hätte abringen können, verriet ihr, dass er die klare Luft über den Hindernissen ebenso dringend spüren wollte wie sie.

Und diese Erkenntnis machte ihr Sorge, denn sie bedeutete, dass er sich um des Kampfes willen gegen sie sträubte. Das war schlecht. Der Hengst war so auf den Kampf um die Kontrolle versessen, dass er ihm wichtiger schien als der Wunsch zu springen. Was wiederum A. J.s Pläne so sicher zunichte machte, wie es noch mehr Hindernisstangen auf den Rasen regnen würde.

A. J. wollte gerade zum Trailer zurückkehren, als sie zufällig hörte, was zwei andere Teilnehmer sagten.

»Kein Wunder, dass dieser vierbeinige Horror Sabbath heißt«, sagte der eine. »Dieses Pferd treibt dir echte Gottesfurcht ein.«

»Der hat sich mit aller Kraft gegen sie gewehrt«, stimmte der andere ihm zu. »Bei jedem einzelnen Sprung. Die Frau muss Arme wie Stahl haben.«

»Wenigstens ist er nicht ins Publikum geflogen. Hast du das von Oak Bluffs gehört?« Beide Männer lachten.

»Und ob«, sagte der eine. »Ich bin sogar mehrere

Schritte rückwärts gelaufen, als sie um die letzte Biegung kamen. Ich dachte, die donnern auf den Parkplatz.«

»Fasst man das, dass sie für den Mist von Sutherland weg ist?«

»Ich glaube nicht, dass das Pferd der einzige Grund war.« Die Stimme senkte sich zu einem verschwörerischen Flüstern. »McCloud ist nicht blöd. Er mag aus dem Pferdegeschäft ausgestiegen sein, aber er erkennt ein gutes Fohlen auf den ersten Blick. Und sein Bein ist zwar hinüber, aber ich wette, der Rest von ihm funktioniert noch. Du verstehst, was ich meine?«

A. J. wurde bleich.

»Tja, wenigstens ist sie aus dem Rennen. Die Frau ist keine Konkurrenz mehr im Parcours, solange sie auf dem biestigen Protzgaul hockt.«

»Schade um sie. Sie wirkte eigentlich recht vielversprechend.«

Als die beiden das Zelt verließen, stand A. J. ungläubig da und hatte das Gefühl, ihr wäre eben ein Eimer kaltes Wasser über den Kopf gegossen worden. Sie hatte die neugierigen Blicke genauso tapfer ertragen wie das Wissen, dass die Leute über sie tuschelten. Sie hatte sogar entschieden, Marceaus bissige Bemerkungen zu ignorieren, weil der Mann schlicht ein Widerling war. Aber solche Andeutungen direkt zu hören, von irgendwelchen mittelmäßigen Springreitern, das war etwas anderes.

Ihre Stimmung hatte einen ungekannten Tiefpunkt erreicht, als sie sich durch die Menge zurück zum Trailer begab. Sie hatten sich ein unmögliches Ziel in einer lachhaft kurzen Zeit gesetzt, und was sie bisher an Fortschritten verzeichnen durfte, ließ sich bestenfalls in Zentimetern messen. Ihr Name war zum Lieblingsthema der Gerüchteküche geworden, und ihr eigenes Pferd behandelte sie auf dem Platz wie seine größte Feindin.

Und als wäre das noch nicht übel genug, lief sie auch noch Gefahr, sich in ihren Trainer zu verlieben.

Konnte es noch schlimmer werden?

In dem Moment sah sie Peter und ihren Vater bei Devlin stehen. Verzweifelt blickte A. J. gen Himmel.

»Das war eine rhetorische Frage«, murmelte sie. »Ich wollte eigentlich keinen Beweis.«

7

Die Spannung zwischen den drei Männern war mit Händen zu greifen. Devlin überragte die beiden deutlich und blickte finster drein. Garrett hatte seine typische Sodbrennen-Miene, und Peter sah beleidigt und zornig aus.

Und da dachten die Leute, ein Hexenzirkel wäre ein böses Omen, ging es A. J. durch den Kopf.

Als sie hinter dem Trailer an Chester und dem Hengst vorbeikam, zog sie fragend eine Braue hoch.

»Guck uns nicht an«, sagte Chester. »Ausnahmsweise benimmt Sabbath sich in der Öffentlichkeit, und ich bin Schweizer, völlig neutral.«

Sie verdrehte die Augen.

»Sie nutzen sie aus«, schimpfte Peter laut.

»Sie haben keinen Schimmer, wovon Sie reden«, konterte Devlin. »Ich bin ihr Trainer, nicht ihr Liebhaber.«

»Für wie blöd halten Sie mich eigentlich?«

Nun mischte A. J. sich ein: »Wenn du deine Zeit mit solchen Mutmaßungen verplemperst, bist du nicht wirklich der Hellste.«

Ihr Stiefbruder fuhr herum, sodass A. J. sein vollständiges Outfit zu sehen bekam: maßgeschneiderter schwarzer Anzug, gelbes Hemd, gelbe Krawatte. Er sah wie eine grellbunte Comicfigur aus – absichtlich nicht lebensecht gezeichnet.

»Du und McCloud, ihr ruiniert unseren Ruf«, sagte Peter. »Das nehme ich nicht hin.«

»Und wie genau stellen wir das an?«

»Eben hat ein Reporter deinen Vater und mich angesprochen. Er wollte wissen, wie lange ihr zwei schon zusammen seid.«

»Na und? Er ist seit fast drei Wochen mein Trainer.«

»Wir reden hier nicht übers Springreiten, A. J. Er behauptet, dass er ein intimes Foto von euch zweien hat.«

»Was?«

»Du hast mich richtig verstanden.«

»Warte mal.« A. J. schüttelte den Kopf. »Ich verstehe nicht …«

»Lebst du wirklich bei ihm?«, fragte Garrett.

Sie sah ihren unglücklichen Vater an. »Ja, und ich schlafe auf seiner Couch. So ist es praktischer für das Training, und Devlin ist sehr freundlich zu mir.«

»Ja, das möchte ich wetten«, sagte Peter.

»Lass deine unverschämten Unterstellungen«, fauchte sie.

»Du solltest sofort zurück nach Hause kommen«, sagte ihr Vater. »Das ist das Beste für alle.«

»Irgendwie bezweifle ich das.«

Peter schnaubte. »Und du denkst, bei diesem Kerl zu bleiben ist die bessere Wahl? Du schadest dir, indem du ein *Verhältnis* mit deinem Trainer eingehst.«

»Wir haben kein Verhältnis! Und ich weiß nichts von einem Foto.«

»Tja, dann werden wir wohl alle überrascht, wenn wir morgen die Zeitung aufschlagen.«

Ihr Vater unterbrach das Gezanke. »Bitte, mäßigt euch.«

»Aber er weiß nicht, was er redet!«

»Und du weißt nicht, was du tust«, erwiderte Peter.

Garrett sah A. J. flehend an. »Liebes, ich möchte, dass du nach Hause kommst.«

»Und was mache ich mit meinem Hengst?«

»Wenn du zurückkommst, wird Sabbath auf unserem Hof willkommen sein.«

»Nein, wird er nicht«, widersprach Peter. »Ich meinte es ernst, als ich sagte, dass ich dieses Biest nicht auf Sutherland-Grund dulde. Wenn sie das Tier unbedingt behalten will, kann sie sich wenigstens anständig benehmen und aufhören, mit diesem hinkenden Ex-Profi zu vögeln.«

A. J. stand der Mund offen vor Entsetzen, und sie beobachtete, wie Devlin, der bisher geschwiegen hatte, näher an Peter herantrat. Die Reaktion ihres Stiefbruders war unbezahlbar: Er guckte wie jemand, der eine Lawine auf sich zurollen sah.

»Ich tue Ihnen einen Gefallen und vergesse, was Sie gerade gesagt haben«, raunte Devlin, bevor er sich zu A. J. und ihrem Vater wandte und entwaffnend ruhig fortfuhr: »Diese Diskussion sollte lieber auf die Familienmitglieder beschränkt bleiben. So verblüffend es auch sein mag, die gebündelte Weisheit der Sutherlands zu erleben, ziehe ich konstruktivere Betätigungen vor. Beispielsweise Farbe beim Trocknen zuzugucken.«

Mit diesen Worten drehte er sich weg und ging.

A. J. lief ihm sofort nach und legte eine Hand auf seinen Arm. »Es tut mir schrecklich leid. Er ist so ein …«

Devlin schob behutsam ihre Hand weg. »Regle erst

mal das mit deiner Familie. Danach können wir uns mit dem befassen, was zwischen uns ist.«

Er tauchte in die Menge, und A. J. stürmte auf ihren Stiefbruder los.

»Wenn ich nicht wüsste, dass er dir ein Veilchen verpassen würde, das sich mit deinem geschmacklosen Schlips beißt, würde ich verlangen, dass du auf der Stelle zu ihm gehst und dich entschuldigst.«

»Nach dem Ärger, den er verursacht hat, werde ich einen Teufel tun!«

»Ärger? Der Mann hat mir geholfen, nachdem meine Familie mich vor die Tür gesetzt hat, und du besitzt die Frechheit, seinen Charakter und seine körperliche Verfassung zu beleidigen.«

Peter fuchtelte wütend mit den Händen. »Erspare mir dieses Scarlett-O'Hara-Gefasel, von wegen man muss nett zu Fremden sein. Dank deiner irrwitzigen Farce ist der Name Sutherland zum Gespött der Leute geworden. Du bist eine Schande für die Familie, und würde mich dein schwachsinniges Verhalten nicht wie einen Helden dastehen lassen – weil ich dich rausgeworfen habe –, wäre ich richtig stinksauer.«

»Erstens war es Blanche DuBois, die das gesagt hat. Und welchen Ärger machen wir denn bitte dem Gestüt?«

A. J.s Vater schaltete sich wieder ein. »Peter sorgt sich doch nur, dass das ganze Gerede dem Geschäft schadet. Die Leute wollen nichts mit einem Hof zu schaffen haben, der in einem zweifelhaften Ruf steht.«

»Ich habe doch gar nichts mehr mit Sutherland zu tun!«

»Aber du wirst zurückkommen wollen«, sagte Peter und sah hinüber zu Chester und Sabbath, die immer noch neben dem Trailer standen. »Was glaubst du wohl, wie lange du es auf diesem unbedeutenden Mini-Hof aushältst? Wie lange wird es dauern, bis du neues Reitzubehör willst, das mehr kostet als ein normales Einfamilienhaus? Was passiert, wenn dein Supertrainer nicht die nötigen Schecks ausstellen kann, um dich bei Laune zu halten?«

»Du Schwein!«

Garrett schritt zwischen die beiden. »Peter, wieso gehst du nicht schon mal zum Wagen? Ich komme gleich nach.«

»Meinetwegen«, murrte Peter. »Aber mach dir keine Hoffnung, dass sie zur Einsicht kommt. So lange warte ich nämlich garantiert nicht.«

Nachdem Peter davongestampft war, nahm Garrett die Hände seiner Tochter.

»Arlington, ich weiß, wie schwierig es für dich ist, und es tut mir leid. Aber Peter hat recht.«

»Hat er das neuerdings nicht immer?«

»Mir ist klar, dass er bisweilen zu weit geht, genau wie du. Ich will doch nur, dass wir eine Familie sind. Bitte komm nach Hause.«

»Das kann ich nicht. Jetzt nicht. Vielleicht nie.« Ihr Vater sah aus, als würde ihm das Herz brechen. A. J. drückte seine Hände, weil sie ihn trösten wollte, so gut sie konnte. »Ich kann nicht ewig bei meinem Daddy wohnen. Dieser Bruch mit dem Gestüt … Ich denke, er ist aus einem guten Grund und zur richtigen Zeit gekommen.«

»Ich mache mir Sorgen um dich.«

»Das weiß ich. Aber ich bin glücklich. Ehrlich. Ich liebe dieses Pferd, und ich glaube, dass ich bei ihm einiges erreichen kann. Es ist spannend, aber auch angsteinflößend. Jedenfalls fühle ich mich sehr lebendig. Und obwohl ich dich vermisse, tut es gut, auf mich allein gestellt zu sein.«

»Glaub mir, ich bin froh, dass dich dieses Training ausfüllt«, sagte er und wurde verlegen. »Trotzdem muss ich fragen. Stimmen die Gerüchte? Über dich und ...«

A. J. schüttelte den Kopf und sah ihm in die Augen.

Er atmete auf. »Das dachte ich mir.«

Es war gelogen, wie sie deutlich aus seinen Worten heraushörte.

»Und selbst wenn sie wahr wären, was wäre daran falsch?«, fragte sie.

»Er ist dein Trainer.«

»Und?«

»Nun, er ist nicht ...«

»Aus unseren Kreisen? Ist es das, was du sagen willst?«

»Nein, ganz und gar nicht! Es ist nur so, dass er einer vollkommen anderen Welt entstammt als du.«

A. J. liebte ihren Vater zwar, doch jetzt verlor sie die Geduld.

»Entschuldige, ich muss jetzt den Hengst reisefertig machen und zurück in seinen Stall bringen.«

»Arlington, bitte wende dich nicht von deiner Familie ab.«

»Ich habe nicht den Eindruck, dass ich diejenige bin, die sich abwendet.«

Als sie sich wegdrehen wollte, richtete er noch eine Bitte an sie.

»Ich möchte, dass du zu meiner Geburtstagsfeier kommst. Sie ist in zwei Wochen, und ohne dich wäre es nicht dasselbe.«

A. J. bemühte sich, ihren Unmut nicht zu zeigen. Sie hatte nicht die geringste Lust auf die Party, doch wie konnte sie ablehnen?

»Na gut.«

»Danke.«

Sie trat auf ihren Vater zu, und die beiden umarmten sich steif.

»Ich liebe dich«, sagte Garrett. »Vergiss das bitte nie.«

»Es fällt mir manchmal schwer. Ich habe oft das Gefühl, dass du mich nicht verstehst.«

»Aber ich werde mich immer bemühen, das weißt du doch, oder?«

A. J. sah ihm in die Augen. »Ja. Ja, ich denke, das weiß ich.«

Mit einem linkischen Winken ging sie hinüber zu Chester.

»Wo ist er?«

Der alte Mann zuckte mit den Schultern. »Im Gewimmel verschwunden.«

Beunruhigt zog A. J. ihre Reitsachen aus und die Stallsachen wieder an, bevor sie Chester beim Packen half. Beide arbeiteten stumm, bis nichts übrig war, das aufgehängt, zusammengefaltet oder festgebunden werden musste. Nun blieb nichts mehr zu tun, als auf Devlin zu warten. A. J. füllte die Zeit damit, sich eine Erklärung und Entschuldigung für den Familienstreit auszudenken, den er hatte miterleben müssen, was keine entspannende

Ablenkung war. Lieber hätte sie irgendwas geputzt, hatte jedoch das Gefühl, dass Chester schreien würde, sollte sie die Bürsten und Striegel im Putzkasten noch ein einziges Mal umsortieren.

Eine Weile später grummelte Chesters Bauch hörbar, und A. J. bot an, bei Sabbath zu bleiben, während er sich etwas zu essen holte. Nachdem er gegangen war, setzte sie sich hinten auf die Stoßstange des Trailers. Durch ihre Jeans spürte sie das kalte Metall. Sabbath, der noch seitlich an der Rampe angebunden war, kam zu ihr und stupste sie sanft an, wobei sein Atem auf ihren Hals blies.

»Du bist ein unzuverlässiger Verbündeter, aber ich weiß deine Sorge zu schätzen.« Sie fasste mit ihrem Arm unter seinem Hals hindurch und gab ihm einen kräftigen Klaps. »Und du bist erstaunlich mitfühlend.«

Sie schmiegten sich aneinander. Über ihnen focht die Herbstsonne gegen die ersten winterlichen Winde und gewann. Der weite, klare Himmel schien sich in die Ewigkeit zu erstrecken – ein endloser Raum in sicherem, beruhigendem Blau.

A. J. machte sich Sorgen, was Devlin über ihre Familie, über sie, vor allem aber über sie beide denken mochte.

Und dann war da dieser Blödsinn mit dem angeblichen Reporter. Sie stöhnte bei dem Gedanken, welche Lügen die Presse verbreiten könnte. Das Letzte, was sie wollte, war noch mehr Aufmerksamkeit. Das störte ihre Arbeit mit dem Hengst. Und sie wusste, dass Devlin jede Publicity hasste, besonders wenn es um sein Privatleben ging. A. J., die zum ersten Mal selbst damit konfrontiert war, konnte ebenfalls nicht behaupten, dass es ihr gefiel.

Warum schlug alles auf einmal zu? Es schien, als hätten sich die Ereignisse verschworen, einen Keil zwischen Devlin und sie zu treiben. Dabei wünschte A. J. sich nichts sehnlicher, als dass sie näher zusammenfanden. Wie ihr in diesem Augenblick klar wurde, wollte sie wirklich, dass sie beide ein Paar wurden. Zur Hölle mit allem und allen anderen!

Als sie ein Blätterrascheln hörte, das eindeutig von Schritten, nicht vom Wind stammte, blickte sie auf. Vor ihr stand Devlin.

»Hi«, sagte sie.

»Hallo.« Er strich mit einer Hand über Sabbaths Hals.

»Und? Wie war die Farbe?«

Er guckte sie verwirrt an.

»Du weißt schon, die, der du beim Trocknen zugucken wolltest.« Sie versuchte, die Situation zu entkrampfen, und scheiterte kläglich.

»Der Spruch tut mir leid.«

»Tja, bedenkt man, wie meilenweit daneben Peters Bemerkung ging, kann ich es dir nicht verübeln.«

Er antwortete ausweichend.

»Devlin, ich weiß nichts von einem Foto. Du?«

Er schüttelte den Kopf. »Vielleicht hat der Reporter bloß geblufft.«

»Kann sein.«

Es entstand eine Pause.

»Wir müssen reden«, sagte er dann leise, mit sehr tiefer Stimme.

Kalte, klamme Angst regte sich zwischen ihren Schulterblättern. »Worüber?«

»Uns. Unsere Beziehung.«

»Was ist mit ihr?«

»Ich denke nicht, dass du in meinem Haus wohnen bleiben solltest.«

»Aber wieso nicht?«

»Weil dein Stiefbruder recht hat. Es ist unprofessionell.«

»Erzähl mir nicht, dass du ihn ernst nimmst.«

»Auch Idioten haben hin und wieder gute Argumente.«

Chester bog um die Ecke. Er aß einen Chili-Hotdog so groß wie sein Kopf.

»Hey, wollt ihr was essen? Da drüben machen sie leckere Hotdogs.«

»Ach ja?«, antwortete Devlin lässig und begann, in seinen Hosentaschen zu wühlen.

So wie er wirkte, hätten sie gerade ebenso gut über das Wetter plaudern können, dachte A. J. Allerdings sagte der Blick, den er ihr zuwarf, dass diese Unterhaltung später fortgesetzt würde.

»Und wie!« Chester riss den Mund weit auf und stopfte sich den letzten Bissen hinein. »Aber gegen echten Hunger braucht man schon zwei von den Dingern.«

»Sei lieber vorsichtig«, sagte Devlin und holte seine Autoschlüssel hervor. »Wir müssen dich noch mit einem Kran ins Traumazentrum hieven, wenn du weiter so futterst. Eines Tages rächen sich deine extremen Essgewohnheiten böse – morgens zu wenig essen und mittags maßlos reinstopfen.«

»Ich habe einen eisernen Magen, passend zu meinem Willen«, entgegnete Chester und klopfte sich auf den

Bauch. »Ich könnte auch von Nägeln und Gummibändern leben, wenn es sein müsste.«

»Tust du vielleicht schon«, murmelte Devlin. »Wer weiß, was sie in diese Dinger packen.«

Nach einer schrecklichen Heimfahrt, während der A. J. und Devlin schwiegen und Chester schnarchte, luden sie gemeinsam den Hengst aus und räumten das Sattel- und Zaumzeug sowie alles andere an seinen Platz zurück. Es war erst früher Nachmittag, als Chester wegfuhr. Unglücklich sah A. J. zum hellen Himmel hinauf. Sie wollte mit Devlin reden, das Gespräch hinter sich bringen, hatte aber entsetzliche Angst, dass er sie wegschicken würde.

Devlin war schon ins Haus gegangen, als A. J. anfing, ihr Sattelzeug zu putzen, und nachdem sie fertig war, machte sie sich auf die Suche nach ihm. Ihr graute vor dem Gedanken, woanders wohnen zu müssen. Die bloße Vorstellung, keinen Vorwand zu haben, sich jeden Abend zum Essen mit ihm an den Tisch zu setzen und ihn morgens beim Kaffee zu sehen, tat ihr weh. Wenn sie nicht mit ihm zusammen sein konnte, wollte sie wenigstens in seiner Nähe sein.

Sie hatte eben eine Hand an den Knauf gelegt, da öffnete Devlin die Tür von drinnen. Sein Haar war noch feucht vom Duschen, und er hatte eine schwarze Hose und ein schwarzes Hemd an. Er sah gefährlich gut aus, als er sich eine Lederjacke überzog.

»Ich fahre weg«, sagte er.

»Bist du zum Abendessen zurück?«

»Wahrscheinlich nicht.«

»Ich dachte, wir wollten noch unsere Unterhaltung fortsetzen.«

Sie bemerkte, dass er sich verkrampfte. Offensichtlich war er so zerrissen wie sie. Sie erkannte es an seinem Gesichtsausdruck und der Art, wie er es vermied, sie anzusehen.

»A. J., ich brauche ein bisschen Zeit zum Nachdenken. Ich will das Richtige für dich tun. Ganz ehrlich.«

»Und das wäre?«

»Mich von dir fernhalten. Dein Lehrer, Trainer und Freund sein. Dich bedingungslos unterstützen, damit du dein Ziel erreichst.«

»Aber du willst, dass ich gehe.«

Sein Blick wurde streng. »Das ist das Letzte, was ich will. Ich will nur dich.«

Er machte einen Schritt vor und zog sie an sich. Sie konnte seinen heißen, pochenden Körper fühlen, und er betrachtete sie mit einer Gier, die A. J. unglaublich erregend fand.

»Ich kriege dich nicht aus meinem Kopf«, sagte er. »Ich kann an nichts anderes denken, als dass ich bei dir sein muss. Ich *fühle* dich in meinen Träumen, und es quält mich, wenn ich aufwache und du nicht da bist. Nein, ich will nicht, dass du gehst. Ich will dich in meinem Bett. Ich will in dir sein.«

»Dann tu es.«

Ihre Lippen begegneten sich in einem Feuer von Leidenschaft, und A. J. erwiderte das Drängen seiner Zunge mit derselben Ungeduld wie Devlin. Sein Mund bewegte sich auf ihrem, forderte, was sie ihm allzu bereitwillig geben wollte, und sie antwortete, indem sie sich fester an ihn drückte. Ihre Brüste sehnten sich nach seiner Berührung, ihre Hüften bogen sich der harten Wölbung seiner Erregung entgegen. Seine Brust unter ihren Händen glich einer festen Mauer, hinter der sie sein Herzklopfen fühlte. Es war herrlich zu wissen, dass sie diese Lust in ihm weckte. Durch den Kuss wurde ihre Sehnsucht noch größer, die ultimative Vereinigung mit ihm zu erleben. Er war wie ein Fieber, das sie befiel, der einzige Grund und die einzige Erfüllung ihres Sehnens.

»Ich will dich mehr, als ich jemals eine Frau wollte«, stöhnte er dicht an ihrem Mund. »Mehr als ich irgendetwas will.«

Seine Küsse bedeckten ihren Hals, und A. J. klammerte sich an seine Schultern, kratzte am Leder seiner Jacke. Sie wollte, dass er weiterging, ihr die Kleider vom Leib riss und sie auf die Couch drückte. Sie wollte ihn nackt auf ihrer Haut, tief in sich, wo er sie mit brennender Wonne erfüllte, bis sie seinen Namen schrie.

Dann wurde er langsamer und wich schließlich zurück. Sanft strich er ihr über die Wange. Seine Hand zitterte.

»Das ist gefährlich«, sagte er leise. »Diese Hitze zwischen uns … Ich kann nicht rational denken, wenn ich mich so zu dir hingezogen fühle.«

»Ich will gar nicht, dass du rational bist.«

»Das muss ich aber sein. Während des Trainings und bei der Qualifizierung muss ich strikt professionell für dich da sein. Das Problem ist, dass ich nicht klar denken kann, weil mich mein Verlangen nach dir vollständig einnimmt.«

»Wir können das schaffen.«

»Nein, können wir nicht.«

»Soll das heißen, entweder du oder die Qualifizierung? Entweder leben wir getrennt, oder du trainierst mich nicht?«

Devlin nahm ihre Augen als tiefe blaue Seen voller Verlangen wahr und ihren Körper als schmerzliche Vergegenwärtigung von allem, was er sich verweigern musste. Er konnte ihren Busen an seiner Brust fühlen, ihre Hüften, die sich perfekt an seine schmiegten, und die Leidenschaft in der Luft zwischen ihnen. Seine Willenskraft drohte zu versagen, und wieder wollte er seinen Mund auf ihren senken. Er wollte mehr von ihr, mehr von diesem Rausch, der stärker als alles war, was er kannte.

Schweren Herzens ging er einen Schritt auf Abstand.

»Ich glaube nicht, dass ich mich länger beherrschen kann. Ich kann dich nicht in diesem Haus haben, ins Bad gehen, nachdem du gebadet hast, und diesen Lavendelduft in der Luft aushalten. Ich kann mich nicht jede Nacht alleine im Bett wälzen, weil ich dich will. So kann ich nicht weitermachen, und ich hasse mich dafür.« Grob zog er den Reißverschluss seiner Jacke nach oben. »Was ich sagen will, ist, dass ich nur dein Liebhaber oder dein Trainer sein kann. Und du musst dich entscheiden.«

Devlin sah sie einen Moment an. Sein trauriger, unsicherer Blick wanderte über ihre Züge. Dann ging er aus dem Haus und zu seinem Truck. A. J. blickte ihm nach, als er einstieg und den Sandweg hinunter in der Biegung zum Wald verschwand.

Es verging einige Zeit, bis A. J. die Tür schließen konnte. Sie wünschte sich so sehr, dass er zurückkam, sie in seine Arme nahm und ihr sagte, sie müsste sich nicht zwischen ihrer Leidenschaft für ihn und ihrem Drang zu siegen entscheiden. Aber sie wusste, dass er nicht kommen würde.

Schließlich hängte sie ihre Jacke auf den einsamen Haken und sah willentlich nicht zu der Stelle, wo sonst Devlins hing. Benommen ging sie umher, unfähig, sich der Entscheidung zu stellen, die von ihr verlangt wurde. Nach einer Weile beschloss sie, sich mit Kochen abzulenken. Es war das Einzige, was sie in einem Haus tun konnte, in dem es keinen Fernseher gab, keine Zeitschriften und nur Bücher übers Tischlern und Baseball.

Sie entschied sich, eine Lasagne zu kochen, weil die am einfachsten sein dürfte. Und ohne Kochbücher, die sie zu Rate ziehen konnte, war es das Beste, die Sache einfach zu halten. Wie schwer konnte es schon sein, Nudeln und Sauce in eine Auflaufform zu schichten und in den Ofen zu schieben?

Diese Annahme war eindeutig verfrüht und zu optimistisch. A. J.s Unerfahrenheit und ihr fortwährendes Grübeln führten dazu, dass sie die Küche innerhalb nicht mal einer Stunde in ein Kriegsgebiet verwandelte. Beim Aufwärmen ließ sie die Dosensauce anbrennen, und die Nudeln klebten zu einer Art Spachtelmasse zusammen, weil A. J. vergaß, sie rechtzeitig abzugießen. Als sie anfing, alles in eine Auflaufform zu löffeln, stellte sie fest, dass kein Mozzarella im Haus war. Es war gewiss ein wenig genialer Einfall, ihn durch Sour Cream zu ersetzen, doch eine bessere Idee hatte sie nicht.

Als sie fertig war, wollte sie schon fast alles wegwerfen, aber jetzt war sie schon so weit gekommen, und irgendwie hoffte sie, dass im Ofen noch ein Wunder geschehen könnte. Leider machte die Hitze es nicht besser.

Bald qualmte Rauch aus dem Herd, weil A. J. versehentlich *Grillen* statt *Backen* eingestellt hatte. Sie zog das Monster heraus und musste sich eingestehen, dass es ein Albtraum war.

Sie war Dr. Frankenstein, Schöpferin eines Ungetüms, dachte A. J., als sie auf die Auflaufform starrte. Aber wenigstens hatte sie eine Stunde totgeschlagen.

Nachdem sie ihr scheußliches Werk auf dem Komposthaufen hinterm Haus begraben hatte, kehrte sie in die Küche zurück und betrachtete die Schneise der Verwüstung, die sie dort hinterlassen hatte. Das Putzen dürfte einige Arbeit machen. Während A. J. Sauce vom Kühlschrank wischte und sich fragte, wie sie dorthin gelangt war, wurde ihr bewusst, wie sehr sie es inzwischen gewöhnt war, Devlin um sich zu haben. Ohne ihn kam ihr das Haus schrecklich einsam vor.

Wie konnte sie sich ausgerechnet so sehr zu dem einen Menschen in ihrem Leben hingezogen fühlen, der für sie tabu war?

Er war ein äußerst attraktiver Mann, ohne Frage, doch das allein war es nicht. In den letzten zwei Wochen hatte sie sich unterstützt gefühlt wie nie zuvor. Sie war schon immer sehr unabhängig gewesen, hatte sich keinem leicht geöffnet, und dennoch machte es ihr Devlins Stärke möglich, ihre Verwundbarkeit zu zeigen. Er bot ihr eine ungekannte Sicherheit. Anscheinend gab es nichts, was er nicht für sie tun würde.

Ihr gemeinsames Ziel, die Qualifizierung mit dem Hengst zu bestehen, und ihre Leidenschaft füreinander, verbanden sie auf jede erdenkliche Weise: professionell, physisch und emotional. Was durchaus einen Sinn ergab.

Im Gegensatz zu ihren Versuchen, italienisch zu kochen.

A. J. kniete sich hin und fegte das Basilikum, das sie unter dem Tisch verstreut hatte, auf ein Blatt Papier.

Sie musste sich entscheiden.

Als Trainer war Devlin der Allerbeste. Er war geduldig, anspruchsvoll, wenn nötig, spornte sie stets an und war versiert wie kein Zweiter. Als Liebhaber? Nun, allzu viel Erfahrung konnte sie nicht vorweisen, doch hinreichend, um sicher zu sein, dass er anders als alle anderen Männer auf dem Planeten wäre. Seine Berührungen, die Art, wie er sich an ihr bewegte, die starken Arme … Was sie bisher erlebt hatte, versprach pure, ungetrübte Wonne.

A. J. richtete sich auf und stieß mit dem Kopf an die Tischplatte.

Sie rieb sich die Stelle, während sie wacklig aufstand, und war auf lächerliche Weise froh über den Schmerz. Für einen Moment lenkte er ihre Gedanken ab.

Nach dem Putzen blitzte die Küche wieder, und der Geruch von verbrannten Tomaten mit Sour Cream war verschwunden. Zufrieden setzte A. J. sich an den Tisch und stützte ihr Kinn in die Hände. In ihrem Kopf mochte nach wie vor ein heilloses Chaos herrschen, aber immerhin war es um sie herum sauber und ordentlich.

Nachdem sie eine Weile dagesessen hatte, wurde ihr bewusst, dass sie hungrig war, jedoch keine Lust auf weitere Kochexperimente hatte, weshalb sie eine Dosensuppe wählte. Die angebrannte Tomatensauce war ihr noch sehr gegenwärtig, also stellte sie den Timer am Herd, nachdem sie die Platte eingeschaltet hatte. Einen olfaktorischen Albtraum hatte sie schon durchstehen müssen, und wie verbranntes Huhn mit Reis roch, wollte sie nicht wissen.

Beim Essen bewirkte jedes Geräusch, jedes Murmeln im Haus, dass sie zur Tür sah und sich fragte, ob Devlin nach Hause kam. Hoffnung und Angst brodelten in ihr auf und verebbten wieder, ehe sie beim nächsten Knacksen aufs Neue in die Höhe schossen. Es war gelinde gesagt anstrengend, denn solch ein Farmhaus knackste und knarrte wie ein Greis mit Knochenschwund. Ziemlich bald ging ihr auf, warum Hunde dauernd schliefen. Wache halten war ermüdender, als es aussah.

Als es draußen dunkel wurde, setzte A. J. sich im Wohnzimmer auf die Couch, winkelte die Beine unter sich an und legte sich eine Decke über die Knie. Sie blickte hinaus in die mondbeschienene Landschaft, wanderte mit den Augen die Zäune der Paddocks und des Reitplatzes ab und fasste einen Entschluss.

Sie konnte nicht wählen. Besser gesagt: Sie weigerte sich, eine Wahl zu treffen zwischen dem Liebhaber, den sie wollte, und dem Trainer, den sie brauchte. Sie würden es hinbekommen, und damit basta. Was Devlins Bedenken betraf, würde sie ihm eben erklären, wie wichtig er in ihrem Leben war. Sie würde ihn überzeugen. Das musste sie einfach. Und gewiss leuchteten ihm ihre Argumente ein. Letztlich wählte sie ja ihn. Alles von ihm.

Erleichtert schlief sie ein, und als sie aufwachte, stand er vor ihr.

»Wie spät ist es?«, fragte sie. Sie war froh, dass er zu Hause war.

»Spät.«

A. J. setzte sich auf und strich sich das Haar aus dem Gesicht.

Wider besseres Wissen setzte Devlin sich neben sie auf die Couch. Eigentlich wollte er erst wissen, wie sie sich entschieden hatte, bevor er ihr zu nahe kam. Falls sie ihn als Trainer wählte, musste er schnellstens das Zimmer verlassen, sonst tat er womöglich etwas, das sie beide bereuen würden.

Doch ehe er sie nach ihrer Antwort fragen konnte, meinte sie schläfrig: »Ich habe es mir überlegt. Ich will dich. Ich brauche dich. Das ist alles, was ich weiß.«

Seine Augen wurden dunkel vor Verlangen.

»Küss mich«, sagte sie.

8

»Das habe ich mir so sehr gewünscht«, sagte er unmittelbar vor dem Kuss.

Devlin erstickte ihr Seufzen mit seinem Mund. Als er atemlos wurde, löste er den Kuss und vergrub sein Gesicht an ihrem Hals, um Luft zu schöpfen.

Er brauchte mehr, so viel mehr. Er malte ihre Lippen mit seiner Zunge nach, weil er nicht genug davon bekommen konnte, wie sie schmeckte, wich zurück und zog seine Jacke aus. Als sie auf dem Boden landete, fiel auch seine Mauer aus Selbstbeherrschung, die er in den letzten zwei Wochen zwischen A. J. und sich selbst aufrechterhalten hatte. Nun zerbröselte sie wie Sand, sodass Devlin nackt und seiner Leidenschaft ausgeliefert zurückblieb. A. J. zog ihn zu sich hinunter auf die Couch, und Devlin erschauerte vor einer solch übermächtigen Lust, dass er glaubte, sich vollständig zu verlieren.

Auch A. J. war überwältigt von erregender Vorfreude. Ihre Hände glitten von seinen Schultern nach vorn, wo sie die Knöpfe seines Hemds öffnete, das seine Haut von ihren Berührungen trennte. Sie wusste, dass es kein Zurück mehr gab, und ihr war alles egal bis auf seinen gespannten Körper und die Art, wie seine Hände sich auf ihr anfühlten. Ihre Welt schrumpfte zusammen, bis die einzig verbleibende Realität sein Gewicht auf ihr war, das köstliche Gefühl seiner Lippen an ihrem Schlüsselbein und seine Zähne, die zärtlich an ihrem Ohrläppchen knabberten. Ungeduldig zerrte sie an seinem Hemd und riss den Stoff ein, als sie darum kämpfte, seinen Rücken zu berühren. Heiser rief sie seinen Namen.

Sie beobachtete, wie Devlin sich das Hemd vom Leib zerrte und dann begann, ihr Oberteil abzustreifen. Kühle Luft kitzelte A. J.s Haut, und sie half ihm. Im nächsten Moment landete ihr T-Shirt neben der Couch, wo sich nach und nach ein Kleiderhaufen bildete. A. J. fühlte sich übermütig und befreit, enthüllt, nicht entblößt, und sie wollte nichts anderes, als fühlen, wie er ihren erhitzten Schoß mit der Erektion ausfüllte, die an ihrer Hüfte pulsierte.

Beim Anblick ihrer nackten Brüste rang Devlin nach Luft. Es sah berauschend aus, wie sich ihr Haar über die seidige Haut ergoss, ihre Lippen dunkelrot und geschwollen von seinen Küssen waren und sich ihre Brustwarzen rosig aufrichteten. Königliche Vorfreude erfüllte ihn, als er den Mund zu einer ihrer Brüste neigte und an ihr saugte, bis A. J. sich unter ihm wand. Langsam bewegte er seine Hände ihren festen Bauch hinab und öffnete den Reißverschluss ihrer Jeans. Obwohl er von einer fiebrigen Ungeduld angetrieben wurde, wollte er sie nicht hetzen. Als sie ihm allerdings ihre Hüften entgegenbog und es ihm so leichter machte, ihr die Jeans auszuziehen, musste er die Zähne zusammenbeißen. Mit zitternden Händen zog er ihre Hose die cremeweißen Schenkel hinunter. Er streichelte ihre zarten Fesseln, machte sich mit der Kraft ihrer Waden vertraut und fand die empfindlichen Stellen in ihren Kniekehlen.

A. J. zog ihn zu sich, bis seine Lippen wieder auf ihren waren, und spürte seine Erregung. Sie kämpfte mit seinem Hosenbund, und er erhob sich etwas, um sich hastig aus der Hose zu befreien, bevor er schnell zu ihr zurückkehrte.

»Devlin«, stöhnte A. J. »Devlin?«

Er gab einen Laut von sich, der wie ein sehnsüchtiges Stöhnen mit einem Fragezeichen am Ende klang. Mehr brachte er nicht zustande.

»Devlin.« Sie hatte merklich Mühe, etwas zu sagen. »Du solltest wissen, dass ich …«

Ihre Stimme versagte, als seine Hand über ihren Slip strich.

»Es ist …« A. J. biss sich auf die Unterlippe, kaum dass er sie durch die dünne Baumwolle streichelte.

»Ist das okay?«, fragte er, denn sie wirkte verlegen. »Willst du, dass wir aufhören?«

Devlin betete, dass sie das nicht bejahte.

»Ich weiß nicht, wie ich es sagen soll«, murmelte sie beschämt.

Sein Körper pochte und schmerzte, und seine Sicht wurde verschwommen, doch er fragte: »Was ist?«

»Ich habe – das lange nicht mehr gemacht«, sagte sie stammelnd wie eine zerkratzte Schallplatte.

Der männlichste Teil von ihm war begeistert. »Wir müssen nichts machen, bei dem du dich nicht wohlfühlst.«

»Ich will dich«, sagte sie und küsste ihn. »Ich will das tun.«

Während Devlin ihre Antwort verarbeitete, fühlte A. J. ein Beben durch seinen Körper gehen. Es verlieh ihr ein

Gefühl von Macht, was sie wiederum ermutigte, die harten Konturen seiner Brust und seines Bauches mit Händen und Mund zu erkunden. Er zuckte unter ihr, rief ihren Namen, was sie erst recht anspornte, kühner zu sein. Sie neckte und reizte ihn, brachte ihn bis an den Rand, aber nicht weiter. Schließlich stieß er ein Knurren aus und rollte sich wieder auf sie.

Eilig riss er ihr den dünnen Slip herunter und stützte sich über ihr auf. Sie sahen sich in die Augen, und langsam drang er in sie. Es war das Paradies. In jenem ersten Moment, in dem ihre Herzen gemeinsam schlugen und ihre Körper und ihrer beider Atem sich vereinten, wurde ihnen beiden klar, dass es nie wieder wie vorher sein würde.

Zunächst langsam, dann beständig schneller bewegte Devlin sich in ihr. Sie hielten einander fest umklammert, als sie einem Höhepunkt entgegenrasten, der sich immer weiter aufbaute, bis sie glaubten, es nicht mehr auszuhalten. Dann erreichten sie beide einen Orgasmus, der reine Ekstase war und sie beide heiser aufschreien ließ.

Viel später, nachdem er bemerkte, wie kühl es war und sie beide zugedeckt hatte, um A. J. warm zu halten, stellte Devlin fest, dass er voller Ehrfurcht war. Da sie nun ein Mal zusammen gewesen waren, konnte er es nicht erwarten, wieder in ihr zu sein. Sie war die Geliebte, nach der er gesucht hatte, ohne es zu wissen. Ihre natürliche Offenheit und die Hingabe, mit der sie sich von ihm verwöhnen ließ und ihn verwöhnte, hatte etwas gänzlich Ungekünsteltes. Mit ihr hatte er zum ersten Mal wahre Intimität erlebt.

A. J. regte sich in seinen Armen, und ihm stockte der

Atem, als sie die Augen öffnete. Diesen Blick kannte Devlin von Katzen, die sich in der Sonne rekelten: zufrieden, glänzend und gelassen. Er würde alles tun, damit sie fortan immer so aussah.

Er küsste sie sanft.

»Wie fühlst du dich?«, fragte er.

»Wunderbar.« Sie strich mit einer Hand über seine Brust, als er leise lachte.

»Devlin?«

»Ja?«

»Ich hatte keine Ahnung, dass es so sein kann.«

»Ich auch nicht.«

»Und ich bin froh, dass ich hierbleibe. Bei dir.«

»Ich auch. Ich wollte nie, dass du gehst.«

Sie seufzte, weil sie froh war, dass alles gut würde und sich nichts änderte. Ausgenommen die Nächte. Und die würden nur besser.

Devlin fühlte, wie sie sich an ihm entspannte, und freute sich ebenfalls, dass die Entscheidung gefallen war. Jetzt konnten sie nach vorn blicken und sehen, wohin sie all die Leidenschaft und die Gefühle bringen würden. Gleich morgen früh würde er sich nach einem anderen Trainer umhören. Es sollte jemand in der Nähe sein, damit A. J. nicht so weit fahren musste. Und er musste gut sein und auf dem Platz auf sie aufpassen.

Obwohl es auf der Couch eher eng war, schliefen sie dort wieder ein, nur mit einer Decke, um sie warm zu halten. Als das Morgenlicht hinter dem Bergkamm erschien und Hügel wie Himmel mit Licht flutete, wachte Devlin auf und suchte erneut A. J.s Mund. Wortlos rollte sie sich unter ihn, und er drang mit einem kraftvollen Stoß in sie ein. Bei ihrem gemeinsamen Höhepunkt entfuhr ihm ihr Name in einem Stöhnen, das aus seinem Innersten kam.

Während sie langsam wieder auf die Erde zurückschwebten, wurde Devlin bewusst, dass sie aufstehen und sich etwas überziehen sollten, bevor Chester zur Tür hereinkam. Er sah A. J. an und war aufs Neue fasziniert von ihrer Schönheit. Nie war das erste Tageslicht so sanft gewesen, die Stille des frühen Morgens so mild wie in diesem Moment, in dem er sie betrachtete. Als sie seinen Blick erwiderte, war da etwas scheu Fragendes in ihrem Ausdruck, während sich in ihren Zügen noch die Erinnerung an die erlebte Ekstase spiegelte. Devlin wurde ganz schwindlig davon.

»Ich bin so verdammt glücklich, dass ich dir begegnet bin, dass dies hier passiert ist«, sagte er. Ihr Lächeln strahlte vor Glück, und Devlin spürte, wie sein Herz leicht wurde. Alles würde gut. »Aber jetzt sollte ich wohl nach oben, ehe Chester hereinplatzt.«

»Du darfst zuerst duschen.«

»Eigentlich würde ich lieber mit dir zusammen duschen.«

»Stimmt auch wieder. Es heißt doch immer, man soll Wasser sparen.«

»Das auch, ja«, antwortete er und küsste sie. Es war ein feuriger, ungeduldiger Kuss, dabei hatten sie sich eben erst geliebt. Als sie beide Luft holen mussten, sagte Devlin: »Jetzt gehe ich lieber.«

Schnell, bevor sie sich wieder ineinander verloren, stand er von der Couch auf. Bevor er nach oben ging, legte er die Decke wieder über A. J., damit ihr nicht kalt wurde.

A. J. beobachtete, wie er seine Sachen einsammelte,

und genoss es, seinen Körper bei Licht zu sehen. Nach der Nähe, die sie genossen hatten, schien körperliche Schönheit nebensächlich, und dennoch war sie bezaubert von seinen starken Armen und dem flachen, muskulösen Bauch. Dann fiel ihr Blick auf sein verletztes Bein. Die vielen Narben, wo der Knochen wieder aufgebaut worden war, sahen noch frisch und wund aus. Am liebsten wollte A. J. die Hand ausstrecken und die knotigen Linien mit ihren Fingern glätten, ihm ein wenig von seinem Verlust abnehmen.

Nachdem er ihr einen Kuss zugehaucht hatte, verschwand Devlin nach oben. A. J. drehte sich auf den Rücken und lächelte.

Nichts machte einen so munter wie guter Sex am Morgen, dachte sie. Sie spürte etwas Unbequemes unter ihrem Rücken und zog ihr T-Shirt unter sich hervor. Sie streifte es sich über und sah die vielen Falten, die einer Landkarte gleich hineingepresst worden waren, als sie beide die Nacht über darauf gelegen hatten.

Bis Devlin wieder nach unten kam, war A. J. aufgestanden und legte die Decke zusammen. Devlin lehnte sich an die Wand.

»Was guckst du?«, fragte A. J. grinsend.

»Ich versuche, mir dich im Kostüm einer französischen Zofe vorzustellen. Das ist ein ziemlich hübsches Bild, muss ich sagen.« Seine Augen waren sanft und warm.

»So ungern ich deine Fantasie zerstöre, bin ich doch weniger der Rüschentyp. Unterröcke sind so was von unbequem.«

Er ging zu ihr und nahm sie in die Arme. »Auch gut, denn so finde ich dich schöner.«

»Mit zerwühlten Haaren und in einem verknitterten T-Shirt?«

»Stimmt genau. Allerdings ziehe ich dich nackt vor.«

Er legte die Hände an ihre Hüften und zog sie zu sich. Sie konnte fühlen, wie er hart wurde, sobald ihre Körper sich berührten.

Schritte vor der Tür verrieten ihnen, dass Chester da war, und sie wichen in dem Moment auseinander, in dem er das Haus betrat. Chester hatte die Zeitung unter dem Arm, und sein Basset-Gesicht sah munter aus.

»Ich habe gestern Abend siebenundzwanzig-fünfzig beim Bingo gewonnen!«

»Nicht schlecht, alter Mann«, sagte Devlin.

Seine Augen waren auf A. J. gerichtet, als sie sich nach unten beugte und ihren Kulturbeutel aufhob. Er konnte es nicht erwarten, dass der Tag endete und sie allein waren. Und er hatte ein gutes Gefühl, was seinen Ersatz betraf. Unter der Dusche war er die Trainer und Gestüte durchgegangen, von denen er etwas hielt, und ihm waren mindestens zwei Kandidaten eingefallen, die er herbitten wollte, damit A. J. sie kennenlernte. Er war sicher, dass sie bald einen anderen Trainer finden würden, sodass es beim Training mit dem Hengst keine längere Unterbrechung gab.

»Ist das Frühstück schon fertig?«, fragte Chester.

»Wird es sein, sowie wir es gemacht haben.«

Während die beiden in die Küche gingen, zwinkerte Devlin A. J. über die Schulter zu, und sie wurde rot. Bis sie aus dem Bad zurück war, saßen die beiden Männer bereits am Tisch. Chester löffelte seine Frühstücksflocken und blätterte dabei in der Zeitung.

»Na, guckt euch das an!«

Raschelnd faltete er die Zeitung in der Mitte und schob sie über den Tisch zu Devlin. A. J. sah ebenfalls hin.

Ein Foto von ihnen beiden nahm beinahe die halbe Seite ein. Es war unmittelbar vor A. J.s Runde gestern aufgenommen worden. Devlins Hand war an A. J.s Wange, und sie sahen sich in die Augen. A. J. erinnerte sich sehr gut an den Moment und stellte nun fest, dass das Band zwischen ihnen ebenso stark wie offensichtlich war.

»O Gott«, stöhnte sie.

Die Schlagzeile lautete: SUTHERLAND-SCHÖNHEIT UND GEFALLENER CHAMPION. Der Artikel dazu war eine Anhäufung von Mutmaßungen, Gerüchten und Andeutungen. Mehrere Turnierteilnehmer wurden zitiert, die sich zu ihrem Kauf des Hengstes, ihrem Bruch mit ihrer Familie und ihrer Beziehung zu Devlin äußerten.

»Was machen wir jetzt?«, fragte A. J.

Devlin stand auf, sodass sein Stuhl über den Boden schabte.

»Ich würde mir nicht allzu viele Gedanken machen«, sagte er finster. »Sobald du und der Hengst hier weg seid, verläuft sich die Geschichte im Sande, und der Reporter wird dumm dastehen, weil er einen Riesenaufriss um nichts gemacht hat. Wir müssen das nur bis zum Wochenende aushalten.«

»Bis zum Wochenende?«

»Ich kann wahrscheinlich schon morgen ein paar Trainer herkommen lassen. Wir suchen den besten aus und bringen den Hengst direkt zu seinem neuen Stall.«

»Ich habe schon einen Trainer«, sagte A. J. schneidend.

Devlin runzelte die Stirn.

»Ich gehe mal lieber runter zum Stall«, verkündete Chester.

Keiner von beiden bekam mit, wie der alte Mann ging und seine Schale mitnahm.

»A. J., ich dachte, wir sind uns einig.«

»Ich habe dir gestern Abend schon gesagt, dass ich dich will und dich brauche.«

»Und du warst bereit, dich zu entscheiden.«

»Habe ich. Ich brauche alles von dir.«

Er begann, den Kopf zu schütteln. »Warte mal. Ich hatte ziemlich klar gesagt, was ich will.«

»Genau wie ich.«

»Ich war davon ausgegangen, dass wir letzte Nacht miteinander geschlafen haben, weil du dir einen anderen Trainer nehmen willst.«

»Und ich sagte dir, dass ich keinen will.«

»Nein, hast du nicht.«

»Doch, habe ich wohl.«

Sie saßen sich am Tisch gegenüber und sahen einander streng an.

»Ich erinnere mich nicht, diese Worte aus deinem Mund gehört zu haben.«

»Aber versteh doch, wir kriegen das hin!«, sagte sie mit flehendem Blick. »Wir können beides.«

Fluchend fuhr Devlin sich mit den Händen durchs Haar. »Ich wäre nie mit dir zusammen gewesen, hätte ich gewusst, dass du das denkst.«

Seine Worte und das unüberhörbare Bedauern trieben ihr Tränen in die Augen.

»A. J., um Gottes willen, weine bitte nicht. Tut mir leid,

dass ich das so gesagt habe.« Er ging zu ihr und wollte sie in die Arme nehmen, doch sie schob ihn weg.

»Mir auch. Mir tut leid, dass du so wenig an uns glaubst.«

»Hier geht es nicht um uns.« Er nahm die Zeitung auf und warf sie angewidert beiseite. »Jeder liest diesen Mist.«

»Warum kümmert es dich eigentlich, was irgendein Idiot in der Zeitung schreibt?«

»Du hast keine Ahnung, wie es ist, in aller Munde zu sein. Ich halte es seit einem Jahr aus, dass über mich geredet wird und ich begafft werde. Wo ich auch hinkomme, setzt Raunen und Murmeln ein. Und dabei bin ich nicht einmal für irgendwas Unanständiges bekannt. Ich bin bloß von einem Pferd gefallen, verdammt. Dir werden sie von jetzt an unterstellen, mit jedem Mann ins Bett zu gehen, mit dem du redest oder den du nur ansiehst. Und das für den Rest deiner Jahre im Reitsport.«

»Na, vielen Dank für die Info«, sagte sie und wischte sich die Wuttränen ab. »Aber ich stelle mein Leben nicht um, nur weil irgendwem nicht passt, wie es nach außen wirkt.«

»Willst du wie Philippe Marceau sein? Er ist wegen seiner vielen Affären die Lachnummer der Szene. Für dich als Frau wird es schlimmer. Die reißen dich in Stücke und benutzen die Einzelteile als Dünger.«

»Marceau ist Gesprächsthema, weil er ein verlogener Angeber ist.«

»Und bei dir werden sie auch was finden.«

»Was? Dass ich bei längeren Kopfrechenaufgaben versage? Soll ich Angst haben, dass meine Comic-Sucht plötzlich an den Tag kommt?«

»Im Reitsport gibt es zwar eine Menge reiche Leute, aber nicht viele kriegen von ihrem Daddy ein Gestüt gebaut. Dein Stiefbruder sieht aus, als würde er aufs *GQ*-Cover gehören, und ist ein eitler Schnösel. Du fährst in einem Cabrio herum, das mehr kostet, als die meisten Leute an Hypotheken haben, und …«

»Deshalb darf ich nicht mit dem Mann zusammen sein, den ich will, und dem Trainer, den ich brauche? Weil Peter einen Modefimmel hat und mein Vater es mit meinem Geburtstagsgeschenk übertrieben hat? Das ist doch lächerlich.«

»Ich sage lediglich, was die Leute reden werden.«

»Und ich weigere mich, darauf zu hören.«

»Aber das meine ich ja gerade. Sie sagen jetzt schon, dass du versuchst, dich nach oben zu kaufen. Sollen sie auch noch behaupten, du würdest dich nach oben schlafen?«

Seine unverblümte Darstellung machte sie sprachlos.

»Hör zu«, sagte Devlin ruhiger, »ich muss es dir in dieser Schärfe klarmachen. Je weiter du aufsteigst, umso mehr wirst du zur Zielscheibe. Deine Familie und dieser Hengst machen dich nicht direkt unscheinbar. Und dass du mit deinem Trainer schläfst, wirkt da wenig hilfreich.«

Er ging wieder auf sie zu, und diesmal duldete sie, dass er einen Arm um sie legte.

»A. J., auf dem höchsten Level mitzumischen ist hart. Mach es dir nicht schwerer, als es so schon ist.«

»Bist du sicher, dass das der einzige Grund ist, warum du willst, dass ich gehe?«, fragte sie.

»Ich will überhaupt nicht, dass du gehst. Deshalb möchte ich doch jemand anderen finden, der dich trainiert. Jemanden, der objektiv ist.«

»Aber ich will keinen anderen!« Sie wich zurück. »Und ich will auch nicht, dass du objektiv bist. Du sollst ja gerade mit Feuer und Flamme hinter dem Training stehen, und ich denke, das tust du auch. Ich sehe es an deinen Augen, wenn wir zusammen arbeiten. Wir sind ein Spitzenteam. Das weißt du.«

»A. J., du musst den Hengst woanders unterbringen.«

»Ich fasse nicht, dass du uns rauswirfst.«

»Ich werfe euch nicht raus.«

Sie hörte ihm gar nicht zu, sondern lief in der Küche auf und ab. »Erst Peter, und jetzt du. Von ihm hatte ich nichts anderes erwartet. Aber bei dir überrascht es mich doch sehr. Ich dachte, dass ich dir etwas bedeute.«

»Erinnerst du dich, wie es sich anfühlte, als ich in dir war?«

Bei seinen leisen Worten erstarrte sie, und ihr wurde sehr heiß. Sie musste ihm nicht antworten. Als sie sich zu ihm drehte, verriet ihr Gesichtsausdruck ihm alles, was er wissen wollte.

»Denkst du ernsthaft, dass wir uns das verweigern können, nachdem wir es erlebt haben? Ich weiß ja nicht, wie es mit dir ist, aber ich traue es mir nicht zu.«

A. J. weigerte sich, hierauf etwas zu erwidern, denn er hatte ja recht. Sie konnten unmöglich zurück.

Doch das machte A. J. umso wütender. »Im Augenblick, McCloud, bin ich mir nicht sicher, ob ich überhaupt mit dir zusammen sein kann. Ich bin ziemlich kurz davor, dich zu hassen.«

»Hass ist die Kehrseite der Liebe.«

»Dann muss es mich übel erwischt haben, denn jetzt gerade will ich dich bloß anschreien.«

»Versteh doch, dass ich das nur mache, weil ich uns eine Chance geben will. Was wir haben, ist etwas sehr Rares, und das will ich nicht verlieren.«

Sie atmete frustriert aus. »Warum können wir es nicht wenigstens versuchen?«

»A. J., sei vernünftig …«

»Du hörst dich wie mein Vater an. *Sei vernünftig. Sei ernst.* Tja, ich schätze, das bin ich. Du hast fast einen Monat mit Sabbath und mir verbracht, und guck dir an, wie weit wir gekommen sind. Du kennst meinen Reitstil. Du kennst die Schwächen und Stärken des Hengstes. Und du bist verdammt noch mal der beste Trainer, den ich je hatte. Dieses Pferd und ich können es schaffen, aber nicht allein. Und schon gar nicht ohne dich.«

Er wandte das Gesicht ab.

»Devlin, gib es zu. Du willst uns genauso dringend trainieren, wie ich dich als Trainer haben will. Du weißt, dass du schon einiges erreicht hast und mehr erreichen wirst, und du möchtest wieder im Spiel sein. Ich habe es dir angesehen. Kannst du dich wirklich von alldem abwenden? Wie wirst du dich fühlen, wenn du am Zaun stehst, während jemand anders mit Sabbath und mir auf dem Platz ist?«

Sie beobachtete ihn aufmerksam. Oberflächlich schien er gefasst, doch inzwischen konnte sie ihn recht gut einschätzen.

»Keine so tolle Rolle, oder?«, hakte sie nach. »Dich zwischen uns und der Arbeit entscheiden müssen?«

A. J. schwieg, während er grübelte.

Devlin war in der Zwickmühle, wie ihm sehr wohl bewusst war. Er hatte sich einzig darauf konzentriert, einen anderen Trainer für die Arbeit mit dem Hengst zu suchen. Sich selbst aus dem Bild herauszunehmen war ihm gar nicht schwergefallen. Allerdings hatte er auch keine Sekunde darüber nachgedacht, wie es wäre, jemand anderem zuzugucken, der A. J. und Sabbath durch die Übungsrunden führte. Würde ein anderer erkennen, wann die beiden eine Pause brauchten? Wann sie angetrieben werden mussten? Würde ein anderer verstehen, dass man A. J. manchmal drei oder vier Mal eine Springfolge erklären musste, bis sie sich sicher genug fühlte, sie zu schaffen?

Würde es jemand anderen überhaupt interessieren?

Und selbst wenn er vielleicht nicht völlig objektiv wäre, gab es einen anderen, der den Job besser machen könnte als er?

Er sah wieder zu A. J. und kam zu dem Schluss, dass er keinem anderen zutraute, richtig mit ihr und dem Pferd zu arbeiten.

Devlin fluchte laut. Und da ihm das nicht half, versuchte er es gleich noch einmal.

»Ja, das fasst es wohl treffend zusammen«, sagte A. J. Sie fühlte sich ein bisschen besser. Angesichts seiner sauren Miene und seines deftigen Vokabulars kam er allmählich zur Besinnung. Jetzt war es Zeit, ein wenig nachzuhelfen.

»Ich mache dir einen Vorschlag«, sagte sie versöhnlich. »Wir versuchen es eine Woche lang oder so und warten ab, wie es uns damit geht. Uns beiden. Falls wir hinterher glauben, dass es nicht funktioniert, können wir es auf deine Art machen.«

Sie lehnte sich an ihn und war froh, als er erlaubte, dass sie einen Arm um ihn legte.

Devlin lachte leise. »Willst du mich mit weiblicher List herumkriegen?«

»Wenn ich so kriege, was ich will, unbedingt.«

Er schlang die Arme um sie. »Das ist keine gute Idee.«

»Woher willst du das wissen? Es gibt eine Menge Leute, die Geschäft und Vergnügen unter einen Hut bringen.«

»Ja? Wer zum Beispiel?«

»George Burns und Gracie Allen. Captain und Tennille.«

»Hast du auch jemanden aus diesem Jahrhundert parat?«

»Bill und Hillary.«

»Na, ob ich die beiden gelten lasse ...«

Sie strich ihm zärtlich über die Wange. »Es wird klappen. Wart's ab.«

»Ich will dich bloß nicht verlieren«, sagte er.

Trotz des anstrengenden Streits gingen sie vereint hinunter zum Stall. Devlin war noch nicht rundum glücklich mit der Lösung, doch er würde nicht kneifen. Falls offensichtlich wurde, dass er sie nicht trainieren konnte, musste er schlicht darauf vertrauen, dass er es fertigbrachte, sie an jemand anderen zu verweisen, und dass A. J. einsichtig genug war, zu einem anderen Trainer zu wechseln.

Die Arbeit verlief wie erwartet: Sie machten kleine Fortschritte. Sabbath war reichlich aufgekratzt, sodass die Trainingsrunden insgesamt länger als sonst gingen, und A. J. wie Devlin waren sehr zufrieden mit dem Ergebnis. Hinterher widmeten sich A. J. und Chester dem üblichen Ritual, den Hengst abzukühlen, zu striegeln und zu füttern, während Devlin seine Notizen durchging und die Sprungfolge für morgen plante. Es war ein Tag wie jeder andere, klammerte man den Nachhall des morgendlichen Aufruhrs aus.

A. J. lehnte an Sabbaths Boxentür und schaute ihm zu, wie er die letzten Körner aus seinem Eimer wischte. Sie war erschöpft. Die letzten vierundzwanzig Stunden waren, als hätte sie aus einem Glas getrunken, dessen Inhalt sie für Wasser gehalten, der sich dann jedoch als Wodka entpuppt hatte – eine riesige, brennende Überraschung.

Obwohl ihr Devlins Bereitschaft, sie weiterhin zu trainieren, Mut machte, hatte sie hautnah erlebt, was er mit seinen Bedenken meinte. Auf dem Reitplatz hatte sie jedes Mal, wenn er sie ansah, die Hitze zwischen ihnen gespürt. Jeder Blickwechsel hatte unzählige Bilder heraufbeschworen, die sie festhalten wollte, eine köstliche Vorahnung von dem, was kam, wenn sie erst allein waren. Stumme Fragen wurden gestellt und wortlos beantwortet. Und in alldem schwang so vieles mit, was das Gewöhnliche aufregend machte, ein simples Nicken in einen Schwur verwandelte und ein Gespräch über Schrittzahlen auf eine Ebene hob, auf der es nichts verloren hatte.

Es war schwindelerregend und eine gefährliche Ablenkung.

Sie hörte Devlin kommen, als hätte sie ihn gerufen.

»Ich gehe das Essen vorbereiten«, sagte er und trat dicht an sie heran.

»Ich komme rüber, sowie ich das Sattelzeug geputzt habe.«

Sie schwiegen, und A. J. dachte, er würde sie berühren, doch er schenkte ihr ein Lächeln, das ihr schier den Boden unter den Füßen wegzog.

Es war beinahe so gut wie ein Kuss, entschied sie, als er wegging.

In der engen Sattelkammer holte A. J. einen hellen Lappen hervor, der schon reichlich benutzt worden war, und eine Flasche Murphy's Oil Soap. Kaum tränkte sie den Lappen damit, stieg der vertraute Zitrusduft auf und begrüßte sie wie ein guter alter Bekannter. A. J. holte tief Luft. Sie rieb ihren Sattel mit kreisenden Bewegungen ab, wie sie es schon tat, seit sie neun Jahre alt war. Währenddes schweiften ihre Gedanken auf heikles Terrain ab.

Was hielt die Zukunft für sie bereit? War dies nur eine Affäre? Oder war es der Anfang von etwas weit Bedeutsamerem?

Da sie den Kopf geneigt hatte und viel zu sehr in Gedanken war, bemerkte sie erst, dass Chester in der Tür stand, als er sich räusperte. Sie sah auf und erschrak als sie ihn sah. Mit der Mistgabel in der Hand und der schlabbrigen Latzhose, die um seine spindeldürre Gestalt schlackerte, sah er aus, als wäre er dem Gemälde *American Gothic* entsprungen. Im Schein der Spätnachmittagssonne reihte er sich perfekt in die lange Chronologie von Farmern und Landarbeitern ein. Er verkörperte eine Tradition, auf die man stolz sein durfte.

Er war zeitlos, dachte A. J., genau wie der Geruch von Zitrone und Leder in diesem Raum.

»Willst du diese Woche noch den Hufschmied herbestellen?«, fragte er.

A. J. wischte sich mit dem Handrücken eine Locke aus dem Gesicht. Wasser und Seife rannen ihr in den Ärmel, und sie murmelte einen Fluch.

»Ja, sollten wir lieber. Das vordere rechte Hufeisen will einfach nicht richtig halten.«

»Dass es dauernd locker wird, gibt einem echt zu denken. Ich weiß ja nicht, was hier nach Einbruch der Dunkelheit los ist, aber ich glaube, das Pferd will zum nächsten Fred Astaire werden. Wenn du mich fragst, führt der Hengst hier nachts Stepptanz auf oder so.«

»Jazz?« A. J. grinste.

»Vegas-Can-Can.«

Sie lachte. »Na, wahrscheinlicher ist, dass seine Hufe weich sind.«

»Glaub was du willst, aber ehe du dich's versiehst, nimmt er die Hindernisse in High Heels und Tanga.«

Die Vorstellung brachte A. J. zum Schmunzeln, als sie die restliche Seife vom Sattel wischte und aufstand.

»Sehen wir mal, ob der arme Mann es Anfang nächster Woche schafft«, sagte sie. Gemeint war der Hufschmied. »Wenn wir ihm ein paar Tage vorher Bescheid geben, ist er vielleicht besser auf uns zu sprechen. So hat er mehr Zeit, sich zu wappnen.«

»Gute Idee. Er braucht wohl sowieso einige Tage, um alles zu bestellen.«

»Bessere Nägel?«

»Hockeyschützer«, erwiderte Chester, der sich schon wegdrehte.

A. J.s Lachen hallte durch den Raum. »Hey, wie lange habe ich noch bis zum Abendessen?«

Chester sah auf seine Uhr.

»Ungefähr zwanzig Minuten. Und wo wir gerade bei der Zeit sind, ich bin froh, dass du und Devlin endlich die Kurve gekriegt habt. Ihr zwei seid umeinander rumgeschlichen wie ein paar Mauerblümchen, die auf den richtigen Song warten.«

Der Lappen entglitt ihr, zeitgleich mit ihrer Fassung. »Was?«

»Das Leben ist zu kurz, um nicht da zu sein, wo man sein soll. Ihr seid beide bloß unvollständig ohne den anderen.«

Oh mein Gott, dachte sie, es muss mir wirklich auf die Stirn geschrieben stehen.

Unbewusst rieb sie sich die Stelle über ihren Brauen.

»Ich weiß nicht, was du …«

»Nichts daran ist verkehrt. Devlin ist ein guter Mann, und du bist gut für ihn. Also, zum Hufschmied … Ist Dienstag okay?«

Nachdem Chester gegangen war, sackte A. J. auf eine Kiste mit Bandagen. War es so offensichtlich? Sie hatte sich eingebildet, sie wären diskret gewesen.

Zum Teufel mit diesen Pferdegespürtypen, dachte sie. In deren Nähe kann man keine heiße Affäre haben, ohne dass sie es mitbekommen.

Ihr Magen zog sich zu einem Knoten zusammen, und sie hatte das Gefühl, ihr Leben würde vollkommen außer Kontrolle geraten. Der Kauf des Hengstes, ihr Bruch mit der Familie, die bevorstehende Qualifizierung und sich in Devlin zu verlieben – das alles zusammen rüttelte sie mächtig durch. Noch schlimmer war, dass sie sich nun immer und überall beobachtet fühlte.

Sie stand auf und sagte laut: »Bist du fertig mit mir,

oder gibt es noch irgendwas, weswegen ich mir Sorgen machen sollte?«

Versehentlich stieß sie die Flasche mit der Sattelseife um, sodass sich die Flüssigkeit in ihre Stallstiefel ergoss.

Ah ja, jetzt brauche ich trockene Socken, dachte sie.

»Bitte, und du wirst bekommen«, murmelte sie und wischte die Bescherung auf.

Als A. J. zurück zum Haus ging, quatschte es in ihrem Stiefel, wann immer sie mit dem rechten Fuß auftrat. Es war, wie von einem Furzkissen verfolgt zu werden. Sobald sie im Haus war, streifte sie ihre Jacke ab, lehnte sich an die Tür und zog den dämlichen Stiefel und die Socke aus. Als sie aufblickte, stand Devlin in der offenen Küchentür.

Und er sah sie an, als wäre sie seine Lieblingsvorspeise.

Ihr wurde so herrlich warm unter seinem Blick, dass sie beschloss, sie könnte sich hieran gewöhnen.

Devlin machte gerade einen Schritt auf sie zu, als Chester aus der Küche lugte und ein Gespräch anfing. »Unser Riesenvieh wird am Dienstag beschlagen …«

Er redete weiter, obwohl seine Zuhörer alles andere als aufmerksam waren. Mit dem Widerwillen von Leuten, die ein gutes Essen unterbrechen müssen, schürten A. J. und Devlin das Feuer zwischen sich für später.

»Wir setzen das bald fort«, flüsterte Devlin ihr zu, bevor er in die Küche ging.

Mit einem idiotischen Lächeln stieg A. J. die Treppe hinauf, um sich umzuziehen.

Als sie vor dem Badezimmerspiegel stand und sich das Haar bürstete, konnte sie nicht umhin, die Veränderung an sich zu bemerken. Da war ein aufgeregtes Funkeln in ihren Augen, wie es jemand hatte, der ein köstliches Geheimnis hütete, und eine Röte auf ihren Wangen, die nicht vom kalten Wind draußen kam. Selbst ihr stets voreingenommener Blick sagte ihr, dass sie strahlend aussah.

Wer musste Zeit mit Gesichtsmasken und Kurpackungen verschwenden, wenn man mit ein bisschen Sinnlichkeit und Chaos im Leben denselben Effekt erzielte?

Nachdem sie sich gewaschen und umgezogen hatte, lief A. J. die Treppe weit enthusiastischer hinunter, als es ihr leichter Hunger rechtfertigte. Sie folgte dem bodenständigen Duft von Hackbraten in die Küche und grinste, als sie Devlin über den Herd gebeugt sah, wo er einen Kartoffelstampfer presslufthammergleich in einen Topf rammte.

In dem Moment, in dem sie hereinkam, blickte er zu ihr. »Ist fast fertig. Möchtest du vielleicht Chester aus seinem Salatelend befreien?«

»Klar«, antwortete sie und verdrängte ihre plötzliche Schüchternheit.

Chester stöhnte schon genervt, weil er offensichtlich wenig Glück im Kampf mit einem Haufen grünem Salat und Gemüse hatte. Er schwang das Messer mit der Finesse eines Schaufelbaggers und richtete ein Massaker an. Rote Paprika waren seiner Hackerei bereits zum Opfer gefallen, und eine bedauernswerte Gurke sah aus, als wäre sie von einem Hund durchgekaut worden.

»Wie läuft's, Chefkoch?«

»Verdammtes Grünzeug«, schimpfte er und hackte sich beinahe eine Fingerkuppe ab. »Wer braucht das denn? Sehe ich vielleicht wie ein Karnickel aus?«

»Nein, mehr wie ein Irrer. Und ich denke, das Letzte, was du in deiner Hand brauchst, ist ein Messer«, sagte sie und schubste ihn beiseite.

»Ah, das ist gemein«, grummelte Chester, kein bisschen eingeschnappt. »Ich habe schließlich auch Gefühle.«

»Erzähl das der Paprikaschote«, sagte A. J. und zupfte an dem knorrigen Gerippe. »Die sieht aus, als hätte sie einen üblen Autounfall gehabt.«

Bald setzten sie sich alle an den Tisch. Das Essen war gut, auch wenn A. J. eigentlich nichts schmeckte. Sie war viel zu sehr mit dem beschäftigt, was sie nach dem Mahl erwartete. Und Devlins Blicke befeuerten ihre Ungeduld noch, sodass sie wünschte, das Dinner wäre vorbei, noch ehe es angefangen hatte.

Chester, der anscheinend nichts von alldem mitbekam, plapperte munter vor sich hin und fand es offensichtlich nicht seltsam, dass er die Unterhaltung quasi allein bestritt. Wenn er gerade nicht redete, aß er mit einer genüsslichen Hingabe, wie sie die anderen beiden noch nie zuvor bei ihm erlebt hatten.

Als der Mann endlich seinen Teller leer gegessen hatte – nach der dritten Portion –, stellte er fest, dass die anderen beiden so zappelig waren wie Kleinkinder in der Kirche. A. J. schubste ein Stück Hackbraten auf dem Teller hin und her, als wäre es ein Fußball, und Devlin ordnete wie irre die Salz- und Pfefferstreuer auf dem Tisch, was Chester äußerst amüsant fand.

Der Stallbursche grinste breit, was die anderen beiden glatt verpassten.

»Das war ein leckeres Essen«, sagte er, lehnte sich auf

seinem Stuhl zurück und rieb sich den flachen Bauch. Er war hochzufrieden mit der Panik, die er auslöste.

»Ja, war es«, sagte Devlin rasch und sprang auf, als würde der Ofen in Brand stehen. A. J. sprang gleichfalls von ihrem Stuhl und begann hektisch, die Teller aufeinanderzustapeln.

»Was denn, kein Nachtisch?«, fragte Chester.

»Hier«, sagte Devlin, drehte sich um und riss die Tür des Gefrierschranks auf. Verzweifelt warf er ein Eis-Sandwich quer durch den Raum.

»Ich kann noch beim Aufräumen und Abwaschen helfen«, bot Chester an, während er in Zeitlupe das Eis auswickelte.

»Kommt nicht in Frage«, sagte Devlin.

»Du bist ein Gast«, pflichtete A. J. ihm bei und nahm Chesters Teller.

»So wie du«, entgegnete der alte Mann. Nachdem er seine Nachspeise gegessen hatte, faltete er seine Serviette mit der Präzision eines Uhrmachers zusammen. »Ich sollte wirklich ein bisschen …«

»Nein!«, riefen beide von der Spüle aus, wo sie einen Moment lang erstarrten.

Bevor der Chor der Verneiner einen weiteren Refrain anstimmte, brach Chester in lautes Gelächter aus. Als seine Jacke aus dem Nichts vor ihm auftauchte und ihm recht energisch eine gute Nacht gewünscht wurde, kam er sich wie ein Hund vor, den man durch die Hundeklappe nach draußen schubste, doch das machte ihm nichts. Er hatte schon genug Spaß für einen Abend gehabt.

Draußen in der kalten Abendluft blieb er stehen und

zog den Reißverschluss seiner Jacke zu. Er blickte zurück zum Haus und sah durchs Fenster Devlin und A. J. eng umschlungen. Die beiden nahmen nichts anderes mehr wahr.

Er lächelte froh, als er sich wieder wegdrehte. Devlin wurde mehr und mehr wie früher. Und dieses Mädchen, tja, das war bildhübsch und hatte das Zeug, es mit Devlin aufzunehmen. Die beiden waren ein gutes Paar, befand Chester.

Und er wollte wetten, dass vor morgen keiner die Küche aufräumte.

9

Es war eine Woche später, als A. J. sich in Devlins Bett zu ihm rollte und sich eingestehen musste, dass sie ihn liebte. Sie war eben aus einem wehmütigen Traum erwacht, in dem sie mit Sabbath durch die besten Jagdgründe von Virginia galoppiert war, und fühlte sehr männliche Arme, die sich um sie legten, und eine starke Brust an ihrem Rücken. Sie drehte sich langsam um, damit sie ihn nicht weckte.

Im grauen Licht der frühen Morgenstunden war sein Gesicht wie gemacht für eine Zeichenstudie in tiefen Schatten, angefangen von den Wangen, über die Augenhöhlen bis hin zu seinem harten Kinnbogen. Er war wunderschön, der Inbegriff maskuliner Züge, ein lebender, atmender Traum.

Und tief in ihrem Inneren wusste A. J., dass er ihr gehörte. So wie sie ihm. Sie hatten mit Herz und Verstand zusammengefunden und waren sich inzwischen so nahe, dass A. J. gar nicht mehr wusste, wo er aufhörte und sie anfing. Es störte sie nicht im Geringsten, dass sie ihre Individualität verloren hatte. Ohne ihn war sie nur halb sie selbst, mit ihm mehr als ganz.

A. J. drückte sanft ihre Lippen an seinen Hals, dort, wo die Ader im Takt seines Herzschlags pulsierte, und flüsterte: »Ich liebe dich.«

Es war das erste Mal, dass sie diese Worte zu einem Mann sagte.

Was den Satz umso bedeutsamer machte.

Was Männer anging, hatte A. J. sich immer eher zurückgehalten. Am College hatte es einige Freunde gegeben, aber sie war so sehr auf das Reiten fixiert gewesen, dass die Beziehungen kurz und beiläufig blieben. Dieser Trend hatte sich fortgesetzt, als sie sich auf das professionelle Reiten verlegte. Vor Devlin waren Männer für sie eine unnötige Komplikation in einem Leben voller Herausforderungen und engen Zeitplänen gewesen. Aber er war anders. Ihr Herz sagte es ihr.

In Anbetracht ihrer mangelnden Erfahrung in romantischen Dingen fand sie es erstaunlich, mit welcher Sicherheit sie »Ich liebe dich« sagen konnte. In vorherigen Beziehungen war sie nie imstande gewesen, dieses Gefühl zu erwidern. Sie war nicht einmal sicher gewesen, was Liebe eigentlich war, nur, dass sie keine empfand. Jetzt war es klar. Was sonst könnte so aufregend, so beängstigend, so berauschend, so kostbar und so überwältigend sein, wenn nicht Liebe?

Ein Teil von ihr wollte Devlin wach rütteln und ihm die Neuigkeit mitteilen, doch sie ließ es. Sie nahm an, dass er genauso fühlte, auch wenn sie es nicht mit Gewissheit sagen könnte. Sie war bereit, sich auf ihn einzulassen, auf ihre gemeinsame Zukunft als Partner und berufliche Verbündete. Aber ihre neu entdeckte Liebe zu ihm machte sie auch verwundbar. Sie wollte, dass er es als Erster laut aussprach.

A. J. streckte sich, wobei sich ihre Beine an Devlins schmiegten. Er stöhnte im Schlaf und zog sie noch dichter an sich, direkt an seine Seite. Während sein Atmen wieder den ruhigen, regelmäßigen Rhythmus des Tiefschlafs annahm, musste A. J. trotz ihrer ernsten Gedanken lächeln. Es hatte so viele Vorzüge, mit ihm zusammen zu sein. Abgesehen von den sinnlichen Explosionen Nacht für Nacht, war das Schlafen in einem richtigen Bett ein weiterer Bonus. Und sie schätzte es, ein wenig Bewegungsfreiheit zu haben, auch wenn Devlin mehr als die Hälfte des Bettes für sich einnahm. Die Couch war für einen kurzen Aufenthalt in Ordnung gewesen, aber es war echter Luxus, sich ausstrecken zu können, ohne Gefahr zu laufen, auf den Teppich zu kullern und unterm Couchtisch zu landen.

Ihr Lächeln erstarb, denn A. J.s Gedanken schweiften zu ihrem Vater ab. Sein Geburtstag war am kommenden Wochenende. Ihr graute vor der Party, und sie wünschte, sie könnte mit Devlin hingehen.

Er begann, ihren Hals zu küssen. »Worüber grübelst du nach?«

»Wer sagt, dass ich grüble?«

»Ich habe hellseherische Kräfte.«

»Ach ja?«

»Verrat's keinem, aber ich verdiene mir nebenbei als Wahrsager was dazu.«

»Und wo ist deine Kristallkugel?«

»Die Dinger sind überflüssig. Sie wurden durch eine Website mit einem Link zur anderen Seite ersetzt.«

Sie lachte. »Ja, das Internet ist wohl überall.«

»Na ja, es war alles in Butter, bis Gates kam. Jetzt gibt es nur noch einen Server, über den man Elvis erreicht, und eine einzige Suchmaschine, um die Vorleben und toten Angehörigen von Leuten zu finden.«

Als ihr Kichern abgeklungen war, fragte er sie wieder, worüber sie brütete.

»Und wenn ich sage, dass ich bloß das Morgenlicht bestaunt habe?«

»Dann würdest du lügen.«

»Was würdest du sagen, wenn ich dich bitte, nächstes Wochenende mit mir zur Geburtstagsfeier meines Vaters zu kommen? Ich weiß, dass es eine Tortur ist, aber ich hätte dich wirklich sehr gerne bei mir. Ich brauche dich als Verstärkung.«

Er neigte den Kopf zur Seite. »Dann kann ich wohl schlecht Nein sagen, oder?«

Sein Lächeln war träge und lustvoll, doch als er sie küssen wollte, stemmte A. J. eine Hand gegen seine Brust.

»Devlin, ich muss wissen, ob es für dich okay ist.«

»Klar, wenn es dir wichtig ist, dass wir hingehen, gehen wir hin.«

»Nein … Ich meinte uns, unsere Beziehung.«

So viel zum Warten, dachte sie.

Devlin bewegte seine Hüften an ihren. »Für mich ist es ein bisschen mehr als okay. Fantastisch. Irre. Extrem. Ja, die Adjektive dürften es eher treffen.«

»Ich meine, dass wir unser Training fortsetzen.«

Er atmete langsam ein. »Ich denke, wir arbeiten gut zusammen. Wir machen Fortschritte. Was meinst du?«

»Ich war nicht diejenige, die damit ein Problem hatte.«

»Von einem objektiven Standpunkt aus betrachtet, glaube ich nach wie vor, dass es nicht besonders klug ist. Aber ich kann dich nicht aufgeben, und ich will nicht, dass jemand anders dich trainiert, also bleiben nur noch wir zwei.«

A. J. lächelte und küsste ihn auf den Mund. »Ich wusste doch, dass du mir irgendwann zustimmst.«

Als seine Zunge in ihren Mund glitt, beschloss A. J., dass sie später über ihre Beziehung reden konnten. Jetzt sollten sie lieber anderes tun. Und danach kämen das Frühstück, das Training und noch ein oder zwei Mahlzeiten. Und dann endlich konnten sie wieder zusammen ins Bett zurückkehren.

»Ich glaube, wir sind heute bereit für das Wasser«, sagte Devlin später, als Sabbath am Anbinder stand und gesattelt wurde.

Als A. J. zustimmend nickte, ging Chester los, um den Wassergraben zu befüllen.

Kurz darauf, nachdem sie den Hengst aus dem Stall geführt hatte und im Sattel saß, bemerkte A. J., dass Sabbath außergewöhnlich unruhig war, und ahnte schon, dass es ein langes Training würde. Im Gegensatz zu ihrem Pferd fühlte A. J. sich schwerfällig. Nach dem Sex war sie wieder eingenickt und hatte das komplette Frühstück verschlafen, bis ihr Name die Treppe hinaufgerufen wurde. Es war offensichtlich, warum sie verschlafen hatte. Sie war unsagbar froh gewesen, dass Devlin sich für sie *und* das Training entschieden hatte. Jetzt war ihr, als könnte sie endlich frei nach vorn blicken und als lägen ihre größten Sorgen hinter ihr. Leider hatte das Verschlafen auch zur Folge, dass ihre Reflexe verlangsamt waren und sie nicht so gut ritt wie sonst. Der Hengst spürte das. Und anders als bei den letzten Trainingseinheiten trat nach den ersten paar Runden nicht der Effekt ein, dass er sich einkriegte und anfing, sich zu konzentrieren. Stattdessen bockte er und nahm es A. J. übel, dass sie nicht ganz bei der Sache war.

Als A. J. nach der Bodenarbeit mit dem Hengst zu Devlin kam, spielte er bereits mit der Idee, es für heute gut sein zu lassen. Die Aufwärmübungen waren nicht gut gelaufen, und der Rest würde wahrscheinlich nicht besser werden. Devlin überlegte, den Wassergraben lieber auszulassen, doch A. J. wirkte fest entschlossen.

»Bist du immer noch bereit für das Wasser?«, fragte er.

»Und ob.«

Er hielt ihr das Klemmbrett hin und erklärte ihr die Sprungfolge. »Geh es bitte ruhig und langsam an. Warte ab, wie er sich benimmt.«

Sie nickte und ließ den Hengst umdrehen.

Sabbath schlug mit dem Kopf, weil er es nicht erwarten konnte zu springen. Zu Beginn der Hindernisrunden machte er immer Theater, heute aber war sein Übermut irgendwie aggressiver. Als A. J. ihn in einen leichten Galopp brachte, musste sie ihn mit aller Kraft zurückhalten.

Die ersten beiden Hindernisse nahmen sie so grob wie in den ersten Trainingstagen, und als sie eine Ecke erreichten, wehrte sich der Hengst mit heftigem Kopfschütteln gegen den Richtungswechsel. Die nächste Oxer-Folge sprangen sie furchtbar schlecht, und hinter ihnen regnete es Balken, als wollte jemand A. J.s Versagen mit einem Trommelwirbel untermalen. A. J. biss die Zähne zusammen und hielt die Zügel straffer. Verärgert lenkte sie Sabbath auf den Wassergraben in der Mitte des Reitplatzes zu.

Es war ein niedriger Zaun, gefolgt von einem viereckigen Becken. Sie wollten testen, wie gut das Pferd in die Weite sprang und wie es mit visuellen Reizen umging. Je nach Wetter konnte das Wasser relativ harmlos oder sehr bedrohlich aussehen. Im Moment war Letzteres der Fall. An diesem grauen Morgen kräuselte der Wind die Oberfläche, sodass die Spiegelungen ein sehr unruhiges Bild ergaben.

Kaum sah Sabbath, worauf sie zuhielten, fühlte A. J. wie er unruhig wurde. Während der Bodenarbeit hatten sie sich bewusst nicht der Mitte des Platzes genähert, deshalb sah er dieses Hindernis jetzt zum ersten Mal. Sie ermutigte ihn mit einem kurzen Schenkeldruck, und zu ihrem Erstaunen fing sich der Hengst wieder und schien sich zu konzentrieren. Für eine Millisekunde war A. J. erleichtert, aber dann scheute Sabbath so heftig, dass sie ihren Halt verlor und wie eine Puppe von ihm abgeworfen wurde. Es ging blitzschnell.

Das wird wehtun, dachte sie im Flug.

Der Boden rauschte ihr mit einer Ungeduld entgegen, auf die sie gern verzichtet hätte. Sie landete unsanft, schmeckte Sand in ihrem Mund, und ein donnernder Schmerz schoss ihr durch den Oberkörper. Stöhnend rollte sie sich herum, um den Arm zu befreien, der den Großteil des Aufpralls abbekommen hatte. Sie hielt ihn an ihre Brust, während sie zum völlig gleichgültigen Himmel hinaufblinzelte. Es fühlte sich an, als würde jemand ihre Schulter und den Ellbogen mit einem heißen Schürhaken bearbeiten.

Devlin rannte zu ihr und rief Chester zu, er solle den Hengst einfangen, der aufgescheucht über den Platz galoppierte.

Als Devlins Gesicht vor A. J. auftauchte, bemerkte sie, dass er kreidebleich war.

»Das werde ich morgen noch merken«, sagte sie mit zusammengebissenen Zähnen.

»Kannst du dich aufsetzen?«

»Hast du zufällig einen Kran dabei?«

Mit seiner Hilfe gelang es ihr, ihren Oberkörper aufzurichten, und nachdem sie einige Male kräftig geblinzelt hatte, verschwanden die Sterne vor ihren Augen.

»Ich glaube, er mag kein Wasser«, sagte sie und bemühte sich, ganz aufzustehen. Auf Devlin gestützt, machte sie einige vorsichtige Schritte, wobei sie sich nach weiteren Blessuren abhorchte. Zum Glück schien es nur ihren Arm erwischt zu haben. Sobald sie sich ein bisschen stabiler fühlte, ließ sie Devlin los und ging allein hinüber zu Sabbath. Chester hatte es geschafft, ihn einzufangen. Der Hengst hatte die Augen vor Angst weit aufgerissen und zitterte am ganzen Leib.

»Lahmt er?«, fragte sie besorgt.

Chester schüttelte den Kopf. »Nee, bei der Nummer hast du alles eingesteckt.«

»Hilf mir rauf.«

Devlin, der hinter ihr stand, wurde es schlecht.

»Machen wir lieber eine Pause«, sagte er und hatte Mühe, ruhig zu bleiben.

Ihm gefiel nicht, wie panisch das Pferd wirkte, und A. J.s schmerzverzerrtes Gesicht noch viel weniger.

Überhaupt gefiel ihm vieles an dem nicht, was eben passiert war, und er hatte Mühe, sich zu entscheiden, was das Schlimmste war. In dem Moment, in dem er A. J. stürzen sah, war alles zum Stillstand gekommen. Er hatte schreckliche Angst um sie gehabt. In der ewigen Sekunde, die sie durch die Luft flog und dann auf dem Boden aufschlug, hatte sein Herz vor Entsetzen stillgestanden.

Und jetzt wollte sie wieder auf das verdammte Pferd steigen!

Er beobachtete, wie sie Chester die Zügel abnahm.

»A. J., sei nicht albern«, sagte Devlin streng. »Der Hengst ist ein Pulverfass, und du hast dir vielleicht den Arm gebrochen.«

»Hilf mir schon auf das Tier«, zischte sie Chester zu und hob ungeduldig ihr linkes Bein.

Hatte Devlin geglaubt, bereits alles über Leid zu wissen, entdeckte er nun eine völlig neue Hölle, als sie sich in den Sattel setzte.

»Das kann nicht dein Ernst sein!« Seine Stimme zitterte vor Aufregung.

Doch A. J. war schon auf dem Weg zurück zu den Hindernissen, und Chester legte Devlin eine Hand auf die Schulter.

»Man fällt runter, man steigt wieder auf. Du weißt, wie es läuft.«

Devlin hatte es selbst unzählige Male so gemacht. Bis auf das letzte Mal.

»Tja, das ist eine saublöde Idee! Was denkt sie sich denn?«

»Dasselbe wie du, als du es wieder und wieder genauso gemacht hast.«

»Ja, und wohin hat es mich gebracht?«, konterte er gereizt und humpelte zum Zaun. Am liebsten wollte er den Reitplatz verlassen, aber das konnte er nicht.

Oben auf Sabbaths Rücken war A. J. halb blind vor Schmerz. Der Hengst tänzelte unter ihr, doch es war kein verspieltes Tänzeln. Er war nervös, und das machte ihn noch unberechenbarer als sonst. Und die Tatsache, dass A. J. nur einen Arm zur Verfügung hatte, machte die Situation besonders gefährlich.

Jedes Mal, wenn ein Huf auf der Erde aufschlug, schoss ihr ein glühendes Stechen vom Ellbogen in die Schulter. Und da es ihr an Kraft fehlte, den Arm fest an ihrem Körper zu halten, flog er unentwegt auf und ab, was es erst recht unerträglich machte. Entschlossen schob sie die Hand in ihren Hosenbund, um den Arm halbwegs ruhig zu halten, was leider auch zur Folge hatte, dass ihre Finger taub wurden. Sie war nicht sicher, wie lange sie es noch aushielt, ehe sie ohnmächtig wurde, aber sie war wild entschlossen, noch einen Sprung zu machen.

Während sie mit einsetzender Übelkeit kämpfte, sagte A. J. sich, dass sie nicht vor Schmerz sterben würde. Sie musste nur den einen Sprung schaffen, dann durfte sie jammern und aufhören. Es würde schnell gehen.

Diese geistige Aufmunterung half nicht direkt, also kniff A. J. die Lippen zusammen, bändigte Sabbath, so gut sie konnte, und brachte ihn über zwei Ricks, wobei sie sich vom Wassergraben fernhielt. Danach hatte sich der Hengst wieder beruhigt, doch A. J. lief kalter Schweiß über den Körper.

Sie lenkte den Hengst zu den beiden Männern und fiel hin, als sie aus dem Sattel stieg.

Devlin half ihr auf. Sein Gesicht war eine starre Maske.

»Ich kümmere mich um den Rabauken«, sagte Chester,

ohne einen von ihnen direkt anzusprechen, und führte das Pferd weg.

»Wir müssen dich zum Arzt bringen.« Devlins Stimme war tonlos.

»Ich will nur ein Bad.«

»Steig in den Truck.«

A. J. ignorierte ihn, was nicht weiter schwierig war, weil sie vor lauter Schmerz kaum an etwas anderes denken konnte, und verließ den Platz. Sie hatte vorsichtig ihre Hand aus dem Hosenbund gezogen und versuchte, den Arm, so gut es ging, vor Erschütterungen zu schützen. Ihr war ein bisschen übel und schwindlig, aber sie fühlte sich schon besser als im Sattel. Ihr einziges Ziel war, in ein heißes Bad zu steigen, und sich nicht mehr zu bewegen kam ihr ebenfalls wie eine sehr gute Idee vor.

Devlin folgte ihr. »Du musst geröntgt werden.«

Als sie geradewegs am Truck vorbeimarschierte, fluchte er.

»A. J.!«, schrie er, und widerwillig drehte sie sich um.

Sie erschrak, denn Devlin zitterte vor Wut.

»Der Arm ist nicht gebrochen«, sagte sie.

»Und woher willst du das wissen?«

Sie stand kurz vor einem Zusammenbruch, weshalb sie leise sagte: »Kannst du dich bitte entspannen und mich zum Haus gehen lassen. Das würde ich wirklich zu schätzen wissen.«

»Hast du dir beim Aufprall den Kopf angeschlagen? Sei einmal im Leben vernünftig und steig in den verfluchten Truck.«

»Nein.«

»Du musst zu einem Arzt! Du siehst aus, als würdest du jeden Moment zusammenklappen.«

»Und dieser Streit hilft mir nicht.«

»Dann werde erwachsen, und hör auf, dich wie ein Kind zu benehmen.«

Seine Worte waberten durch den dichten Nebel in ihrem Kopf, und sie hatte Mühe, ihn richtig zu sehen.

»Falls du es schon vergessen hast, ich bin eben auf dem Platz vom Pferd gefallen. Ich brauche eine Pause. Was ich nicht gebrauchen kann, ist, dass du dich hier zum Allmächtigen aufschwingst, okay? Und ich bin nicht kindisch.«

»Wenn man sich verletzt hat, geht man zum Arzt. Das ist für die meisten Menschen ziemlich simpel.«

Während sie sich weiter zankten, kam Chester aus dem Stall. Ein Blick in A. J.s blassgrünes Gesicht, und er bekam Angst. »Sei nicht so grob zu ihr, McCloud. Sie steht unter Schock.«

»Halt du dich da raus«, konterte Devlin barsch.

»McCloud!« Chesters Stimme klang wie ein Peitschenknall. »Reiß dich am Riemen, sonst sagst du noch etwas, das du später bereust.«

Devlin drehte sich wütend zu ihm um. »Was ist eigentlich dein Problem?«

»Es reicht jetzt!«, sagte Chester sehr streng. »Du lässt deine Ängste an ihr aus.«

»Komm mir nicht mit Küchenpsychologie«, murrte Devlin.

»Und so einen Aufstand kann sie jetzt nicht gebrauchen.«

»Okay, macht doch, was ihr wollt.«

Devlin ging zum Truck, riss die Fahrertür auf und stieg ein. Dann ließ er den Motor an und raste die Einfahrt hinunter.

A. J. merkte, wie ihre Knie nachgaben, und einzig Chester hielt sie noch aufrecht. Erst jetzt bemerkte sie, dass ihr Tränen übers Gesicht strömten und sie am ganzen Leib zitterte.

»Er hat es nicht so gemeint«, sagte Chester. »Das ist nur die Angst, die aus ihm spricht.«

Sie versuchte, zu nicken, doch ihre Gefühle kochten über, und ihre Schultern erbebten unter ihrem Schluchzen. Vorsichtig bugsierte Chester sie zum Haus.

»Geh rein und nimm ein Bad. Ich versorge Sabbath, und danach sehen wir, ob du einen Arzt brauchst.«

A. J. fehlte die Kraft, um ihm zu widersprechen, deshalb schleppte sie sich wie eine Greisin die Treppe hinauf. Nachdem sie sich im Bad ausgezogen hatte, betrachtete sie den Arm im Spiegel. Er schwoll bereits an, und am Ellbogen bildete sich ein großer lila Bluterguss. Zögerlich streckte sie den Arm und beugte ihn wieder. Immerhin war er noch einigermaßen beweglich. Es fiel A. J. schwer, klar zu sehen, als sie zur Wanne ging und die Hähne aufdrehte. Sie guckte dem Wasser zu, wie es die Wanne füllte, und fühlte sich leerer und einsamer denn je.

Als sie in die Wanne stieg, verzog sie das Gesicht vor Schmerz. Es war sinnlos, eine Stellung finden zu wollen, in der ihr der Arm nicht höllisch wehtat. Es gab keine halbwegs erträgliche Position, keine Beuge- oder Streckhaltung, um den Schmerz zu lindern. Wahrscheinlich lag es daran, dass ein Großteil ihres Schmerzes gar kein physischer war.

Sie sah sich im Bad um und erinnerte sich an Momente mit Devlin, die warm und vertraut gewesen waren. Die Bilder waren wie ein rostiges, stumpfes Messer, das ihr tiefe Schnitte zufügte. A. J. lehnte den Kopf nach hinten. Tränen rollten ihr über die Wangen und tropften ins Badewasser.

Jetzt bräuchte sie seine Zärtlichkeit, und er war nicht hier. Ihr war trotz des warmen Wassers sehr kalt.

Als Chester eine halbe Stunde später ins Haus kam, wartete A. J. unten auf der Couch. Neben sich hatte sie eine Reisetasche.

»Ich fahre zum Arzt«, sagte sie und blickte auf ihre Hände hinab. Die Finger an dem verletzten Arm waren nach wie vor taub, und jede Berührung derjenigen, die noch richtig arbeiteten, fühlte sich komisch an.

»Soll ich dich fahren?«, fragte er hoffnungsfroh, auch wenn er wusste, wie ihre Antwort ausfallen würde.

Sie schüttelte den Kopf. »Ich komme nicht wieder zurück. Ich nehme mir ein paar Tage frei.«

»Das ist sicher klug. Lass das erst mal richtig verheilen.«

Wie wahr, dachte sie und stand auf.

Sie beugte sich vor, um ihre Tasche aufzunehmen, doch Chester kam ihr zuvor.

»Gehst du zu deiner Familie?«, fragte Chester.

»Ich glaube schon.« Momentan wusste A. J. nur, dass sie weg musste. Wohin, war nicht wichtig.

Bevor sie in ihren Wagen stieg, ging sie zu Sabbath in den Stall. Er döste in der hinteren Ecke, doch sowie er ihren Duft wahrnahm, blickte er auf und kam zur Boxentür.

»Hast du ihn gründlich trocken geführt?«, fragte sie Chester, der ihr nach drinnen gefolgt war. Mit ihrer gesunden Hand strich sie über die Nase des Hengstes.

»Richtig gründlich.«

»Kein Lahmen?«

»Er wird morgen ein bisschen steif sein, aber dann lasse ich ihn an der Longe laufen, und übermorgen ist er wieder wie neu.«

Sie war froh, dass Sabbath sich nicht verletzt hatte und bei Chester in guten Händen war. Nachdem sie dem Hengst einen Kuss auf die Stirn gegeben hatte, verließ sie den Stall.

»Soll ich Devlin irgendwas ausrichten? Er wird sich schreckliche Vorwürfe machen.«

Sie zögerte. Schließlich sagte sie: »Richte ihm aus, dass ich mich melde. Ich brauche ein bisschen Zeit für mich.«

»In Ordnung.«

Chester hob ihre Tasche in den Kofferraum und trat von dem roten Cabrio zurück.

»Bye«, sagte A. J.

»Komm bald zurück.«

A. J. winkte nur und fuhr los.

Auf der Hauptstraße stellte sie fest, dass das einhändige Fahren und Schalten schwierig war, trotzdem nahm sie nicht den kürzesten Weg zum Arzt. Stattdessen fuhr sie über sich schlängelnde Nebenstrecken, die sie seit Langem kannte, und folgte den vertrauten Kurven und Biegungen. Leichter Regen setzte ein und färbte bald die Rinden der Eichen und Ahornbäume schwarz, sodass sich die gelben und orangeroten Herbstblätter wie Farbkleckse von ihnen abhoben.

Als sie auf den Parkplatz vor der Arztpraxis einbog, war sie ruhiger, auch wenn es ihr nicht besser ging. Zwar hatte sie keinen Termin vereinbart, doch der Arzt nahm sie unverzüglich dran. Dr. Ridley war in den Sechzigern und behandelte A. J.s Familie schon seit Jahren. Für einen Sutherland hatte er immer Zeit. Und bei A. J. war das besonders oft nötig gewesen, da sie schon seit Teenagertagen ritt und entsprechend oft gestürzt war.

Der Arzt war ein kleiner, schmächtiger Mann mit heller Stimme und der Heiterkeit einer Kohlmeise. Er huschte durchs Untersuchungszimmer und setzte sich kein einziges Mal hin, während er ihren Arm untersuchte und ihn röntgten ließ. Anschließend sah er sich die Aufnahmen an, tastete den Arm abermals vorsichtig ab und verkündete, dass er übel gestaucht war und einen Spannungsriss aufwies, der allerdings von allein heilen würde, sofern A. J. sich an die Anweisungen hielt. Dann legte er ihr blitzschnell einen elastischen Verband an, der von ihrem Unterarm über den Ellbogen bis zur Mitte des Oberarms reichte.

Während sie sich ihre Bluse wieder anzog, schrieb er ein Rezept und überreichte es ihr lächelnd.

»Pack zu Hause Eis drauf, und nimm die hier gegen die Schmerzen. In ein paar Wochen sollte es wieder in bester Ordnung sein.«

A. J. stöhnte. »Wochen?«

»Ja, richtig.«

Auf ihre erschütterte Miene hin ergänzte er: »Na gut, komm in einer Woche wieder her, dann sehe ich mir den Arm noch mal an. Vielleicht können wir deine Strafe dann neu verhandeln.« Dr. Ridley versuchte, sie streng anzusehen, was ihm sein sonniges Gemüt jedoch unmöglich machte. »Denk dran, je konsequenter du stillsitzt und das verheilen lässt, umso schneller bist du *back in the saddle again.*«

Die letzten Worte sprach er in einem lachenden Singsang.

»Jetzt guck nicht so finster«, sagte er. »Es könnte viel schlimmer sein.«

»Ich hätte auf den Kopf fallen können?«

»Nein, ich hätte ein Lied anstimmen können, von dem ich mehr Text kenne.«

Sie lächelte ein bisschen.

»So ist es besser. Du bist zu alt für Lollis, aber wenigstens kann ich dich mit einem kleinen Lächeln hier rausschicken.«

Ihre etwas bessere Stimmung hielt genau bis zum Parkplatz. Sie wollte nicht zum Sutherland-Gestüt, aber es dämmerte bereits, und ihr fehlte die Kraft, über Alternativen nachzudenken. Sie schaltete die Scheinwerfer an und fuhr benommen zum Hof ihres Vaters. Von der großen Einfahrt aus leuchtete ihr aus zahlreichen Fenstern des protzigen Hauses Licht entgegen. Leider war diese Heimeligkeit nichts als Fassade, denn das Haus war keineswegs eine Zuflucht für A. J., egal wie freundlich es scheinen mochte. Drinnen erwarteten A. J. ihr entfremdeter Vater, Reginas steife Förmlichkeit und Peters Selbstgefälligkeit.

A. J. fuhr hinter das Haus und parkte ihren Wagen in der Garage. Dann hängte sie sich ihre Tasche über die unversehrte Schulter und betrat das Haus durch den Hintereingang, der in die riesige Küche führte. Der Koch, ein ungeduldiger Europäer, der empfindlich auf jede Art der Störung reagierte, bereitete gerade das Abendessen zu und warf A. J. einen vernichtenden Blick zu.

Sie beachtete ihn nicht und ging ins Esszimmer weiter, wo sie stehen blieb und zu dem langen Mahagonitisch sah. An einem Ende war für drei Personen gedeckt. Edles Porzellan mit dem Sutherland-Emblem war von blitzblankem Silber und sauber gefalteten Leinenservietten umgeben. Vor jedem der Gedecke standen drei Gläser – eines für Wasser und zwei für Wein, und schwarmgleich auf dem Tisch verteilt standen kleine Silberschälchen mit Salz, Pfeffer und Butterwürfeln.

Sieht aus wie im Porzellanladen, dachte A. J., der jetzt schon die schlichte Gelassenheit des Farmhauses fehlte.

Devlins Zuhause war ein Ort, an dem Leute sich auf den Küchentresen lehnten, um ihr Mittagessen herunterzuschlingen. In seinem Haus durfte man ein Handtuch über einen Türknauf hängen oder eine Stalljacke auf eine Stuhllehne werfen. Dort konnte A. J. in Socken herumlaufen und ihr Haar an der Luft trocknen lassen. Sie war auch schon nackt herumgelaufen, nur weil ihr danach gewesen war.

Derlei Freiheit existierte im Herrenhaus nicht. Nicht einmal annähernd. Hier galt es schon als kriminell, in Jeans zum Dinner zu erscheinen.

Unglücklich sah A. J. auf ihre Uhr. Regina mochte viele Fehler haben, aber man konnte die Uhr danach stellen, wann sie was tat, und das zählte zu den wenigen Dingen, die A. J. an ihr schätzte. In exakt einer Stunde würde das Abendessen serviert, was bedeutete, dass Peter noch an der Bar seines Clubs saß, wo er an irgendeinem albernen

Cocktail nippte, und Regina in ihrem Zimmer war und sich für den Abend aufdonnerte. Vor allem aber hieß sechs Uhr, dass ihr Vater allein in seinem Arbeitszimmer saß, ein Glas Scotch neben seinem Ellbogen, und Papiere durchging.

Eilig verließ A. J. das Esszimmer und durchquerte die große Diele. Sie lief schnell durch die Bibliothek, hinter der das Arbeitszimmer ihres Vaters lag, dessen massive Eichentür nur halb geschlossen war.

Garrett blickte auf, als sie hereinkam.

Freude und Sorge spiegelten sich auf seinem Gesicht, als er zuerst ihr Gesicht, dann die Armschlinge sah.

»Was ist passiert?«, fragte er, wobei er schon um seinen Schreibtisch herum auf sie zukam.

»Hi, Daddy«, sagte A. J. zu seiner Schulter, weil er sie bereits umarmte.

Sie holte tief Luft und lächelte traurig. Ihr Vater roch wie immer nach einer wundervollen Mischung aus englischem Rasierwasser, das er eigens importierte, und dem Pfeifentabak, den er so sehr liebte. Dieser Duft versetzte sie in ihre Kindheit zurück, als sie in seinen Armen verlässlich Sicherheit und Trost gefunden hatte.

Es war ein Jammer, dachte sie, dass sich die Komplikationen des Erwachsenseins nicht so leicht wegtrösten ließen wie gestoßene Zehen oder aufgeschürfte Knie.

»Erzählst du mir jetzt, was passiert ist?«

»Es ist nichts.«

»Wenn es nichts ist, was soll dann die Schlinge?«

»Wenigstens ist es kein Gips.«

»Stimmt.«

Er führte sie hinüber zu dem alten Chesterfield-Sofa.

Das Arbeitszimmer ihres Vaters war immer einer ihrer Lieblingsräume im Herrenhaus gewesen. Es war ganz in Kastanienbraun und Gold gehalten und auf eine beruhigende Art dunkel. Mit seiner Mahagonivertäfelung und den Regalen voller Bücher über Dinge wie Bautechnik und Management war es eine üppige Höhle, wie gemacht zum Arbeiten und Nachdenken.

Außerdem hing hier ein Porträt von A. J.s Mutter – das Einzige, das Regina ihn nach der Hochzeit nicht hinauszuwerfen überreden konnte. Das Gemälde zeigte eine Frau, die genau wie A. J. aussah, in einem Meer von bordeauxrotem Satin. Es war atemberaubend. Eine Bildleuchte über dem Rahmen tauchte das Kunstwerk in ein Licht, das es beinahe lebendig wirken ließ.

»Bleibst du zum Abendessen?«, fragte er.

»Und für einige Tage.«

»Regina freut sich bestimmt.«

»Nein, bestimmt nicht.« A. J. lächelte ihn an.

»Na gut, *ich* freue mich.«

»Das glaube ich.«

Stille trat ein.

»Warum bist du wirklich hier?«

»Ich brauche bloß ein paar Tage, um mich zu erholen.«

»Von welcher Verletzung genau?«

»Ich kann so nicht reiten.«

»Das letzte Mal, dass du wegen einer Prellung einen Tag ausgesetzt hast, war, als du bei einem Sprung mit dem Kopf aufgeschlagen warst und dir eine Gehirnerschütterung zugezogen hattest. Und da bist du auch nur in deinem Bett geblieben, weil wir dir androhten, dich in ein Krankenhaus zu bringen. Dein Arm in der Schlinge mag dich davon abhalten, wieder auf dieses Pferd zu steigen, aber deshalb würdest du nie eine Auszeit nehmen.«

Sie wandte das Gesicht ab.

»Dann stimmen die Gerüchte?«, fragte Garrett. »Hast du eine Affäre mit ihm?«

A. J. war versucht zu lügen. Eine plausible Verneinung wäre genau das, was sie brauchte, nur hatte sie keine parat.

In dem Schweigen, das nun folgte, konnte sie die Enttäuschung ihres Vaters spüren. Er hatte immer gehofft, dass sie einen Geschäftsmann wie ihn heiraten und sich in das klar abgesteckte Leben einer Ehefrau in gehobenen Kreisen einfügen würde. Eine solche Existenz konnte er verstehen, war mit ihrem Vokabular vertraut. Er stellte sich wirklich vor, dass so eine Ehe einfach wäre, eine endlose Abfolge von Partys und Kleidern im Schatten eines Mannes, der sie mochte und für sie sorgte. Der auf sie aufpasste.

A. J. war klar, dass er es nie verstehen würde, aber für sie war eine leidenschaftslose Ehe voller Luxus nichts als ein sehr hübsches Mausoleum, in dem die Frauen auf Manolo Blahniks stolzierend verwesten. Sowie ihr bewusst geworden war, dass sie eine andere Zukunft anstrebte als die von ihm geplante, hatten sie aufgehört, miteinander zu reden. Die Überzeugungen ihres Vaters waren so gefestigt wie ihre eigenen, also stritten sie nicht. Stattdessen warteten sie beide auf den Tag, an dem der jeweils andere endlich zur Besinnung kam.

Ihr Vater sah gequält aus, und A. J. wusste, was er dachte: Ihre tragisch in die Brüche gegangene Affäre mit dem ehemaligen Reit-Champion war bloß ein weiterer Teil ihres Lebens, zu dem er keinerlei Bezug hatte. In seinen Augen erkannte sie seine Liebe zu ihr, aber auch seine Traurigkeit.

»Das wird schon wieder«, versuchte sie, sie beide zu beruhigen.

»Brauchst du irgendetwas?«

Sie schüttelte den Kopf.

Was sie brauchte, konnte er ihr nicht geben.

10

Eine Woche später stand Devlin am Gatter des Reitplatzes, einen Stiefel auf den unteren Querbalken gestützt, um sein Bein zu entlasten. Seine Miene war finster. Es war ein langer, harter Nachmittag gewesen, an dem er nichts anderes getan hatte, als Chaos zu beseitigen. Genau wie die Tage zuvor.

Chaos zu bändigen ist kein Fortschritt, dachte er. Das ist lediglich Selbsterhaltung.

Seit dem Tag, an dem A. J. gegangen war, lief nichts mehr rund. Zuerst gab es einen Wasserrohrbruch im Stall. Dabei wurde der Lagerraum mit dem Futter unter Wasser gesetzt, sodass acht Säcke Hafer in Brei verwandelt wurden. Dann brach eine Sturmböe einen Ast vom Baum, der auf Devlins Truck landete und eine gewaltige Mulde in die Ladefläche zauberte.

Am schlimmsten aber war eindeutig das Hufschmied-Debakel gewesen.

Der Schmied, der schon einmal da gewesen war, hatte am Tag, an dem er kommen sollte, morgens abgesagt, ohne einen Grund zu nennen. Zum Glück hatten sie einen Ersatz gefunden. Der kam mitsamt seinem Werkzeug und bester Laune angereist, um eine Stunde später mit einem Pflaster auf der Stirn und dem Schwur, nie wiederzukommen, wegzufahren. Sabbath hatte sich unmöglich aufgeführt, egal was Devlin und Chester getan hatten. Selbst mit zwei erwachsenen Männern, die an seinem Kopf hingen, war es dem Hengst gelungen, dem Hufschmied einen kräftigen Tritt mit der Hinterhand zu verpassen.

Und kaum war das lose Hufeisen wieder fest, weigerte sich der Mann, noch einmal auch bloß in Reichweite des Pferdes zu gehen, um sich die anderen Hufe anzusehen. Laut ihm stellte das Pferd mit seinen weichen Hufen und seiner Treffsicherheit eine Gefahr dar, auf die er verzichten konnte. Das Garfield-Pflaster auf seiner Stirn half nicht unbedingt. Ein anderes war nicht aufzutreiben gewesen, was nichts daran änderte, dass der Schmied sich und seine Wunde verspottet sah.

Devlin staunte immer noch, dass sie als Kunden von jemandem gefeuert worden waren, der an den Umgang mit großen, nervösen Tieren gewöhnt war. Das war, als würde man aus einem Familienrestaurant geworfen, weil das eigene Kind das Essenwerfen in neue Dimensionen erhob.

Als Devlin sein Gewicht von einem Bein aufs andere verlagerte, hörte er ein Knacken, und sein Fuß schlug auf dem Boden auf.

Jetzt weiß ich, wie es sich anfühlt, verflucht zu sein, dachte er und sah hinunter zu der heruntergefallenen Zaunlatte.

Devlin hängte sie wieder ein und nahm sich vor, sie bald festzunageln. Dann blickte er wieder zum Ring, wo Chester den Hengst an der Longe laufen ließ. Der alte Mann stand in der Mitte und hielt ein Ende der langen Leine, deren anderes Ende an Sabbaths Halfter befestigt war. Theoretisch sollte das Pferd etwas Bewegung kriegen, indem es sich durch unterschiedliche Gangarten arbeitete.

Der Hengst hatte andere Pläne und war wenig gewillt, sich von ihnen abbringen zu lassen. Beim ersten Longierversuch hatte er die Longe prompt zur Schleppleine umfunktioniert – mit Chester als Anker. Auch nach mehreren Tagen konnte er sich nicht mit dem Gedanken anfreunden, in konzentrischen Kreisen zu laufen. Er galoppierte in einem unregelmäßigen und unangenehmen Tempo, widersetzte sich allen Kommandos und warf missmutig die Hufe in die Luft.

Der Grund für Sabbaths schlechtes Benehmen war offensichtlich. Er wollte dringend wieder springen, und sein Aufstand war nur eine Art, seinen Frust deutlich zu machen. Zusätzlich zu dem Fiasko mit dem Hufschmied hatte das Pferd sich zwei Decken vom Rücken gerissen und diese komplett geschreddert sowie seine Boxentür angeknabbert, sodass sie nun aussah, als hätte sich ein Biber daran ausgetobt.

Sabbath war wütend, und sie hatten ihn immer weniger im Griff, was keiner von ihnen beiden ändern konnte. Chester konnte ihn unmöglich über die Hindernisse reiten, und Devlin mit seinem kaputten Bein wäre kaum besser. Alle drei, der Hengst eingeschlossen, befanden sich in einer Warteschleife, bis A. J. wieder da war.

Es war höchste Zeit, dass sie zurückkam, dachte Devlin zum zigsten Mal. Und das nicht nur wegen des verfluchten Pferdes.

So beharrlich wie das Pech verfolgte ihn der Gedanke, dass er sich bei ihr entschuldigen musste. An jenem Tag hatte er sich nach einer Weile beruhigt und war zum Stall zurückgerast. Er wollte ihr erklären, wie sehr er es bereute, so herrisch gewesen zu sein und sie im Stich zu lassen, als sie Hilfe brauchte. Wie genau er es ihr sagen wollte, wusste er nicht, allerdings fielen ihm seither immer wieder die Worte *Feigling* und *Schwein* ein.

Doch bei seiner Rückkehr war sie nicht mehr da gewesen. Als Chester ihm ihre Nachricht ausrichtete, war Devlin in eine schreckliche Vorhölle gestürzt. Er wollte sie suchen und dazu bringen, ihn anzuhören, doch er musste respektieren, dass sie Distanz wollte.

Er wusste, dass sie den Hengst täglich besuchen kam. Sie tauchte immer mittags auf, als müsste sie Devlin auf diese Weise verdeutlichen, dass sie ihn mied. Was überflüssig war. Von der Küche aus hörte er das Schnurren ihres Cabrios, wenn sie vorfuhr, woraufhin Devlin alles stehen und liegen ließ und ans Fenster lief, um zuzugucken, wie sie in den Stall ging. Jedes Mal hoffte er, sie würde zum Haus sehen und hereinkommen. Doch er hielt vergebens Wache, während er sein Sandwich am Fenster aß. Er wartete auf ein kleines Zeichen von ihr, dass sie bereit war, mit ihm zu reden. Und er wurde jedes Mal enttäuscht. Jeden Tag verließ sie den Stall mit gesenktem Kopf, stieg in ihren Sportwagen und fuhr weg.

Seit sie fort war, hatte er viel über ihren Unfall nachgedacht. Sie stürzen zu sehen hatte ihm entsetzliche Angst eingejagt. Beim Trainieren von A. J. hatte er immer nur an das gedacht, was sie erreichen mussten. Arbeiten und Gewinnen hatten im Mittelpunkt gestanden. Nie war Devlin der Gedanke gekommen, wie es sein würde, sie auf dem Platz fallen zu sehen. In dem furchtbaren Moment, als er sah, wie sie aus dem Sattel und zu Boden flog, hatte er entsetzliche Panik bekommen, und wie tief dieses Gefühl war, versetzte ihn in Angst und Schrecken. Er hatte geglaubt, dass sein Pferd und seine Berufung zu verlieren das Schlimmste war, was ihm jemals widerfahren konnte. Das war ein Irrtum gewesen. Dass A. J. etwas zustieß, war so viel fürchterlicher, und mit ihrer Verwundbarkeit und ihrem Schmerz konfrontiert zu werden, hatte ihn durchdrehen lassen.

Nachts lag er wach im Bett, sah ihr Gesicht vor sich und erinnerte sich, wie sehr er sie mit seinen unüberlegten Worten verletzt hatte. Es fraß ihn auf. Jede Nacht vermisste er sie, wenn er alleine schlief, und betete, sie würde am nächsten Tag zu ihm kommen.

Dann, endlich, gab es einen Hoffnungsschimmer.

Heute Mittag hatte A. J. keine Armschlinge mehr getragen, als sie aus ihrem Wagen gestiegen war. Devlin wartete am Fenster, sein Truthahnsandwich auf halbem Weg zum Mund, und wagte kaum, sich Hoffnungen zu machen. In dem Moment, als sie aus dem Stall kam, hatte er den Atem angehalten. Und schließlich, als sie schon eine Hand an ihrer Autotür hatte, sah sie zu ihm.

Ihre Blicke begegneten sich, und Devlin wollte ihr mit seinen Augen bedeuten, dass sie hereinkommen sollte. Er sehnte sich verzweifelt danach, sie zu riechen, ihre Stimme zu hören, sie aus der Nähe zu betrachten. Das kleinste Zeichen von ihr würde genügen, dass er nach draußen lief und versuchte, zwischen ihnen alles wieder richtigzustellen, mit ihr zu reden … Aber sie wandte den Blick ab und fuhr weg. Daraufhin wurde Devlins ohnehin miese Stimmung richtig finster.

Diese Veränderung beglückte seinen Gefährten nicht gerade. Es war klar, dass Chester von seinem mürrischen Herumgeschlurfe genug hatte. Und wer wollte es dem Mann verdenken? Devlin ging sich selbst schon mächtig auf die Nerven.

Das war das Problem, überlegte er. Wo du auch hingehst, musst du mit dir selbst leben.

Devlin zwang sich in die Gegenwart zurück und konzentrierte sich auf Sabbaths erbärmliches Training.

»Ich finde, es reicht, Ches«, rief er.

Chester holte den Hengst wie einen Segelfisch ein und kam genervt zu Devlin. Mann und Pferd waren gleichermaßen gereizt.

»Wurde aber auch Zeit«, grummelte Chester. »Er hat keine Lust mehr auf die Longe, und ich habe keine Lust mehr auf ihn.«

»Ja, das merkt man, Ches.«

Chester sah ihn sehr streng an.

»Was?«, fragte Devlin.

»Du weißt, was.«

Devlin sah zu den Bergen hinter dem Reitplatz. War der Blickkontakt schon ein ausreichendes Signal gewesen, dass A. J. bereit war, ihn anzuhören?

Er musste es versuchen.

»Ich rede mit ihr.«

»Wurde aber auch Zeit«, sagte Chester, führte den Hengst in den Stall zurück und ließ Devlin in seinem Dilemma allein.

Nachdem er beschlossen hatte, sein Glück zu versuchen, konnte er nicht warten, bis A. J. am nächsten Tag kam. Und was er zu sagen hatte, war zu wichtig, um es am Telefon zu klären. Er musste persönlich mit ihr sprechen.

Dann fiel ihm ein, dass heute Samstag war. Der Geburtstag ihres Vaters.

Er überlegte kurz und fasste dann einen Entschluss. Wie es aussah, musste er seinen Smoking von den Mottenkugeln befreien.

Später am Abend stand A. J. in ihrer Unterwäsche vorm Spiegel, steckte die letzte Haarnadel fest und prüfte ihr Aussehen. Ihre dichten rotbraunen Locken waren im Nacken zu einem recht passablen Chignon aufgesteckt. Sie wollte ihr Haar hauptsächlich aus dem Weg haben, aber die Tatsache, dass diese Frisur ihre hohen Wangenknochen und das herzförmige Gesicht betonten, schadete nicht.

Sie drehte sich zur Seite und blickte über ihre Schulter. Mit ein wenig Lidschatten und etwas Lippenstift sah sie vollkommen verändert aus. Allerdings trug sie auch keine Jeans und Gummistiefel, und Spitzen-Dessous wirkten nun mal immer.

A. J. seufzte und ließ die Schultern hängen. Ihr war nicht danach, eine heitere Miene aufzusetzen und Fröhlichkeit vorzutäuschen. Sie hatte keine Lust, sich unter die feinen Leute zu mischen, die jeden Moment eintrafen. Lieber wollte sie in ihrem Zimmer hocken, ins Leere starren und versuchen, nicht wahnsinnig zu werden, während sie wartete, dass ihr Arm wieder in Ordnung war.

Aber die Pflicht rief.

Sie musste wohl oder übel bei den Feierlichkeiten dabei

sein, also ging sie hinüber zur Tür, wo ihr Kleid hing. Es war eine zarte schwarze Kreation aus mehreren Schichten hauchdünnem Chiffon, unter einem engen, trägerlosen Mieder. A. J. hatte sich das Kleid für kommende Weihnachten gekauft, und es war das einzig Gute, was ihr ein Nachmittag mit ihrer Stiefmutter eingebracht hatte.

Die beiden verbrachten selten Zeit zu zweit, und nie gingen sie gemeinsam shoppen. Doch Garrett wollte, dass die zwei Frauen in seinem Leben zueinanderfanden, und er verstand es, auf stille Weise seinen Willen durchzusetzen. Indem er A. J.s Gutmütigkeit ansprach und Regina ein Wochenende auf der Canyon Ranch versprach, hatte er Stieftochter und Stiefmutter bewegen können, sich durch ein anstrengendes Mittagessen und einen anschließenden Besuch in einer Edelboutique zu quälen.

Das Kleid hatte A. J. schon bei der Anprobe himmlisch gefunden, und jetzt, in ihrem Badezimmer, fühlte sie, wie sich die federleichten Wellen über ihren Kopf ergossen. Als sie den Reißverschluss auf dem Rücken schloss, spürte sie, wie das Mieder ihre Brüste umfing und der bodenlange Rock ihre Beine umspielte. Sie drehte sich vor dem Spiegel und stellte fest, dass sich der unerfreuliche Einkaufsbummel mit ihrer Stiefmutter gelohnt hatte.

Dieses Kleid war völlig anders als die Sachen, die A. J. sonst trug, selbst zu förmlichen Partys. Wenn sie sich elegant anziehen musste, wählte sie gewöhnlich eine Seidenhose mit einem Bolero oder einen langen Rock zu einem schlichten, klassischen Top. Mit aufgestecktem Haar und Make-up allein dürfte sie die Leute schon hinreichend überraschen. Sie betrachtete ihr Spiegelbild und stellte fest, dass dieser Look halb gesittete junge Frau, halb Verführerin repräsentierte. Vor allem wirkte er sehr feminin.

Sie fragte sich, wie Devlin sie darin fände.

Der Gedanke traf sie wie der Aufprall auf eine unerwartete Bremsschwelle.

Devlin geisterte ihr immerzu durch den Kopf, und sie vermisste ihn so sehr, dass es wehtat. Jeden Tag, wenn sie den Hengst besuchte, wusste sie, dass er sie vom Küchenfenster aus beobachtete, und ein großer Teil von ihr wollte den gepflasterten Weg hinauflaufen, an die Tür klopfen und in seine Arme fallen.

Doch sie war nach wie vor wütend auf ihn, weil er sie so angefahren hatte. Und sie hatte Angst. Angst davor, wie sehr es schmerzte, wenn er sie stehen ließ. Und Angst vor der Intensität ihrer Liebe zu ihm. Sie hatte entsetzliche Angst, dass er recht hatte und sie nicht beides haben könnten.

Wäre sie irgendeine Reiterin gewesen, hätte er ihr wahrscheinlich nur vorgeschlagen, zu einem Arzt zu fahren, und sie dann in Ruhe gelassen. Diesen furchtbaren Streit hätte es nie gegeben. Doch sie hatten sich heftig gezankt, A. J. war weggelaufen, und nun waren sie getrennt. Es war exakt die Situation eingetreten, vor der Devlin sie gewarnt hatte.

Bei ihrem unendlichen Grübeln fragte A. J. sich oft, ob er genauso litt wie sie. Deshalb hatte sie heute erstmals zu ihm hinübergesehen. Sie musste wissen, wie er empfand. Aus der Ferne hatte sie ihm sein Bedauern und seine Sehnsucht nach ihr angesehen, und seitdem fühlte sie sich um einiges besser.

Wieder im Herrenhaus angekommen, hatte sie beschlossen, dass es Zeit war zu reden. Nach fast einer Woche war sie nun so weit. Morgen würde sie hinauf zum Haus gehen, nachdem sie Sabbath besucht hatte. Sie würde ihm sagen, wie sehr er sie verletzt hatte, und sich anhören, was er zu sagen hatte.

Und sie betete, dass es ihr genügte.

Die Vorstellung, ihm gegenüberzustehen, beschleunigte ihren Herzschlag und weckte ein Durcheinander an Gefühlen in ihr, das sich kaum entwirren ließ. Wollte sie einerseits unbedingt bei ihm sein und den Streit begraben, regten sich andererseits zahlreiche Widersprüche in ihr.

A. J. seufzte wieder und schaute in den Spiegel. Die Frau, die ihr entgegenblickte, sah schön und selbstbewusst aus.

Was für eine Lüge, dachte sie. Na, ein Hoch auf eine verdammt hübsche Schaufensterdekoration.

Sie wandte sich von dem Bild ab, verließ das Bad und ging in ihr Schlafzimmer. Es war ein eleganter Raum, den sie gut kannte und doch nicht mehr als ihr Zimmer empfand. Die Möbel ihrer Kindheit, die sie gemocht hatte, waren hinausgeworfen worden, als Regina eingezogen war und alles umgestaltet hatte. Die barocken Antiquitäten und schweren Satinstoffe waren nicht A. J.s Geschmack, auch wenn sie gelernt hatte, mit ihnen zu leben. Sie waren ein Zugeständnis, damit sie ihre Trophäen und Turnierschleifen an den Wänden behalten durfte.

Das Einzige, was ihr nach wie vor an dem Zimmer gefiel, waren die Glasflügeltüren, die alles wunderbar hell machten. Beide Glastüren führten auf einen kleinen

Balkon, den A. J. allein nutzte. Von dort konnte sie über den herrlichen Garten blicken: anderthalb Hektar Blumenbeete zwischen blühenden Apfel-, Kirsch- und Birnbäumen sowie mächtigen Ahornbäumen, Eichen und Weiden. Weit dahinter, jenseits der Bäume am Ende des Gartens, erhob sich ein Bergkamm, der die üppige Flora eindrucksvoll umrahmte.

A. J. sah sich im Zimmer um und stellte zum ersten Mal diesen Luxus in Frage. Angesichts ihrer Trophäen auf dem antiken Mahagoni und ihrer Turnierschleifen auf den seidenbespannten Wänden wurde ihr bewusst, wie vieles sie für selbstverständlich gehalten hatte.

Ein Klopfen an der Tür unterbrach ihre Gedanken, und sie lief auf Strümpfen hin. Als sie öffnete, stand Garrett vor ihr. In seinem Smoking sah er sehr vornehm aus, und er strahlte, sowie er A. J. ansah.

»Du wirst die Schönste von allen sein.«

»Das kann man nie wissen«, sagte A. J. und ließ sich von ihm auf die Wange küssen. »Noch habe ich keine Schuhe an, also könnte es noch mit Stallstiefeln enden. Die sind viel praktischer als die spitzen High Heels, die ich zu diesem Kleid habe.«

»Ich bin so froh, dass du wieder zu Hause bist.«

»Papa, ich sagte dir doch, gewöhn dich nicht dran. Ich bleibe nur, bis ich eine eigene Wohnung gefunden habe.«

»Ich weiß, aber ich hoffe …« Auf ihre stumme Warnung hin räusperte er sich. »Ich störe dich auch nicht länger beim Anziehen, aber ich wollte dir eine Kleinigkeit geben.«

Er drückte seiner Tochter eine ledergebundene Schachtel in die Hände und fiel ihr ins Wort, als sie energisch protestierte.

»Es ist mein Geburtstag. Du darfst es mir nicht verweigern.«

»Das sollst du doch nicht.«

»Ich weiß. Wie sieht es aus? Wollen wir uns nach der Feier noch ein wenig zusammensetzen, so wie immer?«

A. J. hielt das Geschenk in der Hand und bekam feuchte Augen, als sie an ihr alljährliches Ritual dachte. »Ja, das machen wir.«

Garrett strich ihr sanft über die Wange. »Deine Mutter wäre so stolz auf dich. Auf deine Kraft und deine Unabhängigkeit. Das ganze Feuer in dir hast du von ihr.«

Sie ergriff seine Hand. »Ich liebe dich.«

»Danke, das musste ich dringend mal wieder hören. An manchen Abenden brauche ich diesen Satz besonders«, sagte er leise. Dann ging er den Flur hinunter. Der vertraute Duft seines Eau de Cologne wehte ihm nach.

A. J. schloss die Tür und trat zu ihrem Bett. Das Kleid bauschte sich um sie, als sie sich hinsetzte. Sie öffnete den goldenen Verschluss der Schachtel und klappte den Deckel auf. Ihr stockte der Atem. In einem Bett von Satin lagen Rubin-Diamant-Ohrringe. Obwohl A. J. nicht sonderlich wild auf Schmuck war, musste sie zugeben, dass sie wunderschön waren. Sie nahm einen Ohrring heraus, hielt ihn ins Licht und sah, wie die Steine funkelten und blitzten. Garrett zuliebe und um ihr Selbstvertrauen ein wenig zu stärken, legte sie die Ohrringe an.

Nachdem sie in ihre Schuhe geschlüpft war, strich sie das Kleid über der Taille glatt, prüfte den festen Sitz ihrer Ohrringe und machte ihren Rücken gerade. Sie verließ die Sicherheit ihres Zimmers und stieg vorsichtig auf den hohen Absätzen die geschwungene Treppe hinunter. Dabei sagte sie sich, dass sie nicht nervös war. Unzählige Male hatte sie solche Abende schon durchgestanden, und obwohl sie keinen Spaß machten, würde nichts geschehen, was sie nicht schon gesehen hatte.

Die Wirklichkeit stellte sich anders dar.

A. J. war nicht auf die Reaktion auf ihre Ankunft gefasst gewesen. Es wimmelte bereits von eleganten Leuten, die allesamt ihr beiläufiges Geplauder unterbrachen. Ihre überraschten Mienen wandelten sich in erstaunte, und es trat ehrfürchtige Stille ein.

A. J. fühlte sich wie Elvis, der von den Toten auferstanden war.

Dann setzte Getuschel ein. Sie war nicht sicher, ob es um ihre Rückkehr in den Schoß der Familie ging, um ihren Hengst, ihren Trainer oder ihr Kleid. Jedenfalls musste es sich so anfühlen, alleine auf einer Bühne in grellem Scheinwerferlicht zu stehen.

Angesichts der Blicke und des Gemurmels musste A. J. sich zwingen, nicht kehrtzumachen und zurück in ihr Zimmer zu laufen. Sie raffte ihren Mut zusammen, tauchte in die Menge ein und begann, sich ohne festes Ziel zwischen den Leuten zu bewegen.

Nach wenigen Schritten schon traf sie auf eine gestärkte Hemdenbrust mit passendem Trophäenweibchen. Der Zahnstocherhersteller und berüchtigte Schürzenjäger musterte A. J. gierig, als wäre sie ein zum Kauf angebotenes Kunstwerk. Die Frau neben ihm, seine dritte Ehefrau, sofern A. J. sich richtig erinnerte, war wenig begeistert.

»Du steckst ja voller Überraschungen«, sagte der Mann

zu A. J., kam noch näher und flüsterte ihr ins Ohr: »Warum du solche Vorzüge unter Reitsachen versteckst, ist mir ein Rätsel.«

Bei Männern wie ihm dürfte sich das von selbst erklären, dachte A. J. So elegant wie möglich versuchte sie, seine Arme von sich zu schieben.

Zum Glück erschien Garrett neben ihnen und rettete sie. Der Widerling gab sich sofort hochanständig, auch wenn sein Blick etwas anderes sagte, und A. J. war froh, als ihr Vater sie nach wenigen Sätzen höflicher Konversation mit an die Bar nahm. Bis sie ihr erstes Glas Chardonnay in der Hand hielt, hatte sie eine ungefähre Vorstellung von dem gewonnen, was Devlin gemeint hatte. Überall hörte sie ihren Namen in dem Raunen und Flüstern fallen, das durch den Raum waberte wie beißender Qualm. Die Blicke und scharfen Zungen der Anwesenden gaben ihr das Gefühl, sie wäre öffentliches Eigentum. Und das gefiel ihr kein bisschen.

Noch weniger behagte ihr, wie sich der Abend hinzog. Nach einem opulenten Buffet im Esszimmer kehrte die Gästeschar zu Desserts und Tanz ins prächtige Wohnzimmer zurück. War A. J.s großer Auftritt vorhin schon schlimm genug gewesen, entpuppte sich der Ball als unerträglich. Männer, die sie bisher schon unangenehm begafft hatten, nutzten nun den gesellschaftlich akzeptierten Vorwand, sie zu betatschen. Auf der Tanzfläche wurden ihre Absichten offensichtlich, was A. J. noch mehr bitterböse Blicke von Ehefrauen eintrug. Nach einer Stunde bekam sie Kopfschmerzen von dem Gemisch aus Dutzenden unterschiedlicher Parfüms und war erschöpft davon, grapschende Arme abzuwehren.

Das Leben einer Sirene wurde hoffnungslos überbewertet, befand A. J. und rieb sich die Nasenwurzel.

Da sie keinen weiteren Tanz durchstand, suchte sie Zuflucht in vornehmer Konversation, nur um sich einem ehemaligen Englischprofessor ausgeliefert zu finden, der seinen Job an einer prestigeträchtigen Universität aufgegeben hatte, nicht jedoch seine Berufung zum wortgewaltigen Prahler. Er war ein alter Griesgram, dem fast überall weißes Haar wuchs – in kleinen Büscheln aus den Ohren, in dichtem Gestrüpp über den Augen, als Fransen an seinem Kinn, was er schon länger bei der Rasur übersehen haben musste.

Während er schwadronierte, schaltete A. J. auf Autopilot und wartete sehnsüchtig, dass die Reden begannen, die weißbraune Torte angeschnitten wurde und der Abend vorbei war. Die Tatsache, dass ihre Zehen taub waren und es ihr reichte, sich zu fühlen, als würde sie auf einem Zaun balancieren, ließ die Zeit nicht schneller vergehen.

»Und das, meine Gute, ist der Unterschied zwischen krasser Innovation und einem überdauernden Klassiker«, dröhnte Professor Rogains Stimme, als sich ein anderes Paar zu ihnen gesellte. Zwar belebten sie die öde Unterhaltung, nur leider war sich A. J. der Stierblicke eines Mannes allzu bewusst, der sich zu sehr für das interessierte, was sie in ihrem Mieder verstecken mochte. Ihr war schon danach, ihn zu fragen, ob er glaubte, seine Brieftasche in ihrem Dekolleté verloren zu haben.

Sie entschuldigte sich, drehte sich um und war mit dem nächsten Grüppchen konfrontiert, das ihr den Fluchtweg abschnitt. A. J. wollte tief Luft holen, doch auf einmal schien es keinen Sauerstoff mehr in dem Raum zu geben. Die Brust wurde ihr eng.

Das hatte ihr gerade noch gefehlt, dass sie nun noch klaustrophobisch wurde. Verzweifelt sah sie zur Tür und war schon drauf und dran, in die Freiheit zu rennen, selbst wenn es bedeutete, dass sie die Glückwunschansprache auf ihren Vater verpasste, da bemerkte sie eine Wache, an der kein Vorbeikommen war: Zwischen ihr und der rettenden Treppe stand Regina und hielt Hof.

Ihre Stiefmutter sprach großspurig zu einer kleineren Menge. Regina war von Peter und Garrett flankiert, die sie immer wieder mit bewundernden Blicken ansah, allerdings sofort mit einer spitzen Bemerkung in ihre Schranken verwies. Dennoch schienen die beiden mehr Aufmerksamkeit zu ernten als sie. Die Höflinge um sie herum klebten förmlich an ihren Lippen, als wäre sie die Steighilfe zu wahrer Größe, was wiederum das strahlende Lächeln auf Reginas Gesicht erklärte.

Oder aber es wurde lediglich von all den Juwelen gespiegelt, dachte A. J. Sie sah die Unmengen Diamanten und Perlen an Reginas Hals und den passenden Ohrgehängen.

Peter bemerkte A. J. und nickte ihr steif zu. Die beiden hatten sich stillschweigend geeinigt, einander weitestgehend zu ignorieren. Seine Anwesenheit bestärkte A. J. in dem Entschluss, schnellstens zu verschwinden.

Als sie sich zu den Terrassentüren umdrehte, hielt sie gleich wieder inne, weil sie ein komisches Gefühl überkam. Sie blickte hinab zu ihrem Glas. Den Champagner hatte sie noch nicht angerührt, und ihren Wein hatte sie zuvor nicht ausgetrunken.

Am Alkohol konnte es folglich nicht liegen.

Vielleicht war die Schlaflosigkeit schuld, unter der sie die letzte Woche gelitten hatte.

A. J. versuchte, das Gefühl abzuschütteln, doch es blieb. Ein kurzer Blick zurück lieferte ihr keine Erklärung. Sie sah nur noch mehr Leute, von denen sie dringend wegwollte. Suchend reckte sie den Hals und spähte über die sorgfältig frisierten Häupter hinweg nach der Ursache ihres unheimlichen Gefühls.

Dann sah sie Devlin.

Vor Schreck rang sie nach Luft und beobachtete, wie er sich im Raum umblickte. Sobald er sie entdeckt hatte, bahnte er sich einen Weg durch das Gedränge. Sein Gesichtsausdruck war streng, wurde aber ungleich wärmer, als er sie ansah.

A. J.s Herz schlug wie verrückt, und ihr wurde schwindlig, weil sich alles um sie herum auflöste. Das Stimmgewirr, das Klimpern von Glas, die Musik, der Tanz, alles verschwand bis auf das Bild von ihm, der auf sie zukam.

Ein Wirrwarr von Emotionen blockierte jedes Denken. Sie war überglücklich, ihn zu sehen, aber auch noch gekränkt und wütend. Und so bereit sie war, ihn anzuhören, sollte ihr Gespräch unbedingt unter vier Augen stattfinden. Vor allem aber freute sie sich, dass er hergekommen war.

Und sie war überwältigt davon, wie schön er war.

In seinem Smoking sah Devlin atemberaubend gut aus. Seine breiten Schultern füllten das dunkle Jackett vollständig aus, und das leuchtend weiße Hemd brachte seine sonnengebräunte Haut sehr gut zur Geltung. Er bewegte sich mit derselben Eleganz und Kraft wie immer, als wäre die formelle Garderobe nichts Besonderes und die vornehme Gesellschaft nicht bemerkenswerter als eine Truppe Stallburschen.

Er war, wer er war, egal wo er sich aufhielt.

Das gefiel A. J. ausgesprochen gut.

Ihr wurde sehr heiß, und ihre Hand umklammerte das Champagnerglas so fest, dass A. J. schon fürchtete, es zu zerbrechen. Sie kämpfte mit dem Impuls, Devlin entgegenzugehen, als würde sie magnetisch von ihm angezogen. Und diese Wirkung wurde beständig stärker, je näher er kam.

»Was tust du hier?«, fragte sie, als er wenige Schritte vor ihr war. Ihr entging nicht, dass sie atemlos klang.

»Du hast gesagt, es wäre dir wichtig, dass ich mitkomme. Und ich wollte dich nicht im Stich lassen. Nicht schon wieder.«

Seine Stimme war wie ein Streicheln auf ihrer Haut – verlockend und zart zugleich. Sie fühlte, wie seine Augen über ihre Schultern und ihre Brüste bis zu ihrer Taille wanderten. Seine Pupillen weiteten sich sehnsüchtig, was er nicht zu überspielen versuchte. Als sich ihre Blicke begegneten, nahm sie in seinen Augen eine glühende Hitze wahr. Sie konnte nicht leugnen, sehr bewegt zu sein, obwohl sie reserviert blieb.

»Du bist berauschend schön«, sagte er heiser.

Bevor A. J. reagieren konnte, drängte sich ein Mann zwischen sie. Sofort verfinsterte sich Devlins Miene.

»Ich bin Cosgood Rhett der Vierte«, erklärte er überheblich, während er einen Arm um A. J.s Taille schlang. »Ich habe geschäftlich mit deinem Vater zu tun, weißt du noch? Jedenfalls glaube ich, dass dies mein Tanz ist. Auf den warte ich schon den ganzen Abend.«

Devlin trat einen Schritt näher und legte dem Kerl eine Hand auf die Schulter. Es war keine freundliche Geste.

»Da werden Sie noch ein bisschen länger warten müssen. Ungefähr bis die Hölle zufriert.«

Der andere Mann guckte wütend, bis er einem Paar eiskalter Augen begegnete, das auf ihn gerichtet war. A. J. musste sich ein unangebrachtes Kichern verkneifen, als die Hand regelrecht von ihr abfiel und eine ganze Reihe von Entschuldigungen gemurmelt wurde.

»Danke«, sagte sie, nachdem Cosgood gegangen war. »Es war ein langer Abend.«

»Das möchte ich wetten«, raunte Devlin, während er dem anderen nachsah.

Als er wieder zu ihr blickte, wurden seine Züge merklich weicher.

»Dieses Kleid ist …« Seine Stimme verlor sich, und seine Augen beendeten den Satz.

»Es ist alles eine Lüge, wenn du die Wahrheit wissen willst. Meine Füße tun weh, der Reißverschluss juckt, und ich glaube, ich habe eine Olive in meinem Ausschnitt verloren.«

»Ich muss es trotzdem noch einmal sagen. Du bist wunderschön.«

Freude und Vorsicht spiegelten sich in ihrem Gesicht.

»Wie geht es dem Arm?«, fragte er.

»Jeden Tag besser.«

»Sabbath vermisst dich sehr.«

»Ich habe versucht, ihn mit Möhren bei Laune zu halten. Ich weiß nicht, ob die Bestechung funktioniert, aber er kriegt jede Menge Betacarotin. Hat Chester probiert, ihn an der Longe laufen zu lassen?«

»O ja.«

»Der arme Mann muss ja halb wahnsinnig werden.«

»Sie gehen sich beide zunehmend auf die Nerven. Und auf mich sind sie auch nicht besonders gut zu sprechen.« Auf ihren fragenden Blick hin erklärte er: »Mit mir ist in letzter Zeit nicht gut Kirschen essen.«

»Aha?«

Leise sagte er: »Du fehlst mir. So sehr, dass es wehtut.«

Sie sah hinab zu ihrem Glas.

»A. J., ich habe versucht, mich von dir fernzuhalten, so wie du es wolltest. Aber ich kann das nicht mehr. Gibt es irgendwo eine ungestörte Ecke, wo wir reden können?«

»Sie müssen Devlin McCloud sein!«, rief Regina schrill.

A. J. drehte sich um und sah ihre Stiefmutter, die Devlin inspizierte, als wäre er ein Schweinekotelett und sie nicht sicher, ob sie es kaufen wollte. Offenbar überzeugte seine Qualität, denn schon streckte sie ihm eine juwelenverzierte Hand entgegen.

»Willkommen. Ich bin Regina Sutherland«, sagte sie und schenkte ihm ihr vornehmstes Lächeln. Es war eine breite, geübt heitere Fassade, der es doch nicht gelang, Reginas überheblich spitze Art zu übertünchen. »Ich wusste ja gar nicht, dass Sie kommen.«

Sie warf A. J. einen Blick zu, und sofort verengten sich ihre Augen, denn sie entdeckte die Rubinohrringe.

Für die wird mein Vater doppelt und dreifach bezahlen, dachte A. J.

»Ich habe mich einfach reingeschlichen«, antwortete Devlin.

»Na, da bin ich aber froh, dass Sie nicht aufgehalten wurden«, flötete Regina.

Peter erschien hinter seiner Mutter.

»Ich hatte keine Ahnung, dass du ein Date hast«, sagte er trocken zu A. J.

»Sicherlich kennen Sie meinen Sohn«, mischte sich Regina gleich wieder ein. »Da Sie ja ebenfalls im Pferdesport aktiv sind, müssen Sie schon von ihm gehört haben.«

»Das haben die meisten Leute«, antwortete Devlin.

Regina strahlte, weil sie nicht mitbekam, wie es gemeint war.

»Würden Sie mich jetzt bitte entschuldigen? Ich möchte mit A. J. tanzen«, sagte Devlin.

»Dafür ist später noch Zeit«, entgegnete Regina prompt. »Sie müssen unbedingt zuerst …«

»A. J.?« Er hielt ihr seinen Arm hin.

Regina blinzelte, als hätte er Chinesisch mit ihr gesprochen. »Aber gewiss …«

Devlin lächelte und führte A. J. weg.

Im Vorübergehen packte Peter ihren Arm. »Sorg dafür, dass du zu den Reden hier bist. Du könntest sonst etwas Interessantes verpassen.«

A. J. entwand sich ihm. Mit Devlin an ihrer Seite hatte sie Wichtigeres, über das sie nachdenken musste.

Sobald Devlin und sie auf der Tanzfläche waren, legten sich seine vertrauten Arme um sie und zogen sie nahe zu ihm. Trotz ihrer Kleidung reagierte ihr Körper, als wären sie beide hüllenlos, und sie fühlte, wie er hart wurde. Das Herz schlug ihr im Hals, und sie gönnte sich das gefährliche Vergnügen, sich an ihn zu lehnen und seine Zedernseife zu riechen.

»Gott, du hast mir gefehlt«, stöhnte er an ihrem Ohr.

Sie öffnete den Mund, um etwas zu sagen, doch es kam nichts heraus, denn sie war viel zu sehr in diesem Moment gefangen. A. J. sagte sich, dass sie zuerst reden mussten, doch ihre Stimme der Vernunft wurde sogleich von einer anderen erstickt. Nur ein Tanz. Und dann würden sie sich einen ungestörten Winkel suchen.

Viel zu schnell endete das Lied, und Devlin fragte: »Wohin?«

Aber ehe A. J. antworten konnte, stellte sich Regina vor den Musikern auf, breitete die Arme aus und lächelte wie ein Superstar in Las Vegas. Devlin und A. J. waren gefangen, als die Menge nach vorn drängte.

»Danke, dass ihr alle hier seid, um diesen besonderen Abend mit uns zu feiern«, sagte Regina und winkte Garrett mit ihrer Glitzerhand zu sich. Zögerlich kam er nach vorn.

»Garrett und ich sind überaus dankbar, dass ihr uns mit eurer Anwesenheit beehrt.« Es hätte ohnehin keiner im Raum gewagt, ihre Einladung abzulehnen, wie Regina sehr wohl wusste. A-Promi-Partys waren A-Promi-Partys. Entweder ging man hin, oder man wurde nie wieder eingeladen.

Die Gästeschar teilte sich, und Peter ging zu seiner Mutter. Jemand folgte ihm dicht auf den Fersen, doch A. J. konnte nicht sehen, wer es war. Erst als sie vorn ankamen, erkannte sie, dass es sich um Philippe Marceau handelte. Hinter dem Franzosen lief eine unglaublich große, langbeinige Blondine. Die beiden gesellten sich mit Peter zu Regina und Garrett.

»Mit dem Namen Sutherland sind schon viele große

Erfolge verbunden«, verkündete Regina. »Und ich darf voller Stolz bekanntgeben, dass die nächste Generation auf dem besten Wege ist, diese Tradition fortzusetzen. Mein Sohn Peter, der Sutherland Stables zu einer festen Größe in der Welt des Pferdesports aufgebaut hat, kann heute Abend eine wichtige neue Zusammenarbeit öffentlich machen.«

A. J. hörte auf zu atmen.

Nun trat Peter in die Mitte der Bühne. »Ich freue mich außerordentlich, Ihnen allen den neuen Star von Sutherland Stables vorzustellen, den Mann, der uns zum Sieg bei der Qualifizierung führen wird, Philippe Marceau!«

Schmetternder Applaus setzte ein. Die meisten Anwesenden waren Geschäftsleute, und auch wenn einige von ihnen mit dem Reitsport zu tun hatten, waren sie Pferdebesitzer, keine Reiter. Einzig Konkurrenten würden sich ernsthaft für diesen Neuzuwachs des Sutherland-Teams interessieren, und A. J. wunderte sich, dass Peter die Geburtstagsfeier ihres Vaters für diese Bekanntgabe nutzte.

Es sei denn, er wollte ihr eins auswischen.

Und dann ergab alles einen Sinn.

11

Peter suchte in der Menge nach A. J., und als sie sich anblickten, fand sie seinen glücklichen Gesichtsausdruck recht deplatziert. Wie lange würde es dauern, bis er merkte, dass sein neuer Goldesel nur ein Trostpreis war?

»Sutherland Stables ist mehr als ein lockerer Zusammenschluss von Reitern und Pferdebesitzern«, sagte er. »Wir sind ein Familienunternehmen im besten Sinne des Wortes, denn alle Champions sind seelenverwandt. Die Verbindung zwischen denjenigen von uns, die nach Höchstleistung streben, ist stärker als Blutsbande, die weit weniger verlässlich sein können.«

A. J. schüttelte ungläubig den Kopf. Marceau war nicht gerade für seine Treue berühmt. Die professionelle Loyalität des Mannes war ebenso kurzlebig wie die, die er den Frauen erwies, mit denen er das Bett teilte, um sie nach der Lektüre der Morgenzeitung in die Wüste zu schicken. Er wechselte die Gestüte wie andere ihre Unterwäsche, weil er stets meinte, sein einzigartiges Talent würde nicht hinreichend gewürdigt. Tatsächlich fingen die Leute in Springreiterkreisen sofort zu wetten an, wenn er irgendwo neu einstieg. Und die Gewinner waren meist die, die auf einen Ausstieg in einem Zeitraum von unter einem Jahr gesetzt hatten. A. J. hätte geschworen, dass Peter davon wusste.

Doch selbst wenn es eine schlechte Idee für das Gestüt

war, brachte es ihr Blut zum Kochen, Marceau dort mit ihrem Stiefbruder stehen zu sehen. Die Vorstellung, dass sie mit Sabbath vor die Tür gesetzt und durch den verschrienen Franzosen ersetzt wurde, war eine krasse Beleidigung. Unbewusst beugte und streckte sie ihren Arm. Es tat immer noch gemein weh, und sie würde in ein paar Tagen wieder zum Arzt gehen, doch vor allem wollte sie dringend mit dem Training weitermachen. Dank der Verkündung ihres Stiefbruders war sie entschlossener denn je, zu gewinnen. Sie würde ganz sicher nicht länger im Abseits stehen!

A. J. drehte sich zu Devlin und sah ihn eine Weile stumm an. Trotz seines strengen Gesichtsausdrucks waren seine Augen ruhig und warmherzig. Sie war nicht sicher, was die Zukunft für ihre Beziehung bereithielt, aber sie wusste, dass sie wieder zu ihrer Arbeit zurückkehren musste. Und sie brauchte ihn an ihrer Seite.

»Ich komme morgen zurück«, sagte sie. »Und sorg dafür, dass der Wassergraben gefüllt ist.«

Er nickte, und bei aller Strenge war seine Erleichterung unverkennbar.

Peter faselte weiter, bis Regina wieder vortrat und ihren Sohn schlicht mit dem Ellbogen beiseiteschubste. Sie gab eine affektierte Lobrede auf Garrett zum Besten, die irgendwo zwischen einem Kitschroman von Barbara Cartland und Autowerbung angesiedelt war. A. J. wurde fast schlecht.

Während seine Mutter ihren Monolog sprach, mischte sich Peter wieder unter die Menge. Marceau und sein blondes Anhängsel waren direkt hinter ihm, als er auf A. J. zustrebte.

»Willst du uns nicht zu unserer neuen Partnerschaft gratulieren?«, fragte Peter, sowie er in Hörweite war.

»Natürlich«, antwortete A. J. »Ich hätte nicht gedacht, dass ihr zwei zu wahrer Größe vorbestimmt seid, aber ich wünsche euch viel Glück.«

»Marceau wird den Namen Sutherland ganz nach oben katapultieren.«

»Kann sein. Oder er zieht einfach zum nächsten Stall weiter.«

Peters hochnäsige Miene erlitt einen leichten Dämpfer. »Wenn Philippe erst anfängt, jedes große Turnier zu gewinnen, und Sutherland in aller Munde ist, wirst du den Tag bereuen, an dem du dieses Pferd deiner Familie vorgezogen hast.«

»Hast du vergessen, wer mich zu der Entscheidung zwang?«

»Du warst es, die ihn gekauft hat. Jetzt wirst du sehen, was es dich kostet.«

A. J.s Wut erreichte neue Höhen und übertönte, wie tief es sie verletzt hatte, dass ihr Vater das Gestüt an Peter überschrieben hatte. In schneidendem Ton erwiderte sie: »Der Hengst hat mich dreißigtausend gekostet und das zweifelhafte Vergnügen, dich jeden Abend beim Essen zu sehen. Alles in allem wäre er noch für eine halbe Million ein Schnäppchen gewesen.«

Der Teint ihres Stiefbruders nahm einen hässlichen Rotton an. »Du hast uns ja auch nicht direkt schweren Herzens verlassen.«

Zeit zu gehen, sagte A. J. sich, denn diese Unterhaltung entwickelte sich in keine gute Richtung, weil sie beide zu aufgebracht waren. Das Letzte, was A. J. wollte, war einen Streit mit Peter auf der Geburtstagsgala für ihren Vater.

»So gerne ich dies hier auch fortsetzen würde«, sagte sie, »muss ich mich jetzt doch verabschieden. Einen schönen Abend noch und viel Glück.«

»Gewinnerteams brauchen kein Glück«, konterte er gereizt.

»Wenn du eines triffst, sag mir Bescheid.«

»Du siehst eine Partnerschaft vor dir, die den Reitsport revolutionieren wird. Und du mit deinem Stück Hundefutter wirst nicht dabei sein. Deine Karriere ist vorbei.«

A. J. war so aufgewühlt, dass sie verbal um sich schlug. »Nur weil du den einzigen Schauhüpfer mit schrillen Reitjacken in der Branche abgegriffen hast, bist du noch lange nicht erfolgreich. Du brauchst schon ein bisschen mehr als einen verblüffend schlechten Modegeschmack und einen blinden Schneider, um im Parcours zu bestehen.«

Peter sprang auf sie zu, was alle Umstehenden schockierte.

Blitzschnell war Devlin vor A. J. getreten, um sie abzuschirmen.

»Keinen Schritt weiter«, befahl er finster.

Die Leute drehten sich neugierig zu ihnen um und wollten dringend mehr Drama sehen.

A. J. war entsetzt über Peters Ausbruch. Sie hatten sich schon immer gestritten, aber er hatte noch nie so die Beherrschung verloren. Als sie seinen angestrengten Atem hörte und ihr Herz so wild hämmerte, bereute sie aufrichtig, wie sich ihre Beziehung entwickelt hatte. Warum musste alles zwischen ihnen immer übel enden?

Versunken in ihre eigenen Gedanken, beobachtete sie stumm, wie Peter von Devlin wegtrat. Ihr Stiefbruder zupfte sein Smoking-Jackett mit zitternden Händen glatt.

Und kaum war die unmittelbare Gefahr eines Eklats gebannt, nutzte Marceau die Gelegenheit, sich galant vor seinen neuen Partner zu schieben. »Pass dich nicht auf ihr Niveau herab.«

»Es heißt, *lass* dich nicht auf ihr Niveau herab«, korrigierte A. J. automatisch.

Devlin umfing ihren Ellbogen. »Wir sollten lieber gehen.«

»Ja, bring sie weg«, pflichtete Philippe ihm bei. »Mit deinem Bein ist Babysitten sicherlich das Einzige, wofür du noch gut bist.«

A. J. platzte fast und hatte schon eine passende Erwiderung auf der Zungenspitze. Doch anstatt ihrem Instinkt zu folgen, räusperte sie sich und machte die Schultern gerade. »Gute Nacht, Philippe, Peter.«

»Das wird dir noch leidtun«, sagte Peter verbittert.

»Weißt du was, da könntest du recht haben«, konterte A. J. »Genau genommen tun wir beide mir jetzt schon leid.«

Peter glotzte sie verständnislos an, bevor Devlin und A. J. hinaus in den Eingangsbereich gingen.

An der Haustür blieben sie stehen.

»Tut mir leid, dass du das miterleben musstest«, sagte sie. »Mal wieder.«

»Zwischen euch beiden herrscht eine Menge aufgestaute Wut.«

»Ja, und es wird höchste Zeit, das zu ändern. Ich wünschte nur, ich wüsste, wie.«

Peter konnte ohne Frage enorm nerven, aber A. J. hasste

ihn nicht und wusste, dass er nicht wirklich boshaft war. Und sie erkannte allmählich ihre eigene Rolle in dem gestörten Verhältnis. Bedachte sie es genau, war sie eigentlich wegen der ungeklärten Fragen zwischen Devlin und ihr aufgebracht und weil sie wegen der Verletzung so viel Trainingszeit verloren hatte. Die Geschichte mit Marceau und Peters Anfeindungen hatte ihr lediglich einen Vorwand geliefert, ihrer Wut und ihren Ängsten Luft zu machen. Und Peter wusste eben, welche Knöpfe er bei ihr drücken musste.

»Ich mag es nicht, mit ihm zu streiten. Ehrlich nicht«, sagte sie leise.

Ihr wurde bewusst, dass sie eine ganze Weile geschwiegen hatte. Sie sah zu Devlin auf, und vergessen waren Peter, ihre Familie und die Sorge wegen der verlorenen Trainingszeit. Alles wurde unwichtig.

»Dann also gute Nacht?«, fragte sie.

»Nur wenn du es willst. Ich bin hergekommen, um mit dir zu reden.«

Ein Paar schlenderte vorbei und blickte interessiert zu ihnen hinüber.

»Wie wäre es, wenn ich dich zu deinem Wagen bringe?«, schlug A. J. vor.

Devlin grinste. »Macht das nicht eigentlich der Mann?«

»In dieser Gegend kann man nie sicher sein, was nach Einbruch der Dunkelheit passiert. Du könntest von einem Börsenmakler oder einem tollwütigen Medienzaren belästigt werden.«

»Immerhin besser als von irgendeinem zwanzigjährigen Internetguru, dessen Firma gerade an der Börse abgestürzt ist«, sagte er und öffnete die Tür.

Draußen wurden sie von kühler Nachtluft umfangen. Der Partylärm verebbte, und A. J. klingelten die Ohren in der plötzlichen Stille.

Ehe einer von ihnen etwas sagen konnte, kam ein uniformierter Parkplatzeinweiser auf sie zu, der für den Abend engagiert worden war. Der Junge war noch keine zwanzig, trug einen zu großen schwarzen Blazer und Turnschuhe. Devlin gab ihm sein Ticket, und der Junge sprintete die Einfahrt hinunter in die Dunkelheit.

»Tja, Privatsphäre ist hier wohl nicht zu haben«, flüsterte A. J. »Ich hatte vergessen, dass draußen auch Personal ist.«

Sie sah sich über die Schulter zu den anderen jungen Männern um, die darauf warteten, Gästen ihre Autos zu bringen.

»Wir können um den Block fahren und an einem abgeschiedenen Flecken parken«, bot Devlin an.

»Wie zwei Teenager, die sich vor ihren Eltern verstecken?« A. J. kicherte – teils weil sie die Vorstellung witzig fand, aber vor allem weil sie nervös machte, was er sagen könnte, wenn sie allein waren.

»Du ahnst nicht, wie sehr ich dein Lachen vermisst habe.«

Ihr Atem stockte. Sie sah, wie er die Hand hob und beinahe ihren Ellbogen berührte, dann jedoch zögerte.

»Ich bin heute Abend gekommen, weil ich dich um Verzeihung bitten will«, sagte er leise. »Ich möchte mich entschuldigen und dich bitten, wieder nach Hause zu kommen.«

A. J. wurde warm vor Glück, und sie war sehr versucht, die Arme um Devlin zu werfen und ihm zu sagen, dass sie genau das von ihm zu hören gehofft hatte. Aber sie brauchte mehr. Sie liebte ihn viel zu sehr, als dass sie riskieren konnte, in sein Haus zurückzukehren, ohne vorher geklärt zu haben, wo sie beide standen.

Der Junge kam ohne Wagen zurück und wirkte merklich unglücklich. »Entschuldigung, Sir. Ich kann Ihren Wagen nicht finden.«

»Vielleicht liegt es daran, dass es ein Truck ist«, antwortete Devlin.

»Meinen Sie *das* Ding? Das mit der total verbeulten Ladefläche?«

»Ja, hübsch ist er nicht, aber der Motor läuft bestens.«

»Mag sein, aber bei dem Heck kriege ich Angst.« Schlagartig wurde der Junge rot und verstummte.

»Was ist mit dem Truck passiert?«, fragte A. J.

Devlin klopfte dem Jungen auf die Schulter und steckte ihm ein paar Dollar zu. »Schon gut, ich hole ihn selbst.«

»Vielen Dank«, sagte der Junge und guckte das Geld an. »Aber das habe ich nicht verdient.«

»Bei den Leuten da drinnen«, Devlin nickte über seine Schulter, »wirst du es dir verdient haben, bis das hier vorbei ist.«

Der Teenager schien froh zu sein und eilte zurück zu seinen Freunden.

»Was ist mit dem Truck passiert?«, wiederholte A. J.

»Nichts Gutes«, antwortete Devlin achselzuckend und bemerkte, dass sie bibberte. »Solltest du nicht wieder reingehen? Es bringt mich zwar um, aber ich kann bis morgen warten, wenn ich so verhindere, dass du dir eine Erkältung einfängst.«

Sie schüttelte den Kopf. Ihr wäre es auch egal, wenn

sie barfuß im Schnee stehen würde. Sie wollte unbedingt hören, was er zu sagen hatte.

»Komm mit«, sagte sie und ging die Einfahrt hinunter in die Richtung, in die zuvor der Parkplatzeinweiser gelaufen war. Devlin holte sie ein, hängte ihr seine Jacke über und ging neben ihr her.

»Nach links«, sagte Devlin, als sie das Ende der Auffahrt erreichten.

A. J. bog automatisch ab.

»Nein, das andere Links.«

Sie machte kehrt.

Ganz hinten in einer langen Reihe von Autos und ziemlich auffällig neben all den Mercedes- und Jaguar-Modellen stand sein Truck – ähnlich einem Ackergaul auf einer Koppel voller Rassepferde. Wie es die Vorsehung wollte, parkte er auch noch direkt unter einer Laterne, und das helle Licht war dem zerkratzten Lack und dem jüngsten Blechschaden nicht eben gnädig.

Letzterer war sogar ziemlich übel, wie A. J. feststellte.

»Du lieber Himmel! Wie ist das passiert?«, rief sie aus und ging näher, um es sich anzusehen. So verbeult und eingedellt, wie das Heck war, wunderte sie, dass es überhaupt noch am Wagen hielt. »Bist du rückwärts irgendwo reingekracht? In eine Abrissbirne zum Beispiel?«

»Nein, es gab einen Zusammenprall mit einem Ast.«

»Der wie ein Meteorit vom Himmel gerauscht kam?«

»Ja, ungefähr so«, murmelte Devlin.

A. J. inspizierte den Truck kurz.

»Das sind schöne Ohrringe«, bemerkte Devlin, als sie wieder zu ihm kam.

»Danke. Mein Vater hat sie mir geschenkt.«

»Die Farbe ist klasse.« Sie beobachtete, wie er die Hand ausstreckte und einen der Steine berührte. »Obwohl ich das Rot deiner Haare schöner finde.«

Das heisere Verlangen in seinen Worten wärmte A. J., doch sie ermahnte sich, dass sie vorsichtig sein musste. »Devlin, ich …«

»Es tut mir sehr leid«, sagte er. »Verdammt leid. Ich kann nicht glauben, dass ich dich angebrüllt habe, als du verletzt warst und Schmerzen hattest. Und dann auch noch abgehauen bin! Ich verstehe, dass du wütend bist. Die letzte Woche über habe ich an nichts anderes gedacht als an dich. Ich habe versucht, eine Erklärung für mein Ausrasten zu finden. Als ich dich stürzen sah, habe ich entsetzliche Angst bekommen. Ich sah dich schon in einem Krankenhausbett liegen und nie wieder gehen können. Im Nachhinein ist das natürlich Blödsinn, aber in dem Moment konnte ich nicht klar denken. Als du wieder aufstehen konntest, sagte ich mir, okay, sie wird wieder. Aber dann bist du zurück auf den Hengst gestiegen, der halb irre war und jederzeit drohte durchzudrehen. Es war ein Albtraum, zuzugucken, wie du dich mit purer Willenskraft aufrecht gehalten und das panische Tier über die Hindernisse getrieben hast.«

Er schüttelte bedauernd den Kopf. »Als du nicht zum Arzt wolltest, bin ich ausgerastet. Ich wollte dich erwürgen, weil du keine Rücksicht auf dich nimmst und mir solche Angst einjagst. Da war die Frau, die ich liebe, fast ohnmächtig vor …«

»Warte mal. Was hast du gesagt?«

»Es war ein Albtraum …«

»Nein, danach.«

»Ich habe die Beherrschung verloren.«

»Noch weiter.«

»Die Frau, die ich liebe …« Devlin stockte und neigte den Kopf zu einer Seite.

A. J. hatte das Gefühl, ihr ganzer Körper würde von einem Glühen erfasst.

»Die Frau, die ich liebe«, wiederholte er langsam. »Das habe ich gesagt. Ich habe es wirklich gesagt.«

»Du scheinst überrascht.« Ihr Lächeln wurde strahlender.

Devlin lachte. »Bloß weil es sich so normal anfühlt. Es ist so lange her, seit ich es zuletzt gesagt habe. Ich hätte gedacht, dass ich eingerosteter bin. Na, das und die Tatsache, dass ich beim letzten Mal ein Pferd meinte.«

Als er die Arme ausstreckte, warf A. J. sich hinein.

»Ich liebe dich wirklich«, sagte er. »Du bedeutest mir alles. Wann immer ich in deine Augen sehe, geschieht etwas, das ich nicht erklären kann. Ich fühle mich schlicht *neu.*«

Dies waren die Worte, die A. J. von ihm hatte hören wollen. Sie gaben ihr Sicherheit, obwohl sie zugleich die Erde zum Beben brachten. Und A. J. wusste, dass sie ihn liebte. Sehr sogar.

Devlin senkte den Kopf zu ihr und murmelte: »Kannst du mir verzeihen?«

»Ja«, antwortete sie und hob ihm ihre Lippen entgegen. »Ich glaube, das kann ich.«

Ihre Münder begegneten sich zu einem besonders zärtlichen Kuss, als wäre es ihr erster, und A. J. fühlte Devlins Finger vorsichtig über ihren Hals streichen. In diesem Moment konnte sie sich weder an den Schmerz noch an das erinnern, was sie auseinandergerissen hatte.

Als sie den Kuss lösten, lächelte A. J.

»Hätte ich geahnt, dass es mich so weit bringt, wäre ich gleich am ersten Tag vom Hengst gefallen.«

Der Wind blies über sie hinweg.

»Wir müssen dich aus der Kälte bringen«, sagte Devlin.

»Und aus diesem Kleid.«

»O ja, das ist eine prima Idee. Komm mit mir nach Hause.«

»Würde ich gerne.« Sie schmiegte sich an seine Brust. »Du hast keine Vorstellung, wie gerne.«

»Dann steig in meine Kutsche, süße Prinzessin.«

»Kann ich nicht.« Sie seufzte. »Nach den Geburtstagspartys meines Vaters gehen er und ich immer in sein Arbeitszimmer und zünden eine Kerze für meine Mutter an. Es ist ihr Hochzeitstag. Heute vor vierunddreißig Jahren haben sie geheiratet.«

Devlin schluckte seine Enttäuschung hinunter. »Das darfst du nicht verpassen.«

»Ich komme morgen früh.«

»Zum Frühstück?«

»Vielleicht ein bisschen früher.«

»Versprochen?«

Seine Zunge glitt in ihren Mund, und A. J. klammerte sich an seine Schultern. Seine Hände wanderten von ihrer Taille hinunter zu ihrem Po und drückten ihre Hüften an seine. Als sie schließlich die Umarmung beendeten, glitzerten Devlins Augen im Mondlicht.

»Ich fahre lieber«, raunte er, »ehe ich nicht mehr weg kann.«

»Ich würde sehr gerne mit dir kommen.«

»In dem Fall müsste ich mein Date absagen.«

»Du hast ein Date?«

»Mit einer kalten Dusche. Sowie ich zu Hause bin.« Er nickte zum Truck. »Soll ich dich zum Haus fahren?«

»Nein, ich gehe zu Fuß.« A. J. brauchte einen Moment für sich, um auszukosten, was eben geschehen war, bevor sie sich wieder ins Partygewühl begab.

Devlin öffnete die Fahrertür und stieg ein. Ein Gentleman in einem Farmer-Truck. Das Bild gefiel A. J.

»Dann bis morgen.« Sie wollte das Jackett abnehmen und ihm zurückgeben.

»Nein, behalt es. Es ist ein weiter Weg zurück.« Aus dem offenen Fenster lächelte Devlin ihr mit einer Wehmut zu, die sie bisher nicht bei ihm kannte. »Komm her.«

Sie trat ans Autofenster. Sanft umfasste er ihr Gesicht.

»Gute Nacht, meine Liebste.« Die Worte wehten zart über ihre Lippen. Und dann war er fort.

Am nächsten Morgen war es sehr kalt, nur ein oder zwei Grad über dem Gefrierpunkt. Noch ehe sich einer der anderen im Haus rührte, stieg A. J. aus dem Bett, duschte und packte ihre Sachen. Auf ihrem hastigen Weg durchs Haus schlug sie ihre Tasche mehrmals gegen die Ecken antiker Kommoden, Tische und Stühle und war schon halb bei der Hintertür, als ihr Devlins Smokingjacke einfiel. Also ließ sie all ihre Sachen fallen, lief zurück, um die Jacke zu holen, und schaffte es unbemerkt aus dem Haus.

Obwohl sie die Nacht sehr wenig geschlafen hatte, saß sie hellwach hinterm Steuer ihres Mercedes und raste zum Farmhaus. Nach dem Abschied von Devlin war A. J.

wie auf Wolken zum Herrenhaus zurückgeschwebt und hatte das Wohnzimmer mit einem heimlichen Lächeln betreten, das einzig ihr Vater erkannte. Als die Party endlich vorbei war, gingen Garrett und A. J. in sein Arbeitszimmer, wo sie eine einzelne weiße Kerze anzündeten und auf den Kaminsims unter das Porträt ihrer Mutter stellten.

»Du verlässt uns morgen, stimmt's?«, fragte er leise, während sie beide die Flamme betrachteten.

Nach kurzem Zögern antwortete A. J.: »Es ist Zeit, mit dem Training weiterzumachen. Mein Arm ist fast vollständig verheilt. Aber woher weißt du das?«

»Du strahlst, und ich habe mitbekommen, wie du eine Weile fort warst, mit … Gehst du zu ihm zurück?«

Sie wollte nicht zu viel sagen, aber lügen würde sie auch nicht. »Wir wollten in Ruhe reden.«

»Und er hat alles richtiggestellt, oder?«

»Ja, hat er.«

»Sei bitte vorsichtig.«

»Warnst du mich, weil du ihn nicht magst?«

»Nein, weil ich dich liebe.«

»Mir geht es gut.«

»Wann kommst du wieder?«

»Weiß ich nicht. Irgendwann. Ich melde mich.« Sie wandte sich zum Gehen.

»Arlington?«

»Ja.« A. J. drehte sich zu ihm zurück.

»Deine Mutter hätte ihn gemocht. Er ist ein starker Mann, und man merkt ihm an, wie sehr er dich liebt.«

Ihr Vater sah sie nicht an. Stattdessen blickte er zu dem Porträt hinauf. Als er sich schließlich doch ihr zuwandte, war er aus A. J.s Perspektive vom Bild ihrer Mutter eingerahmt. Ihr stiegen Tränen in die Augen.

»Danke, dass du das sagst«, flüsterte sie.

Bei ihrer Umarmung blickte A. J. hinauf zu ihrer Mutter.

Ja, dachte sie. Mummy hätte ihn gemocht.

Nun bog sie in Devlins Einfahrt und konnte es nicht erwarten, ins Haus zu laufen. Doch als sie aus dem Wagen stieg, hörte sie Sabbath wiehern. Eilig lief sie in den Stall und öffnete die obere Boxentür. Sofort schnellte der Kopf des Pferdes hinaus, und er schnupperte überall an ihr.

»Ich bin wieder da«, versicherte sie ihm und gab ihm einen Zuckerwürfel.

Nachdem sie eine Weile bei dem Hengst geblieben war, nach seinem Wasser gesehen und seine Beine abgetastet hatte, um sich zum hundertsten Mal zu vergewissern, dass er nach ihrem Debakel nicht lahm war, holte sie tief Luft. Er war bereit. Und sie ebenfalls.

A. J. schloss die Stalltür. Ihr war heiß vor erotischer Vorfreude, als sie zum Wagen zurücklief, die Smokingjacke und ihre Tasche nahm und zum Haus rannte. Devlin war in der Küche und füllte den Wasserbehälter der Kaffeemaschine. Sobald A. J. den Raum betrat, ließ er alles stehen und umarmte sie so fest, dass ihr fast die Luft wegblieb. Lippen suchten einander, Hände tasteten nach Reißverschlüssen und Knöpfen, während sie sich auf dem Weg ins Schlafzimmer gegenseitig entkleideten und ins Bett fielen. Devlin drang mit einem Stoß tief in sie ein, und A. J. stöhnte seinen Namen, als ihre Körper gemeinsam explodierten. Überwältigt von glühender Leidenschaft klammerten sie sich aneinander.

Nachdem sie wieder in die Wirklichkeit zurückgekehrt waren, dauerte es einige Zeit, bis Devlin den Kopf hob.

»Entschuldige. Normalerweise kann ich mich ein bisschen besser beherrschen.«

A. J. ließ ihre Zunge über seine Unterlippe gleiten, was ihm ein Stöhnen entlockte. »Selbstdisziplin wird völlig überschätzt, wenn du mich fragst.«

»Gott, ich will dich schon wieder.«

In der morgendlichen Stille hörten sie Geräusche aus dem Stall herüberwehen.

»Chester ist hier«, murmelte Devlin und wünschte sich ausnahmsweise, sein alter Freund würde zu spät zur Arbeit kommen.

Die beiden sammelten ihre verstreut liegende Kleidung auf und streiften sie sich hastig über, sodass sie es gerade in die Küche geschafft hatten, als Chester durch die Haustür kam. Er grinste zufrieden.

»Na, wie schön, dass die Familie wieder vereint ist«, sagte er und sah A. J. an.

»Ist sie«, bestätigte Devlin und ging zur Kaffeemaschine. Er hatte zuvor den Wasserhahn nicht zugedreht, und die Küchenspüle war kurz vorm Überlaufen.

Chester entging es natürlich nicht, und er schmunzelte weise, bevor er A. J. fragte: »Bist du fit für eine raue Trainingsrunde?«

Lächelnd setzte sie sich hin. »Ich kann es gar nicht erwarten.«

»Na, der Hengst auch nicht, kann ich dir sagen. Der hat mir gestern an der Longe halb den Arm ausgerissen.« Chester setzte sich ebenfalls an den Tisch, und Devlin stellte ihm sein Frühstück hin. »Apropos Arm, wie geht es deinem?«

»Super. Alles bestens.« Sie machte ihm vor, wie sie ihn beugen konnte, und überspielte ihre Schmerzgrimasse mit einem Lachen. »Sabbath war so froh, mich heute Morgen zu sehen, dass er um ein Haar mit mir gesprochen hätte.«

»Du hast ihm wirklich gefehlt«, sagte Devlin, der einige Scheiben Weißbrot in den Toaster schob.

»Und er war nicht der Einzige«, ergänzte Chester. »Mit ihm hier war es auch kein Spaß, bei der miesen Laune, die er verbreitet hat.«

»So schlimm war ich nicht.«

»Vielleicht nicht ganz so übel drauf wie jemand, der mit einem Fuß in einer Bärenfalle hängt.«

Als die Toasts fertig waren, warf Devlin sie auf einen Teller und stellte sie A. J. hin. Er nahm sich ein paar für sich, setzte sich auf seinen Stuhl und streckte seine langen Beine unterm Tisch aus, sodass sein einer Fuß an A. J.s Knöchel war. Sie lächelte ihn an.

»Iss lieber ordentlich, Mädchen«, empfahl Chester. »Dein Hengst wird heute ganz schön anstrengend, und das Frühstück ist sowieso die wichtigste Mahlzeit des Tages.«

»Übrigens wollte ich dich immer schon mal etwas fragen«, sagte sie. »Seit wie vielen Jahren isst du schon dieses Frühstück?«

»Seit neunundfünfzig.«

»Und was hast du vorher gegessen?«

»Bananen.«

»Nur Bananen?«

»Jo.«

»Sonst nichts?«

»Nee.«

»Man ist, was man isst«, bemerkte Devlin.

»Hattest du schon immer so komische Essgewohnheiten?«, fragte A. J.

»Ich fange den Tag gerne einfach an«, erklärte Chester. »Das Leben wird schon von selbst schnell kompliziert genug, da brauche ich nicht auch noch Chaos beim Frühstück.«

»Aber nachmittags isst du richtig scharf. Diese Chili-Hotdogs, die du bei dem Turnier in dich reingeschlungen hast, hätte man als Autolackentferner benutzen können.«

»Hör mal, du redest mit einem Mann, der die ersten dreiundzwanzig Jahre seines Lebens nur weißes Essen gegessen hat. Braune Erdnussbutter ist schon das Äußerste, was ich morgens hinnehme, aber ich habe eine Menge Essen nachzuholen.«

»Du hast nur weiße Sachen gegessen? Wie geht das?«

»Weißbrot, Reis, Kartoffeln, geschälte Äpfel, Spaghetti, Huhn, Truthahn – aber nicht das dunkle Fleisch. Eigentlich ist die Auswahl ziemlich groß.«

Devlin lachte. »Also, ich finde Geflügel ist eher cremeweiß, nicht richtig weiß.«

»Na und? Ich ließ mir eben einen gewissen Spielraum.«

»Wie großzügig von dir.«

»Ist ja sinnlos, zu verbohrt zu sein.«

»Du bist verblüffend«, sagte A. J.

»Weiß ich. Fast siebzig und in Topform. Wenn man was Gutes gefunden hat, bleibt man dabei.«

»Welch wahre Worte«, sagte Devlin und nickte zu Chesters Schale. »Du isst schon seit fünf Jahren aus der Schale.«

»Und die ist auch verdammt gute Töpferkunst.«

Alle drei lachten.

Nach dem Frühstück verschwand Devlin kurz nach oben, und Chester lehnte sich zu A. J.

»Übrigens«, sagte er leise, »hier war es wirklich nicht dasselbe ohne dich.«

»Das musst du nicht sagen, aber danke.«

»Nee, das stimmt. Er hat dich furchtbar vermisst und war ein echter Albtraum. Ihr zwei gehört zusammen.«

A. J. lächelte. »Tja, ich glaube, da stimme ich dir zu.«

Unten im Stall war Sabbath außer sich vor Freude und konnte nicht still stehen, als A. J. ihn striegelte. Während Devlin und Chester sich draußen um die Hindernisse kümmerten, redete sie mit dem Hengst. Sie staunte selbst, wie sehr er ihr gefehlt hatte.

Chester kam herein und sagte: »Draußen ist alles bereit.«

»Danke.« A. J. legte den Hufkratzer in ihre Putzkiste zurück. »Das lose Hufeisen sieht wieder richtig gut aus.«

»Was man von dem Schmied nicht behaupten kann. Aber welcher Mann kann schon ein Garfield-Bild auf der Stirn tragen?«

»Wie bitte?«

»Das war auf dem Pflaster, das wir ihm geben mussten.«

»Und er brauchte es, weil …«

»Weil unser kleiner Eintänzer hier mit ihm auf Tuchfühlung gehen wollte.«

»Das ist ein Scherz!« A. J. warf dem Hengst einen strengen Blick zu.

Sabbath guckte zurück, als könnte er kein Wässerchen trüben.

»Tu ja nicht so«, sagte sie zu dem Pferd. »Wenn er das nächste Mal kommt, benimmst du dich, verstanden?«

»Wird er nicht.«

»Natürlich wird er. Dann bin ich hier und halte seinen Kopf.«

»Nicht das Tier, der Schmied.«

»Wie?«

»Der kommt nicht wieder.«

»Nie?«

»Ich will ihn lieber nicht wörtlich zitieren, immerhin bist du eine Dame. Aber der Inhalt war ungefähr, dass es sehr lange dauern würde und ein anderes Pferd bräuchte, damit er noch mal einen Fuß in diesen Stall setzt.«

»Das ist nicht wahr.«

»Tja, leider doch.«

Devlin kam herein. »Sind wir so weit?«

»Gleich«, sagte Chester, während A. J. Sattel und Zaumzeug holte.

Sie murmelte etwas über klotzköpfige Rassepferde vor sich hin, als sie in die Sattelkammer ging, und rannte direkt in einen Stapel Hafersäcke hinein, der dieselbe Höhe hatte wie sie. Erschrocken drehte sie sich zu den beiden Männern um.

»Was soll das ganze Futter hier drinnen?«

»Ich hole dir deine Sachen«, sagte Devlin, marschierte an ihr vorbei und beachtete ihren fragenden Blick nicht. Er polterte und rumpelte in der kleinen Kammer, und als A. J. zu Chester sah, verdrehte der die Augen.

»Na ja, hier lief nicht alles rund, solange du weg warst.«

»Ja, scheint mir auch so«, sagte sie und versuchte, nicht zu kichern, als Devlin einen Köpfer in einen Haufen Pferdedecken machte.

»Hast du den Truck schon gesehen?«, flüsterte Chester.

A. J. nickte und musste sich den Mund zuhalten, um nicht zu lachen, denn Devlin tauchte mit verwuscheltem Haar und jeder Menge Heu an seinem Pullover wieder auf. Er sah aus, als wäre er in einer Schlacht gewesen.

»Alles okay, Boss?«, fragte Chester. »Diese Hafersäcke können die Pest sein, wenn sie sich gegen dich zusammenrotten.«

Devlin dankte es ihm mit einem vernichtenden Blick und gab A. J. ihr Sattelzeug. »Red du nur. Wenigstens ist das Zeug trocken. Und wenn ihr zwei genug gekichert habt, dürft ihr zu mir auf den Platz kommen. Es wäre schön, demnächst mal anzufangen.«

»Er wird schrecklich brummig, wenn ihm was peinlich ist«, erklärte Chester, nachdem Devlin gegangen war. »So war er schon immer.«

»Du solltest ihn aber auch nicht ärgern.«

»Na, ist ja die einzige Bewegung, die er in letzter Zeit kriegt.«

Sobald der Hengst gesattelt war, zog A. J. sich Handschuhe über, um ihre Hände warm zu halten, und ließ sich von Chester aufs Pferd helfen. Noch ehe sie auf dem Platz waren, begann Sabbath, mit dem Kopf zu schlagen und zu tänzeln.

»Lassen wir ihn erst mal Bodenarbeit machen«, rief Devlin, während Chester das Gatter hinter ihnen schloss. »Sonst springt er sich noch um Kopf und Kragen.«

A. J. nickte. Es fühlte sich gut an, wieder Zügel in den

Händen zu halten, auch wenn sie sofort Schmerzen in ihrem Arm spürte. Der Hengst sträubte sich mächtig gegen die Trense, und jedes Mal, wenn er seinen Hals vorreckte, fühlte es sich wie ein Messerstich in ihre Schulter an. Sie redete sich ein, dass sie nur warm werden musste, biss die Zähne zusammen und gab alles, sich ihre Schwierigkeiten nicht anmerken zu lassen.

Als A. J. und der Hengst sich bei einem Gangartwechsel der Mitte des Platzes näherten, entdeckte Sabbath den Wassergraben. Er bäumte sich auf und blieb stehen. Es brauchte A. J.s gesamte Geduld und Kontrolle, ihn dazu zu bringen, an dem Graben vorbeizutraben, und er wehrte sich reichlich, wobei er das Wasser im Auge behielt, als könnte irgendwas herausspringen und ihn attackieren. A. J. wurde klar, dass sie ein großes Problem hatten.

»Bleiben wir erst mal weg vom Wasser«, rief Devlin. »Uns geht es allen besser, wenn er sich ein bisschen beruhigt hat.«

A. J. nickte und arbeitete weiter am Boden mit dem Hengst, hielt sich aber von der Mitte fern. Als Devlin und sie entschieden, dass die Zeit gekommen war, brachte sie Sabbath über einige kleinere Hindernisse. Er war energiegeladen und stark, aber nicht so sehr an einem echten Kampf interessiert wie sonst. Selbst als sie eine Kombination probierten, reagierte der Hengst gut, nahm die Kurve sicher und beschleunigte auf den Geraden, wenn A. J. es wollte.

Es wäre eine fantastische Trainingsstunde gewesen, hätte sie nicht solche höllischen Schmerzen gehabt.

Nach einer Stunde rief Devlin sie zu sich.

»Na, das nenne ich Springen!«, sagte er, und bemerkte, dass es ein Problem gab. »A. J., was ist?«

»Nichts«, antwortete sie und rang sich ein Lächeln ab. Ihr Arm pochte im Takt ihres Pulses, und ihr war komisch. »Sollen wir die Runde noch mal machen?«

»Nein«, sagte er langsam. Seine Augen musterten sie prüfend. »Ist auch wirklich alles in Ordnung?«

»Ja, klar. Ich finde, wir sollten noch eine Runde machen.«

Devlin schüttelte den Kopf. »Nein, das reicht für seinen ersten Tag nach der Pause.«

A. J. versuchte, ihre Erleichterung zu verbergen, als sie Sabbath vom Parcours weglenkte, um ihn trocken zu reiten. Als der Hengst bereit war, nach drinnen zu gehen, führte sie ihn zu Devlin, der am Gatter wartete. Da sie sich bewusst war, dass sie aufmerksam beobachtet wurde, glitt sie so geschmeidig wie möglich aus dem Sattel und hielt die Zügel mit der gesunden Hand.

12

Nachdem A. J. Sabbath am Anbinder festgemacht hatte, sagte sie zu Chester und Devlin, dass sie kurz ins Haus gehen müsste. Devlin war versucht, ihr zu folgen, wollte aber nicht zu bevormundend erscheinen. Also lehnte er sich an die Stalltür und fing an, sich Notizen zu machen. Weit kam er nicht, weil ihm A. J. nicht aus dem Kopf wollte. Ungefähr zwanzig Minuten vergingen, bis sie wiederkam und mehr wie sie selbst aussah.

»Ich glaube, ich weiß, wie ich ihn da rüberkriege«, sagte sie, als sie auf den Hengst zuging. Chester hatte ihn gestriegelt, sodass sein Fell nun wie schwarze Tinte schimmerte.

Devlin starrte sie entgeistert an, denn er dachte nach wie vor daran, wie blass und zittrig sie nach der Trainingsrunde gewesen war.

»Der Wassergraben«, half A. J. ihm auf die Sprünge.

»Ach so, ja. Und wie sieht dein Plan aus?«

»Willst du ihm Schwimmen beibringen?«, fragte Chester spöttisch und warf Sabbath eine Decke über.

»Fast. Wir machen es genau so, wie wir meine Cousine in ein Flugzeug bekommen haben. Na ja, so gut wie.«

»Drogen?«, fragte Devlin.

»Systematische Konfrontation über eine längere Zeit hinweg. Wir haben sie in ein Trainingscamp für Leute mit

Flugangst geschickt. Und die schafften es, sie in ein Flugzeug zu bekommen.«

»Dann fliegt sie jetzt?«

»Nein, nicht so ganz. Aber sie hat zwanzig Minuten in einem Flieger gesessen, bevor sie ihr eine Papiertüte gegen das Hyperventilieren geben mussten.« A. J. runzelte die Stirn. »Ist vielleicht kein so tolles Beispiel.«

»Ich finde, dass wir es probieren sollten«, sagte Devlin. »Desensibilisierung funktioniert bei Menschen und Tieren. Das ist eine gute Idee.«

Zufrieden machte A. J. den Hengst vom Anbinder los. »Tja, wie es aussieht, gehen wir zurück in den Ring, Champ.«

Sie führte ihn aus dem Stall, wobei sie ihren verletzten Arm eng an den Körper drückte, damit der Hengst nicht gegen ihn stieß, wenn er seinen Kopf bewegte. Die Tabletten, die Dr. Ridley ihr verschrieben hatte und von denen sie im Haus eine genommen hatte, wirkten gut und linderten den Schmerz. Leider machten sie A. J. auch ein bisschen benommen, deshalb beschloss sie, künftig bei nicht verschreibungspflichtigen Mitteln zu bleiben.

Wenigstens würde es sich morgen besser anfühlen, dachte sie. Wahrscheinlich brauchte sie nicht einmal mehr Schmerzmittel.

Devlin öffnete ihnen das Gatter, und A. J. brachte den Hengst in die Mitte des Platzes. In einiger Entfernung vom Wassergraben blieb sie stehen. Sabbath beäugte das Wasser nervös. A. J. gab ihm einen Moment, ehe sie ihn näher heranführte und dabei ruhig mit ihm redete, doch er bockte. Der Hengst riss den Kopf nach oben, verdrehte wild die Augen und stemmte sich mit der Hinterhand in den Sandboden, als sie bis auf ein paar Meter am Wasser waren.

Gegen knapp siebenhundert Kilo Muskelkraft konnte A. J. nicht viel ausrichten. Sie führte ihn wieder weg und im Kreis herum zurück zum Wassergraben. Das machten sie einige Male und kamen jedes Mal ein Stück näher an das Wasser. Währenddessen blieb A. J. ruhig, ganz auf den Hengst konzentriert und bemühte sich geduldig, ihm die Angst zu nehmen. Als Sabbath richtig panisch wurde, gönnte sie ihm eine Pause und führte ihn zu Devlin hinüber, der ihnen beiden Mut zusprach. Am Ende der Trainingseinheit hatten sie den Hengst so weit, dass er zu A. J. sah, wenn er Angst bekam, und sich von ihrer Stimme beruhigen ließ.

Später, als sie aus dem Stall zurückgekehrt waren, war A. J. tief in Gedanken versunken. Sie fühlte sich etwas wohler, weil sie nun einen Plan hatten, wie sie Sabbath an den Wassergraben gewöhnten. Es war zwar noch fraglich, ob es klappte oder nicht, aber immerhin hatten sie eine Richtung gefunden.

Was ihr weit hartnäckiger durch den Kopf ging, war Devlin.

Bei den Springübungen hatte er eindeutig gemerkt, dass es ihr nicht gut ging, und sich um sie gesorgt. Das hatte sie ihm angesehen, seiner Stimme angehört und an der Art erkannt, wie er sie beobachtete. Als er sie fragte, hätte sie ihm sagen müssen, wie es ihr wirklich ging. Stattdessen hatte sie ihn angelogen.

Aber was blieb ihr anderes übrig? Seinem Gesichtsausdruck nach galt sein Hauptinteresse ihr, nicht der Qualifizierung. Und dafür liebte sie ihn. Das Problem war, dass sie trainieren mussten. So wie er auf ihren Sturz reagiert hatte, nahm sie an, dass er ihr sofort weiteres Training verbieten würde, wenn er erfuhr, wie es ihr wirklich ging. Eine Woche hatten sie bereits verloren, und der Hengst flippte beim bloßen Anblick von Wasser aus. Ihnen lief die Zeit davon.

Das Letzte, was A. J. wollte, war, nicht an der Qualifizierung teilnehmen zu können, vor allem nachdem sie überall erzählt hatte, dass sie mit Sabbath antreten würde. Und so wie sie derzeit in aller Munde war, weil sie den Hengst gekauft und das Gestüt ihrer Familie verlassen hatte, käme eine Absage einem öffentlichen Geständnis gleich, dass sie nicht mit dem Pferd umgehen konnte – dass alle recht gehabt hatten und sie unrecht. Man würde ihr nachsagen, dass sie sich zu viel zugetraut hatte und gescheitert war.

Doch ihre Entschlossenheit war nicht allein ihrer Furcht vor einer Blamage geschuldet. Jetzt, da sie erstmals auf sich gestellt war, wollte sie beweisen, dass sie es schaffte. Sie wollte den Leuten zeigen, dass sie mehr als eine reiche Tochter war, dass sie Talent besaß und auf höchstem Niveau mithalten konnte. Und sie war überzeugt, dass sie den Hengst, mit dem niemand zurande kam, bändigen konnte. Ihn bei der Qualifizierung zu reiten würde sie als ernst zu nehmende Konkurrentin in dem Sport etablieren, den sie über alles liebte. Es wäre ein großer erster Schritt auf dem richtigen Weg. Und, ja, wenn sie beide es gut machten, könnten sie womöglich einen Platz im Olympia-Team ergattern.

Eines war klar: Sollten sie wegen ihres Arms noch einen einzigen Trainingstag versäumen, müsste A. J. aufgeben.

So wie der Hengst auf Wasser reagierte und so viel sie noch an den Sprüngen arbeiten mussten, konnten sie sich keine weiteren Ausfälle mehr leisten. Jede Sekunde auf dem Reitplatz war entscheidend, und A. J. würde auf keinen Fall zurückstecken, weil ihr irgendwas wehtat. Außerdem war das morgen wahrscheinlich überstanden.

Sie ging hinüber zu Sabbath, der sich in seiner Box ausruhte, und streichelte ihm die Nüstern. Sicher war sie nur überängstlich mit ihrem Arm. Nach der frisch verheilten Prellung war klar, dass sie am ersten Tag etwas merkte. Das hieß noch lange nicht, dass der Arm ihr weiterhin Probleme machen würde.

Mit einem Zischen und Gurgeln sprang das automatische Tränksystem an und sprühte einen Wasserstrahl in Sabbaths Trog. Die Ohren des Hengstes legten sich vor Schreck abwechselnd nach vorn und nach hinten, und er rückte so weit wie möglich von dem Wassertrog weg.

»Ich frage mich, wieso du solche Angst hast«, murmelte A. J.

Chester, der begonnen hatte, die Hafersäcke aus der Sattelkammer zu räumen, antwortete für das Pferd: »Hat wahrscheinlich als Fohlen *Der weiße Hai* gesehen und nicht verkraftet.«

A. J. lächelte. »Ich fürchte, es ist mehr als das.«

»Na, mich hat der Film jedenfalls mächtig beeindruckt«, sagte Chester und kam mit einem weiteren Hafersack aus der Kammer. Er ließ ihn in die Schubkarre fallen, die in der Stallgasse stand, und rollte die schwere Ladung zu einer freien Box. »Seitdem war ich kein einziges Mal mehr schwimmen, nicht mal in Süßwasser.«

A. J. lachte leise und kraulte eine bestimmte Stelle unter

dem Kinn des Hengstes, was ihn verlässlich in ein Schnurrkätzchen verwandelte.

Es musste einen Grund für seine Wasserphobie geben. Er war ein Rüpel mit Hang zur Selbstdarstellung und unberechenbarem Fehlverhalten, aber das war etwas völlig anderes als sein Benehmen, wenn er mit Wasser konfrontiert wurde. A. J. erkannte nackte Angst auf Anhieb – bei Menschen wie bei Tieren.

»Dreht sich dein Tagtraum zufällig um mich?«, flüsterte Devlin ihr ins Ohr.

Sie zuckte zusammen. Für einen großen Mann konnte er sich erstaunlich lautlos bewegen.

»Ich wollte dich nicht erschrecken.« Er schlang die Arme um sie, und sie lehnte sich an ihn.

»Du darfst dich jederzeit an mich heranschleichen«, murmelte sie und rieb ihre Hüften an ihm. Sein lustvolles Stöhnen tat gut.

Plötzlich gab es einen Knall in der Box nebenan. Sabbath wieherte schrill, während A. J. und Devlin hinüberrannten.

Sie fanden Chester bäuchlings neben der Schubkarre vor.

»Chester!«, japste A. J.

Devlin und sie knieten sich neben den Mann, der unzusammenhängende Sätze murmelte und sich die Brust hielt.

»Ich rufe einen Krankenwagen«, sagte Devlin und lief nach draußen.

A. J. nahm Chesters Hand und fühlte seinen Puls. Er ging zu schnell und stotternd.

»Mir brennt die Brust«, keuchte er.

»Atme langsam mit mir«, befahl A. J. ihm und beobachtete, ob er bei Bewusstsein blieb.

»Hilfe ist unterwegs«, sagte Devlin, der wieder reinkam. »Halt durch, okay?«

Endlos warteten sie auf den Krankenwagen. A. J. und Devlin kommunizierten mit langen, besorgten Blicken, die sie über den leidenden Chester hinweg wechselten. Während sie ihm beruhigend zuredeten und er nach Luft rang, kroch die Zeit entsetzlich zäh dahin. Als endlich Sirenen zu hören waren, ging Devlin wieder nach draußen, um die Sanitäter zu Chester zu dirigieren.

Die beiden Frauen kamen eilig herein, öffneten ihre orange-weißen Kunststoffkoffer und holten medizinisches Gerät heraus, bei dem A. J. ganz mulmig wurde. Sie und Devlin hielten sich im Hintergrund, um die Sanitäterinnen nicht bei ihrer Arbeit zu stören, und fassten sich bei den Händen. Die Frauen redeten in unverständlichem Fachjargon, während sie mit Plastikschläuchen und Nadeln hantierten. Sobald sie Chester stabilisiert hatten, luden sie ihn hinten in den Krankenwagen. Devlin fuhr mit, und A. J. folgte ihnen in ihrem Wagen.

Am Krankenhaus parkte sie ein und rannte in die Notaufnahme, wo Devlin sie bereits erwartete. Er nahm sie in die Arme.

»Wie geht es ihm?«, fragte sie, ohne den Kopf von seiner Schulter zu heben.

»Das werden sie uns bald sagen können. Noch untersuchen sie ihn. Wir müssen warten.«

»Hast du seine Familie verständigt?«

»Ich habe seiner nächsten Verwandten aufs Band gesprochen, aber sie wohnt in einem anderen Bundesstaat.

Eigentlich hat er keinen außer mir.« Devlin war sehr blass und angespannt vor Sorge, doch seine Augen waren klar.

»Ich weiß nicht, wie ich das hier ohne dich durchstehen sollte«, sagte er.

»Ich bin froh, dass ich hier sein kann«, antwortete sie leise.

Er brachte sie in einen Warteraum, wo sie auf den tristen Plastikstühlen hockten und warteten. Abgesehen von den hässlich orangen Stühlen gab es in dem Raum lediglich einige altersschwach wirkende Tische. Auf ihren zerkratzten Platten aus schlecht gemachtem Holzimitat lagen Zeitschriften mit Eselsohren. In der einen Ecke stand ein Snack-Automat, und von der Decke hing ein alter Fernseher, auf dem ein Schwarzweißbild ohne Ton flirrte. Die Schauspieler einer Soap redeten und gestikulierten dramatisch stumm aufeinander ein.

»Ich will ihn nicht verlieren«, murmelte Devlin. »Mercy war schlimm genug, aber er auch noch?«

A. J. streichelte seine Schulter, als er sich nach vorn lehnte.

»Er ist wie ein Vater für mich«, sagte er.

A. J. spürte, dass er inmitten dieses Albtraums reden musste. »Wie lange kennst du ihn schon?«

»Seit Jahren. Er war mein erster Boss. Der erste Erwachsene, auf den ich jemals gehört habe. Er lehrte mich, ein Mann zu sein.« Devlin fuhr sich mit der Hand durchs Haar. »Es war ja auch sonst keiner da, der es wollte oder konnte. Meinen eigenen Vater kannte ich nicht.«

»Hat deine Mutter dich alleine großgezogen?«

»Nein. Ich hatte diverse Pflegeeltern, wurde alle paar Jahre woanders hingeschickt. Keiner will ein älteres Kind adoptieren, und für mich war es spätestens in dem Moment vorbei, in dem ich Probleme machte.«

»Wie bist du verwai…« Sie wurde rot, weil ihr aufging, dass sie ihm keinen zusätzlichen Druck machen durfte. »Entschuldige. Ich wollte nicht neugierig sein.«

»Ist schon okay.« Er streckte die Arme, stützte sie angewinkelt auf seine Knie und legte sein Kinn auf seine gefalteten Hände. »Meine Vergangenheit ist vielleicht eine praktische Ablenkung.«

Nach einer längeren Pause sagte er: »Meiner Akte zufolge war meine Mutter unverheiratet und allein, als sie bei meiner Geburt starb. Niemand erhob Anspruch auf mich. Mein Vater hatte sie ungefähr in der Mitte der Schwangerschaft sitzen gelassen, und ich schätze, ihre Eltern waren entsetzt vom Sittenverfall ihrer Tochter. Sie wollten keinen Beweis für diese moralische Verfehlung in ihrer Nähe.«

»Deine Großeltern haben dich einfach weggegeben?«

Devlin nickte.

»Einmal, als ich sechzehn war, fuhr ich zu ihnen. Ein alter Mann, der die gleichen Augen wie ich hatte, sagte mir, ich sollte mich nie wieder blicken lassen, und knallte mir die Tür vor der Nase zu.« Er lehnte sich auf dem Stuhl zurück. »Als Jugendlicher habe ich ziemlich viel Mist gebaut, wurde einige Male wegen Diebstahls verhaftet. Ich habe die Highschool abgebrochen, und ans College war überhaupt nicht zu denken. Als ich aus dem Pflegesystem entlassen wurde, hatte ich nichts zu tun, wusste nicht, wohin, und war irre wütend auf alles und jeden. Mit achtzehn wanderte ich ziellos umher, immer auf der Suche nach kleinen Jobs, mit denen ich gerade genug verdiente, dass ich mir Essen kaufen konnte. So kam ich zu einem Gestüt und wollte als Stallbursche anheuern. Ich habe keinen Schimmer, warum sie mich genommen haben, denn ich hatte vorher noch nie mit Pferden zu tun gehabt.«

Devlins Lächeln war traurig. »Da lernte ich Ches kennen, und er rettete mir das Leben. Ich lief eine lange, staubige Auffahrt zu einem Stall rauf, und er war der Erste, dem ich begegnete. Ich weiß nicht, was er in mir gesehen hat, aber er guckte mich einmal an und sagte, ›Junge, ich kümmer mich um dich.‹ Und das tat er. Das tat er immer.«

A. J. war gefesselt von dem, was er ihr erzählte. Es waren jene persönlichen Details, die sie bisher nur als Andeutungen aus Presseberichten über ihn kannte, aber sich nie recht zusammenreimen hatte können. Sie empfand großes Mitgefühl mit ihm, weil er so viel durchmachen hatte müssen und sie sich kaum vorstellen konnte, wie schwer seine Kindheit gewesen sein musste. Wie einsam musste er sich gefühlt haben, als er von Pflegefamilie zu Pflegefamilie gereicht wurde und überall ein Außenseiter blieb. Und wie viel musste ihm Chesters Liebe bedeutet haben! Dass Devlin es trotz aller Widrigkeiten im Springreiten bis ganz nach oben geschafft hatte, grenzte vor diesem Hintergrund erst recht an ein Wunder.

»Wann hast du angefangen zu reiten?«

»Da war ich seit circa zwei Wochen auf dem Gestüt. Eines der Rassepferde, ein erstklassiges Springpferd, wurde nach dem Training in den Stall gebracht. Ich guckte von dem Mist auf, den ich gerade schaufelte, und sagte dem

Reiter, dass das Pferd lahmt. Der Typ reagierte nicht mal, weil ich für ihn nichts als Dreck war, aber Chester kam, sah sich das Bein an und gab mir recht. Wie sich herausstellte, hatte die Stute eine Haarrissfraktur an der Vorderhand.

Hinterher fragte Chester mich, woher ich das gewusst hatte, und ich antwortete, dass ich es eben gesehen hätte. Dann wollte er wissen, ob ich schon mal auf einem Pferd gesessen hatte. Ich sagte Nein, aber ich würde es gerne mal ausprobieren. Eine Stunde später war ich auf dem Reitplatz.« Er sah A. J. an. »Alles, was ich mit dir beim Training mache, kommt von ihm. Er ist ein wahrer Meister und hätte berühmt werden können, nur hat er sein Talent eher für sich behalten. Er war immer schon ein Freigeist, wollte sich auf nichts festlegen lassen. Außer mir hat er nie irgendjemanden trainiert.«

»Und das war ja wohl ein voller Erfolg.«

Devlin zuckte mit den Schultern. »Er brachte mir bei, meine aufgestaute Wut in Ehrgeiz umzuwandeln. Das und die Tatsache, dass mir das Reiten so leichtfiel, hat es letztlich gebracht.«

Sie lächelte verhalten. »Na, ich würde mal tippen, es war auch eine Menge harte Arbeit im Spiel.«

»Ist es Arbeit, das zu tun, was man wirklich gerne macht?«

»Nein, stimmt, ist es eigentlich nicht.«

Beide wussten, was der andere meinte.

»Nach dem Unfall, nachdem Mercy eingeschläfert wurde, begriff Ches sofort, dass ich allein sein musste. Er hat immer gesagt, dass er zurückkommt, doch ich habe ihm nicht geglaubt. Das ist einer der Gründe, weshalb du so besonders für mich bist«, sagte er und nahm A. J.s Hand. »Du bist in mein Leben gekommen und hast dich mir vollkommen geöffnet. Und du bist neben Chester der einzige Mensch, bei dem ich das Gefühl habe, dass ich ihm trauen kann.«

Sie beugte sich zu ihm und küsste ihn. Es war nur eine gehauchte Berührung, ein zartes Streifen ihrer Münder, und dennoch ein unmissverständlicher Liebesschwur.

A. J. fühlte, wie er ihre Hand drückte. Dann neigte Devlin seinen Kopf nach hinten und schloss die Augen, als wäre er erschöpft. Eine ganze Weile betrachtete A. J. ihn und dachte über das nach, was er ihr erzählt hatte. Es hatte sie tief berührt, und sie hatte den Eindruck, dass er vieles davon zum ersten Mal enthüllt hatte.

Schließlich blickte sie hinauf zum Fernseher und stellte fest, dass die Soap immer noch lief. Sie versuchte, sich an den Namen der Serie zu erinnern. *Wings of Faith?*

Nein, das war es nicht.

Sie schaute der Parade von Charakteren zu, die in eleganten Kleidern und mit übertriebener Gestik umherstolzierten und sich wechselweise küssten oder ohrfeigten. A. J. konnte der Handlung mühelos folgen, ohne einen einzigen Ton zu hören. Hin und wieder kehrte sie in die Wirklichkeit zurück, weil jemand in einem Arzt- oder Schwesternkittel durch den Raum eilte. Meistens gingen sie nur zum Automaten. Das metallische Klimpern der Münzen und das kurbelnde Geräusch, bevor irgendein Snack ins Ausgabefach fiel, wurden mit der Zeit allzu vertraut.

A. J. sah wieder zur Soap. Wieso fiel ihr verdammt noch mal der Titel nicht ein?

Wings of Fortune?

Nach einiger Zeit streckte Devlin sich, stand auf und ging zum Schwesterntresen wie jemand, der auf einer Expedition in die Wildnis war. Minuten später kehrte er ohne Neuigkeiten zurück. A. J. wandte das Gesicht ab, damit er ihre Enttäuschung nicht mitbekam.

Schräg über ihnen erreichte die Soap ihre Schlussszene, in der einige Frauen einem Mann weißes Pulver in seinen Cocktail mischten. Dann kam der Abspann und mit ihm der Titel: *Wings of Fate.*

Über die nächsten Stunden gesellten sich Familien anderer Patienten zu A. J. und Devlin und verschwanden wieder. Leute kamen und gingen, und doch blieb die Besetzung in dem Raum irgendwie die gleiche. Jeder durchlebte eine ähnliche Verlustangst, wartete verzweifelt auf Antworten, Neuigkeiten, einen Hoffnungsschimmer. Und keiner von ihnen wusste, wer sein Leben zurückbekam und für wen es nie wieder so wie früher werden würde.

Endlich – A. J.s Hintern war mittlerweile so taub, dass sie fürchtete, er würde es auf immer bleiben – rief einer der Weißkittel Chesters Namen. Devlin und sie sprangen auf, und der Raum um sie herum verschwamm, weil sie sich ganz darauf konzentrierten, die Miene des Arztes zu entziffern.

Er war zu jung, um Entscheidungen über Leben und Tod zu fällen, war A. J.s erster Gedanke. Dann fiel ihr auf, dass seine Augen hinter der zarten Goldrandbrille sehr alt wirkten.

»Sind Sie die Angehörigen?«, fragte der Arzt mit einem starken Südstaatenakzent.

»Geht es ihm gut? Was ist los?«, fragte Devlin.

»Sind Sie Devlin und A. J.?«

Sie nickten.

»Wir denken, dass wir das Problem gefunden haben. Kommen Sie mit mir.«

Sie folgten dem weiß gewandeten Erlöser aus der Warteraumhölle durch *Star-Trek*-Türen in das Gewusel der Notaufnahme. Jeder hatte es eilig und schien zu wissen, wo er hinmusste, was nach der lähmenden Stille im Warteraum ziemlich hektisch, aber auch beruhigend anmutete.

Der Arzt führte sie zu einer der Behandlungsnischen, die mit dicken, weißen Vorhängen abgetrennt waren, um den Patienten ein Minimum an Privatsphäre zu geben. Devlin und A. J. wappneten sich für das, was sie hinter dem Vorhang erwarten mochte.

Als der Vorhang beiseitegeschoben wurde, stockten beide.

Chester saß grinsend auf dem Bett und sah völlig gesund und munter aus.

»Meine Güte noch mal, jetzt steht nicht wie die Ölgötzen da! Eine der Schwestern könnte mich so sehen und hin und weg von mir sein.«

Die beiden traten an sein Bett, und A. J. wusste nicht, ob sie lachen oder weinen sollte. Trotz der Schläuche und Kabel schien es Chester gut zu gehen. Er hatte wieder Farbe im Gesicht, und das schmerzbedingte milchige Schimmern in seinen Augen war fort. Prompt brach A. J. in Tränen aus. Sie war auf alles gefasst gewesen, nur nicht darauf, dass Chester wieder in Ordnung kam.

Chester und der Arzt beäugten sie verwundert. Devlin legte einen Arm um sie und hielt sie fest.

»Was zur Hölle war mit ihm?«, fragte er.

Der Arzt erklärte es mit lauter medizinischen Fachbegriffen, die sie nicht verstanden.

»Das Cajun Gumbo hat mir den Garaus gemacht«, unterbrach Chester ihn grinsend.

»Was?« Devlin starrte den Arzt an.

»Simpel ausgedrückt, Magenbeschwerden.«

»Verdauungsstörungen?«

»Ungefähr so, ja. Er leidet unter einem Reflux, der …«

»Mir kommen die Langusten wieder hoch«, half Chester aus und grinste in die Runde, als Devlin vor Erleichterung laut loslachte.

»Tatsächlich besteht Anlass zur Sorge«, sagte der Arzt. »Er muss seine Ernährungsgewohnheiten ändern, sonst passiert so etwas immer wieder. Seine Cholesterinwerte sind viel zu hoch, und er ist nicht mehr so jung, wie er denkt. Er muss darauf achten, weniger schwer körperlich zu arbeiten und besser zu essen.«

»Ich hab dir ja gesagt, dass es so kommt.« Devlin schüttelte den Kopf. »Dieses ganze superscharfe Essen rächt sich nun mal. Und nur weil du beim Frühstück immer dasselbe zahme Zeug isst, kannst du dafür nicht jeden Nachmittag in Chili baden.«

»Zahmes Zeug?«, horchte der Arzt sofort auf.

»Ist ’ne lange Geschichte«, grummelte Chester.

Devlin nahm sich dennoch die Zeit, den Arzt genauestens zu informieren. Als er fertig war, guckte der Doktor verdattert und der Patient beschämt.

»Mr. Raymond, warum haben Sie mir das alles nicht erzählt?«

»Ich fand’s halt nicht wichtig.«

»Sie müssen zu einer Ernährungsberatung.« Der Arzt kritzelte etwas auf einen Zettel. »Hier ist ein Rezept für ein starkes Antazidum, und ich schreibe Ihnen den Namen von jemandem auf, der Ihre Ernährung mit Ihnen durchgeht.«

»Wozu brauche ich denn eine Ernährungsberatung?«

»Sir, ich habe schon viele verrückte Geschichten gehört, aber Ihre Essgewohnheiten rangieren definitiv in den Top Ten. Melden Sie sich bei mir, wenn Sie irgendwas brauchen.«

Mit einem Nicken zu A. J. und Devlin ging der Arzt.

»Was muss ich denn zu einem laufen, der mir sagt, was ich futtern darf und was nicht?«, brummelte Chester.

»Hast du das *MD* hinter seinem Namen gesehen?«, fragte Devlin. »Das ist nicht die Abkürzung von *minderbemittelter Depp,* denn in dem Fall stünde es hinter deinem Namen.«

A. J. ergriff Chesters raue, sehnige Hand. Sie fühlte sich an wie Schuhleder und drückte die ihre fest. »Ich bin so froh, dass es dir wieder gut geht.«

»Tut mir leid. Ich wollte euch zweien keinen Schreck einjagen.«

»Tja, hast du aber trotzdem«, sagte Devlin mürrisch. »Wir waren halb wahnsinnig vor Angst.«

»Nee, nee, mein Junge, so bald wirst du mich nicht los«, sagte Chester hörbar gerührt.

»Gott sei Dank. Ich bin nämlich noch längst nicht bereit, ohne dich weiterzumachen.«

Chester räusperte sich und wischte sich die Augen mit dem Unterarm. »Und? Können wir mich jetzt abstöpseln und von hier verschwinden? Ich möchte das gerne schleunigst hinter mir haben und vergessen.«

»O nein, vergessen wird die Sache nicht. Es muss sich einiges ändern«, warnte Devlin.

»Jetzt mach mal halblang! Ich brauche keinen Aufpasser.«

»Mach, was der Arzt gesagt hat, dann kriegst du auch keinen.«

»Was weiß der denn schon? Der sieht aus wie ein Zeitungsjunge.«

»Und wer landete im Krankenwagen?«

»Ich wollte ja bloß mal mein Innenleben angucken. Hat mich schon immer interessiert, wie es da drinnen so aussieht.«

In dem Moment schob eine Krankenschwester den Vorhang zur Seite.

»Sind Sie bereit, nach Hause zu gehen?«, fragte sie mit einem munteren Lächeln.

»Wir warten draußen«, sagte Devlin und legte einen Arm um A. J.s Schultern.

»Eins steht schon mal fest«, sagte Chester zu der Krankenschwester, als sie sich an die Arbeit machte. »Ich ess nie wieder Langusten und gestürzte Ananastorte direkt hintereinander.«

Es war ein recht mühseliges Unterfangen, sie alle in das Cabrio mit dem geschlossenen Verdeck zu bekommen. A. J. musste ihren Sitz so weit nach vorne stellen, wie sie konnte, und Devlin quetschte sich in den engen hinteren Sitzbereich. Halb ans Lenkrad geklemmt zu fahren war nicht schön, aber zumindest hatte Chester es auf dem Beifahrersitz bequem. Es gefiel ihm sogar so gut, dass er verkündete, seinen nächsten Bingo-Gewinn in einen Chauffeur zu investieren.

Bis sie bei seinem kleinen Haus mitten im Wald, unweit von Devlins Farm, angekommen waren, war es dunkel. Devlin hatte alles versucht, Chester zu überreden, dass er erst einmal eine Weile bei ihnen wohnte, doch das lehnte der entschieden ab.

»Dürfen wir dir wenigstens Abendessen vorbeibringen?«, fragte A. J.

Chester schüttelte den Kopf. »Ich hab noch Hühnersuppe und Cracker. Heute Abend gehe ich es mal vorsichtig an.«

»Eine kluge Idee. Vielleicht bleibst du mal eine Woche oder so bei weißem Fleisch.«

»Ja, genau das dachte ich mir auch.« Chester stieg aus dem Wagen, und Devlin brachte ihn zur Tür. Wo es zu einem kleinen Streit kam.

»Nimm dir morgen mal frei.«

»Erzähl mir nicht, was ich tun soll. Ich kann Chefs nicht leiden, die nett tun und mir bloß Vorschriften machen wollen.«

»Wenn das wahr wäre, hätten sich unsere Wege schon vor Jahren getrennt.«

»Bei dir mach ich nur 'ne Ausnahme, weil du ohne mich aufgeschmissen bist.«

»Keine Frage, aber wechsle nicht das Thema. Du nimmst dir ein paar Tage frei.«

»Einen.«

»Mehrere.«

»Einen.«

Devlin fluchte.

»Die Runde geht an mich, Junge. Und jetzt bring deine Frau nach Hause.«

A. J. konnte alles durch die offene Wagentür mithören und grinste, als sie Chester zuwinkte. Devlin kam zurück, setzte sich auf den Beifahrersitz und sah sie ziemlich lange, ziemlich zufrieden an.

»Worüber lächelst du?«, fragte er auf der Rückfahrt.

»Mir gefällt die Vorstellung, deine Frau zu sein.«

Seine Hand streichelte ihren Oberschenkel. »Mir auch.«

Sie hielten schon vor dem Stall, da fragte sie: »Macht Chester eigentlich noch irgendetwas anderes, außer einmal die Woche Bingo zu spielen?«

»Ich glaube nicht. Warum?«

»Er kommt mir einsam vor. Ich finde es furchtbar, dass er nach dem Schrecken heute ganz alleine ist.«

»Er ist von Natur aus ein Einzelgänger. War er schon immer. Ich glaube, er mag den Frieden und die Stille.«

»Tja, vielleicht muss er mal seinen Horizont erweitern.«

Beim Abendessen tauschten sie Reitgeschichten aus und Anekdoten von Pferden, die sie gekannt hatten. Nach dem Aufräumen setzten sie sich auf die Couch, gegenüber dem knisternden Kaminfeuer. Es war ein herrlicher Abend, voller zärtlicher Berührungen und bedeutungsschwangerer Blicke. Stundenlang dachte A. J. nicht an die Qualifizierung, nicht an ihren Arm, nicht an Sabbath, sondern kostete ihre Liebe aus.

Am nächsten Morgen stellten sich ihre Sorgen wieder ein. Mit dem Tagesanbruch legte sich das Bleigewicht ihres hochgesteckten Ziels wieder auf ihre Schultern. Noch im Bett neben Devlin wurde sie unruhig, fühlte sich gefangen zwischen dem Wunsch, den ganzen Tag mit ihm dort zu verbringen, und ihrer drängenden Ungeduld, mit dem Training zu beginnen.

»Morgens bist du nicht zu bremsen, was?«, raunte Devlin.

»Entschuldige. Ich denke bloß an Sabbath.«

»Was ist mit ihm?«

»Na, er hat panische Angst vor Wasser, schon vergessen? Und das bringt mich ins Grübeln über alle seine anderen Macken und Dinge, die er nicht ausstehen kann.«

»Wie alleine fressen.«

»Laute Geräusche.«

»Der Hufschmied«, sagten sie beide im Chor.

A. J. stützte den Kopf auf eine Hand. »Ich wette, wenn wir mehr über seine Vorgeschichte erfahren, verstehen wir ihn auch besser. Ich forsche mal ein bisschen nach, horche mich um, wo er herkommt, und versuche herauszukriegen, wo das alles angefangen hat. Er benimmt sich zwar manchmal schlecht, aber er ist kein böses Pferd. Ich hoffe nur, er wurde nicht …«

»Misshandelt, meinst du?«

»Mir wäre eine andere Erklärung für seine Probleme lieber. Ich hoffe sehr, dass das nicht der Grund ist.«

Nach einem raschen Frühstück verließen sie das Haus. Devlin ging vor auf den Platz, um die Hindernisse zu richten, und A. J. striegelte den Hengst. Ohne Chesters Hilfe brauchten sie länger, bis Sabbath gesattelt und bereit war, vor allem weil A. J.s Arm nicht recht wollte. Trotz mehrerer Schmerztabletten, die sie geschluckt hatte, sobald Devlin nach unten gegangen war, um das Frühstück zu machen, fiel es ihr schwer, den Sattel auf den Hengst zu hieven.

Das Reiten selbst war noch schmerzhafter. Obwohl das Training gut verlief, hatte A. J. scheußliche Schmerzen. Bei jedem Sprung und jeder harten Landung musste sie die Zähne zusammenbeißen, um nicht aufzujaulen. Sie vermied es tunlichst, Devlin direkt anzusehen, weil sie fürchtete, dass er an ihren Augen ablas, wie mies es ihr ging.

Als sie Sabbath zum Stall zurückführten, versuchte sie, über die heutige Arbeit zu reden, nur pochte es in ihrem Arm wie verrückt. Und als Devlin ihr anbot, beim Putzen zu helfen, kam es ihr wie eine wahre Erlösung vor. Während Devlin den Hengst mit der Kardätsche bürstete, hatte sie Zeit, zum Haus zu laufen und zwei weitere Tabletten einzuwerfen. Als sie zurückkam, legte Devlin dem Pferd schon die Decke über.

»Bist du bereit, ihn ein bisschen ums Wasser zu führen?«, fragte er.

A. J. nickte, zog ihre Chaps aus und machte Sabbath los. Als sie den Hengst aus dem Stall führte, stoppte Devlin sie.

»Du siehst müde aus.«

»Mir geht es gut.«

Er legte seine Hände auf ihre Schultern. »Willst du wirklich keine Pause einlegen?«

»Wir haben keine Zeit für Pausen«, antwortete sie schroff und milderte es sofort mit einem Lächeln ab. »Jedenfalls nicht bis heute Abend.«

Ein sinnliches Funkeln blitzte in seinen Augen auf. »Tja, falls du es nicht weißt, da ist zufällig ein bisschen loses Heu oben auf dem Stallboden.«

»Ach ja?«

»Mhm. Ich wette, darin kann man sich vorzüglich herumrollen. Nur für den Fall, dass wir nicht warten wollen, bis wir wieder im Haus sind.«

A. J. wurde wunderbar warm. Sie sah zu den Hindernissen. »Dann legen wir mal los. Je eher wir anfangen, umso schneller …«

»… sind wir fertig«, beendete er den Satz und küsste sie.

Eilig führte A. J. den Hengst auf den Platz und auf den Wassergraben zu. Sofort sträubte er sich ängstlich und wollte weg. Wieder und wieder gingen sie hin und zogen sich zurück, wobei sie jedes Mal ein wenig näher an den Graben kamen. A. J. streichelte ihm den Hals, wenn sie konnte, und achtete darauf, sich sehr ruhig und langsam zu bewegen. Ihren Schmerz schob sie energisch beiseite.

Nach über einer Stunde führte A. J. den Hengst vom Platz, furchtbar erschöpft und wenig zuversichtlich. Als sie ihn in seiner Box hatte, kam Devlin mit einer Armladung Gras, die er über die Boxentür warf. Beide sahen dem Pferd beim Fressen zu, und das einzige Geräusch im Stall war das sanfte Rascheln von Sabbaths Nüstern im Gras.

A. J. rollte den Solitär ihrer Mutter zwischen ihren Fingern, bis Devlin schließlich etwas sagte.

»Du musst es langsamer angehen.«

Verwundert guckte sie ihn an. »Was meinst du?«

»Ich mache mir Sorgen um dich.«

»Warum?«

»Weil du fertig bist.«

»Wir haben heute viel gearbeitet.«

»Du erholst dich noch von einem Sturz. Du musst dir mehr Zeit nehmen, deine Verletzung auszukurieren.«

»Zeit habe ich aber nicht«, sagte sie leise.

»A. J., ich weiß, dass du auf die Qualifizierung fixiert bist, aber du riskierst, dich völlig zu verausgaben, wenn du in diesem Tempo weitermachst. Mir ist klar, dass du das nicht hören willst, aber du musst längerfristig denken.«

Sie atmete hörbar aus. »Das tue ich ja. Bei der Qualifizierung gibt es immer einen Wassergraben, neben diversen anderen Hindernissen, die er nicht kennt – die Menge, der Krach, die anderen Pferde. Sabbath wäre in seiner derzeitigen Form noch komplett neben der Spur. Deshalb müssen wir …«

»Du kriegst ihn nicht in zwei Monaten hin. Das kann keiner.«

»Aber …«

»Und keiner will, dass du dich verletzt, indem du es trotzdem versuchst. Vor allem ich nicht.« Devlin strich ihr eine Locke hinters Ohr. »Dass du dich dabei kaputt machst, ist keine Lösung.«

»Es ist einfach nicht genug Zeit«, sagte sie vor sich hin.

13

Am späten Nachmittag ging A. J. in Devlins Arbeitszimmer hinauf. Wieder einmal schmunzelte sie angesichts seiner angeblich sortierten Papierhaufen, setzte sich auf seinen knarzenden alten Holzstuhl und übte erste Schritte in Detektivarbeit, indem sie Sabbaths Kaufvertrag und Stammbaum auseinanderfaltete. Den Namen des Vorbesitzers kannte sie; ihm gehörte ein Gestüt in Lexington, Kentucky. Ein bisschen Nachfragen bei der Telefonauskunft brachte sie immerhin so weit, dass sie die richtige Nummer bekam und wählte. Die unfreundliche Stimme, die sich meldete, verhieß nichts Nettes.

»Ja?«

»Mr. Tarlow?«, fragte sie. Im Hintergrund hörte sie Stallgeräusche, klappernde Hufe auf Beton und hallendes Wiehern.

»Moment mal.« Das Telefon am anderen Ende wurde fallen gelassen und landete hart auf etwas Metallischem. Das schrille Scheppern klingelte noch in A. J.s Ohren, als sich jemand anders meldete.

»Albert Tarlow am Apparat.«

»Hier ist A. J. Sutherland. Ich habe einen Vollblüter gekauft, Sabbath …«

»Der Kauf ist besiegelt!«

»Ja, natürlich. Ich hätte nur ein paar Fragen zu ihm.«

»Was für Fragen?« Er klang viel zu misstrauisch. So hörte sich jemand an, den man bat, ein tickendes Paket zu halten.

»Über seine Herkunft.«

»Ich weiß nicht, ob ich Ihnen da helfen kann. Mir hat er ja nicht lange gehört, auch wenn ich sagen muss, dass er einen bleibenden Eindruck hinterlassen hat.«

»Ja, dazu neigt er«, bemerkte A. J. ironisch. »Wussten Sie von seinen Problemen mit Wasser?«

»Womit hatte der keine Probleme? Der hat wie bekloppt um sich getreten, nach den Reitern, den Trainern, in der Box. Und seine Hufe … Wissen Sie, dass er Hufschmiede hasst?«

»Ja, aber mir ging es um das Wasser, das …«

»Der Hengst hat drei Hufschmiede verschlissen. Hielt sie wohl für Boxsäcke, schätze ich. So was habe ich noch nie gesehen, und ich habe schon eine Menge erlebt.«

»Was das Wasser betrifft …«

Wieder unterbrach sie der Mann, klang aber auf einmal wehmütig. »Dabei hat das Tier ein solches Potenzial. Wenn er springen wollte, was nicht oft vorkam, war er unglaublich. Haben Sie mehr Glück mit ihm?«

»Ein bisschen.«

»Dann müssen Sie ja leidensfähiger als Hiob sein.«

Eigentlich interessiere ich mich mehr für Noahs Wirkungsbereich, dachte A. J.

»Mr. Tarlow, ich würde gerne wissen, ob Sie versucht haben, ihn über Wassergräben springen zu lassen?«

»Nur ein Mal.« Der Mann lachte verbittert. »Da hat er einen meiner Reiter so heftig zu Boden geschmissen, dass wir dachten, wir müssen den armen Kerl ausbuddeln.

Danach habe ich entschieden, den Hengst zu verkaufen. Falls wir ihn überhaupt über die Steilsprünge und die Oxer gekriegt hätten – und das war ein großes *Falls* –, beim Wassergraben hätten wir keine Chance gehabt. Das Pferd hat ja schon bei einer flachen Pfütze einen Aufstand gemacht, dass einem ganz mulmig wurde.«

»Hatte er irgendwelche Schwierigkeiten mit Wasserschläuchen oder nassem Boden?«

»Ich erinnere mich, dass ein Stallbursche mal den Wasserschlauch aufdrehte, um ihn nach dem Arbeiten abzukühlen. Da ist das Pferd völlig ausgerastet, und ich meine, richtig ausgerastet. Er hat zwei von meinen Männern in Grund und Boden getrampelt, zwei Anbindeketten ausgerissen und ist wie wild rumgerannt. Er hat die Ketten hinter sich hergeschleift, bis er nicht mehr konnte. Keiner konnte ihn einfangen.«

»Wie lange hat der Hengst Ihnen gehört?«

»Nur sechs Monate oder so. Mir kam es wie Jahre vor.«

»Und wem haben Sie ihn abgekauft?«

»Mein Cousin hatte ihn als Reitpferd für sich selbst gekauft und ihn hier abgegeben, als sich herausstellte, was für ein zäher Brocken er ist. Ich hatte Billy gleich gesagt, jedes Schnäppchen schnappt auch zurück. Er hat gedacht, dass er ein Superpferd spottbillig kriegt, dabei hat er dem Vorbesitzer einen Gefallen getan, ihm das Tier abzunehmen.«

Genau wie Sie mir, verriet sein Ton.

»Wissen Sie zufällig, von wem Ihr Cousin ihn gekauft hat?«

»Keine Ahnung, aber ich schätze, der ist viel rumgereicht worden, bevor Billy ihn gekauft hat.«

»Ich danke Ihnen vielmals«, sagte A. J.

»Viel Glück«, wünschte der Mann ihr und legte auf.

Beim Durchblättern von Sabbaths Stammbaum fand A. J. den Namen der Zuchtstute und den des Gestüts. Wieder rief sie bei der Auskunft an und erfuhr die Telefonnummer. Leider erinnerte sich die Managerin an nichts, was Sabbaths Zeit als Fohlen betraf. Sie hatte ihn als Jährling an ein anderes Gestüt verkauft, dessen Name ihr entfallen war.

Frustriert lehnte A. J. sich auf dem Stuhl zurück und tippte mit dem Stift auf die Schreibtischkante, während sie überlegte, was sie tun sollte. Zufällig fiel ihr ein Stapel Rechnungen auf dem Schreibtisch auf. Ganz oben lag eine von einem Tierarzt, der Sabbath nach dem Sturz untersucht hatte. A. J. nahm die Rechnung und sah die darunterliegende an, die vom Futterhandel stammte, und unter der lag eine, die von einem der Hufschmiede war, die sie gewöhnlich bestellten. Darunter eine von einer Versicherung, eine vom Reitsportgeschäft und eine vom Werkzeughandel.

Stirnrunzelnd addierte A. J. die Beträge im Kopf. Die Summe war schwindelerregend. Devlin hatte ihretwegen schon Tausende von Dollar ausgegeben. Warum hatte er nichts gesagt?

In dem Moment fiel ihr ein, dass sie ihm anfangs versprochen hatte, ihm ein angemessenes Gehalt zu zahlen und Miete für den Stall. Aber inzwischen war sie schon über einen Monat hier und hatte ihm noch keinen Cent bezahlt. A. J. beschloss, ihm einen Scheck auszustellen.

Sie erstarrte.

Wie wollte sie einen Scheck decken? Mit den zweihundert Dollar auf ihrem Konto? Sie stöhnte, als ihr klar wurde, wie arm sie war.

Sabbath zu kaufen war die erste richtig unabhängige Entscheidung gewesen, die sie in ihrem Leben getroffen hatte. Und die würde sie nicht rückgängig machen. Allerdings musste sie einsehen, dass Entschlossenheit nicht dasselbe war wie Eigenständigkeit. Der 30 000-Dollar-Scheck, der Fortgang von Sutherland, die Aufgabe ihres Sicherheitsnetzes und der längst fällige Schritt ins Erwachsenenleben waren notwendig gewesen. Sie hatte bloß nicht über die finanzielle Seite nachgedacht, und dafür bezahlte sie jetzt.

Oder, in ihrem Fall, eben nicht.

Trotz der gewaltigen Rechnung und ihrer leeren Geldbörse war A. J. entschlossen, ihren Anteil zu übernehmen und nicht Devlin zu bitten, ihre Ausgaben zu decken. Er hatte derzeit kein Einkommen, und sie wusste nicht, wie vermögend er überhaupt war. Doch selbst wenn er genügend Geld besaß, war er nicht für ihren Unterhalt zuständig. Sie musste einen Weg finden, für sich selbst aufzukommen.

Und ganz sicher würde sie sich nicht an ihren Vater wenden. Nur wegen des Geldes wollte sie ihre neu gewonnene Unabhängigkeit nicht gleich wieder aufgeben.

Auf einmal wurde ihr bewusst, wie unbeschwert sie unter den Fittichen ihres Vaters gelebt hatte. Obwohl sie für ihre Arbeit auf dem Gestüt nicht bezahlt worden war, war immer reichlich Geld da gewesen. Ihr Vater war sehr großzügig gewesen und für alle ihre Ausgaben aufgekommen, während der Schulzeit und danach. Ihre gesamte Kleidung, ihre Reitsachen, die Pferde, die sie ritt, die

Autos, die sie fuhr, ihr Essen, ihre Reisen … Garrett hatte sich um alles gekümmert. A. J. besaß keine Kreditkarte auf ihren Namen, hatte noch nie eine Telefonrechnung bezahlt und konnte sich nicht erinnern, wann sie das letzte Mal einen Scheck an irgendeinen Händler ausgestellt hatte.

Das klang wirklich nach dem Leben einer Prinzessin, dachte sie und war schockiert von ihrer bizarren Existenz. Peter regelte alles Geschäftliche auf dem Gestüt, ihr Vater sorgte für sie, und A. J. hatte keine Ahnung, was ihre eigenen Finanzen betraf. Warum war ihr das nie zuvor aufgefallen?

Weil sie sich bisher eigentlich nicht dafür interessiert hatte. Nachdenklich spielte sie mit dem Solitär an ihrem Hals.

Wovon sollte sie ihre Schulden begleichen?

Vielleicht konnte sie einfach irgendetwas verkaufen.

Das Problem war, dass sie im Grunde gar nichts besaß. Was insofern Sinn ergab, als sie ja auch noch nie etwas von ihrem eigenen Geld gekauft hatte – unberechenbare Rassehengste mit Wasserphobien und einem Hang zum Hufschmiedeverstümmeln ausgenommen.

Wieso hatte sie nicht mit etwas weniger Ambitioniertem angefangen? Zum Beispiel einem Goldfisch?

Im Geiste zählte sie die Dinge durch, die sie täglich nutzte. Das Cabrio lief aus Abschreibungsgründen auf Sutherland Stables; ihre Möbel im Herrenhaus gehörten ihr nicht; ihre Kleidung hatte ihr Vater bezahlt. Außerdem gab es wohl keinen großen Markt für getragene Stallstiefel.

Was sollte sie tun?

Ihre Finger erstarrten, als ihr die Lösung schmerzlich klar wurde.

Gott, erwachsen zu sein tat weh, dachte sie und ließ ihre Hand auf ihren Schoß sinken.

Chester erschien am nächsten Morgen mit einem breiten Grinsen zum Frühstück. Devlin und A. J. setzten sich gerade, als er hereinkam.

»Guten Morgen! Schön, dass ihr für mich mitgedeckt habt. Habe ich euch gefehlt?«

»Willkommen zurück«, sagte A. J. lächelnd.

»Wie fühlst du dich?«, fragte Devlin skeptisch.

»Kerngesund und mopsfidel, wie üblich.« Chester setzte sich auf seinen Stuhl und nahm seinen Löffel. »Ich bin bereit für die Arbeit. Fürchterlich war das, gestern den ganzen Tag auf der Bude zu hocken. Ach, übrigens dachte ich, dass ich nach dem Training die geplatzten Rohre im Stall repariere. Der Klempner wollte das ja machen, aber …«

»Du machst heute nur das absolute Minimum, und ich passe auf«, sagte Devlin. »Wenn du nicht artig bist, kommst du zurück auf die Ersatzbank.«

Chester öffnete den Mund, um zu widersprechen, ließ es dann aber doch lieber bleiben.

»Na gut«, murrte er. »Wenn ihr zwei unbedingt Krankenschwester spielen wollt, meinetwegen.«

»Freut mich, dass du so einsichtig bist«, sagte Devlin grinsend.

Unten im Stall fielen sie in ihren täglichen Arbeitsrhythmus, auch wenn die Stimmung unterschwellig angespannt war. A. J. musste vieles einhändig machen, was bedeutete, dass sie langsam war und Sachen fallen ließ. Das Schlimmste war, Sabbaths Hufe auszukratzen. Dafür musste sie ihren Arm benutzen, und bis sie fertig war, standen ihr vor Schmerz Schweißperlen auf der Stirn. Sie war gezwungen, sich einen Moment zu setzen und ihren Arm auf dem Schoß abzustützen, wobei sie vorgab, mit Chester plaudern zu wollen. Nach einer Weile klang der Schmerz ab, auch wenn es länger dauerte als am Tag zuvor.

Devlin hatte eigene Sorgen. Er fürchtete, dass Chester es übertreiben würde, und war nicht sicher, wie viel Heben und Ziehen er überhaupt verkraftete. Chester war größtenteils folgsam; erst als er mit einer schweren Ladung Heu von Stallboden kam, schritt Devlin ein.

»Bist du sicher, dass du das tragen darfst?«

»Fürs Heuballenhieven wurden die Männer überhaupt erst erfunden.«

»Genau genommen wurde dafür die Schubkarre erfunden.«

»Ach, komm schon! Ich schleppe solche Sachen seit Jahren durch die Gegend.«

»Und vielleicht ist es Zeit, dir die Arbeit ein bisschen leichter zu machen.« Noch ehe Chester widersprechen konnte, wies Devlin zum Ende der Stallgasse. »Du weißt ja, wo sie steht.«

Wenig später kam Chester mürrisch mit der Schubkarre zurück.

»Viel besser.«

»Ich hasse das Ding«, beschwerte Chester sich. »Das Rad ist verbogen, und die Mulde ist viel zu flach.«

»Dann kauf eine neue. Du wirst das Ding in Zukunft sehr häufig benutzen, also freunde dich damit an.«

Chester sah aus, als wollte er energisch protestieren.

»Weißt du was?«, mischte A. J. sich schnell ein. »Ich muss heute sowieso noch einige Besorgungen machen. Wir schnappen uns den Truck und kaufen zusammen eine neue Schubkarre.«

»Bittest du mich um ein Date?«, fragte Chester grinsend.

»Ja, tue ich wohl.«

»Und wer bezahlt? Du oder ich?«

»Falls du die Schubkarre meinst, die bezahle ich«, sagte Devlin.

»Aber was ist mit Essen? Zu einem Date gehört auch Essen.«

»Da dürfte die Auswahl im Baumarkt eher begrenzt sein«, antwortete A. J. lachend. »Schließlich sind die Tage vorbei, in denen du auch Nägel essen konntest.«

»Tja, ich zahle das Mittagessen, wenn wir zu Pick a'the Chicken gehen.«

»Okay, aber ich sage dir gleich, dass ich beim ersten Date noch nicht küsse.«

»Ich auch nicht.«

Alle drei lachten.

Bevor sie raus zum Reitplatz ging, huschte A. J. in die Sattelkammer und holte die Pillen hervor, die sie in einer Plastiktüte in ihrer Jeanstasche trug. Sie hatte gleich nach dem Aufstehen zwei genommen und wollte vor dem Training eigentlich keine weitere mehr nehmen, doch ohne schaffte sie es unmöglich.

Devlin kam herein, als A. J. gerade den Kopf nach hinten neigte, um zu schlucken.

»Hey, willst du …?«

Vor Schreck verschluckte A. J. sich und bekam einen Hustenanfall.

»Entschuldige«, japste sie schließlich und klopfte sich auf die Brust.

Devlin sah sie verwundert an. »Alles okay?«

Sobald sie wieder Luft kriegte, antwortete sie: »Bestens. Mir geht es gut. Du hast mich bloß kurz vor einem Niesen erwischt.«

»Tja, falls du Mund-zu-Mund-Beatmung brauchst, wäre ich der Richtige für den Job.«

Sie ging zu ihm und legte die Arme um seine Mitte. »Ach ja?«

»Glaubst du mir etwa nicht?« Er neigte den Kopf und fing ihre Lippen zu einem heißen Kuss ein.

»Was ich sagen wollte, bevor du blau angelaufen bist«, murmelte er nach dem Kuss, »war, ob du Lust hättest, heute Abend auszugehen.«

»Ein Date?«

»Essen und Kino. Nur wir zwei. Wir können eine Pizza essen und in der hinteren Reihe eines dunklen Kinos knutschen.« Seine Zunge strich über ihre Unterlippe. »Ich habe gehört, dass Popcorngeruch wie ein Aphrodisiakum wirkt. Auch wenn wir solche Hilfe natürlich nicht nötig haben.«

»Ja, ich würde gerne ein Date mit dir haben.«

»Schön.« Er küsste sie wieder und ging.

Sowie sie alleine in der Kammer war, sackten A. J.s Schultern ein. Sie hasste es, ihn anzulügen. Hasste ihre Verletzung. Und sie betete, dass es bald überstanden war.

A. J. ging ans Fenster und blickte hinaus zum Reitplatz, wo die bunten Hindernisse im Sonnenlicht leuchteten.

Sie hob die Fingerspitzen an die kalte Bleiglasscheibe, durch die alles gewellt aussah. Nur bis zur Qualifizierung, sagte sie sich. Danach würde sie eine Pause machen und den Arm schonen. Nur noch wenige Wochen.

Der Gedanke tröstete sie nicht besonders. Sie wandte sich vom Fenster ab, machte ihren Rücken gerade und wappnete sich.

Nach dem Training stiegen A. J. und Chester in den Truck und fuhren Richtung Stadt. Ihr erster Halt war der Baumarkt am Stadtrand, wo sie eine grellrote Schubkarre erstanden, die exakt Chesters Vorstellungen entsprach. Die luden sie hinten in den Truck, banden sie mit einem Seil fest und fuhren ins Stadtzentrum.

Obwohl die Stadt wahrlich keine Metropole war, hatte sie doch einiges zu bieten. Es gab ein kleines, aber sehr belebtes Bankenviertel, zwei Vier-Sterne-Hotels, ein Kongresszentrum und eine hübsche Ladenzeile an der Hauptstraße. Auf den Gehwegen liefen Leute hin und her, die freundlicher waren als Großstadtmenschen, jedoch nicht ganz so langsam umherbummelten wie Menschen in richtig kleinen Städten.

A. J. lenkte den Truck die Hauptstraße hinunter und bog in eine Parklücke vor einem Antiquitätenladen. Chester warf ihr einen fragenden Blick zu.

»Ich weiß ja, dass ich alt und unbezahlbar bin, aber verscherble mich bitte noch nicht.«

A. J. lächelte. »Ich bin gleich wieder da.«

Interessiert sah er ihr nach, als sie in den Laden ging. Durch das große Schaufenster erkannte er einen vornehm gekleideten Mann, der auf A. J. zuging und sie herzlich begrüßte, ehe beide im hinteren Zimmer verschwanden. Eine Weile verging, dann kehrten sie nach vorne zurück und A. J. schüttelte dem Mann die Hand. Es schien, als würde sie ihm irgendetwas versprechen. Sie kam wieder aus dem Geschäft, guckte sehr ernst und hatte ein Blatt Papier in der Hand.

»Alles in Ordnung?«

Sie nickte, doch als sie aus der Parklücke fuhr, hätte sie fast einen vorbeifahrenden Wagen gerammt. Einzig die Hupe des anderen Fahrers verhinderte den Unfall. Nun bemerkte Chester, dass ihre Hände am Lenkrad zitterten.

»Tut mir leid«, murmelte sie und warf ihm einen entschuldigenden Blick zu.

Chester war so besorgt, dass es ihm schwerfiel, ihre Privatsphäre zu respektieren, als sie bei einer Bank vorfuhren.

»Dauert nicht lange«, sagte A. J.

Bei ihrer Rückkehr stopfte sie irgendwas in die Gesäßtasche ihrer Jeans. Sie erklärte nichts, und Chester stellte keine Fragen. Diesmal war sie beim Ausparken vorsichtiger. Schweigend fuhren sie aus der Stadt heraus, und erst als sie vor dem Auktionshaus hielten, machte Chester den Mund auf.

»Bieten wir für irgendwas?«, fragte er.

A. J. holte tief Luft.

»Nein, wir machen ein bisschen Detektivarbeit«, sagte sie und stellte den Motor aus.

»Und worauf haben wir es abgesehen?«

»Auf Sabbaths Vergangenheit.«

»Na, sein Strafregister wird dir bestimmt nicht gefallen.«

A. J. versuchte zu lächeln und öffnete die Fahrertür. Chester stieg ebenfalls aus.

»Ehrlich gesagt, kann ich mir dich gut als Nancy-Drew-Typ vorstellen«, sagte Chester. »Diese junge Detektivin, entschlossen und furchtlos. Fehlt bloß der Hut mit der passenden Handtasche. Aber so ein Mädchenkram ist auch eher nichts für dich.«

Diesmal konnte sie schon überzeugender grinsen. Sie schritten über den asphaltierten Platz auf das Bürogebäude zu.

Chester redete weiter. »Ich würde dir sogar glauben, dass du mit dieser Drew verwandt bist, wegen des rötlichen Haars und so. Ich sehe euch zwei richtig vor mir, wie ihr in unheimlichen alten Häusern herumschnüffelt, Geheimgänge entdeckt und Sachen ausgrabt.«

»Eigentlich wäre die mit der Schaufel eher meine Cousine C. C.«

»Muschelsucherin?«

»Archäologin.«

»Ist dasselbe.« Chester hielt ihr die Tür auf. »Sag mal, kriegen die Mädchen in deiner Familie alle bloß Initialen?«

»Nein, inzwischen wird sie mit Carter angesprochen. Ich vergesse nur immer, dass wir jetzt alle erwachsen sind.«

Als sie auf den Empfangstresen zugingen, kam Margaret Mead, A. J.s alte Freundin, aus dem hinteren Raum. Sobald sie A. J. sah, strahlte sie übers ganze Gesicht.

»Ah, na das ist doch mal eine Wohltat fürs Auge!« Ihr irischer Singsang klang herrlich. »Und wen bringst du heute mit?«

A. J. blickte zu Chester, der seine alte Baseballcap abgenommen hatte. Sein Teint hatte die Farbe einer Fleischtomate angenommen. A. J. zog die Brauen hoch, als ihr ein Gedanke kam.

»Darf ich dir einen sehr guten Freund vorstellen? Chester Raymond«, antwortete sie und schubste Chester ein bisschen nach vorn. Er zögerte und berührte die Hand kaum, die Margaret ihm über den Tresen entgegenstreckte.

»Freut mich«, sagte Margaret augenzwinkernd.

Chester murmelte etwas, das ein »Hallo« sein hätte können – in einer anderen Sprache vielleicht.

»Und was bringt euch zwei her?«, fragte die Frau.

»Hast du irgendwelche Unterlagen zu dem Hengst, den ich gekauft habe? Sein Name ist …«

»Ich erinnere mich an das Tier«, fiel Margaret ihr ins Wort. »Erzähl mir nicht, du gibst ihn auf?«

»Ganz und gar nicht.«

»Ah, ich wusste gleich, dass du das Zeug für ihn hast.« Sie sah Chester an. »Ein sehr talentiertes Kind, nicht?«

Chester scharrte mit den Füßen und brachte ein »Ja, Ma'am« heraus.

»Was für Informationen suchst du?«

»Vorherige Besitzer. Ich weiß, wo er gezüchtet wurde und auf welchem Gestüt er zuletzt war, aber dazwischen klafft eine große Lücke.«

»Hmm. Ich glaube, wir haben ihn einige Male verkauft, aber ich muss in den Akten nachgucken. Lass mich mal nachforschen, was ich auftreiben kann.«

»Das ist nett. Ich bin auf dem McCloud-Hof. Da erreichst du mich.«

»Ich melde mich.« Margaret sah wieder Chester an. »Und woher kennen Sie die reizende Miss Sutherland?«

»Ich bin Stallbursche bei McCloud.«

»Er ist einer meiner Trainer«, korrigierte A. J.

Chester blickte verdutzt auf. »Bin ich auf einmal befördert?«

»Devlin hilft mir über die Hindernisse«, sagte A. J. zu Margaret. »Chester hilft mir über meine anderen Hürden. Er steckt voller Weisheit …«

Chester räusperte sich.

Prompt verstummte A. J.

Margarets Augen funkelten richtig.

Die beiden Frauen sahen einander verschwörerisch an.

»Nochmals danke, Margaret«, sagte A. J.

»Du hörst von mir.«

Beide sahen zu Chester, der kurz vor einer neuen Herzattacke zu stehen schien.

»Ma'am«, sagte er und nickte Margaret zu.

»Es war sehr nett, Sie kennenzulernen, Mr. Raymond.«

A. J. wandte sich zum Gehen, und Chester folgte ihr, nachdem er sich noch ein letztes Mal zu der Irin umgedreht hatte.

Auf dem Weg zurück zum Truck sagte er: »Ich bin übrigens kein Gebrauchtwagen. Du musst mich nicht anpreisen wie eine olle Karre, die eine neue Garage braucht.«

»Habe ich das denn? Ich fand, dass ich bloß ehrlich war. Du bist unglaublich wichtig für …«

»Die schöne Frau da drinnen braucht keinen Mann, der ihr aufgedrückt wird.«

»Dann ist es dir also aufgefallen.«

»Was?«

»Dass sie eine nette und schöne Frau ist.«

»Klar ist mir das aufgefallen«, grummelte er. »Aber ich weiß ja nichts von ihr. Womöglich ist sie verheiratet.«

Seine letzte Bemerkung machte er im Tonfall von jemandem, der an einer Hand von einer steilen Klippe baumelte und auf Rettung wartete.

»Margaret ist verwitwet«, rettete A. J. ihn, stieg in den Truck und steckte den Zündschlüssel ins Schloss.

»Ach ja?«, murmelte Chester, als er auf den Beifahrersitz stieg. »Ich meine, was für ein Jammer. Wie lange schon?«

»Ein paar Jahre. Und sie geht momentan auch mit niemandem aus.«

Der Motor sprang an.

»Und was geht mich das an?«, fragte Chester mürrisch.

»Natürlich nichts.« A. J. legte den Rückwärtsgang ein.

Er sah sie misstrauisch an. »Willst du mich verkuppeln, Mädchen?«

»Warum sollte ich wohl so etwas machen? Du kannst dich schon sehr gut um dich selbst kümmern.«

»Stimmt genau. Ich brauche keine Hilfe bei den Damen.«

A. J. wendete den Truck und bemühte sich, nicht allzu auffällig zu grinsen.

»Glaubst du, sie mochte mich?«, fragte Chester.

A. J. und Devlin wollten zum Dinner aufbrechen, als sie das Papier hervorholte, das sie in der Bank bekommen hatte, und ihm reichte.

»Was ist das?«

»Das Geld, das ich dir schulde.«

Er runzelte die Stirn.

»Als ich hier anfing«, erklärte A. J., »waren wir uns einig, dass ich für Training und Unterkunft bezahle. Das sollte reichen – zumindest wenn ich von dem ausgehe, was Sutherland Stables nimmt.«

Ohne einen Blick auf den Scheck zu werfen, schob er ihn ihr wieder hin. »Ich will dein Geld nicht.«

»Devlin, ich habe die Rechnungen gesehen.«

»Welche Rechnungen?«

»Die oben auf deinem Schreibtisch.«

»Und?«

»Das sind ein paar tausend Dollar. Du brauchst dieses Geld. Schließlich reitest du keine Turniere mehr.«

»Danke, dass du mich daran erinnerst«, sagte er finster.

»So meinte ich das nicht.«

»Du denkst, dass ich pleitegehe, weil ich Futter für deinen Hengst kaufe?«

»Das habe ich nicht gesagt.«

»So oder so kann ich dich beruhigen. Ich mag nicht in derselben Liga spielen wie dein Vater, aber ich leide auch nicht an Geldmangel.«

»Devlin …«

»Schade, dass du nicht in meine Investment-Unterlagen geguckt hast, wo du schon mal oben am Schnüffeln warst. Dann wärst du jetzt beruhigt.«

»Ich habe nicht geschnüffelt.«

»Sind dir die Rechnungen zufällig in die Hände gefallen, als du telefoniert hast?«

»Devlin, ich will doch bloß meinen Teil der Abmachung erfüllen.«

»Und ich sage dir, dass du dir keine Gedanken machen musst.«

A. J. sah ihn flehend an. »Ich habe schon viel zu lange damit gelebt, dass andere für mich sorgen. Von uns wünsche ich mir, dass wir Partner sind, also lass mich das bitte bezahlen.«

Devlin verschränkte die Arme vorm Oberkörper, sodass der Scheck in seiner Ellbogenbeuge vergraben war. Während A. J. wartete, dass er etwas sagte, wanderte ihre Hand aus reiner Gewohnheit zu ihrem Hals, nur war dort nichts, um ihre nervösen Finger zu beschäftigen, und so nahm sie die Hand wieder herunter.

Devlin runzelte die Stirn und fragte sich, was an der Bewegung falsch war.

Schließlich sagte er: »Ist es dein Geld oder von deinem Vater?«

»Meins.«

Wäre es von ihrem Vater gewesen, hätte er den Scheck sofort zerrissen. Devlin wollte Garrett Sutherlands Geld nicht. Niemals. Da es aber A. J.s war, überlegte er, ob es etwas ändern würde, wenn er ihr erzählte, dass er mehrere Millionen in diversen Aktien, auf Sparkonten und in Immobilien besaß. Fiele es ihr dann leichter, ihn einiges von ihrer Last stemmen zu lassen?

»Devlin, ich habe das Thema zwar angesprochen, weil ich mir Sorgen mache, wie viel der Hengst und ich dich kosten, aber das allein ist es nicht. Es geht um meine Unabhängigkeit. Zum ersten Mal im Leben möchte ich für mich selbst aufkommen.« Sie holte tief Luft. »Ich will unabhängig sein.«

»Mir gefällt das nicht.«

»Antiquitätenladen?«

»Jo, und auch bei der Bank.«

»Welcher?«

»National Savings and Trust.«

»Nein, welcher Antiquitätenhändler?«

Chester überlegte. »Dieser richtig edle in der State Street, wo tonnenweise Silber und Schmuck im Fenster liegt. Der, der aussieht, als wenn man eine Kreditauskunft vorlegen muss, ehe man durch die Tür darf. Na, ich bin jedenfalls im Truck geblieben.«

Devlin grübelte.

»Was ist mit dir, Junge? Du siehst aus, als hättest du eben ein Gespenst gesehen.«

»Nichts. Vergiss es.«

»Weiß ich. Aber dir ist doch klar, dass es mir wichtig ist, oder?«

Er fuhr sich mit den Fingern durchs Haar. »Du sollst nicht denken, dass ich nicht für dich sorgen kann.«

A. J. ging zu ihm und legte die Hände auf seine muskulösen Oberarme. »Ja, ich weiß, dass du das kannst. Daran habe ich nie gezweifelt.«

Eine ganze Weile sah er sie schweigend an.

»Mir geht jetzt erst auf, wie altmodisch ich bin«, murmelte er und nahm sie in den Arm. »Ich brauche das offenbar, dass ich mich um meine Frau kümmern kann und so … Ganz Höhlenmensch eben.«

»Du bist aber sehr süß, wenn du so fürsorglich und überbehütend wirst.«

Widerwillig steckte er den Scheck ein.

»War das unser zweiter Streit?«, fragte er, als er ihr die Tür aufhielt.

»Ja, war es wohl«, antwortete A. J. und hakte sich bei ihm ein. »Und den haben wir doch prima hinbekommen.«

»Heißt das, wir versöhnen uns später noch richtig?«

»Worauf du wetten kannst.«

Sie stiegen schon in den Truck, als A. J. sagte: »Übrigens habe ich Margaret Mead gebeten, sich mal Sabbaths alte Papiere anzusehen. Sie meldet sich die nächsten Tage, falls sie noch etwas findet.«

»Konntest du vom letzten Besitzer irgendwas Hilfreiches erfahren?«

A. J. schüttelte den Kopf. »Nein, und von dem ersten auch nicht.«

Devlin fuhr sie in die nächste Stadt, wo sie in einem Restaurant aßen, das für seine Lasagne berühmt war.

Nach ihrem gescheiterten Kochversuch nutzte A. J. die Gelegenheit, sich Tipps von den Profis geben zu lassen. Der Kellner beantwortete ihre Fragen freundlich, und schließlich kam sogar der Koch an ihren Tisch. A. J. machte sich Notizen auf der Cocktail-Serviette, und jedes Mal, wenn sie zu Devlin sah, guckte er sie amüsiert und liebevoll an.

In dem Film, den sie anschließend sahen, überwogen die Spezialeffekte die Handlung, doch das war egal. Als sie wieder vor dem Stall anhielten, waren sich beide einig, dass der Abend perfekt gewesen war. Sie sahen nach Sabbath, bevor sie ins Farmhaus zurückkehrten. Dort hängten sie ihre Jacken auf und gingen nach oben. Gemeinsam zogen sie sich aus, warfen ihre Sachen in den Wäschekorb und putzten sich Seite an Seite die Zähne. Als sie im Bett lagen, schloss A. J. mit einem wunderbar zufriedenen Gefühl die Augen.

Devlin hingegen war hellwach und starrte an die Decke. Bevor er seine Hose in den Wäschekorb geworfen hatte, hatte er die Taschen ausgeleert, wobei ihm ihr Scheck wieder in die Hand gefallen war. Die hohe Summe hatte ihn erstaunt.

Aber was hatte er erwartet? Wahrscheinlich besaß sie einen Treuhandfonds, neben dem Fort Knox wie ein Sparschwein wirkte.

Trotzdem beunruhigte ihn etwas, und das Gefühl hielt bis zum nächsten Morgen an. Als Chester und er einen Moment allein waren, fragte er: »Wo wart ihr zwei eigentlich gestern?«

»Beim Baumarkt, einem Antiquitätenladen und dem Auktionshaus.«

14

Eine Woche später rief Devlin Kommandos, während A. J. und Sabbath sich aufwärmten. Chester guckte beeindruckt vom Rand aus zu.

Vom Rumpelstilzchen zum schönen Prinzen, dachte er. Hatte allerdings auch nicht weniger Arbeit gekostet, als eine Scheune mit bloßen Händen hochzuziehen.

Pferd und Reiter wechselten in völligem Einklang von einem federnden Trab in einen leichten Galopp. Nicht mal Chester erkannte, wie A. J. dem Hengst Befehle gab. Die beiden schienen sich telepathisch zu verständigen, und als sie die ersten Sprünge machten, war Chester voller Ehrfurcht. Hufe donnerten, elegant flogen sie über die Hindernisse hinweg, und sie nahmen die hohen Ricks mit einer geschmeidigen Sicherheit, als wären sie nichts.

Das Springreiten hatte einen neuen Champion, dachte Chester, und das würden alle bei der Qualifizierung erfahren.

Devlin dachte dasselbe. Als A. J. mit dem Hengst zu ihm kam, applaudierte er.

»Gratuliere! Das war großartig.«

Doch A. J. antwortete kaum. Ihre Gesichtszüge waren angespannt, die Wangen bleich, und Devlin bemerkte, dass ihre Hände zitterten. Sie war in der gleichen Verfassung wie jedes Mal nach dem Training, was Devlin nicht verstand, denn wann immer er sie fragte, sagte sie: »Mir geht es gut. Ist bloß der Stress. Es kostet eine Menge Kraft, Sabbath auf Kurs zu halten.« Jedes Mal leugnete sie überzeugend, nur glaubte er ihr nicht mehr.

»Chester«, rief er. »Beweg Sabbath noch ein bisschen, ja?«

A. J. sah ihn verwundert an.

»Wir zwei müssen uns unterhalten.«

»Worüber?«

»Warum du aussiehst, als würdest du gleich aus dem Sattel kippen.«

»Mir geht es bestens.«

»Blödsinn. Du siehst furchtbar aus.«

»Ich habe nur einen schlechten Tag.«

»So ist es jeden Tag nach dem Training.«

»Weil das harte Arbeit ist.«

»Nicht so hart.«

Sie sah ihn verärgert an. Der Schmerz in ihrem Arm und sein Nachbohren machten sie trotzig, sodass ihre Stimme einen zu scharfen Klang annahm.

»Deine Sorge ist ja rührend, aber mir geht es gut. Und ich brauche keine Hilfe, um mein Pferd abzukühlen.« Chester, der bereits auf sie zukam, rief sie zu: »Ist schon okay. Ich übernehme das.«

Chester machte achselzuckend kehrt, und Devlin betrachtete sie finster. »Meinetwegen, aber wir sehen uns im Haus. Diese Unterhaltung ist noch nicht zu Ende.«

A. J. blickte ihm nach und stöhnte. Eine Diskussion über ihre Ausdauer hatte ihr gerade noch gefehlt. Während der Hengst im ruhigen Schritt am Rand des Platzes entlanglief, gab A. J. ihre Selbstbeherrschung auf und verzog das Gesicht, als sie ihren Arm über ihren Schoß legte. Der Schmerz war kein bisschen besser geworden, daher wunderte sie nicht, dass Devlin ihre Erschöpfung auffiel. Permanente höllische Schmerzen schafften einen eben.

Und es wurde beständig schwieriger, fadenscheinige Ausflüchte zu erfinden.

Als sie schließlich abstieg, schluckte sie rasch zwei Schmerztabletten, bevor sie den Hengst zurück zum Stall führen konnte. Elend schloss sie das Gatter des Reitplatzes und wappnete sich für das mühsame Putzen, als ein unbekannter Wagen die Einfahrt heraufkam. Margaret Mead stieg aus dem Kombi, winkte A. J. zu und lächelte, als sie Chester im Hintergrund entdeckte.

A. J. ging mit dem Hengst hinüber und strengte sich an, die Besucherin munter zu begrüßen. Sie wartete sehnsüchtig auf die Wirkung des Schmerzmittels.

»Guten Morgen«, sagte Margaret.

»Es wäre nicht nötig gewesen, dass du bis hier raus fährst«, antwortete A. J. und blickte kurz zu Chester, der in der offenen Stalltür stand. »Aber ich freue mich, dich zu sehen.«

Die beiden Frauen wechselten vielsagende Blicke.

»Komm mit rein, hier ist es ziemlich windig«, sagte A. J. laut genug, dass Chester sie hören konnte. Sie hoffte, auf die Weise hatte er einen Moment, sich zu fangen.

Und er nutzte ihn, indem er zurück in den Stall huschte, seine Baseballcap abnahm und sich das dünne Haar glattstrich. Als Margaret näher kam, wippte er von einem Bein aufs andere wie ein nervöses Metronom.

»Hast du etwas gefunden?«, fragte A. J., während sie den Hengst festmachte.

»O ja, habe ich«, sagte Margaret, deren Augen traurig wurden, als sie dem Hengst über die Nüstern strich.

A. J. wurde es eiskalt.

»Anscheinend wurde er als Jährling an ein Gestüt verkauft, das nicht dafür bekannt ist, seine Pferde gut zu behandeln. Ich kann nicht sagen, was genau da mit ihm passiert ist, aber wenn das stimmt, was ich über die Leute gehört habe, war es wahrscheinlich sehr schlimm für ihn.«

»O nein …«

»Das Gestüt wurde vor zwei Jahren von der Behörde geschlossen. Wir haben im Laufe der Jahre viele Pferde verkauft, die bei denen trainiert wurden, und sie alle hatten irgendwelche Verhaltensauffälligkeiten. Mit ein bisschen guter Behandlung kriegen die meisten wieder die Kurve, aber sie bleiben für ein Leben geschädigt. Misshandlungen lassen sich nun mal nicht rückgängig machen.«

»Nein, natürlich nicht«, sagte A. J. und legte eine Hand auf Sabbaths Hals. Er drehte seinen Kopf zu ihr und stupste sie liebevoll an.

Alles wirkte schaurig logisch. Dass Sabbath auf dem Reitplatz so aggressiv wurde, sein zimperliches Gehabe mit seinen Füßen, das gefährlich werden konnte, ging man zu forsch vor, sein Misstrauen gegenüber Fremden. Seine Angst vor Wasser. A. J. hatte von misshandelten Pferden gehört, kannte einige Geschichten, doch normalerweise gingen die Besitzer und Gestüte gut mit ihren Tieren um, und sei es nur wegen der gewaltigen Summen, die sie investierten. Leider gab es auch Ausnahmen.

»Ich glaube, ich erinnere mich an den Stall«, sagte Chester. »Der Kerl, der das Gestüt leitete, war ein echt kranker Mist… – äh, Mann. Seine Stallburschen mussten die Pferde mit Wasserschläuchen traktieren. Er meinte, so macht man die Tiere zu müde, als dass sie sich schlecht benehmen können. Und weigerten sich die Stallburschen, wurden sie gefeuert. Das war erst der Anfang. Bevor die den Laden dichtmachten, war der Typ völlig wahnsinnig und peitschte die Pferde. Was für eine Sauerei!«

»Tut mir leid, dass ich keine besseren Neuigkeiten habe«, sagte Margaret.

»Mir auch«, murmelte A. J. traurig.

Ihr war unbegreiflich, wie jemand etwas so Prachtvolles wie den Hengst, der gerade an ihrem Jackenkragen knabberte, misshandeln konnte. Sein Atem wehte ihr warm übers Gesicht, und seine butterweichen Nüstern strichen ganz zart über ihren Hals. Ihr blutete das Herz, weil er solche Grausamkeiten erleiden hatte müssen – und nicht nur er. Dass man das Gestüt geschlossen hatte, konnte nicht wiedergutmachen, was den Pferden dort widerfahren war.

»Ach, Mädchen«, sagte Margaret und legte einen Arm um A. J. »Du hast das Herz am rechten Fleck. Dieser Hengst kann froh sein, dass er dich gefunden hat und du ihn. Ihr zwei seid ein gutes Paar.«

Chester nickte. »Das beste.«

»Ich muss mit Devlin reden«, sagte A. J. »Würdet ihr mich entschuldigen?«

Margaret lächelte. »Selbstverständlich.«

»Ich striegle ihn gründlich«, versprach Chester, noch ehe A. J. fragen konnte. »Na, geh schon.«

Margaret und Chester sahen ihr nach.

»Sie ist ein gutes Kind«, sagte Margaret.

»Jo. Und Sie sollten sie mal auf diesem Pferd sehen. Sie würden gar nicht glauben, was sie aus ihm gemacht hat.«

»Erstaunlich, was ein bisschen Zuneigung bewirkt.«

Beide schwiegen eine Weile.

»Übrigens«, sagte Chester und starrte auf seine Füße. »Spielen Sie gerne Bingo?«

»Devlin?«, rief A. J., als sie zur Tür hereinkam.

»Ich bin hier!«

Sie folgte seiner Stimme in die Küche. Er aß ein Sandwich und bot ihr eines an, doch sie lehnte stumm ab.

»Margaret Mead ist eben vorbeigekommen.«

Bei ihrem traurigen Tonfall sah Devlin besorgt auf. »Was hat sie gesagt?«

A. J. erzählte ihm die Neuigkeiten, und Devlins Miene wurde immer düsterer.

Als sie fertig war, stieß er einen Fluch aus.

»Ich kannte einige von deren Reitern. Da herrschte eine ziemliche Fluktuation, und aus gutem Grund. Es gab Gerüchte, doch die meisten Leute dachten, es wären nur wilde Geschichten von Stallburschen, die sich rächen wollten, weil sie gefeuert worden waren, oder von Reitern, die sich mit dem Chef zerstritten hatten. Es hat viel zu lange gedauert, bis die Behörden eingriffen und das Gestüt geschlossen haben.«

Devlin streckte eine Hand über den Tisch, und A. J. hielt sich daran fest. Sie redeten noch länger über Sabbaths Unglück.

»Aber mit dem Wasser wird er besser«, sagte A. J. und stand auf. »Ich glaube, er vertraut mir wirklich. Ich gehe jetzt wieder zu ihm und versuche …«

»Nimm dir lieber den Nachmittag frei.«

»Warum?«

Er wirkte verärgert. »Weil du aufgebracht und müde bist.«

»Devlin …«

»Du brauchst eine Pause.«

»Nein, brauche ich nicht. Es sind nur noch drei Wochen bis zur Qualifizierung.« Sie griff mit ihrer intakten Hand nach hinten und löste ihren Zopf. Anschließend flocht sie ihn neu und wand ein Haargummi um das Ende.

»Du arbeitest zu hart.«

»Mir geht es g…«

Devlin explodierte. Er knallte die Faust auf den Tisch. »Wenn du noch ein Mal behauptest, dass es dir gut geht, ramme ich meinen Kopf durch die Wand!«

A. J. zuckte zurück. Sein Gefühlsausbruch erschreckte sie ebenso wie das wütende Funkeln in seinen Augen.

»Du isst nicht, siehst furchtbar aus, und nachts wälzt du dich hin und her.« Sie öffnete den Mund. »Und leugne es nicht! Ich schlafe direkt neben dir.«

Er hielt abwehrend eine Hand in die Höhe, ehe sie sich verteidigen konnte. »A. J., du packst das nicht, wenn du dich nicht ein bisschen erholst. Du verlangst dir zu viel ab und verausgabst dich, was sich bei der Qualifizierung rächen wird. Glaub mir einfach.«

Sie wandte das Gesicht ab und verschränkte die Arme vor der Brust.

Deutlich sanfter fragte er: »Wieso ist dir das so ungeheuer wichtig?«

Devlin hörte die Spur von Verzweiflung in seiner Stimme und wunderte sich, denn so kannte er sich gar nicht. In jeder früheren Situation wäre es ihm sicher peinlich gewesen. Heute jedoch war ihm seine offenkundige Schwäche egal. Ihm ging es einzig um die Frau, die er liebte, und deren tiefe Ringe unter ihren stumpfen blauen Augen.

Als sie nicht antwortete, fürchtete er bereits, dass sie dichtmachte, doch dann fing sie an zu reden.

»Früher sagten die Leute immer, ich würde wie meine Mutter aussehen. Dass ich ihr kleiner Schatten wäre. Als ich älter wurde, war ich die Tochter meines Vaters, die gerne ritt. Jetzt bin ich die, die von dir trainiert wird und diesen Hengst gekauft hat.« Sie sah ihn an. »Wann wird man mich endlich mal mit meinen eigenen Adjektiven beschreiben?

Seit ich von zu Hause weg bin, sehe ich zurück und denke, dass ich mein Leben lang nur von anderen definiert wurde. Und das ist nicht zuletzt meine eigene Schuld, weil ich viel zu lange bei und von meinem Vater gelebt habe. Aber das will ich nicht mehr. *Ich* habe Sabbath ausgesucht. *Ich* habe gesagt, dass ich die Qualifizierung mitreite. *Ich* mache die Arbeit.« Sie holte tief Luft. »Ich möchte nicht Garrett Sutherlands Partyprinzessin sein. Und ich will auch nicht bloß eine Reiterin von vielen sein. Dafür bin ich bereit, Opfer zu bringen.«

Devlin erhob sich ruckartig.

»Gehst du jetzt?«, fragte A. J.

Kopfschüttelnd reichte er ihr die Hand.

Als sie ihre Finger in seine legte, führte er sie die Treppe hinauf und blieb oben vor der Tür stehen, die stets verschlossen gewesen war, solange A. J. mit im Haus lebte. Als Devlin sie öffnete, knarrten die Angeln.

A. J. rang hörbar nach Atem, als sie an Devlin vorbeisah.

Das Zimmer war voller Pokale, Turnierschleifen und Fotos. Da waren die großen Silberplatten und Kelche, zwei Olympiamedaillen, Ehrenjacken und Pferdedecken sowie Bilder von Devlin und Mercy auf unzähligen Zeitschriftentiteln. A. J. ging hinein und blickte sich staunend um.

Die meisten Sachen hingen an den Wänden, sorgfältig aufgereiht und chronologisch sortiert. Aber nicht alle. In einer Ecke lag ein Sattel wie hingeworfen, der unter seinem Gewicht eingeknickt war. Darauf lag verdrehtes Zaumzeug, und davor ein Paar umgekippter Reitstiefel, die an verwundete Soldaten erinnerten.

Auf allem lag eine Staubschicht.

Mit großen Augen drehte A. J. sich zu Devlin um.

»Ich wollte nicht, dass es ein Schrein wird«, sagte er und blickte sich um. »Irgendwo musste ich den ganzen Kram lassen, und mein Ordnungssinn ließ es am Ende doch wie einen Schrein aussehen. Na ja, wohl mehr wie ein Mausoleum.«

»Diese vielen Bilder«, hauchte A. J. und betrachtete eines genauer. Es zeigte Devlin und Mercy bei einem Qualifizierungsturnier. A. J. war unter den Zuschauern gewesen. »Da war ich auch.«

Er kam zu ihr. »Das ist viele Jahre her. Mir kommt es wie aus einem anderen Leben vor.«

»Und ich habe gesehen, wie du die gewonnen hast«, sagte sie und ging zu einer der gerahmten Medaillen. Für sie war es, als würde sie einen Teil ihrer eigenen Geschichte sehen. »Es war aufregend, dir zuzugucken, und …«

A. J. verstummte und starrte die Medaille an.

Schließlich schaute sie sich noch einmal im Zimmer um. »Danke, dass du mir das zeigst. Ich hatte mich immer gefragt, wo die Sachen hin sind.«

»Es ist das erste Mal seit … Ich weiß gar nicht mehr, wie lange ich nicht hier drinnen war. Mir kommt es ewig vor. Lange Zeit hielt ich es kaum aus, auch nur an der Tür vorbeizugehen.« Devlin hob den Sattel vom Boden auf. »Ich kann dir gar nicht sagen, wie viel Zeit ich in diesem Sattel verbracht habe.«

Er klopfte den Staub ab und legte den Sattel behutsam wieder hin.

»Dies war mein ganzes Leben«, erzählte er. »Von Sonnenaufgang bis spät in die Nacht gab es für mich nur Reiten und Turniere. Sonst nichts.«

Als er sie ansah, bekam seine Stimme einen strengeren Klang. »Deshalb sage ich dir, dass du es nicht übertreiben darfst.«

A. J. zog die Brauen zusammen. »Du hast diese ganzen Pokale und Turnierschleifen nicht gewonnen, indem du aufgabst. Du hast hart gearbeitet, Opfer gebracht.«

Sein Lachen klang schneidend. »Und ob ich das habe! Ich habe meine Stute geopfert!«

»Sag das nicht.«

»Es ist die Wahrheit. An dem Morgen des Unfalls merkte ich schon beim Aufwärmen, dass Mercy nicht richtig fit war. Sie war den Tag zuvor gegen eine Hindernisstange gestoßen und komisch gelandet, aber ich redete mir ein, dass mit ihr alles in Ordnung war.« Nun wurde er leiser. »Ich entschied, sie anzutreiben, weil ich unbedingt wieder diesen verfluchten Pokal gewinnen wollte. Ich habe sie für eine beknackte Silberschale umgebracht!«

Devlins Blick huschte hinüber zu vier Qualifizierungstrophäen aus Sterlingsilber an der Wand. Ein kalter Ausdruck, sehr nahe an Hass, trat auf seine Züge, gefolgt von bitteren Selbstvorwürfen.

A. J. ging zu ihm und streichelte seinen Arm.

»Ich kann dir sagen, dass es das nicht wert war, aber du würdest mir nicht glauben.«

»Natürlich glaube ich dir!«, erwiderte sie.

»Dann belügst du dich selbst. Jeden Tag, wenn du am Rande der Erschöpfung mit Sabbath auf den Platz gehst, machst du einen ohnehin schon gefährlichen Sport noch riskanter für euch beide.«

Sie nahm seine Hände und hob sie an ihre Lippen. »Mach dir keine Sorgen um mich. Ich komme klar.«

»Ich mache mir nicht bloß Sorgen. Ich bin frustriert und wütend, weil ich versuche, dich vor dir selbst zu retten.« Er atmete langsam aus. »Was sinnlos ist. Hätte jemand versucht, mich zu bremsen, ich hätte ihm auch nicht zugehört.«

»Devlin, ich bin stark und entschlossen, aber ich gehe nicht rücksichtslos mit dem Hengst um. Ich achte sogar sehr auf seine Beine. Ich bin so vorsichtig …«

Er schüttelte den Kopf. »Du kapierst es nicht, oder? Es geht nicht nur um Sabbath. Es geht um dich.«

»Und *ich* muss das machen.«

»Was kann denn schon passieren, wenn du es nicht zur Qualifizierung schaffst? Gibt es dann nie wieder Trophäen zu gewinnen? Keine Turniere mehr? Schieß dich nicht so auf das eine Turnier in drei Wochen ein. Es gibt das ganze Jahr reichlich Parcours zu reiten. Du musst nicht alles auf einmal schaffen.«

»Aber du hast mir doch selbst neulich bei dem kleinen Turnier gesagt, dass ich nicht aufgeben soll. Du warst es, der mich anspornte, als Marceau uns in Grund und Boden gesprungen hat. Wieso erzählst du mir jetzt, dass ich zurückstecken soll?«

»Weil du nicht gut aussiehst.«

»Danke«, sagte sie eingeschnappt und wich zurück. »Nur weil ich nicht schick zurechtgemacht bin, denkst du, ich schaffe es nicht.«

»Das war eine billige Retourkutsche, und das weißt du auch. Außerdem sage ich dir lediglich, dass du es langsamer angehen sollst, nicht aufgeben.«

Ihre Blicke begegneten sich, und Devlin hoffte, dass er sie erreicht hatte. Dann drehte A. J. sich zum Fenster, womit klar war, dass sie nichts ändern würde.

»Was willst du tun, wenn ich weitermache?«, fragte sie.

»Ich liebe dich«, antwortete er ihrem Rücken. »Und ich habe dir ein Versprechen gegeben. Ich gehe nirgends hin.«

Er bemerkte, wie ihre Schultern sich entspannten.

»Ich stehe das nicht ohne dich durch, Devlin.«

»Dann verlang nicht von mir, dass ich wortlos zusehe, wie du dich selbst zerstörst.«

»Ich bin sehr viel stärker, als du denkst.«

Sie kam wieder zu ihm und schlang die Arme um ihn. Er ließ zu, dass sie ihren Körper an seinen lehnte, und wünschte, er könnte sie beschützen.

Vor allem betete er, dass es sie nicht auseinanderreißen würde, sie in die Qualifizierung zu bringen.

Devlin und A. J. kehrten zum Stall zurück. Eigentlich wollte keiner von ihnen etwas sagen, was sie mit banalem Smalltalk überspielten. Chester hatte Sabbath gerade fertig gestriegelt und packte die Bürsten weg.

»Jetzt heißt es zurück zum Pool für dich«, sagte A. J. zu Sabbath. »Und diesmal kriegst du nasse Füße.«

»Willst du ihn ins Wasser treiben?«, fragte Devlin.

»Ja, das habe ich vor. Je mehr er dem ausgesetzt wird, umso besser. Es ist eine gute Vorbereitung auf den Sprung.«

»Aber draußen ist es kalt.« Devlin verstummte. »Warte mal, wenn ihr schwimmen geht, habe ich genau das, was ihr braucht.«

»O nein!«, stöhnte Chester. »Nicht die Sumpfdinger.«

A. J. sah ihn fragend an. »Was ist das?«

»Die sind ziemlich unbeschreiblich.«

Devlin kam mit der hässlichsten, unförmigsten Wathose zurück, die A. J. je gesehen hatte. Sie war riesengroß, scheckig grün und stank entsetzlich.

»Das ist ein Witz.«

»Nein, das hier ist nicht zum Lachen.«

»Ja, stimmt genau.«

»Zufällig wurde sie extra angefertigt.«

»Aus alten Müllsäcken?«

»Du wirst mir später danken«, sagte er und hielt ihr die Wathose hin.

»Nur wenn du mich zwingst.«

A. J. hielt das Ungetüm vor sich hin und stieg in ein Hosenbein ein. Es war wie ein Einstieg in ein Schlammloch.

»Warte, du musst vorher die Schuhe ausziehen«, sagte Devlin. »Man trägt die nur mit Socken.«

»Und einer Augenbinde, falls man an einem Spiegel vorbeikommt«, ergänzte Chester.

Fluchend streifte A. J. ihre Stallstiefel ab. »Einen Schwung Selbstachtung loswerden hilft ganz sicher auch.«

Als sie die Wathose hochzog, reichte ihr der Bund bis zur Brust, und sie musste die Träger so kurz stellen, wie es ging. Beim Gehen flappte Gummi um sie herum, dass es wie ein zappelnder Fisch auf einem Bootsboden klang.

»Die stinkt wie alte Turnschuhe«, beschwerte sie sich naserümpfend.

Chester lachte. »Bei der Herstellung haben sie gleich dafür gesorgt, sämtliche Sinne zu beleidigen. Schien ihnen wohl fairer zu sein.«

»Ich komme mir echt vor wie das Ding aus dem Sumpf.«

»Das reicht jetzt«, mischte Devlin sich ein. »Die hält dich warm, und das ist das einzig Wichtige.«

»Na gut, dann bringen wir es hinter uns. Dieses Ding wird nicht hübscher.«

Sie machte Sabbath los und sah, wie er ihren Aufzug musterte. Sein Blick schien zu sagen: *Das kann nicht dein Ernst sein.*

»Fang ja nicht an«, warnte sie ihn. »In wenigen Minuten wirst du so nervös sein, dass du gar nicht mehr mitkriegst, was ich anhabe.«

Sobald A. J. und Devlin den Hengst auf dem Platz hatten, ließen sie ihn einige Minuten frei laufen. Anschließend legte A. J. ihm eine Führleine an und brachte ihn zum Wasser. Sie achtete darauf, ihren verletzten Arm aus dem Weg zu halten. Dank ihrer harten Vorarbeit gelang es ihr, den Hengst bis an den Beckenrand zu bringen, doch er sträubte sich, als sie ihn aufforderte, mit ihr ins Wasser zu gehen.

Sie drehten um und näherten sich erneut dem Wassergraben. Und noch einmal. Schließlich gab der Hengst nach und streckte vorsichtig einen Huf nach dem Wasser aus, als A. J. in dem Becken stand. Ein weiterer Huf folgte, doch der Rest von Sabbath weigerte sich. Er hatte die Vorderbeine weit gespreizt, sodass sein Körpergewicht hauptsächlich auf der Hinterhand lastete, und seine Muskeln zitterten, bereit, ihn rückwärts zu katapultieren, sollte ihn die Angst übermannen.

Was sie bald tat.

Mit einem panischen Wiehern und einer so plötzlichen Bewegung, dass selbst A. J. erschrak, bäumte Sabbath sich auf. Von da ab lief es nicht gut. Der Hengst hatte es derart eilig, vom Wasser wegzukommen, dass er das Gegenteil erreichte. Er geriet ins Rutschen und landete mit allen vier Hufen und noch etwas mehr in dem Becken. Wasser stob in sämtliche Richtungen auf und durchnässte A. J., die sich nach Kräften bemühte, das Pferd zu halten.

»Ich denke, das reicht«, rief Devlin vom Rand aus.

»Ich will nicht, dass wir so aufhören.«

»Du bist klatschnass.«

»Danke für die Info.« Sie lächelte, um nicht zu harsch zu klingen. »Aber wir brauchen noch einen Versuch.«

Aus einem wurden mehrere Versuche. Zuerst weigerte sich der Hengst, auch nur in die Nähe des Hindernisses zu kommen. Nachdem er in seiner Panik quasi seine eigenen Ängste bestätigt hatte, war er entschlossener denn je, weit weg und trocken zu bleiben. Aber A. J.s gutes

Zureden und ihre Geduld zahlten sich aus. Er war gewillt, noch einmal einen Fuß ins Wasser zu strecken, als A. J. bemerkte, dass Devlin zu ihnen kam. Sie führte Sabbath zur Seite, um ihm eine Pause zu gönnen. Doch die Unterbrechung ärgerte sie.

»Was ist?«, fragte sie und musste aufpassen, dass ihr Zähneklappern nicht zu laut wurde.

»Zeit zu gehen.«

»Nur noch ein …«

»Nichts da. Du bist völlig durchnässt.«

»Wir m-machen Fortschritte«, erwiderte sie. Ihre Zähne klapperten wie Kastagnetten.

»Du hast blaue Lippen.«

»Die p-passen zu meinen Augen.«

Sein Blick bedeutete ihr, dass dies die Gelegenheit war, ihm zu beweisen, dass sie vernünftig sein konnte.

»Na gut«, murmelte sie und führte das Pferd vom Platz.

Im Farmhaus stand A. J. nackt vor dem Badezimmerspiegel und hob ihren Arm über den Kopf. Das tat sie regelmäßig, wenn sie unbeobachtet war, um zu testen, wie beweglich er war. Und jedes Mal hoffte sie vergebens auf eine Besserung, weniger Steifheit und Schmerz.

Sie verzog das Gesicht und wandte sich vom Spiegel ab. Devlin kochte unten das Abendessen, und der Duft von gebratenem Gemüse drang bis nach oben. A. J. ging ins Schlafzimmer und betrachtete das Bett, in dem sie sich so oft schon geliebt hatten.

Ihr kam das Gespräch aus dem Trophäenzimmer wieder in den Sinn, und ihre Brust wurde eng. Mit jedem Tag, der verging, verließ sie sich mehr und mehr auf ihre Fähigkeit, ihren Körper mittels bloßer Willenskraft zum Durchhalten zu bringen. Und je mehr Zeit verging, umso mehr belog sie Devlin, was heikel war. Kalter Angstschweiß brach ihr aus, als ihr bewusst wurde, wie viel sie aufs Spiel setzte. Solange sie eisern blieb, würde ihre Verletzung nicht auffallen und er müsste nie erfahren, was sie wirklich durchmachte. Er müsste sich keine Sorgen machen. Und sie würden nicht über ihr Training streiten.

Aber was war, wenn sie nicht mehr konnte? Was war, wenn der Schmerz einen Punkt erreichte, an dem sie nicht weitermachen konnte?

A. J. band sich ihre Haare zusammen und zog sich an.

Sie hatte noch genügend Kraft, um in die Qualifizierung zu kommen, sagte sie sich zum zigsten Mal. Sie musste einfach.

»Bist du bald fertig?«, rief Devlin von unten.

»Ich bin fast angezogen.«

»Schade.«

A. J. grinste.

Und dann nahm sie noch zwei Schmerztabletten.

15

Eine Woche später bettelte Sabbath um Gnade wie eine Flunder in einem Haifischbecken.

»Ich meine es ernst«, sagte A. J. »Komm schon. Du warst doch schon drin.«

In dem fünfzehn Zentimeter tiefen, eiskalten Wasser, das A. J. gründlich hassen gelernt hatte, zog sie abermals an der Führleine. Ihre Nase lief, und sie spürte ihre Fingerspitzen in den Handschuhen nicht mehr. Außerdem hatte sie nasse Füße, was immer wieder ein Mysterium war. Egal wie oft sie die Wathose auf Löcher abtastete, es waren keine zu finden. Angeblich war sie hundert Prozent wasserdicht, und trotzdem erzählten ihre durchgeweichten Socken etwas anderes.

Apropos schlechte Kombis, dachte sie und sah an sich herab. Potthässlich und unpraktisch.

Der Hengst streckte einen Vorderhuf aus, als drohte ihm der Verlust eines Beines, und tauchte ihn angeekelt ein. Der andere Vorderhuf folgte, dann hielt Sabbath inne, um nachzusehen, ob A. J. es wirklich ernst meinte. A. J. ging einen Schritt weiter in das Becken; der Hengst seufzte theatralisch und stieg auch mit der Hinterhand hinein. Als sie zusammen im Wasser standen, streichelte A. J. seinen Hals – und sein Ego –, während der majestätische Hengst hundeelend aussah. Aber er wurde nicht panisch.

Es war der Durchbruch, auf den sie so mühsam hingearbeitet hatten, dachte A. J. Andererseits wollte sie ihm ja nicht Schwimmen beibringen.

Es war schwer, trotz aller Fortschritte nicht frustriert zu sein. Bedachte man, dass sie ihn noch überreden mussten, über das Wasser zu springen, waren sie noch Lichtjahre von ihrem Ziel entfernt.

A. J. nieste.

Ihrer Lungenentzündung waren sie deutlich näher.

Als sie Sabbath aus dem Wasserbecken führte, ließ sie sich von seinem hoffnungsvollen Blick überreden und beschloss, ihn zum Stall zurückzubringen. In dem Moment, in dem sie den Hengst vom Platz führte, kam Devlin in seinem Truck angefahren, den er aus der Werkstatt geholt hatte. Nun sah die Ladefläche wieder aus, wie sie sollte. Er winkte ihr zu und kam, um das Gatter zu öffnen. Ihre quatschenden Watschritte und das dauernde Niesen kamen einer schlechten Marschkapelle gleich, als sie auf Devlin zuging. Doch sein Blick war voller Wärme.

»Wie war es heute?«, fragte er.

»Ungefähr wie immer. Jede Menge Zeit *im* Hindernis, keine *drüber*. Die gute Nachricht ist, dass er sich fürs olympische Schwimmteam bewerben will. Bei dem, was er an Wasser verdrängen kann, lehrt er die anderen über 100 Meter Schmetterling das Fürchten.«

Devlin begleitete sie zum Stall.

»Ich habe diese Vision von uns bei der Qualifizierung«, sagte A. J. »Mitten in der Runde bleibt Sabbath stehen und kneippt im Wassergraben, weil wir ihn darauf trainiert haben.«

Chester guckte aus der Sattelkammer.

»Na, wenn das nicht Esther Williams und Fernando Lamas sind!«, sagte er.

»Eher die Marx Brothers«, murmelte A. J. und brachte den Hengst in seine Box. Drinnen nahm sie ihm die pitschnasse Pferdedecke ab.

»Ich denke, wir müssen langsam üben, ihn über den Graben zu bringen«, sagte sie zu Devlin.

»Stimmt. Seine Panik hat er größtenteils überwunden, also wird er wahrscheinlich nicht gleich durchdrehen.«

»Probieren wir es morgen.«

Devlin reichte ihr eine trockene Decke, die sie dem Hengst überwarf und unter seinem Bauch festzurrte. Nachdem Sabbath versorgt war, trat A. J. auf die Stallgasse und befreite sich von der abscheulichen Wathose. Kaum hatte sie die Träger gelöst, rauschte das Ding nach unten, als könnte es nicht erwarten, A. J. loszuwerden. Sie warf dem Gummihaufen einen bösen Blick zu.

Devlin half ihr, aus den Hosenbeinen zu steigen, und sah zu ihren nassen Socken hinab.

»Bei mir war sie nie undicht.«

»Vielleicht mochte sie dich lieber als mich.« Sie hängte die Hose in die Sattelkammer und hoffte inständig, sie müsste sie nie wieder anziehen.

Als sie zurückkam, unterhielten sich Devlin und Chester über den Zaun des Reitplatzes, an dem einige Holzlatten neu gestrichen werden mussten.

»Das erledige ich nächste Woche«, sagte Chester. »Bevor es noch kälter wird.«

»Gute Idee.« Devlin blickte auf seine Uhr. »Und? Alle bereit fürs Abendessen?«

»Ich nicht«, ertönte es munter.

Devlin beäugte den Stallburschen misstrauisch.

»Was guckst du mich so an, Junge?«

»Du bist viel zu vergnügt für jemanden, der eben ein Abendessen ausgeschlagen hat.«

»Ich gehe heute Abend zum Bingo.«

»Du gehst schon seit zehn Jahren zum Bingo und isst immer vorher bei mir.«

»Na und?«

»Und du bist sonst auch nicht so fröhlich.«

»Keine Ahnung, was du meinst. Darf man sich nicht mehr freuen, in Ruhe ein bisschen zu spielen?«

Devlin drehte sich zu A. J. »Verstehst du, warum er das Essen absagt und sich dabei so freut?«

Versonnen lächelnd sah A. J. zu Chester hinüber.

»Moment mal«, sagte Devlin. »Was zum Teufel ist hier los? Hast du ein Date oder so?«

»Und wenn schon?«

»Du gehst tatsächlich aus? Mit einem anderen Menschen?«

»Jetzt mach nicht gleich sonst was draus. Ist ja wohl kein Weltwunder, wenn eine Dame meinen einzigartigen Charme und Sinn für Mode faszinierend findet, oder?«

Lachend klopfte Devlin ihm auf die Schulter. »Gratuliere! Wer ist die Glückliche?«

»Ach, bloß das schönste Mädchen der Welt.«

»Betrügst du mich?«, fragte Devlin A. J.

»Tja, was soll ich sagen? Der Mann weiß zu leben, mit seinem farblich abgestimmten Essen und so. Nicht zu vergessen, dass er wahnsinnig gut mit einer Schubkarre umgehen kann.«

»Mein Mädchen ist Margaret Mead«, erklärte Chester volltönend.

»Margaret vom Auktionshaus?«

»Jo.«

»Und wann kommt sie mal zum Essen her?«

»Wozu? Damit du sie begaffen kannst wie ein Auktionslos?«

»Ich muss mir ihre Zähne angucken.«

A. J. nieste wieder. »Besprecht ihr zwei das ruhig – ich brauche heißes Wasser. Ich wünsche dir einen sensationellen Abend, Chester.«

»Den werde ich haben.«

»Wie hast du sie kennengelernt?«, fragte Devlin, als A. J. ging.

Im Haus eilte A. J. direkt nach oben ins Bad. Als Erstes zog sie ihre Socken aus, denn sie konnte es nicht ausstehen, wie sie sich anfühlten. Dann drehte sie das warme Wasser auf und entkleidete sich vollständig. Sie bibberte, und ihre Fingerkuppen waren beängstigend grau. A. J. fragte sich, ob ihr je wieder warm würde.

Beim Ausziehen ihres Rollkragenpullovers verzog sie das Gesicht vor Schmerz und brauchte mehrere Anläufe, bis sie ihren Arm endlich weit genug strecken konnte. Stöhnend versuchte sie, den Arm zu lockern, und probierte mehrere Bewegungen aus, um die Beweglichkeit zu prüfen. Obwohl der Sturz nun schon lange zurücklag, war der Arm immer noch nicht besser. Vielleicht sogar ein bisschen schlimmer, wenn sie brutal ehrlich war.

Sie wühlte in ihrem Kulturbeutel nach den Tabletten, die sie mittlerweile regelmäßig brauchte. Das Pillenfläschchen fühlte sich sehr leicht an, und als A. J. den Deckel öffnete, stellte sie erschrocken fest, dass die Tabletten beinahe aufgebraucht waren. Sie schüttete die letzten beiden in ihre Hand, schluckte sie und warf das leere Fläschchen in den Müll. Es war die zweite Packung, die sie diese Woche geleert hatte. Morgen müsste sie sich zwei oder drei neue kaufen.

Während A. J. wartete, dass die Wanne gefüllt war, trat sie ans Fenster und sah zum Reitplatz.

Wir müssen morgen diesen Wassergraben schaffen, dachte sie.

Am nächsten Tag steuerte A. J. den Hengst nach gründlichem Aufwärmen auf den Wassergraben zu. Ihr Arm pochte, und sie war nicht sicher, wie klug es gewesen war, sich diese Übung bis zum Schluss aufzusparen. Zwar war Sabbath gegen Ende des Trainings immer ruhiger, doch ihre Schmerzen waren fast unerträglich.

Sie verlegte die Zügel in ihre gute Hand und streckte den Arm mehrmals, um ihn zu lockern. Unter ihr tänzelte der Hengst auf der Stelle, wobei seine Hufe Schmutz aufschleuderten. Er warf den Kopf nach oben und blies Luft aus. A. J. biss die Zähne zusammen, setzte sich in Position und trieb ihn leicht an.

Sabbath stürmte los, auf das Wasser zu. A. J. fühlte, wie seine Spannung wuchs, aber er drehte nicht ab, sondern lief zielstrebig weiter. Sie näherten sich dem Hindernis in einem guten Tempo, und ob aus innerer Stärke heraus oder nur um des Schwungs willen nahm er den Sprung. Es war nicht hübsch und weder selbstsicher noch stilvoll.

Aber sie schafften es heil hinüber.

A. J. war darauf vorbereitet gewesen, dass er sich weigerte und sie ins Wasser warf. Stattdessen war sie freudig überrascht, das Wasser unter sich vorbeirauschen zu sehen.

»Super gemacht!«, rief Devlin, als sie Sabbath im leichten Galopp zum Rand lenkte. Chester stand am Gatter und applaudierte.

Ein paar weitere Versuche, und der Hengst überwand das Wasser mit hinreichend Zutrauen, dass sie eine weichere Landung schafften. Er fühlte sich nach wie vor merklich unwohl, sträubte sich jedoch nicht. A. J. war klar, dass sie eigentlich jubeln sollte oder zumindest enorm erleichtert sein müsste.

Sie fühlte sich nur wie betäubt. Ja, sie hatten es über das Wasser geschafft, allerdings hier, auf heimischem Grund, und mit Devlin und Chester als einzigen Zuschauern. Was würde in dem Chaos bei der Qualifizierung passieren?

Sorgenvoll ritt sie zu Devlin hinüber.

»Sie gehen nicht nach der Form«, erinnerte er sie. »Nur danach, ob ihr es in einem Stück rüberschafft.«

»Wir haben noch sechs Tage. Wir brauchen mehr Training.«

»Das gilt für jeden der Teilnehmer.«

»Weiß ich.« A. J. stieg ab und nahm ihren Helm herunter. »Bloß für uns ganz besonders.«

»Sieh mich an.«

Sie blickte zu ihm auf.

»Du kannst stolz auf dich sein, denn du hast großartige Arbeit geleistet.«

Sie fühlte seine Hand an ihrer Wange, drehte das Gesicht halb und hauchte einen Kuss in seine Handfläche.

»Du bist ziemlich gut, was diesen Motivationskram angeht«, sagte sie leise.

»Ich möchte nur, dass meine Frau glücklich ist.«

Sein Daumen strich über ihre Unterlippe. Während sie die Pläne für die Qualifizierung besprachen, schweiften A. J.s Gedanken ab. Sie dachte an die Zeit, wenn sie endlich allein waren. Gestern war Devlin zu ihr in die Wanne gestiegen und hatte sie gestreichelt und gekitzelt, bis er die Kontrolle verloren hatte und sie sich in dem Lavendel-Schaumbad geliebt hatten. Und damit endete es nicht. Die Stunden vorm Abendessen waren ein einziger Sinnesrausch, bis sie der Hunger nach unten trieb. Zum Kochen fehlte ihnen die Geduld, und sie aßen kalten Braten und rohe Karotten. Trotzdem war es ihnen, als sie einander über die einzelne Kerze hinweg angesehen hatten, wie ein Festmahl vorgekommen.

Was mal wieder bewies, dass Leidenschaft die beste Würze ist, folgerte A. J. Dagegen konnte jede noch so kräftige Steaksauce einpacken.

»A. J.?«

»Wie bitte?«

»Ich wüsste zu gern, was du gerade denkst.«

Sie lächelte. »Das werde ich dir sagen, wenn du es dann noch mal wahr machst.« Ihr Blick war ein sinnliches Versprechen.

Devlin rückte näher zu ihr. Sein Körper sandte unmissverständliche Signale aus. »Sag schon. Ich möchte es aus deinem süßen Mund hören.«

Sabbath schüttelte den Kopf und stampfte mit einem Huf auf.

Sein Missmut brachte beide zum Lachen.

»Er kann es nicht leiden, wenn du von ihm abgelenkt wirst«, stellte Devlin fest, als sie vom Platz gingen.

»Anscheinend darf ich nur Augen für ihn haben.«

»Ja, das Gefühl kenne ich.«

Zwei Tage vor der Qualifizierung fuhr A. J. zum Sutherland-Anwesen, um einige Sachen zu holen, die sie bei der Veranstaltung tragen wollte. Die meisten ihrer Turniersachen hatte sie in ihrem alten Zimmer gelassen, und sie wollte ein bestimmtes Paar Stiefel.

In den Tagen seit dem ersten erfolgreichen Sprung über den Wassergraben hatten Sabbath und sie einige Fortschritte gemacht. Sie waren nun an einem Punkt, an dem sie mit dem Wasser in der Mitte des Parcours fertig wurden, aber einige Probleme gab es nach wie vor. Ihr Rhythmus wurde jedes Mal gestört, wenn sie sich dem Hindernis näherten, und sie wurden langsamer. Das würde in der ersten Runde nichts machen, doch sollten sie es bis zum Zeitspringen schaffen, würde es ihnen Minuspunkte einbringen.

Und dann war da ihr Arm. A. J. machte sich ernste Sorgen, dass er die Anstrengungen des Turniers nicht überstand. Was ihre Ausdauer betraf, hing alles davon ab, wie sehr sich Sabbath gegen sie sträubte und wie viel Schmerz sie ertragen konnte. Es war eine Gleichung, auf die sie gerne größeren Einfluss gehabt hätte. Die Schmerzmittel halfen nur begrenzt, und sie war nicht so blöd, auf eine Wunderheilung oder tadelloses Benehmen vonseiten Sabbaths zu hoffen.

Sie nahm sich vor, abends schön heiß zu baden, öffnete die Tür zu ihrem Zimmer und erstarrte.

Für eine halbe Sekunde dachte A. J., sie hätte sich verlaufen. Oder war völlig durch den Wind.

Überall auf dem Boden standen Kartons, in die ihre Pokale und Turnierschleifen wahllos hineingeworfen worden waren. Ihre Kommodenschubladen standen gähnend offen, und ihre T-Shirts und Hosen hingen halb heraus. Selbst das Himmelbett war verwüstet worden, der Behang abgenommen und die Pfosten abgeschraubt und neben das Bett gelegt worden.

Benommen stieg A. J. über einen Bücherstapel und ging ins Bad. Dort sah es nicht anders aus.

Schockiert sah sie in ihren Wandschrank und war froh, dass wenigstens ihre Turnierkleidung noch dort hing. Sie nahm sich zwei Blazer, einige weiße Blusen und griff in die untere Ecke, um die Stiefel herauszuangeln, die sie wollte. Behutsam legte sie die Sachen in einen Kleidersack und zog den Reißverschluss zu, als müsste alles darin beschützt werden.

Dann setzte sie sich auf ihr Bett und überlegte, was sie tun sollte.

Was an sich schon mal etwas Neues war.

Vor Kurzem noch wäre ihr erster Gedanke gewesen, den Flur entlangzulaufen, zweimal links und einmal rechts abzubiegen und an Peters Tür zu hämmern, bis er aufmachte – oder sie schlicht aus den Angeln zu heben. Einzig er konnte für dieses Chaos verantwortlich sein. Niemand sonst hätte die Stirn, sie aus ihrem eigenen Zimmer zu werfen.

Doch jetzt, da sie in den Ruinen ihres privaten Rückzugsortes hockte, wollte sie gar nicht zu Peter. Sie wollte einfach nur weg.

Und prompt erschien Peter an der Tür.

»Mit dir hatte ich nicht gerechnet«, sagte er und trat über die Schwelle. Er trug seine übliche Uniform, heute in schmutzigem Braun. »Verzeih das Durcheinander, aber morgen kommen die Maler.«

Er klang nicht, als täte es ihm wirklich leid.

»Wo bringst du meine ganzen Sachen hin?«, fragte sie. »Und wann wolltest du mir erzählen, dass du hier einziehst?«

»Die Bediensteten bringen alle Kartons auf den Boden. Und es gibt nichts zu erzählen. Du bist aus freien Stücken gegangen.«

»Warum tust du das?« A. J. war eher neugierig als gekränkt.

»Es ist eine reine Frage der Ästhetik. Die Aussicht aus diesem Zimmer ist schöner als die aus meinem, und da es jetzt leer steht, übernehme ich es.«

Er sah sie an und wartete auf eine Reaktion. Ja, er sah richtig gespannt aus.

»Tja, dann hoffe ich, dass du die Aussicht genießt«, sagte A. J., stand auf und nahm ihren Kleidersack und die Stiefel. »Ich habe es jedenfalls immer.«

Als sie an ihm vorbeigehen wollte, versperrte er ihr den Weg.

»Ist das alles?«

»Was meinst du?«

»Du verschwindest einfach?«

»Das ist allemal reizvoller, als mit dir zu streiten.«

»War es früher nie.«

»Hast du es etwa deshalb gemacht? Weil du einen Streit provozieren wolltest?«

»Nein, aber ich rechnete mit einem.«

Nachdem A. J. eine Weile nichts sagte, fragte er: »Also? Hast du mir irgendwas zu sagen?«

»Nein, eigentlich nicht.«

Seine Augen verengten sich. »Was ist mit dir los?«

»Muss denn etwas mit mir los sein, weil ich nicht streiten will?«

»Jedenfalls ist das hier nicht die A. J., die wir alle kennen und lieben«, antwortete er zynisch.

»Es hat sich manches geändert.«

»Ah, verstehe! Dir haben sich neue Horizonte eröffnet und dich zu einer anderen Frau gemacht. Ich schätze, McCloud hat dir beigebracht, dass es mehr als die Missionarsstellung gibt, stimmt's?«

A. J. verzog das Gesicht. »Mit solchen Bemerkungen verletzt du meine Gefühle. Genau genommen haben viele unserer Auseinandersetzungen wehgetan. Uns beiden.«

Peter wurde still, und sie glaubte, ein Aufflackern von Wut und Enttäuschung in seinem Gesicht zu erkennen. Es spiegelte ihre eigenen Empfindungen, weshalb sie entschied, ein Wagnis einzugehen und einen Schritt auf ihn zu zu machen.

»Peter, wann hast du zum letzten Mal etwas getan, das du wirklich geliebt hast?«

»Wie bitte?«

»Du bist auf dem Gestüt nicht glücklich«, sagte sie und stellte ihre Tasche und die Stiefel ab. »Das warst du nie.«

»Bloß weil ich Pferdemist nicht für ein Parfüm halte, bin ich nicht automatisch schlecht in meinem Job. Oder hast du schon die kleine Beförderung vergessen, die dein Vater mir zukommen ließ?«

»Ich habe nicht behauptet, dass du nicht gut in dem bist, was du tust. Ich glaube nur, dass es nicht schön ist, sein Leben in einem Job gefangen zu verbringen, den man nicht mag.«

»Was hat das denn mit deinem Zimmer zu tun? Und ich bin nicht gefangen!«

»Ich denke, es geht vor allem darum. Du wirkst so unglücklich.« A. J. schüttelte den Kopf. »Weißt du, wie gerne ich jeden Morgen aufstehe? Ich kann es nicht abwarten, runter in den Stall zu gehen, das Heu zu riechen und die Geräusche der Pferde zu hören. Jeden Morgen bin ich beim Aufwachen dankbar, dass ich meinen Traum leben darf. Und jeden Abend, auch wenn ich nicht alles geschafft habe, was ich mir vorgenommen hatte, freue ich mich beim Zubettgehen darauf, es am nächsten Tag wieder zu tun. Ich kann mir nicht vorstellen, wie es sein muss, durch den Tag zu trotten und jede Minute zu hassen.«

Peter schnaubte, und sie beobachtete, wie seine Enttäuschung in ihm aufbrodelte und sich über seine Fingerspitzen entlud, die mit den Münzen in seiner Tasche klimperten und auf dem Türrahmen trommelten.

»Gib's auf«, murmelte er. »Mit deinem Geschwafel entlockst du mir nichts, was du hinterher gegen mich verwenden kannst. Ich habe den Betrieb hier fest im Griff und dafür gesorgt, dass dein Vater mit diesen Riesenhamstern Gewinne macht. Er stellt dich vielleicht auf ein Podest, aber mich hat er ans Steuer gebracht, und so soll es auch bleiben.«

»Ich will Sutherland gar nicht leiten. Ich bin Reiterin, keine Geschäftsfrau. Außerdem bist du fantastisch in dem, was du tust.«

Ihr Stiefbruder hielt inne.

»Was zur Hölle hat dich denn in Glinda die gute Hexe verwandelt?«

»Sagen wir, meine Prioritäten haben sich verändert. Nicht dass ich die Zankerei mit dir all die Jahre nicht irgendwie genossen hätte. So schmerzvoll es gewesen sein mag, hatten wir einige echt gute Streitereien.«

Er stieß ein kurzes Lachen aus. »O ja, hatten wir!«

»Peter, ich weiß nicht, ob wir jemals Freunde sein können, aber eines weiß ich: Ich bin bereit, nicht mehr mit dir verfeindet zu sein.«

Eine ganze Weile starrte er sie stumm an, und sie wusste, dass er sie einzuschätzen versuchte, indem er ihre heutigen Worte gegen ihre gemeinsame Vergangenheit abwägte.

»Rede mit mir«, bat sie ihn. »Lass uns einmal im Leben einfach miteinander reden.«

Peter blickte sich im Zimmer um, und seine Augen verharrten auf dem Karton mit ihren Pokalen und Schleifen. »Du solltest weg sein, wenn ich hier einziehe.«

»Stimmt. Ich hätte meine Sachen selbst rausschaffen müssen. Ich wohne hier ja nicht mehr.«

»Nein, nach ihrer Hochzeit.«

A. J. runzelte die Stirn.

»Bevor meine Mutter wieder geheiratet hat, fragte sie mich, was ich von Garrett halte. Ich mochte ihn sehr und sagte ihr, dass ich ihn als neuen Vater will. Als sie zum Altar schritt, dachte ich, dass sie es tat, damit ich sein Sohn sein kann. Ich rechnete damit, dass du verschwindest und ich ihn für mich habe. Stell dir meine Verwunderung vor, als du bei meinem Einzug immer noch hier warst. Gott, ich habe es gehasst, mit dir unter einem Dach zu leben. Du warst die perfekte Schülerin, die perfekte Tochter, die in allem Perfekte. Du konntest gut reiten, gut singen, gut schreiben. Und ich musste mich nicht bloß mit der Tatsache abfinden, dass mir die ungeteilte Aufmerksamkeit verweigert wurde; nein, ich konkurrierte auch noch mit einer verfluchten Superheldin!«

»Du warst doch selbst gut in der Schule«, entgegnete A. J. verblüfft.

»Nicht so gut wie du. Nie war ich in irgendwas so gut wie du.«

»Das stimmt nicht! Du führst das Gestüt …«

»Ich führe die Bücher, aber die Führung hast du.« Er lachte verbittert. »So war es schon immer. Ich weiß noch, wie es anfangs war, wenn ich runter in die Stallungen kam und alle dich voller Hochachtung anhimmelten. Du warst halb so alt wie die richtig guten Reiter, und trotzdem *wussten* sie, dass du was Besonderes bist. Jeder hat es immer gewusst. Sogar meine Mutter.«

»Deine Mutter kann mich nicht ausstehen.«

»Nur weil Garrett eine Tote mehr liebt als sie. Meine Mutter war nie seine wahre Liebe und wird es nie sein.«

»Aber sie sind schon so lange zusammen. Ich weiß, dass er sie liebt.«

»Dein Vater hat ein Zimmer in diesem Haus ganz für sich, und wessen Porträt hängt dort an der Wand?« Peter schob seine Hände in die Hosentaschen. »Und was dich betrifft, du bist das Abbild der Rivalin, gegen die sie null Chancen hat. Was sie allerdings nicht davon abhielt, dich gegen mich zu benutzen. Manchmal glaube ich, sie mag dich mehr als mich.«

»Peter, deine Mutter betet dich an. Dauernd lobt sie dich in den höchsten Tönen.«

»In der Öffentlichkeit, ja. Privat nagelt sie mich eher an die Wand, und du bist ihr Lieblingshammer. All diese Trophäen …« Er zeigte auf den Karton. »Jede einzelne von denen hat sie mir quasi um die Ohren gehauen. Ich kenne jeden deiner Punktestände, jeden deiner Triumphe gegen alle Widrigkeiten, jedes deiner leichtfüßigen Manöver. Früher habe ich gebetet, dass du scheiterst und ich endlich nichts mehr von alldem hören muss. Meine Mutter hat mich an deinem Goldstandard gemessen, seit ich dich zum ersten Mal sah, und ich habe dich deswegen gehasst.«

»Aber der Erfolg des Gestüts …«

»Jedes Vierteljahr muss ich zu ihr gehen und ihr die Sutherland-Konten vorlegen wie vor einem Aufsichtsrat. Sie hat ständig Angst, dass dein kleines Hobby ein zu großer Kostenfaktor ist. Du weißt ja, wie sie in Gelddingen ist. Solange es ihr nicht zugute kommt, ist sie hochgradig misstrauisch. Jedes Mal, wenn du wieder irgendwas entdeckt hattest, das du unbedingt kaufen wolltest, Reitzubehör oder sonst was Neues, bekam ich von ihr ein Donnerwetter. Ich musste für jeden Cent Rechenschaft ablegen, den du ausgegeben hast, und das war ein Horror. Ich kann es nicht leiden, dich verteidigen zu müssen.«

»Davon hatte ich keine Ahnung.«

»Weiß ich. Du hast von so vielem keinen Schimmer, nie gehabt. Du hüpfst durchs Leben, jagst einem Ziel nach dem anderen hinterher und merkst gar nicht, wie viel andere tun, damit du kriegst, was du willst. Und jetzt, wo du fort bist, ist es unglaublich hart, in den verdammten Stall zu gehen. Die Leute vermissen dich und geben mir die Schuld. Sie wissen ja, dass du meinetwegen gegangen bist.« Er machte eine Pause. »Jeden Tag ist es, als würde ich in ein bewaffnetes Camp gehen, in dem sämtliche Waffen auf mich gerichtet sind.«

»Ich hätte nicht gedacht, dass es irgendwen interessiert, wenn ich gehe.«

»Natürlich tut es das! Die Hälfte der Leute hier sind in dich verliebt, und die andere Hälfte will wie du sein.«

»Das ist doch Quatsch.«

»Glaub mir, denn ich habe mich weit mehr mit deinem Leben beschäftigt als du selbst.«

A. J. starrte ihn mit großen Augen an. Sie war schockiert von dem, was er ihr erzählte – und was es über sie aussagte. Er ging mit sich selbst viel härter ins Gericht, als sie es ihm jemals zugetraut hätte.

»Ich hatte nie gedacht, dass du so – klug bist«, sagte sie hilflos.

»Gehe ich recht in der Annahme, dass das ein Kompliment sein soll?«

»Soll es.«

»Okay, danke.« Wieder trat eine lange Pause ein. »Die Leute vermissen dich wirklich sehr.«

»Das wundert mich. Ich meine, ich versuche ja, nett zu jedem zu sein, aber ich hatte mich nie bewusst angestrengt, von ihnen gemocht zu werden.«

»Schon immer fühlten sich alle zu dir hingezogen.« Peter verlagerte sein Gewicht und lehnte sich an den Türrahmen. »Die ganzen Typen unten in den Reitanlagen, weißt du noch? Die, mit denen du immer trainiert hast?

Sie kamen am laufenden Band zu mir und wollten wissen, wie sie dich dazu kriegen, dass du mit ihnen ausgehst.«

»Aber von denen hat mich nie einer gefragt«, sagte A. J., die an die vielen Samstagabende denken musste, die sie allein verbracht hatte. »Was hast du ihnen gesagt?«

»Ganz einfach. Ich habe gesagt, dass du lesbisch bist.«

Für einen Moment schwiegen beide, dann fingen sie zu lachen an.

»Das erklärt vieles«, sagte A. J.

»Da gibt es noch etwas, das du wissen solltest. Ich habe Garrett überredet, mich zum alleinigen Geschäftsführer zu machen. Und ich bereue es inzwischen. Seit du weg bist, ist dein Vater unglücklich. Meine Mutter gibt mir die Schuld, weil ich ihn unglücklich machte, indem ich einen von Sutherlands Stars vertrieb. Es tut mir leid, dass ich solchen Druck auf deinen Vater ausgeübt habe. Ehrlich. Und es tut mir leid, dass ich dich rausgeworfen habe.«

»Danke«, sagte sie leise. »Ich wünschte, wir hätten schon vor langer Zeit so offen geredet.«

»Ob du es glaubst oder nicht, ich auch.« Er sah sich wieder im Zimmer um. »Hör mal, wegen deiner Sachen ...«

»Mach dir deshalb keine Gedanken. Ich hätte sie einlagern sollen, als ich wegging.« A. J. nahm ihre Tasche und die Stiefel wieder auf. »Ich komme sie irgendwann abholen.«

Peter ging einen Schritt rückwärts auf den Korridor.

»Falls ich dich vor dem Turnier nicht mehr sehe, viel Glück. Und das meine ich ernst.«

»Danke.«

Beide waren verlegen, und A. J. ging. Als sie vom Herrenhaus wegfuhr, hatte sie ein gutes Gefühl. Das Gespräch mit Peter war völlig unerwartet gewesen und zugleich längst überfällig. Möglicherweise war es ein Omen, das auf Gutes für sie beide hoffen ließ.

»Dann ist dein Stiefbruder gar nicht so furchtbar, wie du dachtest?«

Devlin zog sich eine Flanell-Pyjamahose an, während A. J. sich ins Bett legte.

»Nein, ist er wirklich nicht«, antwortete sie und sah ihn grinsend an.

»Was bedeutet das Grinsen?«

»Das ist dieselbe Pyjamahose, die du in der Nacht anhattest, als ich zum ersten Mal herkam.«

Er zog das Band fest und band eine Schleife. »Ach ja?«

»Ich fand dich unglaublich sexy, als du die Tür aufmachtest. Es war unfassbar, wie klasse du im Mondlicht aussahst. Ich bin schlicht dahingeschmolzen.«

Seine Augen funkelten lustvoll.

»Bist du das?«, raunte er und kam zu ihr.

Sie nickte. Die elektrisierende Spannung zwischen ihnen war deutlich zu spüren und blieb nicht ohne Wirkung. »Und ich finde dich jetzt auch sehr sexy.«

»Weißt du, was ich tun werde?«, Devlin streckte eine Hand aus und berührte ihre Unterlippe. Quälend langsam ließ er seine Fingerspitzen von dort ihren Hals hinab zu ihrem Schlüsselbein wandern.

»Was?«, fragte sie atemlos.

Er zog seine Hand wieder weg. »Ich gehe ins Bad und

putze mir die Zähne. Da war eine Menge Knoblauch in der Muschelsauce.«

A. J. lachte.

»Und danach komme ich zurück und küsse jeden Millimeter deines Körpers, beginnend an deinen Füßen.«

Mit einer vor Erregung heiseren Stimme bat sie ihn, sich zu beeilen.

Devlins Körper glühte förmlich vor Vorfreude, als er über den Flur ins Bad lief. Er öffnete den Spiegelschrank über dem Waschbecken und griff nach einer fast leeren Zahnpastatube. Als nichts herauskam, konnte er leider niemand anderem einen Vorwurf machen als sich selbst. Er hatte die Tube in den letzten Wochen konsequent von der Mitte aus ausgedrückt, und jetzt war das Teil derart verformt und zerdrückt, dass es die letzten Reste partout nicht hergeben wollte. Fluchend glättete Devlin die Tube, wickelte sie vom Ende aus auf, legte sie auf den Waschbeckenrand und presste die Handfläche darauf, womit es ihm gelang, ein paar klägliche Reste herauszuzaubern.

Als er sich zur Seite beugte, um die Tube in den Müll zu werfen, zog etwas seine Aufmerksamkeit auf sich. Er angelte ein leeres Tablettenfläschchen zwischen Zahnseide und benutzten Kleenextüchern hervor. Von diesen Fläschchen hatte er in letzter Zeit einige im Müll gesehen, und nun, da er die Male zusammenzählte, wurde ihm angst und bange.

A. J. blätterte ungeduldig in der neuesten Ausgabe von *Horse Illustrated,* als Devlin mit dem leeren Tablettenfläschchen zurückkam.

»Was ist das?«, fragte er.

Sie sah auf.

»Warum wühlst du im Müll?«

»Warum schluckst du so viele Tabletten?«

Schweigen.

»Du findest *ein* leeres Fläschchen ...«

»Es ist nicht das einzige. Was ist los?«

»Nichts. Und guck mich nicht so an. Soweit ich weiß, fällt das nicht unters Betäubungsmittelgesetz.« Sie sah wieder in die Zeitschrift und blätterte energisch um. »Es ist völlig harmlos.«

»Warum nimmst du so viele Tabletten?«

»Nach dem Training habe ich manchmal Schmerzen. Sonst nichts.«

Nun trat ein langes Schweigen zwischen ihnen ein.

»Okay«, sagte Devlin schließlich. »Wie du meinst.«

Er drehte sich um und verließ das Zimmer. Als A. J. hörte, wie er nach unten ging, verlor sie die Fassung und vergrub ihr Gesicht in den Händen.

Ich schaffe das, sagte sie sich, während Schuldgefühle und Enttäuschung in ihr wüteten. Ich schaffe das. Ich schaffe das.

Die Qualifizierung war so nahe, keine achtundvierzig Stunden entfernt. Und dann konnte sie sagen, dass sie den Hengst, mit dem keiner zurande kam, im Griff hatte und in das Turnier brachte. Sie sagte sich, dass allein das schon ein Erfolg war, auf den sie stolz sein konnte. Und den sie ihr Eigen nennen durfte. Das Gefühl würde all den Stress lohnenswert machen.

Ja, würde es wirklich.

Bis Devlin wieder nach oben kam, hatte A. J. das Licht ausgeschaltet und lag auf der Seite, das Gesicht zur mondbeschienenen Wiese hinterm Farmhaus gewandt.

Sie fühlte, wie die Matratze leicht einsank, als er unter die Decke schlüpfte, und war froh, dass er nach ihrer Hand griff.

»Ich liebe dich«, flüsterte er.

»Ich liebe dich auch«, antwortete sie und wünschte, die Qualifizierung läge schon hinter ihnen.

16

BOREALIS HUNT AND POLO CLUB stand auf dem dezenten Schild. Die Buchstaben waren schwarz auf schwarz-grünem Untergrund und kaum zu entziffern. Darunter war ein Hinweis – NUR MITGLIEDER –, der wiederum sehr gut lesbar war. Die Steinsäulen und die wenigen in Form geschnittenen Büsche an der Einfahrt waren bewusst einfach gehalten. Das Wachhäuschen war es nicht.

»Zurück in der Welt der tiefgekühlten Auserwählten«, sagte Chester, womit er sich auf den alten Geldadel bezog, der als einziger Chancen auf eine Mitgliedschaft hier hatte.

Als der Trailer vor dem Tor hielt, kam ein säuerlich dreinblickender Mann in schwarzgrüner Uniform aus dem Wachhäuschen. Devlin lehnte sich aus dem Seitenfenster und reichte ihm die Papiere, die der Mann eingehend studierte. Der Mann gab Devlin die Dokumente zurück und sah A. J. auf dem Beifahrersitz. Sogleich erstrahlte ein Lächeln auf seinem Gesicht.

»Ah, hallo!«

»Guten Morgen«, sagte sie. »Wie geht es Ihnen?«

»Bestens, bestens. Fahren Sie nur durch. Viel Glück!«, sagte er und winkte sie weiter.

»Erstaunlich, was man mit einem hübschen Mädchen

erreichen kann«, sagte Chester. »Ich fahre jedes Jahr durch dieses Tor und fühle mich wie ein Schwerverbrecher. Ich wusste nicht mal, dass der Mann Schneidezähne hat.«

»Eine Mitgliedschaft hat ihre Vorteile«, murmelte Devlin leise.

Chester drehte sich verwundert zu A. J. »Du gehörst zu diesem Haufen?«

»Ja, aber ich reite hier bloß hin und wieder.«

»Das ist ein toller Club.«

»Nein, eigentlich sind nur die Zimtschnecken toll. Das Essen ist total verkocht, englisch eben, aber, Mann, die können backen!«

»Dann gibt's zum Mittag sicher reichlich weißes Brot.«

A. J. rang sich ein Lachen ab und blickte verstohlen zu Devlin. Sein Profil war wie gemeißelt, und seine schönen Züge waren angespannt. A. J. wurde schmerzlich bewusst, dass sie zwar nebeneinandersaßen, sie ihn aber dennoch vermisste, als wäre er seit Tagen fort. Seit er das leere Tablettenfläschchen gefunden hatte, herrschte eine unangenehme Dissonanz zwischen ihnen, und A. J. hatte keine Ahnung, wie sie ihn darauf ansprechen und ihm erklären sollte, dass sein Rückzug ihr Angst machte.

Sie sah wieder aus dem Fenster. Die Straße vor ihnen zog sich zwischen hohen Eichen über eine halbe Meile bergan hin. Es war ein recht imposanter Zufahrtsweg, und das Clubhaus, das am Ende vor ihnen auftauchte, wurde diesem Auftakt allemal gerecht. Die Architektur des großen Gebäudes verwies auf dessen frühe amerikanische Wurzeln sowie den Reichtum seiner Gönner. Es war im späten achtzehnten Jahrhundert erbaut worden und besaß einen von korinthischen Säulen flankierten Eingang. Dahinter erhob sich der mittlere Gebäudeteil drei Stockwerke hoch, umrahmt von niedrigeren, L-förmigen Seitenflügeln. Bodenlange Sprossenfenster zu beiden Seiten hoben sich mit ihren schwarzen Läden von der weißen Schindelfassade ab. Und rund um das Clubhaus erstreckten sich weite, sanft abfallende Rasenflächen.

Hinter dem Clubhaus befanden sich die Stallungen, Trainingsringe und Paddocks, neben einem Polofeld, das einmal jährlich für das Qualifizierungsturnier genutzt wurde. Es war eine riesige ebene Fläche mit vorbildlich gestutztem Gras. Heute standen Hindernisse auf der sonst vollkommen ebenen Oberfläche. Auf einer Seite des Feldes ragte eine grün-schwarze Tribüne auf. Dort würden bald die Clubmitglieder sitzen, die an die harten Holzsitze gewöhnt waren und sie mochten, aber auch andere Zuschauer, die sich für diese Sitzgelegenheiten weniger begeistern konnten.

Die unbequeme Tribüne war eine von vielen Arten, auf die der Club zu verstehen gab, dass die Bequemlichkeit von Vierbeinern grundsätzlich wichtiger als die von Zweibeinern war, ganz gleich was die evolutionsbedingte Hierarchie dagegen vorbringen mochte. Während die Stuten und Hengste beheizte Boxen und fließend warmes Wasser für ihre Bäder in den Stallungen hatten, mussten die Leute mit zugigen Toiletten außerhalb des Clubhauses Vorlieb nehmen, in denen es nur Kaltwasser gab. Zu dieser Jahreszeit wunderte man sich dort bisweilen, dass es nicht aus dem Hahn schneite.

Die klare Unterscheidung zwischen dem Komfort, den

man den stolzen Kreaturen bot, und dem, den man den Menschen zukommen ließ, gehörte zur Tradition des Clubs und somit auch zur Qualifizierung. Letztere fand hier schon seit der allerersten Veranstaltung Ende des 19. Jahrhunderts statt, auch wenn es bis heute seltsam anmutete, dass gerade der sonst so exklusive Club sich dafür zur Verfügung stellte. An der Qualifizierung durfte jeder Profi-Reiter teilnehmen, der sich den berüchtigten Parcours zutraute, und das allein wirkte schon erstaunlich egalitär für einen Club, bei dem es so gut wie unmöglich war, Mitglied zu werden.

Entsprechend auffallend war der Widerspruch, dass dieser sonst so unzugängliche Club jährlich zur Qualifizierung seine Tore öffnete und eine Invasion von Nichtmitgliedern über sich ergehen ließ. Jedes Jahr stürmten einen Tag lang Eindringlinge über heiligen Borealis-Grund. Und natürlich sorgte das bei nicht wenigen Mitgliedern für einigen Verdruss, da sie es lieber gesehen hätten, wenn das Turnier einzig zu ihrer Erbauung stattgefunden hätte und Außenstehende ferngeblieben wären. Das ließen sie dann auch jeden spüren, indem sie Fremde so wenig gastfreundlich wie möglich behandelten. Egal wie reich oder wichtig ein Außenseiter sein mochte, der Zutritt zum Clubhaus blieb ihm entschieden verwehrt. Was wiederum bedeutete, dass eine Menge sehr elegant gekleideter Besucher die Toiletten unten bei den Stallungen benutzen mussten – als wären sie von den unbequemen Tribünensitzen nicht schon genug geschunden. Selbstverständlich unterstellten sie auch allesamt, dass die Waschräume im Clubhaus um ein Vielfaches angenehmer wären. Womit sie recht hatten. Nichts amüsierte die Mitglieder mehr, als eine Frau in einem Chanelkostüm über den Rasen zu einer Toilette staksen zu sehen, die sie bei sich zu Hause nicht mal als Geräteschuppen für den Gärtner dulden würde.

Im frühen Morgenlicht sah A. J., dass die Zuschauermassen noch nicht eingetroffen waren, sehr wohl aber die Presseleute. Sie wuselten umher, fotografierten die Teilnehmer, die noch in ihrer Stallgarderobe waren, und die Clubmitglieder in ihren Borealis-Jacketts. Letztere setzten besonders grimmige Mienen auf, wann immer sich ihnen jemand mit einer Kamera näherte. Die Reporter waren bei ihnen fast noch unbeliebter als die Menge von Nicht-Mitgliedern, die demnächst aufs Gelände drängen würde. Hätte es eine Möglichkeit gegeben, den Medienleuten den Zutritt zu jeglichen Sanitäranlagen zu verweigern, man hätte es umgehend getan.

Diesem Geiste war das rigide Kastensystem geschuldet, das bei dem Ereignis herrschte. Die Mitglieder standen ganz oben, weil dies ihr Rasen war, und auch wenn das nicht buchstäblich galt, verstanden sie es, Nobelpreisträger wie Proletarier gleichermaßen mittels ihres Auftretens zu verunsichern. Als Nächstes kamen die Pferde, woran man die Menge jedes Mal aufs Neue erinnerte, wenn sie durch die Ställe tapsten und sahen, welchen Luxus die Tiere genossen. Die Reiter rangierten hinter den Pferden und weit, weit vor jedem anderen. Nach einem äußerst schlammigen Turnier hatte man für sie sogar die Keine-Gäste-Politik gebrochen und ihnen erlaubt, die Duschen im Clubhaus zu nutzen.

Es ging das Gerücht, dass sich auf diese Weise herumgesprochen hatte, wie viel besser die Waschräume drinnen waren.

Irgendwo hinter den Reitern – weit hinter ihnen – folgten die Pferdebesitzer, die keine Mitglieder waren. Zu ihnen gehörte ein Anhang aus Schickimicki-Frauen oder Toy-Boys und den diversen Trittbrettfahrern, die sich unsinnigerweise erhofften, allein ein Flanieren über Borealis-Rasen würde ihren gesellschaftlichen Status heben.

Ganz unten im Kastensystem stand die Presse, wobei bis auf die Mitglieder jeder nur so tat, als würde er sie nicht mögen. Die Teilnehmer wollten normalerweise interviewt werden, vor allem wenn sie gewannen, und diejenigen, die einzig herkamen, um gesehen zu werden, wollten natürlich, dass man sie fotografierte. Deshalb trugen sie extrem auffällige Hüte.

Dank der jüngsten Presse-Aufmerksamkeit, die A. J. genießen durfte, fühlte sie ausnahmsweise tatsächlich wie ein Club-Mitglied – was sie ja auch war. Sie verzog das Gesicht, als Fotografen und Reporter begannen, dem McCloud-Trailer hinterherzulaufen. Devlin parkte, und sofort holten die Geier sie ein, und ein Blitzlichtgewitter ging los.

»Wappne dich lieber«, sagte Chester und öffnete die Tür.

»Sabbath wird diese Typen ungefähr so lieben wie Hufschmiede«, murmelte sie.

Die Reporter bombardierten sie mit Fragen, die A. J. alle ignorierte. Sie ging nach hinten, um nach dem Hengst zu sehen. A. J. fragte sich, wie sie Sabbath aus dem Hänger holen sollte, ohne dass er angesichts dieses Trubels vor lauter Angst durchdrehte. Zum Glück fuhr in diesem Moment der Sutherland-Truck vor, sodass die Pressehorde von A. J. abließ und im Pulk zu dem anderen Trailer stürzte. Nun musste A. J. sich beeilen, denn es dauerte sicher nicht lange, bis die Meute zurück war.

Sabbath hatte die Reise gut überstanden und war aufgeregt, als A. J. ihn aus dem Hänger holte. Seine Ohren wippten vor und zurück, und er tänzelte auf der Rampe. Kaum schimmerte sein schwarzes Fell in der Sonne auf, stieß ein Fotograf einen Ruf aus, der eine Lawine in ihre Richtung lostrat. A. J. packte die Führleine mit beiden Händen und machte sich darauf gefasst, dass ihr Pferd sich aufbäumte und nach Presseleuten, die ihm zu nahe kamen, trat.

Stattdessen aber sah er ruhig über seine Schulter und klimperte tatsächlich mit den Wimpern! Während A. J. noch ihren Schock verarbeiten musste, flirtete der Hengst mit den Kameras, und sie wollte schwören, dass er sich in Pose warf, damit sie seine Schokoladenseite erwischten.

»Mein Gott, du bist nicht Barbra Streisand«, flüsterte sie ihm zu.

Aber worüber beschwerte sie sich?

Chester fing an, dem Hengst die Transportgamaschen abzunehmen. Dass Sabbath den Hollywoodstar mimte, war jedenfalls besser, als einen Haufen zu Bruch gegangene Fotoausrüstung ersetzen zu müssen.

Schließlich verzog sich die Presse wieder, und A. J. guckte sich nach Devlin um.

»Der ist rübergegangen, um dich einzutragen«, sagte Chester, ehe sie ihn gefragt hatte.

Sie lächelte und versuchte, sich auf ihr Pferd zu konzentrieren, was ihr nicht gelang. Nun, da für sie die Qualifizierung, ihr Pferd und das Reiten im Mittelpunkt stehen sollten, konnte sie an nichts anderes als ihre Beziehung denken. Ihr machte die Distanz zwischen ihnen Angst, und sie sorgte sich, wie es ihm damit erging, wieder hier zu sein. Außerdem fragte sie sich, wann es zwischen ihnen wieder normal werden würde.

A. J. fühlte sich gefangen. Ein Teil von ihr wollte das hier hinter sich bringen und dann die Probleme lösen. Ein anderer Teil war von der schrecklichen Ahnung erfüllt, dass von ihrer Beziehung danach vielleicht nicht mehr viel übrig wäre, sollte sie auch bloß diese kurze Zeit abwarten. Devlin benahm sich seltsam, seit er sie vor zwei Abenden auf die Tabletten angesprochen hatte. Wenn er mit ihr redete, bemühte er sich um einen neutralen Ton – »leblos« träfe es wohl eher. Das Schlimmste aber war, dass er sie nicht mehr angefasst hatte, sie nachts nicht in den Armen hielt und auch nicht mehr ihre Hand nahm, wenn sie morgens zum Stall gingen. Die wenigen Küsse, die er ihr gab, waren flüchtig und nichtssagend.

A. J. hatte das Gefühl, von ihm verlassen worden zu sein, obwohl er noch in ihrer Nähe war. Die Einsamkeit war unerträglich, und das eine Mal, dass sie versucht hatte, es anzusprechen, war Devlin rasch aus dem Raum und in sein Arbeitszimmer gegangen, wo er sich bis spätabends eingeigelt hatte. Anscheinend wollte er sie vor dem Turnier nicht aufregen, und das konnte nur heißen, dass etwas im Argen lag. Möglicherweise dauerhaft.

Bei dem bloßen Gedanken wurde ihr schlecht.

Während sie Sabbath routiniert bereit machte, überkam sie eine eisige Angst, wie sie sie nie zuvor erlebt hatte.

Im zunehmenden Gedränge wanderte Devlin benommen über das Gelände, vergewisserte sich, dass A. J. und Sabbath eingetragen waren, und verschaffte sich einen Überblick über den Parcours. Es fiel ihm schwer zu glauben, dass er wieder hier war – und nicht nur ihm. Er spürte die erstaunten Blicke und das Zusammenzucken der anderen Teilnehmer. Doch das beachtete er nicht. Als ihn Reporter ansprachen, die dringend hören wollten, wie es sich anfühlte, wieder dabei zu sein, schubste er sie kurzerhand aus dem Weg.

Welche Ironie, dass keiner von ihnen ahnte, wie er sich wirklich fühlte. Sie irrten sich alle. Er war nicht in Trauer, und er dachte auch nicht an die Vergangenheit.

A. J. war ein Schmerz in seiner Brust, der nicht weggehen wollte. Er liebte sie mehr als alles andere in seinem Leben, und dennoch erfüllte ihn eine eisige Kälte. Eine schreckliche Vorahnung sagte ihm, dass sie sich auf Kollisionskurs mit einer Katastrophe befand, und er wusste nicht, wie er sie aufhalten sollte. Es war wie eine entsetzliche Lähmung.

Deshalb hatte er sich zurückgezogen, auch wenn ihm klar war, wie sehr es A. J. kränkte und verwirrte. Er sah ihr an, dass sie traurig war, und es schmerzte ihn, aber was sollte er sonst tun? Er war fast außer sich vor Wut, und das Letzte, was A. J. brauchte, war noch ein hitziger Streit. So blieb Distanz die einzige Möglichkeit, die ihm einfiel, seine Gefühle im Zaum zu halten und A. J. keine noch größere Belastung zuzumuten, wenn sie in dieses Turnier ging.

Er blieb am Polofeld stehen, A. J.s Anmeldepapiere fest in der Hand. Einige der anderen Teilnehmer sahen sich den Parcours bereits mit ihren Trainern zusammen vom Rand aus an. Als eine Gruppe an Devlin vorbeiging, konnte er hören, wie sich ihre Stimmen zu einem Flüstern senkten. Er beachtete es nicht, sondern konzentrierte sich auf die fahle Morgensonne, die ihm auf den Rücken schien.

Sie wärmte zwar, konnte seine eisigen Gefühle jedoch nicht auftauen.

Und Devlin war dankbar für diese frostige Taubheit. Sie half ihm am ehesten durch den Tag. Er war hin und her gerissen zwischen seiner Rolle als A. J.s Trainer und der als ihr Liebhaber, zwischen dem Job, den er zu machen hatte, und dem Wunsch, sie und den Hengst wieder einzuladen und sie alle nach Hause zu bringen.

Er zwang sich, die Sprungfolge zu studieren. Zunächst sah er nichts außer farbigen Hindernisstangen und Gras. Doch langsam erkannte er die Hindernisse und die Wege, die andere Teilnehmer für ihre Besichtigung wählen würden. Der Parcours war wie üblich sehr schwierig, mit eng beieinanderstehenden, hohen Hindernissen. Diese kompakte Anordnung bewirkte enge Kurven und ließ einem Reiter, dessen Pferd nicht die exakt berechnete Anzahl an Galoppsprüngen einhielt oder der aus dem Gleichgewicht kam, keine Chance, es zu korrigieren.

Devlin dachte an A. J. und Sabbath und ging zurück zum Trailer.

»Geht es dem Hengst gut?«, fragte er Chester, der das schwarze Fell des Pferdes bürstete.

»Jo, wie es aussieht. Ruhiger als beim letzten Mal, als wir ihn vor Publikum aus dem Hänger geholt haben.«

A. J. kam um die Ecke. Ängstlich musterte sie Devlin

und versuchte, seinen Gesichtsausdruck zu deuten. »Habe ich eine gute Nummer?«

»Sechzehn.«

»Darf man schon auf den Parcours?«

»In zehn Minuten. Wir sollten jetzt rübergehen.«

»Okay.«

Als er sich zum Gehen wandte, bemerkte sie, dass seine Miene verschlossen und sein Mund zusammengekniffen waren. Gemeinsam wanderten sie zum Reitplatz und ignorierten die Aufmerksamkeit, die sie auf sich zogen.

»Sabbath scheint ziemlich ruhig zu sein«, sagte A. J.

Devlin nickte.

»Seine Hufeisen sitzen fest. Vor allem das eine, das nachgerichtet wurde, sitzt bombenfest.«

Keine Antwort.

»Devlin, geht es dir gut?« Als er wieder nicht antwortete, legte sie eine Hand auf seinen Arm. »Bitte rede mit mir.«

Er blieb stehen. »Ich glaube nicht, dass du jetzt hören willst, was ich zu sagen habe.«

»Die letzten zwei Tage waren der Horror. Es kommt mir vor, als hättest du mich verlassen. Was ist los?«

»A. J., jetzt ist wirklich nicht die Zeit, darüber zu sprechen.« Er blickte sich um. Aus allen Richtungen wurden sie neugierig beäugt. »Und erst recht nicht der Ort.«

Er ging weiter.

A. J. holte ihn ein und sagte: »Es muss hart für dich sein, wieder hier zu sein nach dem, was passiert …«

Devlin fuhr herum und packte grob ihren Arm.

»Hier zählst nur du, okay? Mir ist egal, was mir letztes Jahr passiert ist. Ich denke ausschließlich an dich.«

»Wenn dem so ist, wieso habe ich dann das Gefühl, dass du weit weg bist?«

»A. J., lass es gut sein. Gehen wir uns den Parcours ansehen.«

»Nein!«, zischte sie, weil sie auf keinen Fall die Stimme erheben wollte. »Verdammt, kannst du mir nicht einfach sagen, was los ist?«

Devlins Züge wurden noch strenger. »Was willst du von mir? Muss ich dir allen Ernstes erzählen, wie erschöpft und gestresst du aussiehst? Ich will ganz sicher nicht noch mal über die vielen Tabletten sprechen, die du schluckst, oder über deine Schlaflosigkeit. Darüber haben wir schon ausgiebig gestritten, und wir stehen trotzdem hier, bei der Qualifizierung. Nichts konnte deine Haltung ändern, und dank deiner Selbstdisziplin werde ich halb verrückt und stelle mir vor, dass das Schlimmste geschieht, wenn du diesen Parcours reitest.«

Er fluchte, als er die Blicke der anderen Leute bemerkte. Devlin ließ die Hände sinken und sah aus wie jemand, der endgültig aufgab, was nicht zu ihm passte.

»A. J., du brauchst diesen Mist jetzt nicht. Konzentrier dich auf den Parcours, den Hengst und dich.«

»Aber ich will nicht, dass du wütend bist.«

»Dann tu etwas für mich. Vergiss alles außer diesem Turnier. Lass dich von nichts anderem ablenken. Du wirst deine gesamte Konzentration brauchen, um das hier heil durchzustehen, und ich wäre zumindest ein bisschen beruhigt, wenn ich sicher sein kann, dass du voll und ganz bei der Sache bist.« Er fuhr sich mit einer Hand durchs Haar. »Verdammt, was ich dir jetzt eigentlich sagen müsste, ist, dass ich deine Charakterstärke, deine harte

Arbeit und deine Entschlossenheit bewundere. Das muss ein Trainer tun. Mir aber ist deine Gesundheit wichtiger als dein Erfolg.«

»Devlin, ich …«

Über die Lautsprecher wurde verkündet, dass der Parcours nun begangen werden durfte.

»Komm«, sagte Devlin. »Gehen wir.«

»Warte. Ich …«

»Du willst doch ein Champion sein, oder?« Er sah an ihr vorbei zu den anderen Reitern und Trainern, die Richtung Hindernisse strebten. »Wenn ja, müssen wir jetzt los.«

Aber A. J. rührte sich nicht vom Fleck. Sie suchte nach versöhnlichen, beruhigenden Worten, nach irgendeiner magischen Silbenkombination, die seine Ängste vertrieb und sie wieder vereinte.

Es gab keine. Jedenfalls nicht solange sie in diesen Parcours ging. Unbewusst beugte sie ihren Arm und streckte ihn wieder.

»Wirst du hinterher noch da sein?«, fragte sie. »Nach der Runde?«

»Natürlich«, antwortete er müde.

»Ich meine, wirklich da«, sagte sie und sah ihm in die Augen. »Wirst du noch bei mir sein, nicht bloß neben mir?«

In der langen Stille, die nun folgte, wummerte A. J.s Herz laut in ihrer Brust.

»Ja, werde ich.«

Erst jetzt wagte sie, einen Schritt vorwärts zu machen. Devlin folgte ihr.

Sobald sie auf dem Platz waren, verlangsamten sich

A. J.s Schritte von selbst. Sie kannte die Parcours, die zur Qualifizierung aufgebaut wurden, hatte sie jedoch nie aus der Perspektive der Teilnehmerin gesehen.

»Von oben sieht das weitaus netter aus«, sagte sie und nickte zu den Hindernissen.

Devlin wartete, bis sie sich gesammelt hatte. Er erinnerte sich, wie er zum ersten Mal diesen Parcours aus nächster Nähe gesehen hatte. Man brauchte etwas Zeit, sich daran zu gewöhnen, und A. J. war nicht die Einzige, die reichlich erschüttert wirkte. Letztlich trat nur die Hälfte aller angemeldeten Reiter zum eigentlichen Wettkampf an. Trotz der hohen Teilnahmegebühren, gab es Jahr für Jahr viele Reiter, die nicht an den Start gingen, nachdem sie den Parcours aus der Nähe gesehen hatten.

A. J. versuchte zu atmen. Sie hatte schon Hindernisse in dieser Höhe gesehen, auch schon so enge Wendungen, nur nicht so viele auf so dichtem Raum. Es waren insgesamt vierzehn Sprünge zu bewältigen, einschließlich eines Wassergrabens, und sie sahen bedrohlich aus, zumal sie ausnahmslos im Schwarz und Grün des Clubs gehalten waren.

Schon der Auftakt des Parcours mit drei Oxern in einer Reihe war ein Garant dafür, dass viele Reiter direkt Fehlerpunkte anhäuften. Vor dem nächsten Sprung musste eine scharfe Kehre nach links geritten werden, ehe es über eine lange, niedrige Mauer ging, gefolgt von einem sehr hohen Rick und zwei weiteren Oxern. Dahinter stand eine halsbrecherische Rechtskurve an, damit man die Hinderniskombination, eine breite Hecke und dann den Wassergraben erreichte. Direkt danach mussten die Reiter eine Kehrtwendung machen und mit nur wenig

Anlauf einen Erdhügel überwinden, auf den Pferd und Reiter hinaufspringen, auf der anderen Seiten wieder hinunterspringen und direkt im Anschluss ein einfaches Hindernis nehmen sollten. Zwischen den letzten beiden Sprüngen hatten sie eine Haarnadelkurve zu bewältigen.

Der Parcours wurde dem Ruf der Veranstaltung jedenfalls gerecht.

Vielleicht sogar etwas zu sehr, dachte A. J.

Devlin und sie gingen den Parcours zweimal ab, sprachen über die Anzahl der Galoppsprünge zwischen den einzelnen Hürden, die Winkel, in denen die Hindernisse angegangen werden mussten, und wo es gefährlich werden konnte. Komischerweise war der Wassergraben gar nicht A. J.s größte Sorge. Ein glücklicher Zufall wollte es, dass dieser hier ganz ähnlich aussah wie ihr Übungsgraben. Sabbath kannte also das gerade Zulaufen und die enge Biegung gleich dahinter. Weit fraglicher war, wie der Hengst mit den schwierigen Wenden im Parcours vor lauter Zuschauern fertig wurde.

Als sie mit Devlin zum Trailer zurückkam, war die Menge auf ihre volle Größe angeschwollen, und es wimmelte von eleganten Menschen. Unweigerlich musste A. J. bei der vielen Haute Couture an ihre Stiefmutter denken und fragte sich, wo ihre Familie war. Sie blickte sich um und entdeckte den Sutherland-Trailer mühelos. Einige Leute schwirrten um den Hänger herum und luden Pferde aus, die A. J. gut kannte. Von den etwas über dreißig Teilnehmern kamen drei, einschließlich Philippe Marceau, von Sutherland Stables, was als beachtlich gelten durfte. A. J. blinzelte im direkten Sonnenlicht und konnte Marceaus Rotschimmelstute sehen, die von einem der Stallburschen gebürstet wurde.

Sie blickte wieder zu Sabbath. Nun war ihr großer Moment endlich gekommen. Chester wand Bandagen um die Beine des Hengstes, und A. J. versuchte, die Stimmung des Pferdes einzuschätzen. Er schien zuversichtlich und nicht besonders aggressiv. Hoffentlich blieb das so.

Sie ging zur Führerkabine des Trailers, holte ihre Tasche und die Turniersachen heraus und stieg hinten ein, wo sie sich wieder einmal in der freien Box umzog. Als sie herauskam, lehnte Devlin an der hinteren Trailertür.

»Bist du so weit?«, fragte er angespannt. Ihm entging nicht, dass ihre Hand an ihren Hals wanderte und gleich wieder nach unten sank.

»Bin ich.«

»Was machen die Nerven?«

»Ruhiger, nachdem ich jetzt meine Turnierkluft trage.«

»Brauchst du noch irgendwas?«

Sie stellte ihm einige Fragen zum Parcours, ehe sie über die anderen Teilnehmer und Sabbaths bisher gutes Benehmen sprachen. Während er mit ihr redete, dachte Devlin abermals, dass sie immer die schönste Frau sein würde, die er je gesehen hatte, und wohl auch die einzige, die er jemals wirklich liebte. Unter dem kristallblauen Himmel, der dasselbe Blau wie ihre Augen hatte, wünschte Devlin sich, die Dinge zwischen ihnen stünden anders – dass diese Distanz nicht da wäre.

Es kam die Ansage, dass der Übungsplatz nun für die Teilnehmer geöffnet war, und A. J. nahm ihre Kappe und die Gerte. »Gucken wir mal, ob seine Stimmung hält.«

»Warte«, sagte Devlin. »Ich habe noch etwas für dich. Einen Glücksbringer.«

Er tauchte eine Hand in seine Jackentasche und angelte einen kleinen Samtbeutel hervor. »Schließ die Augen.«

Als sie es tat, schüttete er den Beutelinhalt in seine Hand und griff in A. J.s Nacken.

»Du wirst sicher auch mit geschlossenen Augen erkennen, was es ist«, flüsterte er ihr zu.

Tastend hob sie die Hand an den Hals, und ihre Fingerspitzen wurden fündig.

A. J. riss die Augen auf und blickte hinunter zu dem Diamanten ihrer Mutter.

»Wie hast du …«

»Ich habe Mittel und Wege.«

»Aber damit wollte ich meine Schulden bezahlen!«

»Ich dachte, dass du ihn heute brauchst. Über Finanzen können wir später noch streiten.«

A. J. starrte den Stein an, in dem sich das Licht so vertraut brach. »Er gehörte meiner Mutter.«

»Ich wusste, dass er wichtig sein muss. Du trägst keinen Schmuck, nicht mal eine Uhr, aber diese Kette hast du nie abgenommen. Ich verstehe nicht, wieso du die verkauft hast, um deine vermeintlichen Schulden zu bezahlen.«

»Weil die Kette das Einzige ist, was wirklich mir gehört.«

»Tja, und jetzt hast du sie wieder. Mir ist klar, wie wichtig es für dich ist, deine Ausgaben selbst zu decken. Später denken wir uns etwas anderes aus.«

»Danke«, sagte A. J. und steckte den Stein in ihre Bluse. Worte reichten bei Weitem nicht, um zu beschreiben, wie dankbar sie ihm war. Sie hoffte, dass er es an ihren Augen ablesen konnte.

»Gern geschehen.« Nach kurzem Zögern strich er ihr mit dem Handrücken über die Wange und sagte mit heiserer Stimme: »Sei vorsichtig, ja?«

A. J. klammerte sich an seine Hand. »Versprochen.«

Chester unterbrach sie. »Welche Nummer haben wir?«

»Sechzehn von siebzehn«, antwortete Devlin und löste seinen Blick merklich ungern von A. J. »Bis dahin ist der Parcours schon ziemlich ramponiert, aber wenigstens wissen wir dann an, welche Stellen die übelsten sind.«

»Soll ich ihn satteln?«

Devlin nickte Chester zu.

In dem Moment kamen Garrett und Regina durch die Menge auf sie zu. A. J. fiel auf, dass ihr Vater inmitten all der Pferde zu Hause wirkte. Er trug seinen Clubpullover und eine dunkle Wollhose und hatte eine Pfeife im Mund. Würziger Rauch wehte in bauschigen kleinen Wolken hinter ihm. Ihre Stiefmutter hingegen garnierte ihr Ungaro-Ensemble mit einem mürrischen Stirnrunzeln. Ihre Seidenschuhe in der passenden Farbe waren bereits verdreckt. Sie sah aus wie jemand, der sich in eine miese Gegend verlaufen hatte.

A. J. trat vor, um die beiden zu begrüßen, wobei sie sich ein möglichst entspanntes Lächeln abrang.

»Guten Morgen, alle zusammen«, sagte Garrett, sah allerdings nur A. J. an.

Sie umarmte ihn und küsste ihn auf die Wange. »Hi, Papa.«

»Bist du bereit hierfür?«, flüsterte er ihr ins Ohr.

»Ich glaube schon.«

»Und er?« Er nickte zu Sabbath.

»Der Hengst ist in Topform, und sein Herz gehört mir. Wir werden unser Bestes geben.«

»Ich liebe dich, so oder so.«

»Ich weiß.«

Hinter ihm sagte Regina: »Liebling, wir müssen jetzt wirklich zu unseren Plätzen.« Sie schien drauf und dran, ihren Ehemann wegzuzerren, als etwas anderes ihre Aufmerksamkeit erregte. »Ah, sieh nur! Da sind Winnie und Curt Thorndyke. Sie ist die Vorsitzende des Borealis-Weihnachtsball-Komitees, und das schon das zweite Jahr in Folge. Winnie!«

Sie stürzte sich in das Gewimmel, so schnell es ihre hohen Absätze erlaubten. Ihre Zielpersonen blickten entsetzt drein und flohen in eine Sattelkammer.

Garrett schüttelte den Kopf. »Sie wünscht dir auch das Allerbeste.«

»Danke.«

»Arlington, ich weiß, dass du dich aufwärmen musst. Ich wollte dir auch nur sagen, dass ich dir fest die Daumen drücke. Ich hoffe, du gewinnst hier, falls es das ist, was du willst.«

Er umarmte sie wieder, und A. J. war erstaunt, wie sehr er sie liebte. Und es freute sie maßlos, dass ihr Vater hinüberging und Devlin die Hand schüttelte. Dieses Gefühl hielt an, als ihr Sabbath fertig gesattelt und gezäumt überreicht wurde. Sie war glücklich, es so weit geschafft zu haben. Schließlich waren sie bei der Qualifizierung. Sie würde mit dem Hengst in diesen Parcours gehen.

Und was erreichen? Das bestimmte das Schicksal. Aber

sie würde tun, was in ihrer Macht stand, indem sie versuchte, besser denn je zu reiten.

Während Chester die Zügel hielt, half Devlin ihr hinauf. Ihre Blicke begegneten sich und hielten einander fest.

Sie saß schon im Sattel, als Chester dem Hengst noch einen kleinen Vortrag hielt.

»Hör mal gut zu, du riesiger Unhold. Ich mache dir einen Vorschlag. Sei nett, benimm dich hier, und du kriegst hinterher ein Eimer Süßes. Wenn du uns da draußen blamierst, kriegst du einen Monat lang nichts als trockenes Gras.«

Sabbath blinzelte und schnaubte einmal kurz, als würde er dem Marschbefehl zustimmen.

Der erste Reiter wurde disqualifiziert, als sich sein Pferd weigerte, über die Mauer zu springen. Dieser unglückliche Auftakt erwies sich als schicksalhaft. Bis der achte Teilnehmer auf den Platz ritt, waren noch zwei weitere wegen sich verweigernder Pferde disqualifiziert, einer gestürzt, und drei hatten jeweils zwölf Fehlerpunkte angesammelt.

Es war genau die Art Wettbewerbs-Gemetzel, die zu erwarten gewesen war.

Beim Aufwärmen gab Sabbath sich umgänglich, sprang recht anständig und wurde bloß ein wenig unruhig wegen der anderen Pferde. Er schien zu akzeptieren, was A. J. von ihm verlangte, und das war schon eine riesige Erleichterung, denn sie wollte ihre Verletzung so lange wie möglich schonen. Vor dem Aufsteigen hatte sie einige Schmerztabletten geschluckt, und ihr Arm fühlte sich einigermaßen stark an, doch je mehr Kraft sie sich für den Parcours aufsparen konnte, desto besser.

Beim Üben hatte sie Philippe Marceau auf seinem Rotschimmel herumtraben gesehen. Er war als Zehnter dran, hatte sie erfahren. Typisch war, dass er mehr auf die anderen Teilnehmer achtete als auf sein eigenes Aufwärmen, und er warf A. J. mehrere bedauernde Blicke zu, von denen keiner verhehlte, was er dachte. Sie ignorierte ihn, konzentrierte sich auf Sabbath und sah sich weder seine Runde noch seine Ergebnisse an.

Ehe sie sich's versah, führte Devlin sie und Sabbath zum Platz.

»Pass auf den Erdhügel auf«, sagte er. »Da stürzen sie alle.«

A. J. nickte. »Verlass mich nicht.«

»Werde ich nicht.«

Ihr Name wurde über Lautsprecher aufgerufen, und Sabbath reagierte brav auf das Signal ihrer Fersen. Mit einem Schlag seines schwarzen Schweifes stolzierte er in den Ring. Über ihnen beschrieb der Ansager ihre bisherigen Erfolge, und seine aristokratischen Vokale und gerollten Rs kullerten wie Crocketbälle aus den Lautsprechern.

A. J. und Sabbath passierten den Clubpräsidenten, um ihn und die übrigen Funktionäre durch ein Antippen ihrer Reitkappe vorschriftsmäßig zu grüßen. Einen Moment später hörte sie das Startsignal und brachte ihren Hengst in einen leichten Galopp. Sie drehten einen letzten Kreis, bevor sie die Startlinie überquerten.

Der Hengst nahm die ersten Oxer mit solcher Anmut, dass sogar A. J. hörte, wie ein zustimmendes Raunen im

Publikum anhob. Bei der ersten Wendung sträubte er sich nicht, sondern schien zu verstehen, was A. J. dachte, und sie endeten in der perfekten Ausgangsposition für den nächsten Sprung. Mit einer atemberaubenden Mischung von Haltung und Kraft setzten sie über die Mauer und galoppierten weiter.

Die Zuschauer sahen ihnen mit wachsender Ehrfurcht zu, was man daran merkte, dass es mit jedem Hindernis stiller wurde. Eindeutig bewunderten sie die Kraft des Hengstes und A. J.s sichere Kontrolle über das Tier. Vom Rand aus hörte Devlin die verzückten Seufzer und das Atemanhalten bei jedem Sprung, den sie meisterten, und wusste, dass hier Geschichte geschrieben wurde. A. J. und der Hengst sprangen schneller und sauberer als irgendeiner der anderen Teilnehmer – und als irgendwer zu erwarten gewagt hatte.

Vor dem Wassergraben nahm A. J. die Zügel straffer und ließ Sabbath langsamer laufen, damit er ein wenig Zeit hatte, sich zu wappnen. Sie spürte sein Zögern, er versteifte sich kurz. Doch er scheute nicht, sondern sprang mit erstaunlichem Selbstvertrauen ab, und sie überwanden das Hindernis im weiten Bogen.

Es war, wie sich jedermann hinterher einig war, ein sagenhafter Ritt.

Bis das Undenkbare geschah.

Sabbath und A. J. bewegten sich in idealer Linie auf die letzten drei Hindernisse zu: den Erdhügel mit der Plattform oben und das Rick dahinter. Sie hatten das richtige Tempo und einen guten Winkel. A. J. saß fest im Sattel, und der Hengst lief mit trommelnden Hufen stetig auf den Sprung zu. Sie würden es schaffen.

Plötzlich explodierte grelles Licht in Sabbaths Gesicht. Ein Fotograf, der unbedingt ein Bild von ihnen haben wollte, hatte vergessen, sein Blitzlicht auszuschalten.

Geblendet, verlor der Hengst die Richtung und schwenkte zur Seite. A. J. bemühte sich, ihren Kurs zu korrigieren, indem sie ihr Gewicht in die Gegenrichtung verlagerte und die Zügel anzog. Doch sie waren zu schnell, und der Erdhügel rauschte ihnen entgegen. Sabbath musste in einem seitlichen Winkel auf den Hügel springen, und sie landeten auf der Schrägen, von wo sich das Pferd mühsam hinauf zur Plattform arbeitete.

Damit er nach der Landung nicht zu unglücklich über das Rick setzte und eine Landung riskierte, bei der er sich verletzen könnte, riss A. J. an den Zügeln, um ihn seitlich von der Plattform springen zu lassen. Das war zu viel für ihren Arm. Stechender Schmerz schoss ihr durch die Schulter, und für einen Sekundenbruchteil war sie wie gelähmt. Sabbath zerrte in die eine Richtung, um über das Rick zu springen, und sie in die andere, sodass sie den Halt in den Steigbügeln verlor.

Blankes Entsetzen packte A. J., als sie spürte, wie sie aus dem Sattel rutschte und sich in der typisch desorientierten Zeitlupe fallen sah, während der Hengst ohne sie übers Rick setzte. Ihr letzter Gedanke, bevor sie auf dem Boden aufschlug, war, wie wunderschön Sabbath bei seinem Flug durch die Luft aussah.

A. J. landete hart und verlor das Bewusstsein.

Sanitäter rannten zu ihr, und die Menge verstummte vor Schreck. Dann setzte ein schweres, rhythmisches Klopfen ein, das immer lauter und lauter wurde, bis es das gesamte Feld erfüllte. Es ging von den Clubmitgliedern aus und breitete sich rasant im gesamten Publikum auf der Tribüne aus, alle stampften mit den Füßen, um die schreckliche Nachricht zu verbreiten. Der Lärm wurde stärker, bis jeder auf dem Gelände innehielt und es allen eiskalt den Rücken hinunterlief. Es gab nur einen einzigen Grund für dieses Geräusch, das wie ein statischer Totenmarsch klang.

Jemand war gestürzt und konnte nicht wieder aufsteigen.

17

Devlin beobachtete voller Entsetzen, wie sie von dem Hengst fiel. Mit einem Satz ließ er das Gatter hinter sich und rannte auf den Platz, direkt hinter den Sanitätern her. Blanke Angst wütete in ihm, während sie eine erste Untersuchung durchführten und eine Infusion in A. J.s Arm legten. Sie wurde auf eine Trage gehoben, und bei der Bewegung öffnete sie die Augen. Devlin stürmte zu ihr und nahm ihre Hand.

»Sabbath?«

Das Pferd hatte Devlin völlig vergessen. Er blickte sich um und sah, dass Chester den Hengst bereits eingefangen hatte und ihn langsam umherführte.

»Er ist bei Chester.«

»Ist er okay?«

Devlin nickte, um sie zu beruhigen. Es reichte offenbar nicht.

»Seine Beine?« Sie wollte sich aufrichten.

Devlin legte eine Hand auf ihre Schulter und drückte sie sanft nach unten. Er sah nicht mal zu dem Hengst. »Ihm geht es gut.«

»Sagst du Chester, er soll seine Beine richtig fest bandagieren?«

»Ja, mach ich.«

»Mit der Salbe, die so stinkt …«

»Und die sie beide nicht ausstehen können, ich weiß.«

»Arlington!« Garrett Sutherlands Stimme durchschnitt das Chaos, als er zu seiner Tochter gelaufen kam.

A. J. murmelte unverständlich vor sich hin.

»Sind Sie der Ehemann?«, fragte ein Sanitäter Devlin, als sie A. J. in den Krankenwagen luden.

»Ich bin der Vater«, sagte Garrett schnell. »Ich fahre mit ihr.«

Devlin öffnete den Mund, um zu widersprechen, doch Sutherland stieg bereits in den Wagen. In dem Moment, in dem die Türen geschlossen wurden, richtete A. J. sich halb auf und rief Devlins Namen.

Er rief zurück: »Wir sehen uns im Krankenhaus.«

Der Wagen fuhr weg, und Devlin hatte das Gefühl, seine Welt wäre ausgelöscht worden. Wieder einmal.

Auf einmal leuchtete ihm ein Blitzlicht ins Gesicht. Das war der Auslöser. Schlagartig verwandelte sich Devlins lähmender Schock in rasende Wut. Er riss dem Mann die Kamera aus der Hand und pfefferte sie auf den Boden.

»Hey, Sie haben meine …«, empörte sich der Fotograf.

Devlin packte ihn beim Kragen. »Wenn ich rauskriege, wer das Schwein war, das den verfluchten Blitz losgehen ließ, mache ich mehr kaputt als eine Linse!«

»Ganz ruhig, Junge«, ertönte Chesters Stimme neben ihm. »Lass ihn los.«

Devlin stieß den Mann weg. »Kommen Sie mir ja nicht noch mal unter die Augen.«

Der Fotograf sagte nichts mehr, sammelte die Teile seiner Kamera zusammen und verschwand eilig. Der Rest der Presse zog sich ebenfalls zurück.

Devlin drehte sich zu Chester um, der neben dem Hengst stand. Es fiel Devlin schwer, einen vollständigen Satz zusammenzubekommen. »Was machen seine Beine?«

»Er lahmt. Vorne rechts. Aber das wird wieder.«

»Gut. Ich bin froh, dass ich sie nicht angelogen habe.«

Als Devlin sich nicht rührte, kam Chester näher und legte eine Hand auf seine Schulter. »Junge, sieh mich an.«

Devlin versuchte es.

»Sie braucht dich.«

»Weiß ich.«

»Dann fahr schon.«

»Wie kriegst du den Hengst nach Hause?«

»Ich fahre die beiden.« Devlin und Chester drehten sich überrascht zu Peter Conrad um. »Und Sie können von uns alles kriegen und bei uns alles nutzen, was Sie brauchen. Egal was, wir sind ziemlich hochgerüstet. Es steht Ihnen zur freien Verfügung.«

»Das ist wirklich nett«, antwortete Chester.

Devlin sagte: »Der Hengst sollte wohl am besten direkt zu Ihnen, nachdem ihn ein Tierarzt angesehen hat. Er wird gleich morgen früh eine Hydrotherapie brauchen.«

»Ich rufe an und lasse alles vorbereiten. Wissen Sie, dass sie ins County gebracht wurde?«, fragte Peter. »Sie fahren den Highway nach Süden und ...«

»Ja, danke, ich kenne den Weg«, fiel Devlin ihm ins Wort.

Peter wurde rot. »Ja, natürlich.«

Wie benebelt ging Devlin zum Trailer und fuhr die zehn Meilen zu dem Krankenhaus, in das er selbst vor einem Jahr gebracht worden war. An den Ort seiner zahlreichen Operationen und zähen Genesung zurückzukehren war surreal und unbegreiflich. Devlin entschied, dass es sich um einen Albtraum handeln musste. So grausam konnte nicht einmal das Leben sein.

Bis er A. J. in der Notaufnahme gefunden hatte, war sie bereits beim Röntgen gewesen, und ein Orthopäde erklärte ihr und ihrem Vater, was die Aufnahmen ergeben hatten. Als Devlin in den Raum trat, verstummte der Arzt.

»Devlin!«, rief A. J. und streckte die Hand nach ihm aus. Sie saß in ihrem Bett und hatte einen Arm auf einem Kissen in ihrem Schoß liegen. Devlin ging zu ihr.

Der Arzt fuhr fort: »Sie hatten eine nicht richtig verheilte Fraktur. Die Zugbewegungen haben den Bruch reaktiviert, was die Schmerzen vor dem Sturz verursachte. Dann wurde die Verletzung durch die Landung auf dem Arm verschlimmert. Wir werden Ihnen einen Gips anlegen müssen, aber in circa sechs Wochen sollten Sie wieder so gut wie neu sein.«

A. J. stöhnte.

»Ich habe schon gemerkt, dass Sie zu diesen Pferdeleuten gehören«, sagte der Arzt, während er sich Notizen in seiner Akte machte. »Mir ist schleierhaft, wie Sie mit dem Arm überhaupt reiten konnten. Sie müssen üble Schmerzen gehabt haben. Wann haben Sie ihn sich zum ersten Mal gebrochen?«

A. J. sah zu Devlin auf, dessen Züge sich sichtlich anspannten. »Ich bin vor ein paar Wochen gestürzt.«

Der Arzt sah erschrocken auf. »Und wie lange haben Sie den Arm trotzdem noch benutzt?«

A. J. murmelte etwas und hoffte, es würde ihn vom Thema abbringen.

»Sie sind wahrlich hart im Nehmen.« Er klappte den Metalldeckel der Akte zu, was sehr laut durchs Zimmer hallte. »Ich komme gleich mit dem Gips wieder.«

»Arlington«, sagte ihr Vater, sowie der Vorhang geschlossen war, »wie konntest du so unvernünftig sein?«

Ein Blick von ihr, und er hörte auf zu reden. Er begriff, dass er gehen sollte.

Garrett Sutherland räusperte sich. »Devlin, können Sie sie bitte nach Hause fahren?«

»Selbstverständlich.«

Der Abschied von Vater und Tochter fiel linkisch und gehetzt aus, weil A. J. dringend mit Devlin allein sein wollte. Als sie es endlich war, streckte sie ihren heilen Arm nach ihm aus. Er umarmte sie steif, und sofort bekam sie Angst.

»Sabbath wird wieder«, erzählte er ihr in einem sehr nüchternen Ton. »Chester wird ihm die Beine gut bandagieren, und dein Stiefbruder hat uns angeboten, ihn in seinen Stallungen zu kurieren. Ich habe ihn dorthin bringen lassen.«

»Devlin?«

Er sah sie nicht an, und das jagte ihr eine eisige Furcht ein.

»Devlin, wegen meines Arms …«

Der Arzt und eine Schwester kamen wieder herein.

Eine Stunde später verließ A. J. das Krankenhaus mit einem Gips und einem gebrochenen Herzen.

Während der Heimfahrt sprach Devlin kein Wort mit ihr. Als sie vor dem Farmhaus hielten, ging er voraus nach drinnen. Es war dunkel, und Devlin schaltete eine Lampe nach der anderen ein, während er sich wie ein

Geist durch sein eigenes Zuhause bewegte. A. J. wartete, dass er endlich aufhörte herumzulaufen, und ihr Herz klopfte, als wäre sie gerade einen Marathon gelaufen.

»Devlin, ich weiß, dass du wütend bist«, sagte sie, sowie er aus dem Esszimmer kam.

»Ich bin nicht wütend.«

Sie blickte ihm ins Gesicht, suchte nach einem Funken Wärme, doch da war keine.

»Devlin, es tut mir leid, dass ich dir nichts von der Verletzung gesagt habe.«

»Ja, das glaube ich.«

»Mein Arm wird schon wieder. Und Sabbath erholt sich sicher schnell. Dann können wir wieder hier trainieren …«

»Nicht hier.«

Zwei Worte, die A. J. das Gefühl gaben, sie wäre abermals hart auf dem Boden aufgeschlagen.

»Was meinst du?«

»Ich hatte zugesagt, dich in die Qualifizierung zu bringen. Das habe ich. Jetzt musst du gehen.«

Ihr Hals war schrecklich trocken. »Soll nur Sabbath verschwinden?«

Es dauerte eine halbe Ewigkeit, ehe sie seine Antwort hörte.

»Nein.«

Heiße Tränen stiegen ihr in die Augen und rollten über ihre Wangen.

»Das kann nicht dein Ernst sein! Unmöglich. So kann es doch nicht enden!«

Sie wollte, dass er es zurücknahm, dass seine Züge ein wenig weicher wurden, aber das geschah nicht.

»Du hast mich belogen«, sagte er. »Du hast mich willentlich belogen, was deine Verfassung angeht, und das wieder und wieder. Jedes Mal, wenn du mit dem Pferd auf den Platz gegangen bist.«

»Ich wollte nicht, dass du dir Sorgen um mich machst.«

»Als wir zusammen im Bett waren, als du nackt in meinen Armen warst, dachte ich, dass nichts zwischen uns kommen könnte. Als du mir gesagt hast, dass du mich liebst, habe ich dir geglaubt. Und als ich dich fragte, wie es dir geht, nahm ich an, dass du mir ehrlich antwortest.«

»Devlin, ich …«

»Ich wusste, dass etwas nicht stimmt, aber ich war so verliebt in dich … Ich wollte dir glauben, statt die Wahrheit zu erkennen.«

Entsetzt bemerkte sie, dass er in der Vergangenheit sprach.

»Liebst du mich denn nicht mehr?«

»Ich vertraue dir nicht. Und ohne Vertrauen kann man nicht lieben. Noch schlimmer ist, dass ich mir selbst nicht mehr traue. Dies ist das zweite Mal, dass ich nicht auf meinen Instinkt gehört habe. Dabei sollte man meinen, dass ich nach Mercy meine Lektion gelernt habe.«

»O Gott«, stöhnte sie. »Tu das nicht! Es muss irgendwas geben, das ich tun kann. Irgendetwas, das ich sagen kann …«

»Ich fahre weg«, fiel er ihr ins Wort. »Wenn ich wiederkomme, helfe ich dir, deine Sachen zu deinem Vater zu bringen. Mir ist klar, dass dein Arm wehtun muss.«

Er ging an ihr vorbei zur Tür, ohne sich noch einmal umzudrehen.

Schluchzend vor Kummer und Schuldgefühlen sank A. J. in der Diele auf die Knie. Während sie ihren Gefühlen freien Lauf ließ, kam es ihr vor, als würde sie innerlich zerbrechen.

18

Einen Monat später kam Devlin aus dem Haus, um die Zeitung hereinzuholen, die auf dem von Raureif bedeckten Gras gelandet war. Sie hinterließ eine grüne Stelle auf dem Rasen. Devlin drehte sich wieder zum Haus, wobei er hinauf in den Himmel blickte. Graue Wolken versperrten die Sonne, und die kahlen Bäume schwankten steif im kalten Wind.

Devlin sah allerdings nicht auf, weil ihn der Himmel interessierte. Vielmehr tat er es, um weder den Stall noch den Reitplatz, noch die Paddocks ansehen zu müssen.

Trotzdem fühlte er sich allein durch deren Nähe gefangen.

Das alles würde sich jedoch nach dem gestrigen Telefonat bald ändern. Er bot das Anwesen zum Verkauf an. Der Makler war begeistert gewesen und hatte ihm versichert, dass es in kürzester Zeit zu einem Spitzenpreis weggehen würde. Und schnell sollte es gehen, denn auch wenn Devlin nicht wusste, wohin er wollte, musste er fort von hier. Er überlegte, weit wegzuziehen, nach Kalifornien oder Hawaii vielleicht. Schließlich besaß er reichlich Geld und hatte keine echten Wurzeln. Er war frei und konnte sich aussuchen, wo er leben wollte.

Oder zumindest stand es ihm frei, fortzugehen.

Unbeschwert war er bei Weitem nicht.

Die Gespenster seiner Liebe zu A. J. verfolgten ihn Tag und Nacht, im Dunkeln wie im Hellen. Er dachte immerzu an sie, beinahe wie besessen, und tat sich nach wie vor schwer mit dem, was sie auseinandergebracht hatte. Er fühlte sich betrogen und war traurig. Jenseits des Schmerzes, den er wegen des Verrats empfand, machte ihn wütend, dass A. J. nicht bedacht hatte, welche Risiken sie einging. Mit einem gebrochenen Arm in die Qualifizierung zu gehen war kompletter Irrsinn gewesen. Und gefährlich. Sie hätte sich sehr viel schwerer verletzen können. Sie hätte …

Devlin schüttelte den Kopf. Schluss damit, befahl er sich. Das alles hatte er schon oft genug durchgekaut.

Er ging ins Haus und schloss die Tür hinter sich, um die Kälte auszusperren. Den Kamin hatte er morgens um vier angemacht, als er ziellos durchs Haus wanderte, und die Scheite waren fast heruntergebrannt, gaben aber noch Wärme ab. Devlin setzte sich hin, starrte in die rote Glut und warf die Zeitung auf den Couchtisch. Nachdem er eine Weile in die Leere gesehen hatte, ermahnte er sich, nicht wieder zu sehr ins Grübeln zu kommen. Um sich abzulenken, schlug er den *Herald Globe* auf und begann, im fahlen Tageslicht zu lesen. Alles war besser, als über A. J. nachzudenken.

Kaum erreichte er den Sportteil, stockte ihm der Atem.

Von einem körnigen Foto blickte ihm A. J. entgegen.

Devlin verschlang den Artikel mit einer quälenden Sehnsucht.

Sie hatte beschlossen, den Reporter mit dem Blitzlicht nicht anzuzeigen. Aber nicht das war die schockierende Nachricht. Sie verkaufte Sabbath und zog sich aus dem Profisport zurück.

Devlin las den Text mehrmals von Anfang bis Ende. Der Wettbewerb war das Wichtigste in ihrem Leben. Und jetzt hörte sie einfach auf?

Er rief Chester an, der mit dem Hengst drüben bei Sutherland war. Abgesehen von der Tatsache, dass Sabbath keinen anderen Stallburschen an sich heranließ, gab es ja – wie zuvor – bei McCloud Stables nichts zu tun.

»Hallo?«

»Ches, sag mir, dass sie nicht wirklich aufgibt«, kam Devlin direkt auf den Punkt. Er konnte nicht glauben, dass es stimmte. Nach allem, was sie mit dem Hengst geschafft hatten, all ihren Fortschritten, allem, was sie geopfert hatte.

»Du hast den Artikel also gelesen.«

»Warum macht sie das?«

»Sie hat ihren Schwung verloren.«

»Aber sie ist gut. Ich begreife nicht, dass sie aufhört. Macht ihr Arm Probleme?«

»Nein, dem geht's gut. Sie hat schlicht nicht mehr den Elan, sagt sie. Sie bleibt aber auf dem Gestüt. Der Stiefbruder hat gepackt und ist weg. Jetzt leitet sie hier alles, und sie sagt, dass sie nie wieder ein Turnier reiten will.«

»Wieso? Sie liebt den Wettkampf.« Devlin schüttelte ungläubig den Kopf. »Und der Hengst. Sie liebt Sabbath.«

»Das arme Tier ist total geknickt. Er frisst ganz schlecht. Das ist ein Trauerspiel.«

Eine längere Stille folgte.

»Ches, wenn ich zu ihr gehe, glaubst du, sie redet mit mir?«

»Hängt davon ab, was du ihr erzählen willst. Soll ich ihr sagen, dass du kommst?«

Aber Devlin hatte schon aufgelegt.

Es klopfte an ihre Bürotür, und A. J. sah von ihrem Schreibtisch auf.

Ihr Büro. Ihr Schreibtisch.

Es klang immer noch befremdlich. Obwohl sie diesen neuen Job nun schon seit ein paar Wochen hatte, musste sie sich noch daran gewöhnen.

»Herein!«, rief sie laut.

Einer der Stallburschen lugte zur Tür herein. »Wann kommt der Tierarzt?«

»Morgen früh. Warum?«

»Sleeping Beauty hat mal wieder eine Kolik.«

»Das ist nicht wahr.«

»Sie hat ihr Futter nicht angerührt und läuft im Kreis.«

»Verdammt. Sag lieber ihrem Besitzer Bescheid. Ist Johnson da?«

»Er ist mit Juggernaut auf dem Platz, müsste aber gleich fertig sein.«

»Wenn er so weit ist, sag ihm, dass ich ihn sprechen will. Wenn Sleeping Beauty ausfällt, müssen wir den Reitplan heute Nachmittag umstellen.«

»Mach ich, Chefin.«

»Danke.«

Nachdem die Tür geschlossen war, drehte A. J. sich auf ihrem Stuhl um und sah durchs Fenster hinaus zu den kahlen Bäumen. Der Winter war gekommen. Die Böden draußen waren überfroren, wenn A. J. morgens zur Arbeit ging, und sie hatte angefangen, in den Ställen einen Parka zu tragen. Außerdem wurde jetzt in der Reithalle trainiert.

Sie entschied, selbst zu Johnson zu gehen, stand auf und zog ihren Mantel über. Mit dem Gips war das Anziehen umständlich, und auch wochenlange Übung machte es nicht besser. In den letzten vier Wochen hatte sie das blöde Ding hassen gelernt und konnte es nicht abwarten, es endlich loszuwerden. Abgesehen davon, dass der Gips furchtbar lästig war, erinnerte er sie auch fortwährend an Dinge, über die sie nicht nachdenken wollte.

Ihre Hand lag bereits auf dem Türknauf, als erneut geklopft wurde.

»Johnson, Beauty fällt heute Nachmittag …«, begann sie schon, während sie öffnete.

Dann bliebt ihr die Luft weg.

»Devlin!«

Das musste ein Traum sein.

In den ersten Wochen nach ihrer Trennung hatte sie ihn bei jedem Klopfen, jedem Telefonklingeln, jedem Truck, der vorfuhr, erwartet. Laufend enttäuscht zu werden hatte sie mürbe gemacht, bis sie schließlich aufgegeben hatte. Die verlorene Hoffnung war ein schrecklicher Schlag gewesen, doch wenigstens musste sie nicht mehr jeden Moment mit dem Schmerz der Zurückweisung leben.

Als sie blinzelte und er immer noch vor ihr stand, fragte sie: »Was machst du hier?«

Devlin antwortete nicht gleich. Stattdessen fühlte sie,

wie er sie musterte, als wollte er sich jeden ihrer Züge einprägen.

»Wie ich höre, verkaufst du Sabbath.«

»Stimmt.«

»Warum?«

»Ich reite nicht mehr, und er verdient es, weiter springen zu dürfen.«

»Warum gibst du auf?«

»Bist du hergekommen, um mich auszufragen?«

Sie betete, dass er verneinte.

Seine Antwort ließ sehr lange auf sich warten.

»Ich bin hergekommen, um dich umzustimmen, weil es pure Talentvergeudung ist, wenn du nicht mehr reitest. Doch da ich jetzt hier bin, kommt es mir vor, als sollte ich noch viel mehr sagen.«

A. J. bedeutete ihm, in ihr Büro zu kommen, und schloss die Tür hinter ihm.

»Hübsches Büro«, stellte er fest.

Während Devlin sich umschaute, beobachtete A. J. ihn mit wachsender Sehnsucht und wartete, dass er etwas sagte. Er hielt sich auf diese besondere Weise, die A. J. so unbeschreiblich anziehend fand, und sie bemerkte, dass sein Haar vor Kurzem geschnitten worden war. Sie erinnerte sich, wie es sich anfühlte, die Finger tief in seine dunklen Locken zu tauchen, und es tat so furchtbar weh, dass A. J. die Augen zukniff.

»Wie geht es deinem Arm?«, fragte er.

»Der heilt gut.«

»Besteht irgendein Grund, weshalb du nicht reiten kannst, wenn der Gips runter ist?«

»Nein, aber das spielt keine Rolle.« Sie ging um den

Schreibtisch herum und setzte sich auf ihren Stuhl. Dort spielte sie mit einem Kuli, weil sie sich ablenken musste, um nicht versehentlich damit herauszuplatzen, dass sie ihn liebte.

»Wie lange noch, bis der Gips abgenommen wird?«

Sie verlor die Geduld.

»Hör zu, Devlin, ich weiß nicht genau, wieso du hier bist, aber wenn du nicht bald zur Sache kommst, schreie ich. Es ist viel zu schmerzhaft, mit dir in einem Zimmer zu sein, und ich würde das gerne schnell hinter mich bringen. Bist du hier, weil du noch eine Chance siehst, oder willst du mehr Erde aufs Grab werfen?«

Er drehte sich langsam zu ihr.

»Das Springreiten hat dir alles bedeutet, und jetzt hörst du auf. Warum?«

»Man kann keine Turniere reiten, wenn einem der Ansporn fehlt.«

»All deine Träume …«

Vor lauter Elend schlug sie verbal um sich.

»Was willst du? Willst du hören, dass ich den Sport, den ich geliebt habe, und alles, was ich mir selbst darin beweisen wollte, hasse, seit ich dich verloren habe? Dass ich bitter bereue, dir nichts von dem blöden Arm erzählt zu haben? Dass ich wünschte, ich könnte alles rückgängig machen? Das ist alles wahr, aber ich würde gerne auf Einzelheiten verzichten, falls es dir nichts ausmacht. Ich vermisse dich. Ich wünschte, du wärst noch in meinem Leben, doch ich muss nach vorn blicken, denn etwas anderes bleibt mir nicht übrig.« Sie schüttelte traurig den Kopf. »Und jetzt solltest du gehen.«

Devlin ging nicht. Er stand da, sah ihr in die Augen,

und in seiner Miene spiegelte sich eine Mischung aus Anspannung und Kummer. A. J.s Herz pochte, als sie die Wandlung bemerkte.

Und dann kam er zu ihr. Er streckte ihr eine Hand hin, die A. J. zunächst verwundert beäugte, weil sie die Geste nicht recht begriff. Deshalb streckte Devlin auch den anderen Arm aus und zog sie an sich. Er umfing sie, ließ sie noch einmal jene Geborgenheit spüren, die ihr so sehr fehlte: seine breiten Schultern an ihrer Wange, der Geruch seines Aftershaves, das Gefühl seines starken Körpers. Das alles überwältigte sie. A. J. hielt sich steif und betete, dass sie nicht zusammenbrach. Es war furchtbar unfair von ihm, ihr derart nahezukommen, und sie versuchte, ihn von sich zu schieben.

»Du hast es schon einmal beendet«, sagte sie mit gebrochener Stimme. »Verlang nicht von mir, das ein zweites Mal durchzumachen.«

Er murmelte etwas und drückte sie fester an sich.

»Lass mich los.«

»Ich kann nicht«, antwortete er klar und deutlich.

A. J.s Herz blieb stehen, während sie sich fragte, ob sie ihn richtig verstanden hatte. »Wie bitte?«

»Ich kann nicht loslassen. Ich kann dich nicht loslassen.«

Angst und Glück rangen in ihr. Sie wollte ihm unbedingt glauben und fürchtete sich schrecklich, noch mehr verletzt zu werden.

»O Gott, du hast mir gefehlt«, sagte Devlin in ihr Haar. »Ich habe versucht, dir fernzubleiben, aber es ist unerträglich. Du bist in meinen Träumen, sodass ich nicht schlafen kann. Überall, wo ich hinsehe, sehe ich deinen

Schatten. Ich habe meinen Hof zum Verkauf ausgeschrieben, weil ich weit weg muss, um mich davon abzuhalten, dich zu sehen.« Sein Lachen klang angespannt. »Obwohl mir jetzt klar wird, dass ich gar nicht fortgehen könnte.«

Sie wich ein wenig zurück. »Devlin, was genau meinst du? Ich … Mir fehlt die Kraft, zwischen den Zeilen zu lesen.«

»Als ich heute Morgen die Zeitung las, konnte ich es nicht glauben. Ich weiß, wie wichtig dir das Turnierreiten ist, und plötzlich ziehst du dich zurück? Ich war entsetzt, und ich bin hergekommen, weil ich dich überreden wollte, es nicht zu tun. Doch nun erkenne ich, dass es bloß ein Vorwand war.« Er nahm ihre Hände in seine. »Als ich erfuhr, dass du deine Verletzung vor mir geheim gehalten hast, war ich stinksauer, vor allem weil du deshalb noch mehr verletzt wurdest. Ich fragte mich, was du mir sonst noch verschwiegen hast, und hatte das Gefühl, dir nicht trauen zu können. Oder uns. Um Himmels willen, wieso hast du mir nicht einfach gesagt, dass du Schmerzen hast?«

Stockend versuchte sie, es ihm zu erklären. »Als ich nach dem ersten Sturz wieder mit dem Training anfing und merkte, dass mein Arm nicht in Ordnung war, hatte ich Angst, es dir zu sagen. Ich dachte an den Streit, den wir wegen des Arztes hatten. Und ich befürchtete, dass du von mir verlangst, nicht bei der Qualifizierung zu reiten.«

Er schüttelte den Kopf. »Es tut mir leid, dass ich an dem Nachmittag so ausgerastet bin. Ich habe emotional reagiert, und das war ein Fehler. Es war schlicht unerträglich für mich, dich leiden zu sehen.«

»Devlin, es war dumm von mir, dir nicht die Wahrheit

zu sagen. Ich fühlte mich die ganze Zeit furchtbar. Es tut mir so leid. Und ich habe dich sonst nie belogen, das musst du mir glauben.«

Seine Hand wanderte nach oben, und dann fühlte sie, wie seine Finger über ihre Wange strichen. »Ich glaube dir.«

Nach einer längeren Pause sagte er: »Ich will nicht ohne dich sein. Ich liebe dich, und ich brauche dich in meinem Leben.«

A. J. kamen die Tränen, und sie konnte nicht sprechen, als sie sich umarmten. Das Einzige, was sie tun konnte, war, ihn festzuhalten und stumm zu schwören, dass sie ihn nie wieder loslassen würde. Sie standen eng aneinandergeschmiegt, sodass A. J. seinen Herzschlag an ihrer Wange fühlte, seine Wärme, die in ihren Körper strömte, und seine Hände, die über ihr Haar und ihren Rücken glitten. Als seine Finger sie unterm Kinn berührten, hob sie ihm den Mund zum Kuss entgegen. Es war ein zarter, sanfter Kuss, ein Liebesschwur.

»Verkauf ihn nicht«, flüsterte Devlin.

Verwundert wich sie zurück.

»Sabbath ist dein Pferd. Niemand sonst kann ihn je so reiten wie du.«

»Du meinst, dass ich wieder Turniere reiten soll?«

»Das ist es doch, was du am liebsten tust. Wozu du geboren wurdest.«

»Aber wie kannst du …«

Devlin küsste sie wieder. Diesmal bewegten sich seine Lippen leidenschaftlich auf ihren, er tauchte mit der Zunge in sie ein und streichelte ihre mit derselben Ungeduld, die A. J. empfand.

Als sie den Kuss lösten, sagte er: »Ich will nur dich. Und das bedeutet, der Hengst und die Turniere gehören dazu. Ich behaupte nicht, dass wir nie wieder aneinandergeraten, weil ich Angst um dich habe, aber ich weiß, dass wir einen Weg finden, wie es funktioniert. Unsere Liebe ist stark genug. Da bin ich mir sicher.«

A. J. schloss die Augen, überwältigt von unzähligen Gefühlen – Dankbarkeit, Erleichterung, Glück. Dann sah sie wieder zu Devlin auf, hob seine Hand an ihre Lippen und küsste sie.

»Dich zu verlieren und zu wissen, dass es meine Schuld war, war das Schlimmste, was ich jemals erlebt habe«, sagte sie und lachte reumütig. »Tja, vielleicht habe ich bei der Qualifizierung doch noch bekommen was ich wollte. Obwohl es sich anders entwickelte, als ich erwartet oder mir gewünscht hätte, kommt es mir vor, als wäre ich erwachsen geworden. Es reicht nicht, mich von meiner Familie zu trennen oder ein Turnier auf einem tollen Pferd zu reiten. Wenn ich ernst genommen werden will, muss ich verantwortungsvoller sein, nicht so impulsiv und waghalsig. Ergibt das irgendeinen Sinn?«

»Ja, tut es.«

Sein bewundernder, liebevoller Blick wärmte A. J.

»Ich bin bereit, dich zu trainieren, wenn du willst«, sagte er. »Wir sind doch eigentlich ein gutes Team.«

»Sind wir«, bestätigte sie und küsste ihn.

Zwei Wochen später heirateten sie in einer kleinen Kirche mitten in den Bergen von Virginia. Chester, Devlins Trauzeuge, trug zum ersten Mal in seinem Leben einen Smoking, und es gefiel ihm so gut, dass er beteuerte, sofort seine sämtlichen Latzhosen wegzuwerfen. Margaret meinte, dass sie ihn mit und ohne Kummerbund liebte. Carter Wessex, A. J.s Cousine, nahm Beruhigungspillen und stieg erstmals seit zehn Jahren in ein Flugzeug, um von ihrer jüngsten Ausgrabungsstelle zur Trauung zu fliegen. Der Anlass war es wert, fand sie. Und Garrett führte seine Tochter mit strahlenden Augen zum Altar, auch wenn ihm das Herz schwer war, denn nie hatte er ihre Mutter schmerzlicher vermisst.

Peter sorgte für eine echte Überraschung. Nach dem Unfall hatte er seinen Job aufgegeben und war vom Herrenhaus in ein Penthouse in New York City umgezogen – binnen drei Tagen. Und noch ehe er einen Telefonanschluss hatte, unterschrieb er bei einem Agenten, der ihn als Schauspieler vertreten sollte. Sowohl der Umzug als auch der Agent erwiesen sich als Glücksgriff. Peter genoss das Leben in der Großstadt und hatte eben erfahren, dass er für eine Soap verpflichtet wurde. Darin sollte er einen Schurken spielen, den die Zuschauer mit Freuden verachten würden. Als er A. J. die Neuigkeit mitteilte, sagte er, dass die Rolle des Brock O'Rourke in *Wings of Fate* zwar nicht einfach würde, doch nach allem, was sie beide durchgemacht hatten, wüsste er ja, worauf es ankam.

Bei der Trauung saß Peter in der ersten Reihe, und erstmals seit Menschengedenken war nicht seine Mutter an seiner Seite. Die Frau, mit der er anreiste, war eine Brünette mit einem freundlichen Lächeln und klugen Augen. Sie war Investmentbankerin und in den besseren Kreisen zu Hause. Regina hatte sie auf Anhieb gehasst.

Es würde ein fairer Kampf, meinte Peter.

Nach der Zeremonie und dem Empfang im Borealis Club kehrten A. J. und Devlin ins Farmhaus zurück. Als Devlin sie über die Schwelle trug, musste er drinnen den Kartons mit ihren Sachen ausweichen, die tags zuvor gebracht worden waren. Dann führte er A. J. geradewegs nach oben ins Schlafzimmer. Dort nahm er ihr den Schleier ab und knöpfte genüsslich die ungefähr hundert Perlmuttknöpfe auf der Rückseite des Brautkleids auf – dem alten Hochzeitskleid ihrer Mutter. Anschließend schob er die Unmengen Satin von A. J.s Schultern und zog sich rasch selbst aus, sodass sie sich nackt gegenüberstanden.

»Du bist so wunderschön«, sagte er leise und streifte ihr Schlüsselbein mit seinen Lippen. Sie fühlte, wie seine Hände um ihre Hüften glitten und sie dicht an ihn drückten. Seine Haut war weich, sein Körper hart. »Jetzt, da du meine Frau bist, müsste ich noch eines wissen.«

»Und was?«, fragte sie atemlos.

Er hielt sie ein wenig auf Abstand, löste die Nadeln aus ihrem Chignon und befreite ihre Locken. »Wofür ist A. J. die Abkürzung?«

A. J. lachte. »Hast du denn nicht auf die Heiratsurkunde geguckt?«

»Nein, ich war viel zu geblendet vor Liebe. Also?«

»Das wirst du mir nicht glauben.«

»Lass es drauf ankommen«, sagte er, während die letzte Haarnadel zu Boden fiel. Devlin vergrub die Hände in ihrem Haar und lockerte es, sodass es über ihre Schultern fiel.

»Der erste Name ist *Arlington.*«

»Nicht schlecht. Jedenfalls besser als andere Wörter, die mit *A* anfangen.« Er lächelte.

Sie sah ihn streng an. »In der Stadt wurde ich geboren.«

»Stimmt, so merkt man es sich leichter.«

»Der zweite Name ist *Juniper*.«

Er stutzte. »Du bist nach einem Busch benannt?«

»Es ist ein verdammt schöner Busch, eigentlich eher eine hübsche Staude.«

Lachend fragte Devlin: »Und der Name soll woran erinnern?«

»Ich glaube, dass ich unter einem gezeugt wurde.«

»Wow, gewagt.«

»Na ja, gefragt habe ich nicht direkt.«

»Kann ich gut verstehen.«

Devlin betrachtete sie voller Verlangen und Liebe. Als sie seine Hand in ihrem Nacken fühlte, bog sie sich ihm zum Kuss entgegen. Leidenschaft flammte auf, als ihre Körper miteinander verschmolzen, ihre Herzen im Gleichtakt pochten und ihrer beider Puls immer schneller wurde.

Schließlich mussten sie Luft holen, und Devlin murmelte: »Ich finde, A. J. passt zu dir. Es ist ein starker Name für eine starke Frau.«

»Mit dir bin ich stärker«, sagte sie zärtlich. Seine Zunge glitt in ihren Mund, und stöhnend klammerte A. J. sich an seine Schultern, wo ihre Fingernägel rote Spuren hinterließen. Als Devlin sich von ihren Lippen löste und begann, ihren Hals mit Küssen zu übersäen, fiel A. J.s Kopf in den Nacken, und sie hauchte: »Verrückt, dass alles mit einer Baseballcap angefangen hat.«

Devlin sah sie fragend an, bevor er sich vorbeugte und ihre Brustwarze küsste.

»Hättest du bei der Auktion nicht meine Baseballcap

aufgehoben, wer weiß …« Mehr konnte sie nicht sagen, weil Devlins Mund an ihrer Brust sie zu sehr ablenkte.

»Da wäre nur noch eine Sache«, sagte Devlin und sank auf die Knie. Seine Hände spreizten sich unten auf ihrem Rücken.

»Noch eine?«, fragte A. J. atemlos und fühlte seine Zunge auf ihrem Bauch.

»Wir haben noch nicht entschieden, wie wir die Flitterwochen verbringen wollen.«

A. J. sah ihn mit funkelnden Augen an.

»O nein«, stöhnte Devlin. »Du hast wieder diesen Blick.«

»Welchen Blick?«

»Was hast du vor?«

»Na ja, wo du es ansprichst – es gibt eine Auktion unten in Florida, und bei der versteigern sie diese Stute, von der ich gehört habe …«

»Sag mir nicht, dass sie Babylon heißt.«

»Nein!« A. J. bemühte sich, sehr unschuldig auszusehen.

»Lass mich raten. Sie ist ein sehr schwieriges Tier.«

»Nein! Vielleicht muss man ein bisschen mit ihr arbeiten, aber sie hat fantastische …«

Devlin richtete sich auf und brachte A. J. mit einem sinnlichen Kuss zum Verstummen, während er sie mit seinen kräftigen Armen umfing. Dann sagte er: »Wo du auch hingehst, was du auch tun willst, ich bin für dich da. Und das schließt Pferdeauktionen in Florida mit ein.«

A. J. seufzte, als er sie hochhob und zum Bett trug.

»Devlin?«

»Hmm?«, meinte er und legte sie hin.

»Ich glaube, sie heißt Angel.«

Er warf ihr einen skeptischen Blick zu.

»Und sie und Sabbath würden ganz bezaubernde Fohlen haben …«

Liebe Leser,

dies ist mein allererstes Buch, und gewiss wird es Sie nicht verwundern, wie sehr es mir am Herzen liegt. Die erste Veröffentlichung ist wohl für jeden die, die ihm auf immer sehr nahe bleibt. Angefangen hatte es wie folgt: Ich erhielt *den* Anruf, dass ein Verleger mein Manuskript herausbringen wollte, es wurde erstmals richtig lektoriert, und ich fand einen gebundenen Stapel Papier mit meinen Worten in der Post. Und schließlich fuhr ich zu einem Buchladen in Quincy, Massachusetts, wo tatsächlich mein Buch im Verkaufsregal stand.

So ziemlich alles in der Geschichte lässt sich auf zwei Teenager-Leidenschaften zurückführen: auf ungefähr sechs Weinkartons mit fünfhundert Bänden *Harlequin Presents* und auf die Tatsache, dass ich, wie jedes Mädchen aus meiner Gegend in New York, eine Pferdenärrin war. Natürlich liegt beides mittlerweile in der Vergangenheit. Die wunderbaren Romane mit den weißen Einbänden, den Goldwirbeln und runden Abbildungen von Paaren auf dem Buchdeckel, sind längst weitergereicht; und ich reite nicht mehr (die Schwerkraft nimmt mit den Jahren doch bedenklich zu). Dennoch war es diese Überschneidung von Verliebtheit und Vollblütern, die mich zu diesem Buch führte.

Und das kam so: Während der Highschoolzeit, am College und durch das Jurastudium hindurch schrieb ich immerfort Geschichten. Manche beendete ich, andere verwarf ich, doch was ich auch zu Papier brachte, es handelte ausnahmslos von zwei Menschen, die sich ineinander verliebten. Etwas anderes wollte schlicht nicht aus meinem Kopf kommen – was nach den Unmengen *Harlequins*, die ich verschlang, wohl kaum überrascht. Nachdem ich Schule und Studium hinter mir hatte und begann, für die amerikanische Wirtschaft zu arbeiten, ging es mit dem Herumprobieren, dem Tippen und dem Grübeln weiter, bis ich schließlich, nach so vielen Jahren der Fehltritte und halbgaren Stoffe, endlich das Wort »Ende« unter eine stimmige Geschichte setzen konnte.

Witzigerweise war das in etwa zur selben Zeit, als mein Freund (der heute mein wundervoller Ehemann ist) und ich übers Wochenende nach Cape Cod reisten, um meine Mutter zu besuchen. Von der Route 6 aus führte uns der Weg an dieser eingezäunten Weide vorbei, auf der Pferde standen. Aus irgendwelchen Gründen blickte ich an jenem besonderen Tag nach rechts, sah einen Vollblüter durchs Gras traben, und – schwups – die Geschichte dieses Buches formte sich in meiner Fantasie.

Ich gehöre von jeher zu den Leuten, die meistens aus dem Bauch heraus handeln (inzwischen halte ich jedoch eine Menge von Gliederungen), aber in diesem Fall notierte ich mir zunächst einige Stichpunkte zu der Geschichte, statt mich auf Kapitel 1 zu stürzen, ohne einen Schimmer zu haben, was ich tue. Ich ging außerdem mit einem Stenoblock zu einem Reitturnier (den Block habe ich noch) und machte mir Notizen, um meine Erinnerungen zum Thema Springreiten aufzufrischen. Und dann hieß es: Los geht's – »ab über die Oxer«, könnte man sagen. Ich schrieb das Manuskript recht schnell, und als es fertig war, reiste ich nach New York City, um mich erstmals mit meiner ersten Agentin zu treffen.

Bei einem Mittagessen in einem französischen Bistro erzählte ich ihr, dass ich ihr etwas Besseres geben könnte als das Manuskript auf ihrem Schreibtisch, und sie erklärte sich bereit, sich erst mein neues Projekt anzusehen, bevor sie irgendetwas losschickte. Ungefähr einen Monat später schickte ich es ihr mit FedEx und fuhr direkt im Anschluss meine künftigen Schwiegereltern besuchen. Zu dem Zeitpunkt wusste übrigens noch keiner von uns, dass sie meine Schwiegereltern werden sollten.

Auftritt Sue Grafton. Ja, *die* Sue Grafton. Während ich bei den Eltern meines künftigen Mannes war, erfuhr sein Vater, dass ich mich als Schriftstellerin versuchte. Er schlug vor, mich mit Sue bekannt zu machen. (Mein Schwiegervater versteht viel von Waffen, Munition und dergleichen und hatte ihr hin und wieder bei den Recherchen zu ihren Büchern geholfen.) Ich werde nie vergessen, wie ich das erste Mal in Sues Haus kam. Sie und ihr fantastischer Ehemann hatten sich gerade dieses traumhafte alte Haus gekauft und waren noch dabei, es zu renovieren. Als Erstes fragte sie mich, was ich von einem bestimmten Teppichmuster hielt.

Wir plauderten eine Weile. (Ich hatte meine liebe Not, cool zu bleiben, denn immerhin war dies nicht bloß eine gestandene Autorin, sondern die sagenhafte Sue Grafton!) Sie bot mir an, die ersten fünfzig Seiten meines Manuskripts zu lesen, warnte mich allerdings, dass sie sehr streng und brutal ehrlich wäre. Ich sagte bitte und danke – und hätte ihr vor lauter Aufregung beinahe vor die Füße gekotzt. Zwei Tage später rief sie mich an und gab mir jenen Rat, den ich heute jedem gebe, der mir sein Erstlingswerk zeigen will (ich lese keine Manuskripte von anderen, aber diese drei Empfehlungen sind nie verkehrt): 1. Streich alle verdammten Adverbien raus (das »verdammten« kommt von mir, nicht von Sue). Und zwar richtig, also such den Text nach –lich- und –ig-Endungen ab, und lösch sie raus. Die meisten Anfänger übertreiben es damit, jede Nuance zu Papier bringen zu wollen, weil sie ihren Dialogen und Beschreibungen nicht zutrauen, die Leser hinreichend ins Bild zu setzen; 2. Weg mit den dämlichen Dialog-Anhängseln (das »dämlichen« kommt ebenfalls von mir, nicht von Sue). Kein, »rief sie aus«, »höhnte er«, »murmelte sie«, »betonte er«. Sagte er, sagte sie, mehr nicht. 3. Vergesst die beknackte Dramatik (ähm, ja, »beknackt« ist auch wieder meine Ergänzung, nicht von Sue). Die wenigsten Menschen untermalen ihre Äußerungen, indem sie fortwährend herumschreien, mit den Armen wedeln und affengleich durch die Gegend hüpfen. Ja, wir reden über Fiktion, und da soll sich nicht jeder wie ein langweiliger Steueranwalt aufführen; aber ein Stummfilm ist es eben auch nicht.

Mir kam es vor, als hätte mir jemand den Weg aus dem Dschungel gezeigt. (Sie sagte mir auch, ich »könnte tatsächlich schreiben«, was sie selbst anscheinend ein bisschen verblüffte, und offen gesagt mich auch. Trotz all der Zeit, die ich schon auf das Schreiben verwandt hatte, war ich mir nach wie vor nicht sicher, dass ich es beherrschte.)

Gleich nach dem Telefonat mit Sue rief ich meine Agentin in New York an und schrie: »Halt!«

Die Sache war die, dass meiner Agentin dieses Manuskript hier viel besser gefiel als das andere, und sie wollte es an die Lektoren der großen Verlage schicken. Sie hatte sogar schon Kopien gemacht, das Anschreiben fertig und einige Leute kontaktiert. Und nun kam ich, eine bisher nicht und vielleicht niemals veröffentlichte Idiotin und erzählte ihr, wie sie ihren Job machen sollte? Aber dann erklärte ich ihr, dass Sue Grafton einen Teil gelesen hatte. »Wie zur Hölle hast du das denn hingekriegt?« »Ist eine lange Geschichte. Aber schick es noch nicht los!«

(Mir fällt hierzu die Szene in dem Film *Wall Street* ein, als Bud Fox den Anruf von dem ganz dicken Fisch kriegt, bei dem er sich beworben hat, und der Typ neben ihm voller Ehrfurcht flüstert, »Gekkkkkkko.« Stellen Sie sich einfach »Grafffffton« vor, und Sie erahnen in etwa, wie das Gespräch zwischen meiner Agentin und mir an dem Tag verlief.)

Während ich offiziell noch »im Urlaub« war, ging ich das gesamte Manuskript von Anfang bis Ende durch und tat alles, was Sue gesagt hatte. Es war erstaunlich, denn ich sah genau, was sie meinte. Die Geschichte war da, aber meine Wortwahl und meine Unsicherheit standen ihr im Weg, und die unzähligen Adverbien, Standardausdrücke, das Brüllen und Schreien wirkten wie eine Barriere zwischen Figuren und Lesern.

Kurzum (deutlich zu spät), das Buch wurde gekauft, es kam in die Läden, und ich schrieb noch drei weitere abgeschlossene Romane (und dann kam Wrath, und alles wurde anders!). Devlin McCloud mit seiner dunklen

Vergangenheit, seiner Verwundung und dem rauen Äußeren ist ein klassischer Liebesromanheld. A. J. Sutherland ist mir sehr ähnlich, so wie sie sich beinahe ausschließlich auf ihre Ziele konzentriert. Und Sabbath, nun ja, er ist das Pferd, das ich als Teenager zu gern gehabt hätte, um es zu reiten – und mit ihm zu gewinnen.

Ich hoffe, Sie mögen die drei genauso sehr wie ich. Für mich war dies in vielerlei Hinsicht der Beginn von etwas Neuem, und neben *Dark Lover* dürfte es eines der besten Dinge sein, die mir je passiert sind. Danke, danke, danke für Ihre Unterstützung, und, wie immer …

Viel Spaß beim Lesen!

J. R. Ward